語文教學叢書

語文教學的理論與實踐

蒲基維 著

目　次

自序

　　語言文字是我們認知文明世界的重要媒介，也是我們表達思想、溝通情意的主要工具。語文教育的基本功能，不僅幫助我們構築這一穩固的媒介，也在引導我們塑造這個有效的工具，使我們的心靈能充分與外在世界溝通，進而成就完美的人格。漢語系統是世界上重要的語文系統之一，它不但具備上述的功能與特質，其背後更蘊含著深遠而豐厚的文化資源。近幾十年來，兩岸政治的對立與分離造成了語文教育的分歧發展，所幸臺灣的國語文教育仍謹守著傳統漢語的根本精神，亦不忘與世界接軌，使一代一代的年輕學子在國語文教育的薰陶之中，既累積豐富的古漢語知識，又能純熟運用現代國語文工具，締造出臺灣深厚而多元的文化風貌。

　　事易時移，隨著世界的思維潮流風起雲湧，臺灣的政治與經濟氛圍也逐漸改變，為因應時局的變動，開始了大幅度的教育改革。以語文教育來說，教改的衝擊伴隨著政治的更迭與轉折，國語文教學也面臨許多正、負向的變革。先是「九年一貫」課程的實施，領域教學取代了單科教學的模式，而國中國文課程為了銜接國小國語教學，課程深度與教學方式也起了根本的變化。隨之而來的「本土化」風潮，使各級學校在重視鄉土教育的同時，也嚴重排擠了國語文教學，教師對於國文教學的徬徨及學生國語文程度的逐漸低落，已成為臺灣語文教育的最大隱憂。至於「一綱多本」的教育政策，帶來教材版本的多元開放，坊間教科書雖然為教師帶來方便的服務，各家版本選文的分歧卻令人眼花撩亂。然而，教學場上思維的改變令人深省，即重視以能

力為導向的國文教學，逐漸取代了傳統死記、死背文章的教學模式，這是國語文教育在本質上的正向改變。近幾年來，令教師、學生及家長憂慮的教育革新，非「十二年國教」莫屬。此一教育改革，不僅為學生帶來學習上的改變，也考驗著教師的教學態度與智慧。以國文教學來說，重視引導與思辨，強調聆聽與溝通，似乎正撼動著傳統的讀講教學。

在教育動盪不安的年代，我完成了碩士學程，並通過教師甄選進入教育圈。自民國八十七年擔任國文教職以來，經歷了種種教育改革，從被動的接收上級政令，到後來主動參與課程計畫，雖然逐漸熟稔國文教材與課程，卻深感本職學養的不足。於是我決定繼續修習博士課程，想以學術研究的高度引領自己體悟國文教學的根本問題與未來展望。經歷五年帶職帶薪的辛苦與堅持，終於在民國九十三年取得博士學位。完成博士論文，是我教學與研究生涯的重要里程碑。在從事國文讀寫課程的設計與教學中，融入了辭章學理論，使我更有自信為學子的國語文學習奉獻所長。由於學術殿堂的薰陶，使我習慣以辭章理論來解決教學的疑惑，或藉由教學實踐來印證辭章理論的真偽。博士的養成教育，為自己帶來的不只是博士的頭銜而已，建立了獨立研究的能力，更使我在國文教學領域上解決許多盲點。於是，在一般期刊、院系學報及學術研討會上，發表了教學與研究的心得，也開拓了更高遠的視野。八年多來，逐漸累積了學術研究的成果，有運用辭章理論分析文本的研究，如：

論杜甫〈登高〉詩的意象經營（2005）

論王昌齡「從軍行」詩的意象經營（2005）

辭章「修辭風格」初探——以古典詩詞為考察對象（2006）

論章法的「類修辭」現象——以古典詩詞為考察對象（2007）

論辭章的「意象風格」——以唐宋詩詞為考察對象（2009）

鼓譟煩鬱中的輕聲低吟——論簡媜〈夏之絕句〉的修辭藝術
（2012）

恬靜淡泊中的剛毅與執著——論陶淵明〈飲酒〉詩的風格（2012）

　　亦有針對升學考試而發表的文章，如：

九十五年大學學科能力測驗國文科試題分析——以辭章學及語文能
力的理論為分析導向（2006）

基測作文與三層語文能力（2007）

談基測作文的補救教學——從九十六年國民中學第一次基測之寫作
測驗談起（2007）

　　還有作文教學的理論與實踐之分享，如：

氛圍營造在章法謀篇中的作用（2012）

　　以及教學辯證中的文學隨筆，如：

因風而起的柳絮讓意象遄飛（2012.9）

專制官場中的蝴蝶效應（2012.12）

政治晦暗時代的兩道文學曙光（2013.3）

　　取得博士學位之後，除了國文教師的本職之外，有機會在大學應
用華語文學系兼任教職，初次接觸華語文教學，更體認到本國語文教
學和對外華語教學的差異。於是，我除了努力研讀語言學、第二語言

習得及華語教材教法等理論之外，更希望藉由學術研究的方式，深入瞭解華語文教學的理論與實務。幾年下來，也獲得了豐碩的成果，例如：

修辭學融入華語文教學的理論與實例（2008）

華語文教學與古典文獻閱讀（2009）

臺灣華語流行歌曲典故化用的藝術——以游鴻明〈孟婆湯〉、周杰倫〈東風破〉為例（2009）

論「讀寫互動原理」在華語文教學的應用——以華文讀寫教學為例（2009）

論臺灣華語流行情歌的編唱結構（2010）

近半年來，由於教學思維的翻轉，我開始注意以「學生學習」為主軸的教學方法，再加上因應十二年國教的必然實施，體認到國文教師不能一味死守傳統教學的模式。於是，透過許多教育研習及友校教學伙伴的共學，接觸了「UBD逆向課程設計」、「系統思考」、「設計思考」等理論，更值得一提的是，日本佐藤學教授所倡導的「學習共同體」哲學，已在我的國文課中逐步實施，為了深入體會學習共同體的哲學精神，也為了建構屬於臺灣本土及自我教學思維的學習共同體，我開始研究佐藤學「學習共同體」哲學與中國「儒、道」哲學的互通性，並於「教育領導與學習共同體國際研討會」發表了〈諸子哲學與教育哲學的對話——從儒、道哲學印證「學習共同體」的人性化價值〉（2013）一文，期望有助於「學習共同體」在國文教學上的深化與落實。

相較於求學階段的論文，我覺得博士後的研究更具學術深度，也更有參考的價值。面對全球瞬息萬變的思潮，盱衡臺灣充滿困境卻暗

藏生機的教育環境，身為語文教師雖然改變的能力有限，卻深覺有責任為這個社會奉獻一點淺薄的智慧。為使自己的研究成果有更普遍的流通，也為了集結八年來的努力成果，遂精選二十篇研究論文與教學心得，修訂其偏誤，並分門別類，以下列五個向度概括，分別是：

（一）國語文教學與辭章研究
（二）升學考試與作文教學析論
（三）華語文教學研究
（四）創新教學思辨
（五）文學隨筆

　　酌以「語文教學的理論與實踐」為名，集結成書，期望獲得語文教育之同好更多的迴響。唯倉促集成，疏漏難免，深切期望學界先進不吝指正。

　　校園的鳳凰樹正恣意地綻放火紅的花蕊，當蟬噪四起，學生正陸陸續續收起行囊，準備歡度酷熱的暑假。在逐漸空蕩的校園中，飄來微微薰風，風簷下展書讀，那一篇一篇的教學思辨，恍如一隻一隻的蝴蝶在心靈深處翩翩飛舞。於是我知道，那耀眼的彩翅，將引領我走向下一個璀璨的開始。

蒲基維
二○一三年六月
於臺北市立西松高中

一

國語文教學與辭章研究

論杜甫〈登高〉詩的意象經營

提要

「意象」是辭章中極為重要的部分，抽離「意象」則無法建構完整的文學作品。而一般對於辭章「意象」的研究，多偏於個別意象的探討。本文以陳滿銘教授新開發出來的「意象系統」為本，分析杜甫〈登高〉詩的意象經營，不僅注重傳統個別意象的研究，更專意於意象與意象之間的排列組合，期望尋得杜甫〈登高〉詩的「整體意象」。本文研究發現，歸結杜甫〈登高〉詩的整體意象，更能契合杜甫「沈鬱頓挫」的寫實詩風。也由此印證，從整體辭章學（含個別意象、詞匯、修辭、文法、章法、主題、風格等範疇）的角度來探索辭章的意象經營，較能掌握其整體的藝術風貌，也是值得推展的意象研究方法。

關鍵詞：杜甫、〈登高〉詩、意象、修辭、文法、章法、主題、風格

一 前言

　　盛唐詩歌的輝煌歷史，紀錄著許多詩人的不朽成就，從浪漫詩派的李白，邊塞詩派的王昌齡、高適、岑參，田園詩派的王維、孟浩然，到社會寫實派的杜甫，呈現著盛唐詩歌的多樣風貌。其中杜詩深刻的詩歌意象，專意經營、下筆有神的詩歌技巧，以及沈鬱頓挫的詩歌風格，在在顯示杜詩的時代價值與藝術成就。杜甫一生窮愁潦倒，在他悲苦的生命遭遇中，用詩歌記錄了身世浮沉之感與家國離亂之痛。寓居夔州，是他五十九年的人生之旅最後的階段，時間不長，卻有相當多的詩歌作品作於此時，其中不乏傳世名篇，〈登高〉詩即為代表佳作，古人對於此篇多給予極高的評價[1]。在思想內容方面，這首詩概括了杜甫對生平遭遇的深沉感慨；在形式技巧方面，又足以展現杜甫高度的藝術成就。本文就此詩探討其意象的經營，期能從其意象的形成、表現、組織，統合其整體意象，並結合它的主旨與風格，以探索此詩的藝術成就。

二 辭章「意象」的理論基礎

　　所謂「意象」，實包含「意」與「象」兩個部分。關於「意象」的定義及其內涵的論述，在中國古代典籍中已被廣泛的討論，其中包括了「哲學義涵」詮釋及「文藝理論」的定義。以下試從「哲學層面」與「辭章層面」來談「意象」的理論基礎，以作為本文研究的重要依據。

1　楊倫《杜詩鏡銓》稱讚此詩為「杜集七言律詩第一」（臺北市：頂淵文化，2004
　　年），胡應麟《詩藪》更譽為「精光萬丈，為古今七言律詩之冠」（臺南：莊嚴文化
　　公司影印本，1997 年）。

（一）哲學層面

從哲學的層面來說，「意象」與「心」、「物」的融合有關，也就是說，由「心」生「意」，由「物」生「象」，「意」與「象」的融合是心、物合一的結果。在中國古代的哲學典籍中，談到許多關於「意」與「象」的融合，其中以《易傳》的論述最為精要。《易·繫辭上》云：

> 聖人有以見天下之賾，而擬諸其形容，象其物誼，是故謂之象。

而〈繫辭下〉又云：

> 易者，象也。象也者，像也。

這裡所說的「象」，是近取諸身、遠取諸物而得的卦象，可見《周易》的「觀物取象」以及「象者，像也」並非通向模仿物象，而是通向「象徵」[2]。既是象徵，則必然表出成為一種符號。

此外，《易傳》又闡釋「立象以盡意」來聯繫「意」與「象」的關係。〈繫辭上〉云：

> 聖人立象以盡意，設卦以盡情偽，繫辭焉以盡其言，變而通之以盡利，鼓之舞之以盡神。

我們知道，在語言表達上雖有「言不盡意」的成分，而〈繫辭上〉在此卻提出了「象可盡意」、「辭可盡言」的觀點。王弼《周易略例·明象》對此觀點曾經提出說明：

2　參見陳望衡：《中國古典美學史》（長沙市：湖南教育出版社，1998 年），頁 202。

> 夫象者，出意者也。言者，明象者也。盡意莫若象，盡象莫若
> 言。言生於象，故可尋言以觀象；象生於意，故可尋象以觀
> 意。意以象進，象以言著。[3]

根據王弼的說法，「情意」可以運用「言語」及「形象」作為媒介，
具體表現出來。如果落到辭章來說，「言—象—意」是為逆向的解讀
（鑑賞），而「意—象—言」則是順向的創作。

（二）辭章層面

後世文論家首先將「意象」的含意用於文藝理論者，是劉勰的
《文心雕龍》。其〈神思〉篇所謂「獨照之匠，窺意象而運斤」是在
講述辭章家如何進行意象經營，而意象經營離不開文思的醞釀，在其
醞釀的過程中最需要獨特的感受（「獨照」），然後透過內心的想像，
才能顯現鮮明的意象（「窺意象」）。

由於劉勰並沒有明確說明「意象」的定義，以致後世文藝理論對
於「意象」的詮釋眾說紛紜，如王昌齡《詩格》所云：

> 詩有三格：一曰生思，二曰感思，三曰取思。生思一：久用精
> 思，未契意象，力疲智竭，放安神思，心偶照境，率然而生。
> 感思二：尋味前言，吟諷古制，感而生思。取思三：搜求於
> 象，心入於境，神會於物，因心而得。[4]

其言意象的生成，必須心物交融。「生思」是主觀的「心」與客觀的
「境」偶然相照；「感思」是透過吟諷古制使「意」與「象」有感而

3　見《周易略例‧明象》，收入《易經集成》149（臺北市：成文出版社，1976 年），
　　頁 21-22。

4　見《中國歷代詩話選》第一冊（長沙市：岳麓書社，1985 年），頁 39。

合;「取思」則是從客觀之「象」進行搜求,如能「神」與「物」會,則「意」與「象」可合而得之。

又如司空圖《詩品‧縝密品》云:

是有真跡,如不可知,意象欲生,造化以奇。

只是把意象理解為「真跡」的顯露,而「真跡」則是生活中的一種原生象,透過「造化」的過程,將其顯現出來。

自劉勰以降,文藝理論家多專注於意象定義的探討,而近世則更多從事個別意象的研究,很少觸及整體辭章層面來探討意象的定位。

陳師滿銘則以「多、二、一(0)」的螺旋結構為基礎,從辭章的內涵切入,將辭章中屬於形象思維的「意象」、「詞匯」、「修辭」及屬於邏輯思維的「文法」、「章法」加以匯聚統整,並結合屬於綜合思維之「主旨」、「風格」,建構其層次關係,首先提出了「整體意象」的概念。在其〈意象與辭章〉[5]一文中,建構了辭章學的系統:

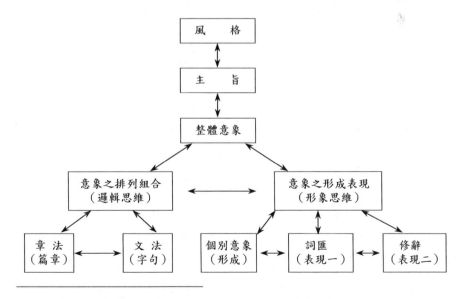

5　見《修辭論叢》第六輯(臺北市:洪葉書局,2004 年),頁 351-375。

從這一個辭章學的系統圖我們發現，探討辭章的意象經營，除了關注「意象」的形成與表現之外，更可以運用文法、章法來探討個別「意象」與「意象」之間的排列組合，如此所統合出來的「整體意象」，更能契合作者的整體思維，才能準確掌握辭章的主旨與風格。因此，研究辭章的意象經營應包含「意象」（個別）、「詞彙」、「修辭」以探討意象的形成表現，又含「文法」、「章法」以分析意象的排列組合，再統合成整體意象，來上貫其「主旨」與「風格」。本文即根據此一辭章學的系統，作為研究杜甫〈登高〉詩之意象經營的重要理論。

三　杜甫〈登高〉詩的寫作背景

杜甫的〈登高〉詩作於唐代宗大歷二年，當時正寓居夔州（今四川省奉節縣）過著貧病交加、孤悽無依的生活。

自玄宗天寶十四載安祿山叛變，長安、洛陽相繼失陷，便開始了杜甫困頓流離的生活。後雖輾轉見到肅宗，曾官拜左拾遺，旋又貶為華州司功參軍，未滿兩年，又遇史思明叛軍及關輔飢荒，只好棄官西行，經歷了多方苦難，才至成都依附嚴武，靠親友資助，在成都近郊浣花溪畔築草堂，生活始獲安定。然而好景不常，代宗永泰元年（西元765年），杜甫寓居草堂的第五年，嚴武過世，再以叛軍侵擾，杜甫頓失依靠，於是舉家乘舟東下，途中經過戎州、渝州、忠州，於大歷元年（西元766年）的夏天來到夔州。杜甫真正寓居夔州的時間大約兩年，這是他晚年最後一段安居的歲月，在他五十九年的歲數之中，這段時間不是很長，卻有相當多的作品。杜甫生平詩作共一千四百三十九首，其中有三百六十一首作於寓居夔州之時。[6]他在短短兩年期

6　參見方瑜：《杜甫夔州詩析論》（臺北市：幼獅文化事業公司，1985 年），頁 1。

間，作品竟超過全集的四分之一，數量相當豐富。而杜甫客居夔州只是短暫的安定，每到佳節仍會興起重回京華或感時憂國的情緒，使這時期的作品大多圍繞在年老、多病、感時、思歸的主題，而且多表現今昔對比的傷感。以重九日為例，其〈九日〉之一寫到：

> 舊日重陽日，傳杯不放杯。及今蓬鬢改，但愧菊花開。

又〈九日〉之四寫到：

> 故里樊川菊，登高素滻源。他時一笑後，今日幾人存？

然而夔州重九的詩篇，應以〈登高〉詩最為知名。明胡應麟曾推崇此詩云：

> 此章五十六字，如海底珊瑚，瘦勁難移，沉深莫測，而精光萬丈，力量萬均。通章章法、句法、字法，前無昔人，後無來學。此當為古今七言律第一，不必為唐人七言律第一也。[7]

這裡所謂「勁瘦」，是指這首詩用字精鍊，無冗詞贅語，這杜甫晚年創作時的主要特色，在〈登高〉詩中尤其表現得淋漓盡致，惟肇因於作者經年累月的困頓流離，使這首詩具備了深沉的精神內涵。此詩可說是概括了杜甫晚年的生命情調，並詮釋了他的生平遭遇與家國意識，胡氏的推讚之語當屬肯綮。茲抄錄此詩如下，以作為研究其意象經營的張本：

> 風急天高猿嘯哀，渚清沙白鳥飛迴。
> 無邊落木蕭蕭下，不盡長江滾滾來。
> 萬里悲秋常作客，百年多病獨登臺。

7　見胡應麟：《詩藪》卷二。

艱難苦恨繁霜鬢，潦倒新停濁酒杯。

杜甫身處逆境，寫下這首感人肺腑的詩篇。從這首詩的寫作背景來看，每一詩句皆涵蓋深沉的身世之感與家國之憂，我們將參考此詩的背景，逐一探索詩中每一個材料所蘊含的意象。

四　杜甫〈登高〉詩的意象形成

這裡所說的意象形成，是指〈登高〉詩所取用的材料，其背後情意所形成的個別意象，大致上可找出以下七種材料意象：

（一）「風急天高」、「渚清沙白」

這是杜甫登高所見的兩個景色，主要是作為背景之用。我們可以藉由文字的描述，想像天空高處風聲疾厲，而低處的沙洲則是一片慘白，其所描述的背景呈現一種淒清蒼茫的氛圍。這種氛圍大多容易產生孤冷茫然的情緒，杜甫選取這種景色作為背景，除了詩人敏銳的本能之外，應有其深刻的蘊含。杜甫自成都浣花草堂移居至夔州，一路輾轉流徙，居無定所，此時登高所見的惡劣環境，應有影射其人生逆境之意。

（二）「猿嘯哀」、「鳥飛迴」

在風急天高的背景之中，高猿長嘯之聲常常是「空谷傳響，哀轉久絕」[8]，這種哀鳴，常常是詩人表達哀悽之情的最好憑藉。至於渚清沙白之中，有鷗鳥想要落羽駐足，卻因為風急而來回盤旋，無處落

8　見酈道元：《水經注‧江水》。

腳。這隻極度不安的鷗鳥正是作者的自我影射，如同「飄飄何所似，天地一沙鷗」的處境，充分展現詩人不安的漂泊之感。作者選用這兩種材料，結合了聽覺與視覺的摹寫，其意象非常鮮明，也充分傳達詩人窮愁不安的情緒。

（三）「落木蕭蕭」

在「風急天高」的情境中，落葉蕭蕭總是令人不勝欷噓。在秋風掃不盡的落葉中，詩人應能深刻感受到秋的無情，而無情的秋風不斷地使綠葉凋零，這種蕭瑟的氛圍，在某些程度上，也代表著作者一生的身世飄零。

（四）「長江滾滾」

滔滔的江水，在秋日的陪襯之下，更能顯示其波濤洶湧、不可遏止的氣勢。作者登高遠眺，在見到落葉蕭蕭之後，為何擇取長江滾滾的水勢，作為寫景的對象？江水奔流向來有象徵時光流逝的意義，而此詩應無此意，反而是奔流不可遏止的水勢，更像作者心中不斷湧現的愁緒一樣，無法抑制其勢。詩人以江水奔流象徵此義，並非孤例，如「山暝聽猿愁，滄江急夜流」[9]、「星垂平野闊，月湧大江流」[10]皆有象徵作者愁緒之意。從〈登高〉詩的寫作意圖來看，杜甫描寫滾滾長江，應為此意。

9　孟浩然：〈宿桐廬江寄廣陵舊遊〉詩。
10　杜甫：〈旅夜書懷〉詩。

（五）「萬里悲秋」、「百年多病」

杜甫運用時空交錯的筆法，寫下了自己一生窮愁潦倒的際遇。「萬里悲秋常作客」是以遼闊的空間來凸顯作客異鄉的淒苦，而「百年多病獨燈臺」則以攸長的時間來襯托貧病交加的處境。這兩句詩是表達身世之感最具體的材料，將杜甫年過半百的生命際遇描繪得淋漓盡致，其句式簡潔，卻蘊含豐富的人生歷練，杜甫獨自登臺遠眺，其心中的孤獨與失落應非常濃厚，對於自己一生的困頓際遇必使自己更加地悲傷憔悴。全詩在這兩個意象的描述之後，其主旨便呼之欲出了。

（六）「霜鬢」

杜甫以「霜鬢」來形容自己逐漸增多的白髮。因為時局艱難，積鬱在杜甫心中的苦恨早已無法估量，詩人不用抽象情感的抒發方式，反而從耳邊的鬢髮為起點，擴散到滿頭的白髮，再進一步渲染出無窮無盡的苦恨，更針對時局艱難的處境發出無言的控訴。「霜鬢」是一個簡單具體的形象，雖然只是杜甫年老多病的表徵，卻蘊藏著詩人一生悲苦艱難的歷練，我們彷彿可以看見，一切的身世之感與流浪之苦正從霜白的鬢髮間爆發出來。

（七）「新停濁酒杯」

杜甫在離開浣花草堂之後，輾轉流徙，因為旅途中遭受風寒，多年的肺病更加嚴重，後來暫時安居夔州，病情並未好轉，因肺病而戒酒成為杜甫不得不接受的事實。雖然戒酒消愁不具實效，然而藉由詩酒來排遣愁緒，早已是詩人最常作的消遣，杜甫此時雖在夔州安居，

其實內心頗為徬徨，再加上一生潦倒，一事無成，心境的悲苦可想而知。除了寫詩，藉酒來排遣寂苦也是理所當然，然而杜甫因肺疾而被迫戒酒，其心情是非常無奈的。詩人在末句特別述說這種處境，就是要凸顯當下悲苦無奈的心情。

五　杜甫〈登高〉詩的意象表現

　　這首詩的意象表現，本應從「詞匯」與「修辭」兩方面來探討，而詞匯的表現乃意象形成之後轉換成文字的過程，與前述七種意象大致相同，此不再贅述。至於修辭方面，主要可以從下列兩種技巧來探討其意象表現：

（一）誇飾

　　杜甫此詩所描寫的秋景，著重於氣氛的營造。而他運用了誇張的筆法，對於秋天的悲涼氛圍，具有強化其意象的積極作用。「無邊落木蕭蕭下」的「無邊」二字，將秋天落葉的景象無限延展；「不盡長江滾滾來」的「不盡」二字亦將長江水勢無限擴大，這兩句又同時運用了疊字修辭，使這無限延展擴大的景象更添一分綿延之感。詩人處於這種遼闊的氛圍之中，又面對身世寂寥，其孤寂之感便自然而然地凸顯出來。

（二）借代

　　杜甫〈登高〉詩唯一用到借代技巧來表現意象的是「艱難苦恨繁霜鬢」中的「霜鬢」，意指斑白的頭髮。「鬢」的本義是耳邊的毛髮，此處借指頭髮全部，是屬於「以部分代整體」的借代修辭。鬢毛斑白

是最能呈現人歷盡滄桑的老化現象，詩人以最具老化形象的特徵來代替滿頭的白髮，除了清楚傳達老化的意象之外，更能凸顯詩中人物飽經風霜、嚐盡艱辛的生命歷程。

六　杜甫〈登高〉詩的意象組織

所謂「意象組織」是針對材料意象來探討彼此之間的邏輯關係，我們可以從字句的組織和篇章的結構兩方面來探討。

（一）從字句的組織來看

從字句的組織來看，就是根據文（語）法觀念來分析辭章字句中各個意象的關係。一般來說，句子可分為「單句」和「複句」兩大類，單句的結構比較間單，可以就目前所認定的中文文法來分析，至於複句的結構較為複雜，已經牽涉到單句與單句的問題，必須運用到章法的觀念來分析，才能解決其複雜的結構關係。杜甫〈登高〉詩共有八句，茲分析其字句結構，並說明如下：

```
風急　　　　天高　　　　猿　嘯　哀
（主語＋表語）＋（主語＋表語）＋〔主語＋（述語＋副詞）〕
渚清　　　　沙白　　　　鳥　飛　迴
（主語＋表語）＋（主語＋表語）＋〔主語＋（述語＋副詞）〕
```

詩的前二句結構相同，都是由三個單句所組成的複句。其中首句的「風急」、「天高」和次句的「渚清」、「沙白」，皆屬於表態句，其詞性可視為地方副詞，其作用在修飾「猿嘯哀」、「鳥飛迴」，作為整個複句的背景，則「猿嘯」的哀悽與「鳥飛」的迴旋就被清楚地凸顯出來。

```
無邊      落木  蕭蕭  下
副詞 ＋ （主語 ＋ 狀聲詞 ＋ 述語）
不盡      長江  滾滾  來
副詞 ＋ （主語 ＋ 狀形詞 ＋ 述語）
```

　　三、四句的結構亦相同，都是「主語＋述語」的敘事句，其中「落木下」與「長江來」是句子的主體，「無邊」、「不盡」是修飾整句的副詞，而「蕭蕭」、「滾滾」屬於狀聲、狀形的虛詞。這兩句的結構簡單而修飾詞語豐富是其主要特色。

```
萬里      悲秋      常  作  客
（表語 ＋ 主語）＋（副詞 ＋ 述語 ＋ 賓語）
百年      多病      獨  登  臺
（表語 ＋ 主語）＋（副詞 ＋ 述語 ＋ 賓語）
```

　　五、六句的結構相同，都是由兩個單句所組成的複句。「萬里悲秋」和「百年多病」皆為倒裝的表態句，做為地方副詞的「萬里」及作為時間副詞的「百年」，延伸了「悲秋」與「多病」的時空，成為整個複句的背景；至於「常作客」與「獨登臺」則為省略主語、並帶有副詞修飾的敘事句，皆是整個複句的焦點。由於背景的烘托，「作客」的流離之苦與「登臺」的孤寂之感更為鮮明了。

```
艱難      苦恨      繁  霜鬢
（表語 ＋ 表語）＋（表語 ＋ 主語）〕
```

　　第七句的結構是兩個表態句所構成的複句。「艱難苦恨」是省略主語的表態句，其並列的兩個表語（「艱難」與「苦恨」）呈現的是因果關係；至於「繁霜鬢」應是「霜鬢繁」的倒裝，可以看出其表態單

句的結構；兩個表態句也是因果關係，具體而言，因為「艱難苦恨」，所以「繁霜鬢」，整句道盡了杜甫經歷風霜、垂垂老矣的生命歷程。

潦倒　　　新停　　濁酒杯
表語　＋　（　述語　＋　賓語　）

第八句的結構是表態句結合敘事句的複句。而兩個單句皆省略了主語，表態句與敘事句亦呈現因果關係，也就是說，因為「潦倒」，所以「新停濁酒杯」，說明杜甫登臺之際的身心情狀，並特別強調戒酒之事以凸顯當下的苦痛。

（二）從篇章的結構來看

唐人律詩創作中，「前四句寫景，後四句抒情」是較為普遍的寫作條理，而杜甫〈登高〉詩的前四句以描寫景物為主，後四句則著重在人物的刻畫與詩人的感觸。整首詩的敘寫邏輯與傳統唐詩的條理類似，但仍有杜甫特殊的謀篇藝術。茲分析詩的意象及章法結構如下：

象（天）─┬─象（小）─┬─象（聽）「風急天高猿嘯哀」
　　　　　│　　　　　└─象（視）「渚清沙白鳥飛迴」
　　　　　└─象（大）─┬─象（高）「無邊落木蕭蕭下」
　　　　　　　　　　　└─象（低）「不盡長江滾滾來」
意（含象）（人）─┬─象（久）─┬─象（空間）「萬里悲秋常作客」
　　　　　　　　　│　　　　　└─象（時間）「百年多病獨登臺」
　　　　　　　　　└─意（暫）─┬─意（全）「艱難苦恨繁霜鬢」
　　　　　　　　　　　　　　　└─意（偏）「潦倒新停濁酒杯」

從結構表可以看出，詩人首先著筆於小範圍的景物摹寫，一、二兩句
分別從聽覺與視覺的轉換，以「風急天高」、「渚清沙白」為背景，帶
出猿聲哀嘯、鷗鳥飛迴的景象，營造出淒冷不安的氛圍。其後三、四
兩句，詩人將視角放大，描寫無數的落葉從高處落下，滾滾的江水在
低處奔流，落葉的蕭瑟與江水的洶湧形成了強烈的對比。這些景物是
詩人登高所見，其作用在烘托詩人登高的孤寂之感，所以五、六兩句
落到詩人身世之感的描寫——面對如此淒清之景，詩人當有所感觸，
他想到自己顛沛萬里而客坐異鄉，也想到年過半百而宿疾纏身，在此
登臺遠眺之際，當是百感交集。詩人以時空交錯的筆法，概括了數十
年來顛沛流離的生命遭遇。於是，七、八兩句直抒胸臆，「霜鬢」之
象，讓我們也感受到詩人對未來艱難的徬徨，也透露著過去歲月多少
流浪之苦與家國之恨，末句描述自己因肺疾而戒酒，就連藉酒澆愁的
機會都無法實現，當下的痛苦更加深了全詩的悲愁意象。整首詩的意
象組織，從自然之「象」延伸到人事之「象」，再由人事之「象」透
露出人事之「意」，以帶出主旨，其意象的組織嚴謹而分明。陶道恕
評此詩云：

> 詩前半寫景，後半抒情，在寫法上各有錯綜之妙。首聯著重刻
> 畫眼前具體景物，好比畫家的工筆，形、聲、色、態，一一得
> 到表現。次聯著重渲染整個秋天氣氛，好比畫家的寫意，祇宜
> 傳神會意，讓讀者用想像補充。三聯表現感情，從縱（時
> 間）、橫（空間）兩方面著筆，由異鄉飄泊寫到多病殘生。四
> 聯又從白髮日多，護病斷飲，歸結到時世艱難是潦倒不堪的根
> 源。這樣，杜甫憂國傷時的情操，便躍然紙上。[11]

---

11 見《唐詩鑑賞集成》上冊，〈陶道恕評〉（臺北市：五南圖書公司，2001 年），頁 707。

這裡點出杜甫創作此詩在聲色形態上表現突出，在時間、空間上的設計亦非常嚴謹，由此可見杜詩用心經營的謀篇藝術。

七 杜甫〈登高〉詩的意象統合

本節探討杜甫〈登高〉詩的意象統合，乃結合前述關於這首詩的個別意象形成、表現及字句與篇章之排列組合的邏輯，綜理出整體意象，進而歸納其主旨與風格的呈現。

（一）杜甫〈登高〉詩的整體意象

檢視杜甫〈登高〉詩的個別材料意象，其中「風急天高」、「渚清沙白」所呈現的是淒冷陰鬱、險象環生的情境；而「猿嘯哀」、「鳥飛迴」又帶來心靈之悲與處境之難；至於「落木蕭蕭」表達了飄零之感，「長江滾滾」則傳遞無限湧出的愁緒；「萬里悲秋」有作客異鄉的流浪之苦，「百年多病」寓貧病交加的身世之感；此外，作者特別強調「霜鬢」之繁，這又是詩人一生悲苦遭遇與困塞經歷的具體表現，再加上「戒酒」之苦，更凸顯其悲傷憔悴而不能勝的處境。從意象的組織來看，這些材料各有其「圖底」、「視聽」、「大小」、「高低」、「久暫」、「偏全」、「時空」及「天人」等關係，這是一個層次分明、意象清晰的圖景——在自然景物方面，呈現的是一個蒼茫幽鬱的景象；在人事之景方，則凸顯一個飽經風霜的詩人形象；結合自然與人事所呈現的整體圖象，是一幅詩人登高所見的蒼茫以及內心百感交集的愁緒，全詩「悲苦」的情意亦由此展現出來。

（二）杜甫〈登高〉詩的主題思想

〈登高〉詩的前半是登臺所見之景，後半則為詩人觸景傷情。從整首詩的悲苦情意來看，詩人是藉由登高所見，擇取秋日蕭瑟的景物，以作為人生逆境的影射，進而抒發其身世之感與家國之悲。每一種個別材料所呈現的意象都在詮釋這種悲苦，而整體的圖象也呈現這種悲情，在在說明這首詩的主題思想，為表明杜甫的身世之感及其憂國傷時的情懷。

（三）杜甫〈登高〉詩的風格表現

從作者的眼力來看，這首詩的立意呈現一種悲苦的美感，而取材方面又多淒冷、蕭瑟的景象，讓我們可以從具體景物來感受這悲苦之美，結合這首詩的主題思想與材料意象，可見其「冷峻悲抑」的格調。

從作者的表現手法來看，在修辭表現方面，運用了「誇飾」技巧以強化蕭條蕭穆的美感，而「借代」法的表現，使「霜鬢」的意象格外醒目，亦使這意象的特徵更加深刻明顯。在字句組織方面，複句中以「地方副詞」作為背景的句式，具有烘托焦點以凸顯意象的積極作用，這種句式通常可以呈現圖底烘襯的美感。在篇章組織方面，尤其要注意「時空交錯」的設計與「天人調和」的關係，具體而言，這首詩的「時空交錯」營造了蒼闊而漫長的時空之感，而「天人調和」則展現了杜甫融合自然景物與自身遭遇的功力，其悲苦的心境透過自然景物的陪襯烘托，具有更深切的感染力。由此可知，材料意象所呈現的「冷峻悲抑」的格調，以及蒼闊而漫長的時空之感，均具有陽剛之氣；然而被「天人調和」的陰柔之風與整首詩「悲苦」的情緒包孕其中，統攝出一種「柔中寓剛」的風格。

八　結語

　　杜甫「夔州詩」所呈現的是詩人晚年潦倒、淒苦的生命情調，〈登高〉詩正是這種生命情調的具體展現。從這首詩的個別意象來看，作者所擇取的物材與事材（象）大多可以看出「淒苦憂鬱」的情意（意）。從意象的表現來看，其「誇飾」與「借代」的運用，使這些淒苦憂鬱的情意表現得更突出。從意象的組織來看，在字句方面，其多數的表態單句，本來就容易表達鮮明的意象，而複句又多具有「圖底」及「因果」的關係，更能襯托情意；在篇章方面，時間與空間的交錯，自然與人事的融合，以及感官知覺的轉換、視角高低的變化，將意象與意象之間的邏輯關係安置得層次分明。從意象的統合來看，其「蒼茫遼闊」之象所烘襯出來的「悲苦抑鬱」之情（意），正是這首詩的整體意象，從其整體意象就能進一步體現「表達身世之感與家國之憂」的主旨，而「冷峻」、「沈鬱」的風格也由此凸顯出來。

　　我們研究杜甫〈登高〉詩的意象經營，不僅照顧到個別意象的分析，更要求從整體而宏觀的角度，瞭解〈登高〉詩的整體意象、主題思想與風格表現，這才能完整掌握這首詩的形象思維與邏輯思維。可見整體意象系統的研究方式是值得用來分析辭章、瞭解辭章的好方法。

——收入《陳滿銘教授七秩榮退誌慶論文集》

（臺北市：萬卷樓圖書公司，2005年）。

論王昌齡「從軍行」詩的意象經營

提要

　　「意象」是辭章中最重要的部分，抽離「意象」則無法建構完整的文學作品。而一般對於辭章「意象」的研究，多偏於個別意象的探討。本文分析王昌齡「從軍詩」的意象經營，不僅注重傳統個別意象的研究，更專意於意象與意象之間的排列組合，期望尋得王昌齡〈從軍行〉詩的「整體意象」。本文研究發現，歸結〈從軍行〉詩的整體意象，更能契合王昌齡「高闊悲壯」的邊塞詩風。也由此印證，從整體辭章學（含個別意象、詞匯、修辭、文法、章法、主題、風格等範疇）的角度來探索辭章的意象經營，較能掌握其整體藝術風貌，也是值得推展的意象研究方法。

關鍵詞：王昌齡、〈從軍行〉、唐詩、意象、詞匯、修辭、文法、章法、主題、風格

一　前言

　　盛唐詩歌的輝煌成就，代表著中國古典詩歌發展的一個高峰。其中「邊塞詩」的流行，凸顯了大唐帝國揚威塞外的企圖，也反映了唐代知識份子對於拓版邊疆的認知與體悟。王昌齡是盛唐邊塞詩的代表作家，他入仕之前因游歷邊境，寫下了許多以邊塞為主題的詩歌。其中〈從軍行〉七首，是依據樂府古題所創作的七言律絕，主要內容多表現軍旅生活的甘苦，在意境上仍具有王昌齡詩「高闊深遠」、「蒼涼悲壯」的情調，其意象的經營更是匠心獨運。本文研究王昌齡「從軍詩」的整體意象，分別從其意象的形成、意象的表現、意象的組織及意象的統合，以探索〈從軍行〉詩的意象經營，期能一窺王昌齡「從軍詩」的整體藝術風貌。

二　辭章「意象」的理論基礎

　　所謂「意象」，實包含「意」與「象」兩個部分。關於「意象」的定義及其內涵的論述，在中國古代典籍中已被廣泛的討論，其中包括了「哲學義涵」詮釋及「文藝理論」的定義。以下試從「哲學層面」與「辭章層面」來談「意象」的理論基礎，以作為本文研究的重要依據。

（一）哲學層面

　　從哲學的層面來說，「意象」與「心」、「物」的融合有關，也就是說，由「心」生「意」，由「物」生「象」，「意」與「象」的融合是心、物合一的結果。在中國古代的哲學典籍中，談到許多關於「意」與「象」的融合，其中以《易傳》的論述最為精要。《易・繫

辭上》云：

> 聖人有以見天下之賾，而擬諸其形容，象其物誼，是故謂之
> 象。

而〈繫辭下〉又云：

> 易者，象也。象也者，像也。

這裡所說的「象」，是近取諸身、遠取諸物而得的卦象，可見《周易》的「觀物取象」以及「象者，像也」並非通向模仿物象，而是通向「象徵」[1]。既是象徵，則必然表出成為一種符號。

　　此外，《易傳》又闡釋「立象以盡意」來聯繫「意」與「象」的關係。〈繫辭上〉云：

> 聖人立象以盡意，設卦以盡情偽，繫辭焉以盡其言，變而通之
> 以盡利，鼓之舞之以盡神。

我們知道，在語言表達上雖有「言不盡意」的成分，而〈繫辭上〉在此卻提出了「象可盡意」、「辭可盡言」的觀點。王弼《周易略例・明象》對此觀點曾經提出說明：

> 夫象者，出意者也。言者，明象者也。盡意莫若象，盡象莫若
> 言。言生於象，故可尋言以觀象；象生於意，故可尋象以觀
> 意。意以象進，象以言著。[2]

根據王弼的說法，「情意」可以運用「言語」及「形象」作為媒介，

1　陳望衡：《中國古典美學史》（長沙市：湖南教育出版社，1998 年），頁 202。

2　《周易略例・明象》，收入《易經集成》149（臺北市：成文出版社，1976 年），頁 21-22。

具體表現出來。如果落到辭章來說,「言─象─意」是為逆向的解讀（鑑賞）,而「意─象─言」則是順向的創作。

（二）辭章層面

後世文論家首先將「意象」的含意用於文藝理論者,是劉勰的《文心雕龍》。其〈神思〉篇所謂「獨照之匠,窺意象而運斤」是在講述辭章家如何進行意象經營,而意象經營離不開文思的醞釀,在其醞釀的過程中最需要獨特的感受（「獨照」）,然後透過內心的想像,才能顯現鮮明的意象（「窺意象」）。

由於劉勰並沒有明確說明「意象」的定義,以致後世文藝理論對於「意象」的詮釋眾說紛紜,如王昌齡《詩格》所云:

> 詩有三格:一曰生思,二曰感思,三曰取思。生思一:久用精思,未契意象,力疲智竭,放安神思,心偶照境,率然而生。感思二:尋味前言,吟諷古制,感而生思。取思三:搜求於象,心入於境,神會於物,因心而得。[3]

其言意象的生成,必須心物交融。「生思」是主觀的「心」與客觀的「境」偶然相照;「感思」是透過吟諷古制使「意」與「象」有感而合;「取思」則是從客觀之「象」進行搜求,如能「神」與「物」會,則「意」與「象」可合而得之。

又如司空圖《詩品‧縝密品》云:

> 是有真跡,如不可知,意象欲生,造化以奇。

只是把意象理解為「真跡」的顯露,而「真跡」則是生活中的一種原

3　《中國歷代詩話選》第一冊（長沙市:岳麓書社,1985年）,頁39。

生象，透過「造化」的過程，將其顯現出來。

　　自劉勰以降，文藝理論家多專注於意象定義的探討，而近世則更多從事個別意象的研究，很少觸及整體辭章層面來探討意象的定位。

　　陳滿銘則以「多、二、一（0）」的螺旋結構為基礎，從辭章的內涵切入，將辭章中屬於形象思維的「意象」、「詞匯」、「修辭」及屬於邏輯思維的「文法」、「章法」加以匯聚統整，並結合屬於綜合思維之「主旨」、「風格」，建構其層次關係，首先提出了「整體意象」的概念。在其〈意象與辭章〉[4]一文中，建構了辭章學的系統：

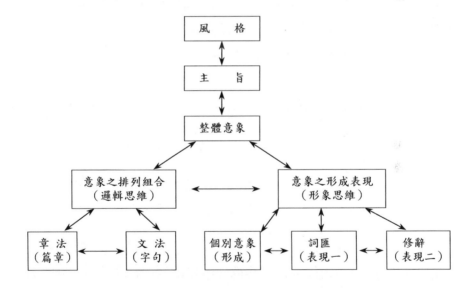

從這一個辭章學的系統圖我們發現，探討辭章的意象經營，除了關注「意象」的形成與表現之外，更可以運用文法、章法來探討個別「意象」與「意象」之間的排列組合，如此所統合出來的「整體意象」，更能契合作者的整體思維，才能準確掌握辭章的主旨與風格。因此，研究辭章的意象經營應包含「意象」（個別）、「詞匯」、「修辭」以探

4　《修辭論叢》第六輯（臺北市：洪葉書局，2004 年），頁 351-375。

討意象的形成表現，又含「文法」、「章法」以分析意象的排列組合，再統合成整體意象，來上貫其「主旨」與「風格」。本文即根據此一辭章學的系統，作為研究王昌齡〈從軍行〉詩之意象經營的重要理論。

三 王昌齡〈從軍行〉詩的寫作背景

為了準確分析王昌齡〈從軍行〉詩的意象，我們必須略知它的寫作背景，以便透過時空背景的探索，認識詩中個別意象的地理位置或歷史背景。試探索王昌齡入仕前的行游足跡及其〈從軍行〉詩的寫作時間，以作為我們分析意象時的重要參考。

（一）入仕前的行游足跡

《舊唐書》對於王昌齡立有專傳。其云：

> 王昌齡者，進士登第，補秘書省校書郎，又以博學鴻詞登科，
> 再遷氾水縣尉，不護細行，屢見貶斥，卒。

此記載甚略，而《新唐書》又將王昌齡的生平附於〈孟浩然傳〉下，更簡於《舊唐書》。所以，想據傳統史料以瞭解王昌齡生平，則多所缺漏。惟譚優學〈王昌齡行年考〉[5]，透過詳實的考證，王昌齡的生平事蹟與生卒年月才得以完整呈現。茲根據譚優學所考訂，並參酌黃益元的〈王昌齡生平事蹟辨證〉[6]，表列王昌齡的生平重要事蹟如下：

---

5 《文學遺產增刊》第 12 期，頁 174-192。

6 《文學遺產》，1992 年第二期，頁 31-34。

行　　　年	年　　齡	事　　　蹟
武則天聖曆元年（698A.D.）	一歲	昌齡生
唐玄宗開元十一年（723A.D.）	二十六歲	客河東并州、潞州
唐玄宗開元十二年（724A.D.）	二十七歲	赴河隴、出玉門，其著名之邊塞詩當作於此時
唐玄宗開元十三年（725A.D.）	二十八歲	客扶風
唐玄宗開元十五年（727A.D.）	三十歲	登進士第，授校書郎
唐玄宗開元二一年（733A.D.）	三十六歲	在長安，預餔宴
唐玄宗開元二二年（734A.D.）	三十七歲	在長安，中博學鴻詞科，遷汜水尉
唐玄宗開元二四年（736A.D.）	三十九歲	在長安，旗亭畫壁之事當在是年前後
唐玄宗開元二六年（738A.D.）	四十一歲	謫赴嶺南
唐玄宗開元二八年（740A.D.）	四十三歲	北至襄陽訪孟浩然，浩然旋卒
唐玄宗天寶元年（742A.D.）	四十五歲	初春，出為江寧縣丞
唐玄宗天寶三載（744A.D.）	四十七歲	自江寧還長安，暫留京中
唐玄宗天寶七載（748A.D.）	五十一歲	在廣陵，貶龍標尉當在是年
唐肅宗至德二載（757A.D.）	六十歲	貶龍標，以亂世還鄉里，為閭丘曉所殺

　　綜觀王昌齡一生，在三十歲中進士第以前，有將近四年的時間游走於中國西北各州，二十七歲甚至出玉門關，行於河西走廊一帶，其著名的邊塞詩如〈從軍行〉七首、〈出塞〉二首等作品多作於此時。

（二）〈從軍行〉詩的寫作背景

從上述王昌齡在二十六、七歲時行游邊塞的足跡來看,〈從軍行〉七首應作於此時。詩中所提到的「青海」、「雪山」、「洮河北」是指現今青海和青海東南的洮水流域一帶,這些地方正是唐代與吐番數度交戰之處,而王昌齡行走於河西、隴右一帶,親見這些景物而心有所感,是極有可能的。因此,河西、隴右,甚至遠至新疆南部,都可能是王昌齡邊塞詩的創作背景,〈從軍行〉七首自不例外。茲摘錄〈從軍行〉詩文如下:

> 其一
> 烽火城西百尺樓,黃昏獨坐海風秋。更吹羌笛關山月,無那金閨萬里愁。
> 其二
> 琵琶起舞換新聲,總是關山舊別情。撩亂邊愁聽不盡,高高秋月照長城。
> 其三
> 關城榆葉早疏黃,日暮雲沙古戰場。表請回軍掩塵骨,莫教兵士哭龍荒。
> 其四
> 青海長雲暗雪山,孤城遙望玉門關。黃沙百戰穿金甲,不破樓蘭終不還。
> 其五
> 大漠風塵日色昏,紅旗半捲出轅門。前軍夜戰洮河北,已報生擒吐谷渾。
> 其六
> 胡瓶落膊紫薄汗,碎葉城西秋月團。明敕星馳封寶劍,辭君一

夜取樓蘭。

其七

玉門山嶂幾千重，山北山南總是烽。人依遠戍須看火，馬踏深山不見蹤。

四　王昌齡〈從軍行〉詩的意象形成

既已建構了辭章意象的體系，可知構成辭章四大要素的「景（物）」、「事」、「情」、「理」，其中「景（物）」、「事」屬辭章的外圍成分，是「象」；「情」、「理」屬辭章的核心成分，是「意」。依照這樣的分類，可從以下兩方面來探討王昌齡〈從軍行〉詩之個別意象的形成。

（一）〈從軍行〉詩的「象」

辭章的「象」，屬於外圍成分，又可分為「物象」與「事象」兩種。

1 物象

在王昌齡的七首〈從軍行〉詩中，運用了相當豐富的景（物）材料，充分展現了邊塞壯闊蒼茫的景致。其景物大致可分為「自然之景」與「人事之景」。在「自然之景」中，有些景物屬於大的場景，常具有烘托的作用，如：

青海（其四）：

即「青海湖」，是中國最大的內陸鹹水湖，位於今青海省西寧市

西。

雪山（其四）：

即「祁連山脈」，自古即有南北之分，「南祁連」位於新疆南部，其山勢險要，是河西通往青海的隘口，歷代皆有駐軍防守。王昌齡詩所稱，即指此山。詩云「青海長雲暗雪山」，所營造的是「青海上空長雲瀰漫，並隱現橫亙千里雪山」的遼闊景致，不僅描繪了西北邊塞蒼茫壯闊的景象，也是整首詩的重要氛圍。

大漠風塵（其五）：

其詩云「大漠風塵日色昏」，營造了將士出征前「狂風怒起，飛沙走石」的景象，而「日色昏」並非描寫天色已晚，而是風沙遮天蔽日所形成的昏暗景象，這不僅「在表現氣候的暴烈，它作為一種背景出現，還自然對軍事形勢起著烘托、暗示的作用」[7]。

有些景物則具備了焦點的質性，如：

榆葉（其三）：

是分布於中國北部及西伯利亞的落葉喬木，多在春天開花。而以「榆」為名的地方，如「榆中」（甘肅省）、「榆林」（綏遠省）、「榆塞」（即邊塞），多在中國的邊境，可見「榆葉」是邊塞地區常見的植物，而王昌齡詩云「關城榆葉早疏黃」所傳達的應是春日已遠的意象，此意象安置於邊塞，更能表現淒涼黯淡的氛圍。我們可以從邊塞詩中找到類似意境的描寫，如「摐金伐鼓下榆關」[8]、「道旁榆莢仍似

7　余恕誠評：《唐詩鑑賞集成》上冊（臺北市：五南圖書公司，2001年），頁141。
8　高適：〈燕歌行〉。

錢，摘來沽酒君肯否」[9]等，皆可說明榆樹所代表之邊塞的節候。

秋月（其二、其六）：

「月」被用於詩詞當中多具有「鄉愁離情」的象徵，尤其結合了邊塞風光，其「鄉愁」的意象更為鮮明。如王昌齡「秦時明月漢時關，萬里長征人未還」[10]、李白「明月出天山，蒼茫雲海間」[11]、岑參「知君慣度祁連城，豈能愁見輪臺月」[12]等，均塑造了「鄉愁離情」的氛圍，而王昌齡詩云「高高秋月照長城」、「碎葉城西秋月團」同時結合了季節與邊塞，更有加深這種情感的效果。

至於「人事之景」中，有大型建築或場域的摹寫，如：

百尺樓（其一）：

詩云「烽火城西百尺樓」，即指出這是青海烽火城西的瞭望臺。在荒涼的原野之中，戍守這座百尺高臺的戰士，難免會有「蒼茫四顧、寂寞時起」的感受，王昌齡用此物象，即在表達這種寂寞之感。

長城（其二）：

王昌齡詩云「高高秋月照長城」，所營造的是一個「長城綿亙、秋月高照」的壯闊景象。當征戍的戰士面對這種蒼莽壯闊的景象時，可能產生無限的鄉愁，也可能興起立功邊塞的雄心，亦或許湧起對故國山川風物深沈的愛[13]。「長城」在邊塞詩中所象徵的情感是多樣而複

9　岑參：〈戲問花門酒家翁〉。

10　王昌齡：〈出塞〉。

11　李白：〈關山月〉。

12　岑參：〈送李副使赴磧西官軍〉。

13　周嘯天評：《唐詩鑑賞集成》上冊，頁139。

雜的。

　　古戰場（其三）：

　　王昌齡詩云「日暮雲沙古戰場」，是以風起雲湧、塵沙飛揚為背景所設計的戰事場域，其自然景觀已經呈現淒涼悲壯之感，再以戰場上可能出現的「轍亂旗靡、屍橫遍野」的景象，其「悲涼慘絕」的氛圍就成為這首詩的主調了。

　　玉門關（其四、其七）：

　　位於甘肅省敦煌市西。自漢武帝設置河西走廊四郡之後，「玉門關」的修築，保障了絲路的暢通，也安定了漢代西北邊境。到了隋、唐時期，玉門關從敦煌東移至安西縣雙塔堡附近，真正發揮了絲路隘口要塞的功能。[14]唐代歌頌玉門關的詩句至今仍迴響在耳，如王之渙「羌笛何須怨楊柳，春風不度玉門關」[15]、岑參「苜蓿烽邊逢立春，葫蘆河上淚沾襟」[16]等，皆有悲怨離愁之感，而王昌齡詩云「孤城遙望玉門關」、「玉門山嶂幾千重」，不僅呈現玉門關外的邊塞景致，也表達了邊關戰士殺敵立功的豪情及其悲壯的意緒。

　　此外，亦有小景物的動態摹寫，如：

　　烽火（其一、其七）：

　　自古戍守邊境的設施，除了瞭望高臺之外，「烽火」的設置具有照明與發射信號的功能，在遼闊的邊塞更顯其孤高矗立的形象。王昌

14　黃璧珍：〈玉門關探蹤〉，《歷史文物月刊》，第七卷第七期，頁 97-102。

15　王之渙：〈涼州詞〉。

16　岑參：〈題苜蓿烽寄家人〉。「苜蓿烽」為玉門關上的五烽之一，現位於雙塔水庫北側山頂。

齡詩云「烽火城西百尺樓」展現的是百尺高樓中矗立的光芒，而「山南山北總是烽」則是綿延遼闊的山脈中所呈現的孤光，兩者各在視覺的高度與長度上營造了特殊的美感，烽火的存在，更形孤單，也更凸顯邊塞僅存人煙的可貴。

穿金甲（其四）：

即指戰士身上穿破的盔甲。王昌齡詩云「黃沙百戰穿金甲」，彷如用一特寫鏡頭呈現戰士身上歷經戰火的痕跡，其凸顯戰士戍守邊疆艱辛的情境非常明顯。

胡瓶落膊紫薄汗（其六）：

「胡瓶」是西域出產的貯水器，乃戰士出征必要的裝備；而「紫薄汗」則為西域的戰馬。這些重要裝備的描述，展現了征戰之前的萬全準備，也代表了征服邊塞敵族的決心。

2 事象

在事象方面，可略分為「虛象」與「實象」兩類。所謂「虛象」是指透過想象或表達願望所呈現的事件，如：

表請回軍掩塵骨（其三）：

「表請回軍」是前線將領向君王表達想要班師回鄉的願望，而「掩塵骨」不僅傳達強烈回鄉的意願，更以「為戰死沙場的將士掩埋骨灰」之鮮明意象，透露出邊塞戰事的慘烈與艱辛。

前軍夜戰（其五）：

意指後續部隊在整裝出征之前，忽聞前鋒部隊傳來捷報，詩云

「前軍夜戰洮河北，已報生擒吐谷渾」表現出前鋒部隊戰果輝煌、驍勇殺敵的形象，與當前部隊的激昂鬥志，形成相互烘托的效果。

　　辭君一夜（其六）：

　　王昌齡詩云「辭君一夜取樓蘭」，是邊境將領向明君表達殲滅敵人的決心，也在展現自己驍勇善戰的激昂鬥志。

　　馬踏深山（其七）：

　　王昌齡詩云「馬踏深山不見蹤」，是戍邊戰士透過想像所呈現的輕快迅捷的行軍聲景。這是王昌齡從軍詩中唯一表現較為飄渺悠遠的意境，其置於第七首，給人一種餘韻繚繞的想像空間，增加〈從軍行〉詩的空闊之感。

　　至於「實象」，則多為詩人從將士角度描述其親身經歷的事件，如：

　　關山月（其一、其二）：

　　「關山月」本來包含「關」、「山」、「月」三種景物，而在王昌齡的詩中應為樂府舊題〈關山月〉，此樂府古題多用於表現傷感離別之情[17]，唐代詩人亦有沿襲之作，如李白〈關山月〉所云：「戍客望邊色，思歸多苦顏，高樓當此夜，嘆息未應閑。」在內容上仍承襲了古題樂府的精神。王昌齡在此所謂「更吹羌笛關山月」、「總是關山舊別情」，基本上具備了傳達離別傷感之情的作用。

　　更吹羌笛（其一）：

---

17 《樂府古題要解》：「『關山月』，傷離別也」。

即指邊疆民族的音樂。這是唐代邊塞詩中常用的材料，王之渙「羌笛何須怨楊柳」[18]、岑參「胡琴琵琶與羌笛」[19]等皆是。羌笛所奏非故鄉之音，且其音色哀囀淒絕，聽在戍邊戰士的耳裡，不僅令人瑟縮，更容易湧起思鄉之情。王昌齡詩云「更吹羌笛關山月」，乃用羌笛吹奏樂府民歌的曲度，在鄉愁之外，更傳達了離別的傷感。

黃昏獨坐（其一）：

在烽火遍起、百尺高樓的背景之中，王昌齡詩云「黃昏獨坐海風秋」，再加上「羌笛」的陪襯，這個獨坐於戍樓之上的征人，更顯得孤獨寥落，更容易激湧上思鄉的激情。

琵琶起舞換新聲（其二）：

詩人透過琵琶音樂的翻曲，喚起邊疆戰士的種種強烈感觸，雖然「換新聲」，卻離不開「舊別情」的主題。詩人云「撩亂邊愁聽不盡」，聽不盡的是久戍思歸的苦情。所以，這琵琶新聲代表著戍邊將士複雜而起伏的心境。

黃沙百戰（其四）：

王昌齡詩云「黃沙百戰穿金甲」，「黃沙百戰」是戰士長久戍邊的經歷，而「穿金甲」是當下短暫的情境，可見詩人描述「黃沙百戰」的場面，一方面做為戰士的背景，一方面也表現了戍邊的艱辛。

紅旗半捲（其五）：

18 王之渙：〈涼州詞〉。
19 岑參：〈白雪歌送武判官歸京〉。

「旗幟」是戰士出征的重要圖騰，也是軍隊最重要的精神象徵。王昌齡詩云「紅旗半捲出轅門」主要在表現大唐軍隊主動出擊的情勢。為了減少大漠風塵的阻力，也為了加快行軍的速度，紅旗只能半捲，卻不減一支準備奮勇殺敵的勁旅，在「紅旗」的指引之下所顯現的激昂鬥志。

明敕（其六）：

詩云「明敕星馳封寶劍」，展現了將士銜命出征的圖景，一方面使出征具備正當性，另一方面也凸顯了將士所背負的重大使命。王昌齡以「明敕」、「封寶劍」作為此詩的重要事材，也間接體現了唐代君王與武將之間的微妙關係。

（二）〈從軍行〉詩的「意」

辭章的「意」，為辭章的核心成分，即指辭章所呈現的「情」、「理」。王昌齡七首〈從軍行〉詩中，具有明顯表「意」的詩句有三：

無那金閨萬里愁（其一）

此首詩的前三句是實寫前線戰士的孤獨景況，本應可以直接呈現其思念親人、懷戀鄉土的淒苦，卻在末句以「無那金閨萬里愁」虛寫深閨妻子的萬里愁緒，在此不僅把征人思歸又不得歸的結果呈現出來，也把征人與思婦的情感完全融為一體，這種「意」的形成相當深刻，也展現了絕句「言有盡而意無窮」的特色。

總是關山舊別情。撩亂邊愁聽不盡（其二）

這兩句詩是「琵琶新聲」所帶出來的情感。配著聽覺（琵琶起舞換新聲）與視覺（高高秋月照長城）更迭交錯，其所傳達的情感

（意）帶有濃厚而複雜的「傷離別」的內涵，此核心成分已接近這首詩的主題呈現。

> 不破樓蘭終不還（其四）

此詩句是邊塞將士所立的誓言，其傳達的情感（意）是戰士未曾銷磨的報國壯志，儘管「黃沙百戰」寫出了邊疆戰事的艱辛，卻不減將士堅定深沈的誓言，作者在此將邊塞的環境與將士的心境作了高度的統一。

五　王昌齡〈從軍行〉詩的意象表現

就辭章之「意」（情、理）與「象」（事、景）本身的表現而言，探討其原型的符號屬「詞匯」之表現，而探討其變型的生動屬「修辭」之表現。故王昌齡〈從軍行〉詩的意象表現，可從原型之「詞匯」與變型之「修辭」兩方面來看：

（一）從詞匯的表現來看

「詞匯」是「意象」（個別）的符號化，就辭章（含語言）來說，「意象」先於「詞匯」，所以辭章（含語言）的形成必須再經由符號化的過程才能實現。張志公先生說：

> 語言的基礎是詞匯，語言的性能（交際工具、信息傳遞工具、思維工具）無一不是靠詞匯來實現。[20]

由此可知，「意象」是心靈的圖象，而真正要呈現於辭章（語言）之

20　張志公：《中學語言教學研究》（廣州市：廣東教育出版社，2001年），頁 29-30。

中，還必須倚靠「詞匯」的表現才能落實。王長俊在《詩歌意象學》
中亦提到：

> 意象是存在於人內心的心象，人可以運用它進行思維，但要成
> 為可感的形態，必須經過物化過程，即用某種物質材料將腦中
> 的意象「記錄」下來。……所以，意象符號是心象的物化形
> 態。……意象符號，在人類社會生活中具有不可忽視的作用，
> 有了意象符號，心靈交換就成為可能。[21]

其所謂「物質材料」、「意象符號」，就是詞匯。基於這種認知，我們
可以析出王昌齡〈從軍行〉詩七首的重要詞匯：

> （其一）：烽火、樓、黃昏、獨坐、海風、羌笛、關山月、金閨
> （其二）：琵琶、關山、邊愁、秋月、長城
> （其三）：榆葉、古戰場、表請、掩塵骨、哭龍荒
> （其四）：青海、雪山、孤城、玉門關、金甲、樓蘭
> （其五）：大漠風塵、日色、紅旗、前軍夜戰、洮河北、吐谷渾
> （其六）：胡瓶、紫薄汗、碎葉城、秋月、明敕、寶劍、樓蘭
> （其七）：玉門、烽、遠戍、馬踏、深山

作者藉由這些符號表現了心中的意象，我們讀者也經由這些符號瞭解
其意象表現。而這些詞匯屬於原型的表意，是將「情」、「理」、
「景」、「事」轉為文字符號的初步[22]，它是進一步分析〈從軍行〉詩
之修辭表現（變型）的重要基礎，也是探討〈從軍行〉詩之意象組織
（「文法」與「章法」）的重要媒介。

---

21 王長俊：《詩歌意象學》（合肥市：安徽文藝出版社，2000 年），頁 36。
22 陳滿銘：〈語文能力與辭章研究──以「多」、「二」、「一（0）」的螺旋結構作考察〉，
   《國文學報》第 36 期（2004 年 12 月），頁 67-102。

（二）從修辭的表現來看

「修辭」與「意象」（個別）、「詞匯」均屬於辭章的形象思維，它是在詞匯的基礎上，透過表意方法的調整，或優美形式的設計，使辭章的意象（個別）表現得更為生動。在王昌齡的七首〈從軍行〉中，約可看出五種修辭表現：

1 示現

所謂「示現」，就是在語文中利用人類的想像力，把實際上不聞不見的事物，說得如見如聞的修辭方法。[23]由於它不受時間或空間的限制，更可能透過感官知覺，使示現的情境與現實情境形成對應，容易激發讀者的共鳴。在〈從軍行〉之一所云「無那金閨萬里愁」是屬於空間的懸想示現，詩人不直接描寫征人思鄉之愁，反而透過想像凸顯金閨思婦的萬理愁緒，使全詩更具深刻的感染力。而〈從軍行〉之六所云「辭君一夜取樓蘭」則是時間的預想示現，詩人描述將士預想速取樓蘭的誓願，讓我們可以深刻感受到將士想要建功邊塞的強烈企圖心。

2 借代

所謂「借代」，是指在談話或行文中，放棄通常使用的本名或語句不用，而另找其他與本名密切相關的名稱或語句來代替的修辭技巧。[24]其效果除了可使詞匯變得新奇有趣之外，更能凸顯事物的特徵，使意象的表現更為適切、細膩、深刻。王昌齡〈從軍行〉之三所說的「龍荒」本義是匈奴祭天之「龍城」，在此乃泛指中國北部的荒

---

23 黃慶萱《修辭學》（臺北市：三民書局，2002 年），頁 305。
24 同前註，頁 355。

漠，而〈從軍行〉之四、之六所說的「樓蘭」本是漢代的西域國名，在此卻泛指與唐朝敵對的邊疆民族，這三處兼有「以局部代整體」與「以特殊代普遍」的借代模式，確實凸顯了意象本身的特徵，也更能適切、細膩地描繪西北邊境的具體風貌。

3 轉品

所謂「轉品」，是指一個詞匯改變其原來詞品而在語文中出現，使含意更新穎豐富，意義表達得更靈活生動。[25]〈從軍行〉之四所云「青海長雲暗雪山」，一個「暗」字本為形容詞，在此以轉為動詞的方式銜接了「青海」、「長雲」、「雪山」等三個意象，不僅營造出鮮明靈動的邊塞風光，「暗」字的轉品技巧，更符合了絕句「言簡意賅」的效果。

4 誇飾

所謂「誇飾」，指言語或行文誇張鋪飾，超過了客觀事實的一種方法。[26]其效果可以使形象更加凸顯，情意更加鮮明，可加深讀者的印象。〈從軍行〉之七所云「玉門山嶂幾千重，山北山南總是烽」，誇張地表現「層巒疊嶂、烽火遍處」的關外景象，充分展現邊塞特有的「森嚴壯闊」之感。

5 倒裝

所謂「倒裝」是語文中特意顛倒複詞詞素、或複句的通常次序，而語法型態或關係並未改變的修辭方法。其特色是希望以特殊的句法

---

25 同前註，頁 241。

26 同前註，頁 285。

來增加文章的波瀾，以引起別人的注意。[27]〈從軍行〉之一所云「烽火城西百尺樓」是「城西百尺烽火樓」的倒裝，其主語「烽火樓」被析為二，既是詩歌中的押韻需要，也具有凸顯「烽火」意象的作用。此外，〈從軍行〉之五所云「紅旗半捲出轅門」是將賓語（紅旗）提前的倒裝句，這也是凸顯「紅旗」意象的技巧。

六　王昌齡〈從軍行〉詩的意象組織

　　研究辭章的意象組織即探討其意象的排列組合，它屬於辭章的邏輯思維，就字句而言，即文法的分析；就篇章而言，即章法的探討。試以字句的組織與篇章的結構來分析王昌齡〈從軍行〉詩的意象組織。

（一）從字句的組織來看

　　從字句探討意象的排列組合，以「句子」為最基本的單位。而唐代絕句的句型結構極為精鍊，許多字句出現省略、並列或倒裝的結構，這是我們分析唐絕句所必須注意的現象。以下是王昌齡〈從軍行〉詩七首逐句的句型分析及其字句的意象組織：

其一

烽火 ＋	城西 ＋	百尺 ＋	樓
（主語）	（地方副詞）	（表語）	（主語）

黃昏 ＋	獨坐 ＋	海風秋
（時間副詞）	（述語）	（地方副詞）

更吹 ＋	羌笛 ＋	關山月

（述語）	（賓語）	（賓語）
〔無那 ＋	（金閨 ＋	萬里愁）〕
（表語）	（主語）	（表語）

　　首句為含有「地方副詞」作為背景的表態單句[28]，而此句的「烽火」與「樓」實為一體，其語序的倒裝可凸顯烽火樓的意象；次句為省略主語，並含有「時間副詞」與「地方副詞」為背景的敘述單句，在時間與空間的烘托之下，「獨坐」的意象更為鮮明；三句為省略主語的敘述單句，其中有兩個賓語並列，形成兩個意象的聯貫；末句（）內為表態單句，也是「無那（表語）」的主語，所以整句詩是由兩組表態單句複合而成，也因為複合的句型更能貼切表現複雜的情意。

　　其二

琵琶 ＋	起舞 ＋	換新聲
（主語）	（述語）	（述語）
總是 ＋	關山 ＋	舊別情
（繫詞）	（斷語）	（斷語）
〔（撩亂 ＋	邊愁）＋	聽不盡〕
（表語）	（主語）	（表語）

---

28 句子基本上可分為「單句」及「複句」兩種，其中又依照其結構的不同，分為「敘述句」、「表態句」、「判斷句」、「有無句」四種。所謂「敘述句」，大多是敘述一件行為或事件，它的主語多為行為或事件的主事者，謂語則多由動詞所構成的述語。「表態句」則是對人、事、物在性質、狀態方面作描寫的句子，被描寫的對象是「主語」，謂語的中心成分叫「表語」。此外，凡對事物的屬性、內涵給予解釋、說明，或對事物作一是非、異同的判斷句子，稱為「判斷句」，其謂語中心是「繫詞」。以下的語句分析均根據此定義，關於其類型及定義，可參考楊如雪：《文法ABC・句子的基本類型》（臺北市：萬卷樓圖書公司，1998 年），頁 87-109。

〔（高高 ＋　　　秋月）＋　　　照 ＋　　　　長城〕
（表語）　　　（主語）　　　（述語）　　　（賓語）

　　首句是兩個述語並列的敘述單句，其中連用兩個動詞，頗能契合其輕快靈活的節奏；次句為省略主語的判斷單句，而主語實接續首句而來，其中兩個「斷語」並列，更能清楚交代琵琶新聲所傳達的意象；三句（ ）內為表態單句，亦為「聽不盡（表語）」的主語，所以整句詩是由兩組表態單句所構成的複句，其複合的句型正契合此句撩亂複雜的意緒；末句（ ）內為表態單句，也是整句詩的主語，就整句而言，是結合敘述與表態所構成的複句，完整地展現了長城上空明月高掛的意象。

　　其三

　　關城 ＋　　　榆葉 ＋　　　早疏黃
　（地方副詞）　　（主語）　　　（表語）

　　日暮雲沙 ＋　　　古戰場
　（表語）　　　（主語）

〔（表請 ＋　　　回軍）＋　　　（掩 ＋　　　塵骨）〕
（述語）　　　（賓語）　　　（述語）　　　（賓語）

〔莫叫 ＋　　　（兵士 ＋　　　哭 ＋　　　龍荒）〕
（述語）　　　（主語）　　　（述語）　　　（地方副詞）

　　首句是含有地方副詞的表態單句，很直接、單純地描繪關城中「榆葉疏黃」的意象；次句仍為表態單句，適合用於大場景的描寫；三句轉用複句表現，是由兩組省略主語的敘述單句所組成，其複句結構正與上表請求撤軍的繁複程序相契合；末句（ ）內是含有地方副詞

的敘述單句，也是整個敘述複句的賓語，全句為兩個敘述句所構成的複句，頗能展現兵士處於邊塞荒野的悲壯之情。

其四

青海 +	長雲 +	暗 +	雪山
（地方副詞）	（主語）	（述語）	（賓語）
孤城 +	遙望 +	玉門關	
（主語）	（述語）	（賓語）	
〔黃沙百戰 +	（穿 +	金甲）〕	
（表語）	（表語）	（主語）	
〔（不破 +	樓蘭）+	終不還〕	
（述語）	（賓語）	（述語）	

首句是含有地方副詞為背景的敘述單句，在地方副詞的烘托之下，更能凸顯「長雲暗雪山」之蒼茫壯闊意象；次句是典型的敘述單句，「遙望」一詞聯結了孤城與玉門關的意象；三句（ ）內為表態單句，也是整個表態複句的主語，透過兩個層次中一實（穿）一虛（黃沙百戰）的表語修飾，使「金甲」的意象更為鮮明；末句（ ）內為省略主語並含有假設語氣的敘述單句，也是整個敘述複句的主語，其假設的句型結構，正適合用以表達邊塞將士的誓願。

其五

大漠風塵 +	日色 +	昏
（地方副詞）	（主語）	（表語）
紅旗 +	半捲 +	出轅門
（賓語）	（述語）	（述語）
前軍 +	夜戰 +	洮河北

|（主語）| |（述語）| |（地方副詞）|
|〔已報 +| |（生擒 +| |吐谷渾）〕|
|（述語）| |（述語）| |（賓語）|

　　首句是含有地方副詞作為背景的表態單句，在「大漠風塵」的烘托之下，「日色昏」的表述更能凸顯邊塞戰地塵沙飛揚、日色黯淡的意象；次句是省略主語的敘述單句，其中「紅旗」與「半捲」倒裝，而句中並列兩個述語作為動詞，形成緊湊的節奏，正可以表現軍隊迅捷快速的意象；三句是含有地方副詞作為背景的敘述單句，「洮河北」指出前鋒部隊的作戰位址，使這一側寫的景象得以落實；末句（　）內為省略主語的敘述單句，也是整個敘述複句的賓語，其複句結構減緩了緊湊的節奏，也適合表現於後援部隊來不及建功沙場的複雜心情。

　　其六

|〔胡瓶 +| |落 +| |（髆 +| |紫薄汗）〕|
|（主語）| |（述語）| |（賓語）| |（賓語）|

|碎葉城西 +| |秋月 +| |團|
|（地方副詞）| |（主語）| |（表語）|

|〔（明敕 +| |星馳）+| |（封 +| |寶劍）〕|
|（主語）| |（賓語）| |（述語）| |（賓語）|

|〔（辭 +| |君）+| |（一夜 +| |取 +| |樓蘭）〕|
|（述語）| |（賓語）| |（表語）| |（述語）| |（賓語）|

　　首句（　）內為兩個主從關係的賓語，雖不具備構成一個完整句子的條件，但是作為整個敘述句賓語，仍構成了敘述複句，其細膩的意

象組織，正可以表現戰士出征前精細的整備工作；次句為含有地方副詞作為背景的表態單句，簡單地呈現整首詩的主要場景；三句（）內為敘述單句，在整句的複句結構中實為「明敕」（主語）與「星馳」（賓語）之間的述語，其安置於句末，具有凸顯寶劍形象的作用；末句是由兩組省略主語的敘述單句所構成的敘述複句，「辭君」是實寫，而「一夜取樓蘭」是虛象，在第二個單句中，「一夜」是具有副詞性質的表語，對於將士想要輕取樓蘭的誓願有加強的作用。

其七

玉門山嶂 ＋　　　幾千重

（主語）　　　　　（表語）

山北山南 ＋　　　總是 ＋　　　　烽

（主語）　　　　　（繫詞）　　　（斷語）

人 ＋　　　　依遠戍 ＋　　須看火

（主語）　　　　（述語）　　　（述語）

〔（馬 ＋　　　踏 ＋　　　深山）　　＋ 不見蹤〕

（主語）　　　（述語）　　（地方副詞）　　　（表語）

　　首句是一表態單句，簡單交代整首詩的主要背景；次句為一判斷單句，也是簡單帶出滿山烽火的意象；三句為兩個述語並列的敘述單句，其並列的兩個動詞具有凸顯戍邊氣氛之凝重的作用；末句（）內是含有地方副詞作為背景的敘述單句，也是整個表態複句的主語，其「敘述」在先，後接以「表態」，對於馬踏深山「時隱時現」的意象有凸顯的作用。

　　從上述的表列分析，〈從軍行〉詩的句型結構，基本上可歸納為四種類型：

1 以「敘述」、「表態」或「判斷」形成的單句
例如：

孤城 ＋	遙望 ＋	玉門關
（主語）	（述語）	（賓語）

此為典型的敘述單句。

玉門山嶂 ＋	幾千重
（主語）	（表語）

此為倒裝形式的表態單句。

山北山南 ＋	總是 ＋	烽
（主語）	（繫詞）	（斷語）

此為判斷單句。

2 以「敘述」和「表態」形成的複句
例如：

〔（高高 ＋	秋月）＋	照 ＋	長城〕
（表語）	（主語）	（述語）	（賓語）

此為表態句和敘述句所構成的複句。

〔（表請 ＋	回軍）＋	（掩 ＋	塵骨）〕
（述語）	（賓語）	（述語）	（賓語）

此為兩組敘述句所構成的複句。

3 以「地方副詞」作為背景的單句

例如：

關城 ＋	榆葉 ＋	早疏黃
（地方副詞）	（主語）	（表語）

此為含有地方副詞作為背景襯托的表態單句。

大漠風塵 ＋	日色 ＋	昏
（地方副詞）	（主語）	（表語）

此亦為含有地方副詞作為背景襯托的表態單句。

4 以「地方副詞」作為背景的複句

例如：

〔莫叫 ＋	（兵士 ＋	哭 ＋	龍荒）〕
（述語）	（主語）	（述語）	（地方副詞）

此為兩個層次的敘述單句所構成的複句，並含有地方副詞作為背景襯托。

〔（馬 ＋	踏 ＋	深山）	＋ 不見蹤〕
（主語）	（述語）	（地方副詞）	（表語）

此為敘述單句和表態單句所構成的含有地方副詞的複句。

（二）從篇章的結構來看

以下就〈從軍行〉七首，分別探討其篇章的意象組織，並歸納其

共通的特色:

其一

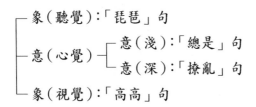

首句以「烽火城西」的「百尺樓」營造整首詩的基本氛圍,其後透過視覺點出征人獨坐的形象,再以聽覺描寫嗚咽淒涼的笛聲,在「烽火城西百尺樓」的烘托之下,更凸顯征人獨坐與羌笛吹遠的形象,而末句未直接呈現征人之情,轉以虛寫萬里之外的思婦之愁,間接帶出征人思念親人、眷戀故土的愁緒。前三句以背景(底)烘托焦點(圖)的方式,營造出一個層次井然的邊疆實象,末句表意,其虛寫金閨思婦之情,更具感染之力。

其二

```
┌─ 象（聽覺）:「琵琶」句
│          ┌─ 意（淺）:「總是」句
├─ 意（心覺）─┤
│          └─ 意（深）:「撩亂」句
└─ 象（視覺）:「高高」句
```

首句以聽覺表現琵琶之聲,帶出邊塞的情調與氛圍;二、三句則由淺而深地抒發征戍者聽到琴聲的感受;末句轉由視覺描寫長城綿亙、秋月高照的景色。在聽覺與視覺的交錯融合之下,二、三句的情感抒發可說是統合兩種感官知覺的心覺,全詩在運用知覺轉換的過程中,描繪出一個軍中宴樂的圖景(象),也深刻地表現了征戍者深沈

而複雜的情感（意）。

　　其三

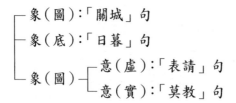

　　首句以「榆葉早疏黃」帶出邊塞春光已逝的節候，其後將視角放大，描繪古戰場上雲沙飛揚、日色昏暗的景象，在這背景當中，將領正準備上表朝廷，籲請撤軍，表達他想要回鄉掩埋戰死沙場將士的心願，也強烈呼籲朝廷能體諒邊疆軍士，莫使他們淚灑荒漠之中。作者在整首詩中透過物象與事象的排列組合，隱隱帶出潛藏在詩歌背後的反戰思想。

　　其四

```
象（景）┬ 象（底）┬ 象（大）:「青海」句
        │         └ 象（小）:「孤城」句
        └ 象（圖）:「黃沙」句
意（情）:「不破」句
```

　　首句從大的視角描寫青海附近長雲瀰漫，以致遮蔽雪山的景況；次句將視角縮小範圍，專就「孤城」與「玉門關」來描寫，其「遙望」二字，配合首句的場景，描繪出綿亙東西數千里廣闊地域的長卷。這就是「當時西北邊塞戍邊將士生活、戰鬥的典型環境」[29]。在這個壯闊背景的烘托之下，「黃沙百戰穿金甲」帶出整首詩的焦點

---

29 劉學鍇評：《唐詩鑑賞集成》上冊，頁 140。

（圖），戰士身上穿破的金甲，是在「日暮雲沙」中歷經百戰的結果，其意境包含了戍邊時間的漫長與艱辛，也概括了邊地的荒涼與敵軍的強悍。儘管金甲磨穿，而將士的報國壯志並未銷磨，末句「不破樓蘭終不還」，表現了將士堅定的意志，也鏗鏘有力地傳達了戍邊將士的豪情壯志。

其五

```
┌ 象（擊）┬ 物象（底）:「大漠」句
│        └ 事象（圖）:「紅旗」句
└ 象（敲）:「前軍」二句
```

這首詩專就「象」的成分著筆。一、二兩句正寫（擊）大軍出征時迅猛凌厲的聲勢，其中「大漠風塵日色昏」為背景（底）圖象，而「紅旗半捲出轅門」為焦點（圖）圖象，在「底」與「圖」的相互烘襯之下，渲染出一幅舉著半捲紅旗的勁旅，正捲塵挾風，蓄勢出征的場面。三、四句從側面進行鋪敘（敲），避開對戰爭場面的正面描寫，轉而透過懸想，描述前鋒部隊「夜戰洮河北」的情景，並已傳來「生擒吐谷渾」的捷報，整首詩就在正寫（擊）與側寫（敲）的巧妙安排之下，不僅暗示大唐軍隊的士氣與威力，也能見出唐軍殲敵之勝券在握的優勢。

其六

```
┌ 象（實）┬ 象（人）:「胡瓶」句
│        ├ 象（天）:「碎葉」句
│        └ 象（人）:「明敕」句
└ 象（虛）:「辭君」句
```

　　這首詩仍是著眼於「象」的表現。前三句乃親眼所見，為「實象」；末句則是將士對君王所立的祈願，為「虛象」。在實象之中，首句描寫將士出征前備馬存糧的景況，第三句則在描寫君王下詔賜劍的盛大場面，兩個場景在高高秋月的照耀之下，更顯得莊嚴隆重，而整個實象也在自然與人事的融合之中，帶出軍隊充實的戰力與立功疆場的決心。末句的祈願正是此一決心的具體展現。

　　　其七

```
      ┌─ 象（底）:「玉門」句
      │                    ┌─ 象（眾）:「山北」句
      │        ┌─ 象（靜）─┤
      └─ 象（圖）┤          └─ 象（寡）:「人依」句
               └─ 象（動）:「馬踏」句
```

　　這首詩也是著重於「象」的表現。首句即帶出玉門關外層巒疊嶂的背景圖象（底），以烘托其後三句的焦點（圖）。在焦點圖象中，遍布山南山北的是用以監控敵情及傳遞信息的烽火臺，而戍守烽火臺的征人，則必須時時注意方圓百里的風吹草動。二、三兩句雖為靜態的描寫，卻在戒備森嚴的戍守之中，瀰漫著戰事一觸即發的氛圍。末句以「馬踏深山」來描寫動態之景，其戰馬奔馳的景象，可能是敵軍的侵擾，亦可能是我軍彼此的傳訊，總在戒備森嚴的氛圍中，凸顯出邊塞戍守工事的緊張與繁重。

　　從整體篇章來分析這七首〈從軍行〉詩的意象組織，可以看出幾項共通的特色：

　　1. 營造邊塞壯闊的圖景，以作為背景烘托之用。如「烽火城西百尺樓」（其一）、「日暮雲沙古戰場」（其三）、「青海長雲暗雪山」（其四）、「大漠風塵日色昏」（其五）、「玉門山嶂幾千重」（其七）

等，皆具有襯托焦點圖象的作用。

　　2. 描寫圖象，有實景的呈現，亦有虛象的塑造。虛象者如「無那金閨萬里愁」（其一）為空間的虛象；而「表請回軍掩塵骨」（其三）則兼含時間與空間；至於「辭君一夜取樓蘭」（其六）則是偏於時間的虛象。

　　3. 有「意」、「象」兼寫的作品。其一、其二、其三、其四屬此類。

　　4. 有偏於「象」的描寫，而「意」在言外的作品。其五、其六、其七屬此類。

七　王昌齡〈從軍行〉詩的意象統合

　　在前述意象的形成理論中，辭章分為「形象思維」與「邏輯思維」兩大範疇。其中「形象思維」涵蓋了辭章的「意象」（個別）──屬於意象的形成、「詞匯」──屬於原形意象的表現及「修辭」──屬於變形意象的表現；而「邏輯思維」則包括探討字句意象組織的「文法」，及探討篇章意象組織的「章法」。「形象思維」與「邏輯思維」最終匯集成「綜合思維」，而辭章的意象統合也將在綜合思維中展現出來。因此，探討意象的統合除了歸納辭章的整體意象之外，亦須探求辭章的「主題」與「風格」，才能掌握辭章整體的意象經營。茲分述王昌齡〈從軍行〉詩的整體意象及其主題、風格如下。

（一）〈從軍行〉詩的整體意象

　　辭章的整體意象，乃從其形象思維中的「意象」（個別）、「詞匯」、「修辭」與邏輯思維中的「文法」、「章法」歸納而得。據此分敘

〈從軍行〉詩七首的整體意象如下：

〈從軍行〉其一

在形象思維方面，這首詩運用了「烽火」、「樓」、「獨坐」、「關山月」、「金閨」、「愁」等先後形成意象，並透過符號化以形成「百尺樓」、「黃昏獨坐」、「羌笛關山月」、「萬里愁」等基本詞匯，而在修辭上運用「懸想示現」以聯結「征人獨坐」（象）與萬里之外的「思婦愁緒」（意），營造更動人的感染力。就邏輯思維來說，在「文法上」，有「城西」、「黃昏」、「海風秋」等時空副詞作為背景，亦有「羌笛」、「關山月」之並列賓語及「無那」、「萬里愁」之並列表語，無論是敘述句或表態句，均以「主謂結構」組合其個別概念以形成字句的邏輯結構；在「章法」上，運用了「情景」、「底圖」、「知覺轉換」等章法來安排每一個別意象，以形成篇章的邏輯結構。所以，經由形象及邏輯等各種思維的精心設計，全詩展現了邊塞征人處於空闊戍樓及淒涼音樂之中的孤獨形象，並透露出綿延不絕的思鄉愁緒。

〈從軍行〉其二

就形象思維來說，詩人運用了「琵琶」、「關山」、「邊愁」、「秋月」、「長城」等個別意象，並透過符號化以形成基本詞匯，其個別意象的形成與表現屬於較為原形的呈現。就邏輯思維來說，在文法上，前三句各有謂語並列的結構，其中「起舞」、「換新聲」為述語，「關山」、「舊別情」為斷語，「撩亂」、「聽不盡」為斷語，其謂語的並列有凸顯個別意象的效果，而末句則是結合表態與敘述的複句組合了「秋月」與「長城」的意象；在章法上，運用了知覺的轉換將個別的「象」作不同的排列組合，最後由心覺統合成「意」，並形成其篇章的邏輯結構。整首詩藉由字句及篇章的邏輯思維，將「琵琶起舞」、

「邊愁聽不盡」、「秋月照長城」等個別意象作精心的排列組合，呈現一個充滿感官知覺的整體意象。

〈從軍行〉其三

在形象思維方面，詩人運用了「榆葉」、「古戰場」、「表請」、「掩塵骨」、「哭龍荒」等個別意象，並透過符號化形成詞匯，其中「龍荒」一詞乃以部分代整體的借代修辭，塑造了更鮮明的意象。就邏輯思維來說，在文法上，一、二句屬表態單句，意象的組織較為單調，三、四句屬敘述複句，意象的組織較為複雜；而在章法上則運用了「圖底」、「虛實」等章法來形成篇章的邏輯結構。全詩藉由兩組物象與兩組事象的排列組合，及特殊的意象表現技巧，整合出一個邊塞將士爭取回軍的圖景，並傳達了軍人厭倦塞外生活的意圖。

〈從軍行〉其四

就形象思維而言，這首詩運用了「青海」、「長雲」、「雪山」、「孤城」、「玉門關」、「穿金甲」、「樓蘭」等個別意象，並透過符號化的作用形成詞匯，其中「暗」字是形容詞轉動詞的用法，屬「轉品」修辭，而「遙望」二字則是將孤城擬人化的表現，屬「轉化」修辭，兩種修辭都運用單一字詞傳達了複雜的意境，具有言簡意賅的效果。就邏輯思維而言，在文法上，一、二兩句均為敘述單句，其述語的運用，具有聯結個別意象以形成一整體空間的作用，而第三句連用兩個表語來修飾「金甲」（主語），第四句安排兩個述語來表述「樓蘭」（賓語），對於兩個意象亦有凸顯的作用；在章法上，其運用「情景」、「圖底」、「大小」等章法以形成篇章的邏輯結構，不僅營造一個完整的「象」，也具備了充分的「意」。全詩就在「象」與「意」的充分融合之下，統合出「壯闊悲涼」的整體意象。

〈從軍行〉其五

在形象思維方面，這首詩個別意象有「大漠風塵」、「日色」、「紅旗」、「夜戰」、「洮河北」、「吐谷渾」等，透過符號化的作用，也是此詩的基本詞匯，而次句的「倒裝」修辭，營造了「紅旗」的鮮明意象，使其成為全詩的焦點。在邏輯思維方面，文法上詩人在次句所並列的兩個述語，對於後續部隊的迅捷形象有增強的效果，而末句的複句結構又有舒緩節奏的作用；在章法上詩人則運用「敲擊」與「圖底」章法，在「底」與「側寫」的烘托之下，形成全篇層次井然、意象鮮明的邏輯結構。整體而言，這首詩所呈現的是一幅大漠風塵中蓄勢待發的部隊形象（象），其奮勇殺敵的豪情（意）則隱藏在篇外。

〈從軍行〉其六

在這首詩的形象思維方面，其個別意象包括「胡瓶」、「紫薄汗」、「碎葉城」、「秋月」、「明敕」、「寶劍」、「取樓蘭」等，也是意象符號化而形成的詞匯，其中「明敕星馳封寶劍」運用了倒裝修辭，將「封寶劍」置於句末，可凸顯其形象。在邏輯思維方面，其文法上使用敘述句呈現動態的事象，使用表態句組織靜態的景物，並有結合序述語表態的複句，呈現其將士多方而複雜的殲敵豪情；在章法上運用了「虛實」章法展現其整軍實景與誓願虛景的對應，而「天人」章法則呈現將士融入邊塞地理環境的自在豪情。整體而言，這是一首表現將士即將奉敕出征的詩歌，其部隊整軍經武、士氣飽滿的圖景（象）相當鮮明，而末句的虛寫所隱括的豪情（意）也令人感受深刻。

〈從軍行〉其七

就形象思維而言，這首詩所運用的個別意象包括「玉門」、「烽」、「遠戍」、「馬踏」、「深山」等，這些意象亦可經過符號化而形

成基本詞匯。就邏輯思維而言，詩人在文法上首度使用了判斷句，與首句的表態句結合來看，簡單組合出一個層巒疊嶂、滿山烽火的景象，詩人並運用「敘述」與「表態」所合成的複句結構，組合了「馬踏深山」的鮮明意象；在章法上，詩人運用了「圖底」、「動靜」、「眾寡」等章法，營造出戍守邊疆要塞的鮮明圖景。整體而言，全詩著重於「象」的表現與組織，所呈現的是在層巒疊嶂、滿山烽火中，將士忙於戍守工事的整體意象。

（二）〈從軍行〉詩的主題與風格

既已歸納出〈從軍行〉詩的整體意象，則可以進一步上推其主題思想與風格。

1 主題思想

從上述整體意象的呈現，可以看出〈從軍行〉詩七首所傳達的主題思想，基本上可歸為下列幾項：

（1）表達思鄉的意緒

「其一」透過征人「獨坐」與思婦「萬里愁」之意象，主要在表達邊疆戰士思念親人的愁緒；「其二」則表現將士在歌舞音樂中所產生之複雜的「邊愁」。

（2）反對戰爭的思想

「其三」透過邊塞景物的烘托，及表請回軍的事件，傳達了將士厭倦戰爭的心情，也透露出詩人的反戰思想。

（3）同情戰士的艱苦

「其四」透過描寫戰士穿破的金甲，及邊塞壯闊的場景，歸結出戰士誓滅敵族的決心，實則透露著戰事的漫長與艱辛。「其七」則描

繪成邊將士看守要塞的景況，旨在呈現邊塞防禦工事的緊張與繁重。

（4）表現殺敵的豪情

「其五」主要透過後援部隊與前鋒部隊的對應，展現大唐軍隊的強大戰力，同時也傳達將士殺敵建功的強烈企圖。「其六」則在強調「奉敕征討」的正當性，亦展現將士為君王效命沙場的決心。

2 風格呈現

探討辭章的風格須藉由整體意象的呈現與主題思想的確立，才能展現其完整的格調。也就是說，辭章風格是整體意象配合主題思想所展現出來、足以感人的抽象力量。

在王昌齡〈從軍行〉七首中，「其一」統合了戰士的孤寂身影與思婦的思念愁緒，主旨也在孤寂與思愁中凸顯出來，透過整體意象與主旨的統合，全詩展現了「淒楚悲涼」的風格。

「其二」透過感官知覺的排列組合，雖營造出軍中宴樂的景象，卻難掩將士心中的複雜愁緒，這也是詩中最核心的情意，讓我們可以感受到此詩纏繞於身的「深沉繁亂」，其「綿密細緻」的風格亦由此顯現出來。

「其三」所呈現的整體意象是深秋古戰場中表請回軍的景象，其背後卻透露著濃厚的反戰思想，無論君王是否首肯撤軍，其「掩塵骨」、「哭龍荒」所帶出來的意象，卻是濃烈的「蒼涼悲壯」之感。

「其四」主要在展現遼闊塞外的孤城中，將士身經百戰的艱苦畫面。其誓破敵族的壯志，正是此詩所要傳達的核心情意，在整體「象」與「意」的融合之下，充分展現了「豪邁壯闊」的風格。

「其五」則專注於「象」的表現與組織，全詩的焦點落於大漠風塵中的「紅旗」，透過與「前軍夜戰」之虛象的相互呼應，帶出唐代部隊在塞外驍勇善戰的整體形象，而表現將士建功疆場之豪情的主旨

也隱括而出。透過整體意象及主旨的統合，可以凸顯全詩「鋒銳迅猛」深刻感受。

「其六」所呈現的是一個整軍待發、意氣軒昂之部隊的圖象，主旨則在置於篇外，主要在表現邊疆將士亟欲殺敵建功的豪情，所以全詩能令人感受到濃厚的「躊躇滿志」的意緒，既有「豪邁」之氣，又兼「含蓄」之風。

「其七」有壯闊的山巒圖景，也呈現戍守高臺上戒備森嚴的氛圍，其主旨置於篇外，主要在展現戍邊工事的緊張與繁重，全詩也在這整體意象與主旨的結合之下，透露著「森嚴肅穆」的氛圍。

綜觀〈從軍行〉詩七首的風格呈現，其「淒楚悲涼」之風與「綿密細緻」之感，是偏於陰柔的風格；而其三的「蒼涼悲壯」與其六的「躊躇滿志」，基本上呈現一個陽剛與陰柔互濟的格調；至於「豪邁壯闊」、「鋒銳迅猛」與「森嚴肅穆」，則呈現了偏於陽剛的氣勢。

八　結語

歷來對於王昌齡詩的意象研究，通常只偏於形象思維的探討，而往往忽略其意象之間排列組合的關係。本文的研究結合了辭章的「形象思維」與「邏輯思維」，不僅注意到王昌齡〈從軍行〉詩的意象形成與表現，也深入分析其意象之間的排列組合。如此所歸納出來的「整體意象」，較能體現王昌齡詩的意象經營手法，而對於詮釋其主旨與風格，也較能有理可說。可見運用整體辭章學的系統來分析意象經營，可以體現較為完整的藝術風貌，也是我們今後探討辭章「意象」的重要理論。

—— 原刊於《中國學術年刊》27期，2006年9月

辭章「修辭風格」初探
——以古典詩詞為考察對象

提要

辭章所呈現的風格可以從辭章整體來進行探討，以見其風格的整體面貌；亦可從辭章學的各個領域來看，即從意象學看，有「意象風格」；從修辭學看，有「修辭風格」；從文法學看，有「文法風格」；從章法學看，有「章法風格」等等，如此可以深入探知辭章局部的風格之美，也能瞭解辭章風格的形成規律。本文針對「修辭風格」而論，除了建構其理論基礎之外，並酌以古典詩詞為考察對象，從實際的作品中，探索其材料意象的形成與表現，分析其修辭所呈現的風格與美感。研究發現，不同的修辭技巧，可能形成辭章不同的風格。可見「修辭風格」雖只是辭章整體風格的一部份，卻能檢視作家及其作品在表現技巧上的部分美感，是值得用來研究辭章風格的一種方法。

關鍵詞：修辭、風格、美感、古典詩詞

一　前言

「修辭」是辭章意象表現中的重要範疇，也是遣詞造句進階到美感要求的主要手段。它對於辭章整體的影響很大，在主旨掌握與風格呈現方面尤見其要。就風格呈現來說，不同的修辭技巧，會形成不同的感染力量，使讀者可以感受到字句、甚至是辭章整體的風趣格調。本文探索修辭對於辭章風格的影響，試從「哲學」、「心理」及「辭章」三個層面，建構其理論基礎，並以古典詩詞為例，分析、歸納其修辭風格所產生的美感效果，期能瞭解修辭在風格表現上的影響與地位。

二　「修辭風格」的理論基礎

探索文學作品的修辭風格，必須建立其理論基礎，以作為我們分析辭章的依據。關於「修辭風格」的理論，可以從三方面加以探討，一是「哲學層面」，二是「心理層面」，三是「辭章層面」，試分述如下。

（一）哲學層面

關於「修辭風格」的哲學基礎，我們可以先就「修辭」方面來加以論證。古代哲學的論著中，將「修辭」二字連用者，首見《周易・文言・乾九三》。其言：

> 子曰：君子進德脩業。忠信，所以進德也；脩辭立其誠，所以居業也。

黃慶萱以為，「修辭立其誠，所以居業也」已經指出了修辭的方法、

內容、原則和效果。具體而言,「修」是方法,「辭」是內容,「誠」
是原則,「居業」是效果[1]。可見,修辭的「辭」是指文辭而言,後代
論述如「建言修辭」[2]、「立誠在肅,修辭必甘」[3],皆是此義。而宋儒
更言「擇言篤志,所以居業也」[4],擇言就是修辭,這很明顯是繼承
《易‧文言》的說法而來。

　　修辭的重要原則是「誠」,孔穎達《周易正義》認為「誠」有
「誠實」之義,此義可與《大學》、《中庸》對於「誠」的詮釋相互闡
發。《大學》八目有「誠意」之說,其解釋「誠意」說到:

> 所謂「誠其意」者,毋自欺也。如惡惡臭,如好好色,此之謂
> 自謙。故君子必慎其獨。

這裡用「毋自欺」、「慎獨」來解釋「誠」的內涵,充分說明學者進德
修業,知道為善以去其惡,就應該「實用其力禁止其自欺」[5]。而個
人誠實與否,有他人所不知,唯有透過「慎獨」的功夫,才能達到
「誠意」的境界。《中庸》向以「至誠」為進德之最高境界,它以為
達於至誠的途徑有二,所謂:

> 自誠明,謂之性;自明誠,謂之教。誠則明矣,明則誠矣。

由至誠而自然明白善道,是天賦之本性;由明白善道而達於至誠,是
人為之教化。這是中庸所強調的「天人互動」的軌跡。所以,無論是
天賦或人為,「至誠」終將完成自我人格的修養(成己——進德),進

1　黃慶萱:《修辭學》(臺北市:三民書局,2002 年),頁 2。

2　劉勰《文心雕龍‧宗經》篇。

3　劉勰《文心雕龍‧祝盟》篇。

4　程頤《易傳》。

5　朱熹《大學章句》。

而成就萬物（成物──脩業）。這就印證了《易・文言》所謂「進德」、「居業」的精神內涵。

所以，若將《大學》、《中庸》對於「誠」的詮釋落於修辭來說，「誠」不僅是修辭的原則，也是修辭之最終目的。具體而言，「修辭」乃君子進德修業的必要工夫，君子以至誠無妄之心，修其文辭之善，就是「自誠明」的途徑；以至善之文辭，達於至誠之境界，就是「自明誠」的途徑。所以，「修辭」應該可以視為人類與生俱來的天性，同時也是人為教化所明示的進德工夫。可見「修辭」與「誠」之間有其互動、循環的關係，因為「誠」，君子之文辭可以趨於善；因為「修辭」，君子之德業可以臻於至誠之境界，兩者因互動、循環而不斷地提升。所以，《周易》強調修辭達於至誠的境界，同時也明白指出修辭不善的偏失。在《易・繫辭下》提到：

> 將叛者其辭慚，中心疑者其辭枝，吉人之辭寡，躁人之辭多，
> 誣善之人其辭游，失其守者其辭屈。

這是《繫辭傳》用以檢驗學者進德修業「誠」或「不誠」的具體例證，同時也顯示六種因擇言修辭之不善而產生的性格缺失，更印證了個人文辭（包含言語、行文）的優劣，其人格特質也出現極大的差異。在漢魏之際，品鑒人物的風氣逐漸形成，相關的著作也相繼提出。從班固的〈古今人表〉，到劉卲的《人物志》，以至於後來劉勰《文心雕龍・體性》篇的論述，大多繼承了《易・繫辭》的說法，用以推演鑒識人物的標準。而這些論著又成為後來中國風格理論的濫觴[6]，由此可知「修辭」與「風格」仍具有某些哲學上共通的根源。

6　黃美鈴：「魏晉之人物品鑒，以超實用之藝術心靈，觀照出人體形相之美，久之，乃擴及於文學，故是時對文學作品之品評，輒喜以人體為喻。」見《唐代詩評中風格論之研究》（臺北市：文史哲出版社，1982年），頁3。

就「全」的角度來看,「誠」是修辭與風格所共通追求的終極目標。「修辭立其誠」代表著修辭所追求的「真、善、美」的境界,而「真、善、美」也是風格最完整的本質。就「偏」的角度來看,《繫辭傳》所謂「將叛者其辭慚,中心疑者其辭枝,吉人之辭寡,躁人之辭多,誣善之人其辭游,失其守者其辭屈」者,其中「辭慚」、「辭枝」、「辭寡」、「辭多」、「辭游」、「辭屈」是不同的言辭表現,而「將叛者」、「中心疑者」、「吉人」、「躁人」、「誣善之人」、「失其守者」則是不同言辭所形成的人物風格。不同的修辭可以形成人物風格的差異,透過《易·繫辭傳》的哲學論述,獲得了最佳的詮釋。

(二)心理層面

修辭風格涵蓋了「修辭」與「風格」兩個領域,而風格的本質又是一整體審美風貌的展現,所以,從心理層面探索修辭風格的根源,必須結合美學的理論,才能兼顧修辭風格的心理基礎與美感效果。

在美學中有一重要分支,我們稱之為「審美心理學」,或稱為「心理學美學」。此一美學分支的理論中,「審美聯想」又是一重要的研究範疇。「聯想」在審美體驗中是一種原始的心理活動,它是人類腦中表象的聯繫。也就是說,一個或一些表象出現於腦海中,就會引起一些相關的表象。黃天驥針對「聯想」有更深入的論述,他認為這是一種「隱性的構造意境的方式」。其言:

> 人的大腦,具有儲存信息的功能。不同種類的信息,分別儲存於大腦皮質不同的區域中,當人們接受到外界的信息,大腦皮質某一區域獲得信號,又會引動相鄰或相類區域的皮質細胞活躍起來,從而產生比較、比擬、聯想、推理的種種功能。而不同的功能引發皮質細胞的活躍程度,又由不同的人、不同的質

素而定。[7]

這裡提到，人類的「聯想」活動是大腦皮質細胞獲得信息之後，所引動相鄰或相類腦區的皮質細胞之活躍。由此可知，「聯想」的形成具有兩個必要條件：一是大腦必須先有外在信息的接收或刺激，二是信息在大腦皮質內部必須產生引動作用。這些引動作用會因不同的人、不同的質素而有所差異。此差異便形成不同的聯想作用。一般可分為：

接近聯想：是指對時間或空間上接近事物的聯想。

相似聯想：是指對性質、形態相似事物的聯想。

對比聯想：是指性質、特點相反事物的聯想。

因果聯想：對具有因果關係事物的聯想。

用「聯想」來解釋審美體驗，是許多中外學者所持的觀點。他們認為，在審美活動中，人的腦海會出現相關的各種意象，正是透過聯想，使人們忘卻實際生活中的羈絆，進入特殊的藝術世界，從而產生美感。更有學者認為所有的審美體驗都要靠聯想，沒有聯想，簡直就沒有人的意識活動，也沒有人的審美活動。[8] 許多藝術如音樂、繪畫等形式，就是藉由聯想的活動造就了審美的創作與欣賞。就文學的領域來看，文學創作亦離不開聯想，藉由聯想的活動，文學的意象有了更開展的空間，進而表現其審美意識，我們稱之為「寫作主體心理意象的詩化」[9]。

7　見《詩詞創作發凡》（廣州市：廣東人民出版社，2003 年），頁 484-485。

8　創始於十七世紀中葉的英國聯想主義心理學派，其代表人物如洛克（J.Locke, 1632-1704）、休謨（D.Hume, 1711-1776）、博克（E.Burke, 1729-1797）等人，皆持類似的理論。參見《西方美學通史》第三卷，《十七十八世紀美學》（上海市：上海文藝出版社，1999 年）。

9　「意象的詩化」就是指文學意象透過聯想心理的進一步表現而產生的美感效果。見

　　聯想活動既然在文學意象的表現中佔有重要地位，而意象表現又以修辭為主，所以，我們探索修辭心理，可以運用審美聯想的過程，來詮釋各種修辭的心理基礎及其美感效果。藉由修辭格與聯想模式的比對分析，我們發現了二十餘種修辭技巧[10]與審美聯想的心理活動有密切關聯，茲表列說明如下：

聯想模式	修辭技巧	說　　　　明
相似聯想	引　用	運用詩詞、成語或俗語來印證、補充作者的本意，就是將詩詞、成語的內涵與作者的本意聯結起來，這必須以相似聯想為基礎才能形成引用修辭的作用。
	飛　白	飛白修辭所引用的方言、俚語、行話、黑話等，就是透過聯想所產生的符號，這些符號恰與語言的內涵及其情境相合，產生刺激讀者的效果。
	轉　品	詞有「本性」與「變性」之分，詞之變性雖然是語法上的自然現象，但透過作者刻意的聯想活動，聯結了本性與變性之關係，以達到詞性變化的目的。
	婉　曲	運用委婉閃爍的言詞是婉曲修辭的主要精神，就作者而言，因聯想活動而聯結本意與含蓄意的關係；就讀者而言，也需透過聯想以理解含蓄語言的本意。
	誇　飾	透過聯想活動，誇飾所運用之誇張鋪飾的語言，雖超過客觀事實，彼此之間卻仍存在某關聯，如此既可以語出驚人，又能不傷害事實。

童慶炳：《中國古代心理詩學與美學》（臺北市：萬卷樓圖書公司，1994 年），頁133-140。

10 這裡表列的修辭技巧，其名稱與定義皆參照黃慶萱：《修辭學》。

	譬　喻	譬喻是運用相似聯想的作用，使喻體和喻依產生密切的關聯。也就是從新經驗聯想到舊經驗，從難知聯想到易知，從抽象聯想到具體，以達到借彼喻此的目的。
	借　代	借代是指行文或談話中，放棄常用之本名或語句不用，改以其他與本名密切相關的名稱來代替，而尋找密切相關的名稱或語句，就需要透過相似聯想的心理來達成。
	轉　化	無論是人性化、物象化或具象化，轉化修辭都是透過相似聯想活動，以聯結人與物、具象與抽象之間的關係，才能達到轉化的效果。
	雙　關	一個語句同時關顧到兩種事物，無論是作者或讀者，都需透過相似聯想的過程，才能完成字音或字義的雙關，同時達到「言在此而意在彼」的美感效果。
	象　徵	象徵修辭是聯結了「抽象情意」與「具體物象」的關係，透過理性關聯或社會約定，以達成其表意目的。其所謂「理性關聯」就是相似聯想的心理活動。
	類　疊	類疊中的「類字」和「類句」很明顯地在句式上運用接近聯想形成類似的句型，而「疊字」與「疊字」為字句重複，亦可視為相似聯想的心理模式。
	排　比	排比句的條件是三個或三個以上結構相似、語氣一致、字數大致相同的句子並列，從語句的形式看，是藉由「相似聯想」的心理活動才可以造出結構近似的語句。
	層　遞	層遞修辭所排列的三件或三件以上的事物，具有層層遞進之關係，在內涵上也是運用「相似聯想」的活動，才足以形成層遞關聯。

	頂　真	頂真的特色是前一句之結尾與後一句之起頭，用同一詞匯來形成聯結，這一相同的詞匯運用，基本上就是一種「相似聯想」的心理活動。
接近聯想	仿　擬	模仿是人類學習上的天性，而修辭上的仿擬是藉由原作在讀者心中的熟悉印象，引發出新的特殊旨趣，這種引發就需要「接近聯想」的心理活動來輔助達成。
	摹　況	摹況可視為廣義的摹擬，文學創作中對自然及人生各種現象摹擬，必須透過聯想的活動，才能將感官所知覺的事物完整真實地呈現在文學作品中。
	示　現	無論是追述、預言或懸想，示現修辭可說是充分運用了「接近聯想」的心理活動，才能將人類內心的思維，超越時間與空間的限制，達到景象如映眼前的美感效果。
對比聯想	映　襯	映襯修辭可分為對襯、雙襯、反襯等幾種形式，基本上都是以「對比」做為心理根源，所以用對比聯想來詮釋其心理基礎，最能凸顯映襯的「對比」特質。
	倒　反	倒反修辭運用與內心想法完全相反之語句來反諷事理，這是一種「表象」與「事實」的對比，兩者之間就是運用對比聯想而形成對立式的聯結關係。
	對　偶	對偶的條件是兩個語句字數相同、平仄相對，且避用同字。其「平仄相對」就是一種對比的精神。除此之外，對偶修辭在句式上語法相似，除對比聯想之外，仍兼有接近聯想的心理活動。

	跳 脫	跳脫是指心念的急轉、事象的突出或語句的中斷轉折。這些心理現象容易呈現意象的懸殊與突兀，此懸殊（或突兀）的意象，就是對比聯想的心理活動所形成的。
因果聯想	回 文	回文修辭的淵源來自於宇宙人生的循環、相關、因果等現象，在詞語的形式上兩兩相關，詞語的內涵上又互為因果，完全符合因果聯想的心理活動。

　　每一種修辭技巧皆有其個別的心理詮釋，但從求同而不求異的角度來看，「聯想」可成為多數修辭格的共通心理根源。上述表格的說明已經印證此一概念，而邱明正更明白指出：

　　　　審美聯想是藝術創作中和審美表達中的比興、烘托、陪襯、夸張、象徵等手法的心理基礎。……由於聯想才通過特定的事物來比興、烘托、反襯、夸張、象徵所表現的事物和自己的思想、情感。……此外，審美聯想還是審美通感、想像、意識流、移情和審美意志等心理活動的前提。[11]

其所謂「比興、烘托、陪襯、夸張、象徵」者，皆是修辭學上的重要表現手法。「聯想」作為修辭心理的重要基礎，同時也是各種審美心理的前提。落到文學創作來說，作家藉由聯想來創造各種修辭之美，而讀者也藉由聯想領略到辭章的藝術之美，這些美感經驗也可以從不同辭章的各種風格來詮釋。由此可知，審美聯想的心理是修辭與風格之間的重要橋樑。藉由聯想活動，修辭風格的心理基礎就更加清楚明白了。

---

11 邱明正：《審美心理學》（上海市：復旦大學出版社，1993 年），頁 193。

（三）辭章層面

從整體辭章學的角度來說，修辭的本質來自於作者的意象。黃慶萱在《修辭學》一書明白提到：

> 修辭的內容本質，乃是作者的意象。這兒所說的「作者」，包括寫作者和說話者。所謂「意象」，《文心雕龍・神思》有「窺意象而運斤」，指文藝構思運作中形成的藝術形象。英文Image，通常指喚起心象或感官知覺的語言表現。這裡我採用我的老師李辰東先生的定義：「意象就是由作者的意識所組合的形相。」意識是主觀的，形相是客觀的，而意象便是主觀觀照之下的客觀景象。一種客觀景象，由於作者主觀意識的不同，而產生不同的意象。……修辭學中的「辭」，在內容方面，就是作者主觀意識將客觀形相加以選擇、組合所產生的意象。[12]

這裡將「修辭」與「意象」作一緊密的結合，是把修辭之本質研究，導入一個正確的方向。因為，修辭不僅等於意象，它是意象在形成之後，更進一步的「意象表現」。陳滿銘在詮釋辭章學的各個領域時提到：

> 如果是將一篇辭章所要表達之「情」或「理」，訴諸各種偏於主觀之聯想、想像，和所選取之「景（物）」或「事」接合在一起，或者是專就個別之「情」、「理」、「景（物）」、「事」等材料本身設計其表現的，皆屬「形象思維」；這涉及了「取材」與「措詞」等問題，而主要以此為研究對象的，就是意象

---

12 《修辭學》，頁 6。

學、詞匯學與修辭學等。如果是專就「景（物）」或「事」等各種材料，對應於自然規律，結合「情」與「理」，訴諸偏於客觀之聯想、想像，按秩序、變化、聯貫與統一之原則，前後加以安排、佈置，以成條理的，皆屬「邏輯思維」；這涉及了「運材」、「佈局」、與「構詞」等問題，而主要以此為研究對象的，就字句而言即文（語）法學；就篇章言，就是章法學。至於合「形象思維」與「邏輯思維」而為一，探討其整個體性的，則為「綜合思維」，這涉及了「立意」、「確立體性」等問題，而主要以此為研究對象的，為主題學、文體學、風格學等。而以此整體或個別對象加以研究的，則統稱為辭章學或文章。[13]

這段論述明白指出，辭章是由「形象思維」、「邏輯思維」和「綜合思維」所組成。在「形象思維」方面，我們通常藉由「景（物）」、「事」等材料的主觀聯想，來表達「情」、「理」，這就是「意象」的形成。「意象」形成後，運用各種符號作為媒介而轉為「詞匯」，「詞匯」就是意象表現於辭章的初步。如果我們進一步透過表意方法的調整，或優美形式的設計來表現意象，就是一種「修辭」行為。因此「修辭」可視為「意象」之更進一步的美感表現。

　　至於辭章的「綜合思維」所涉及的「主題」、「文體」、「風格」等領域，是「形象思維」與「邏輯思維」所結合而成的「整體意象」，這與辭章的「個別意象」有所差別。以風格來說，它融合了意象（個別）的形成（包含意象領域）、意象的表現（包含詞匯、修辭領域）、意象的組織（包含文法、章法領域）及意象的統合（包含主題（旨）領域），形成辭章的整體藝術風貌。所以想要理解辭章風格的內在條

13　〈談思維力與語文螺旋結構的關係〉，《國文天地》243 期（2005 年 8 月）。

理，就可以從「意象」、「詞匯」、「修辭」、「文法」、「章法」、「主題」、「文體」等領域來分析。可見藉「修辭」以見辭章之風格，可以分析風格在形象思維方面的內在條理，是研究風格的具體途徑之一。黎運漢在《漢語風格學》就明白指出：

> 語言的表現風格有人稱為修辭風格，它是從綜合運用各種風格表達手段所產生的修辭效果方面來說的，是對一切語言交際的產物──話語的氣氛和格調從多角度、多側面的抽象概括。[14]

黎教授認為，表現風格是綜合運用各種風格手段所形成的氣氛和格調，而「修辭」是主要運用的手段。

這裡所謂的「修辭」是一種較為廣義的定義，可以視為各種文學技巧。因為「個別的、零散的風格手段不能構成一種表現風格，每一種表現風格都是諸種美學功能相同的風格手段相作用、相匯合的結晶」[15]，我們在探討修辭風格之時，除了鎖定其局部修辭格的風格表現之外，更應結合其他風格手段（如文法、章法、主題等），才可以準確統整辭章風格的全貌。

三　辭章「修辭風格」舉隅

根據哲學、心理與辭章三層面所梳理出來之修辭風格的理論，我們可以進一步就文學作品加以印證。試舉重要修辭格為例，並以古典詩詞為分析對象，分項說明辭章之修辭風格如下。

14　《漢語風格學》（廣州市：廣東教育出版社，2000 年），頁 211。
15　同前註，頁 218。

（一）引用

　　「引用」是一種訴諸權威或訴諸大眾的修辭法。其目的是為了增加言語或辭章的說服力，所以引用成語、俗語或詩詞容易使語句變得典重莊嚴，營造出「典雅」的風格。例如蘇軾〈江城子〉：

> 欲待曲終尋問取，人不見，數峰青。

乃引自錢起〈省試湘靈鼓瑟詩〉的「曲終人不見，江上數峰青」。又如劉長卿〈過賈誼宅〉：

> 秋草獨尋人去後，寒林空見日斜時。

是化用賈誼〈鵩鳥賦〉的「庚子日斜兮，鵩集予舍；野鳥入室兮，主人將去」。這裡化用前人詩句，不僅使詩句優雅，更能收到言簡意深之效。此外，引用古人古事還可能具有影射之意，例如杜甫〈詠懷古跡之一〉：

> 支離東北風塵際，飄泊西南天地間。
> 三峽樓臺淹日月，五溪衣服共雲山。
> 羯胡事主終無賴，詞客哀時且未還。
> 庾信生平最蕭瑟，暮年詩賦動江關。

此處自述作者生平，又引用庾信「蕭瑟」的際遇，實為影射杜甫自身的遭遇。透過時空的距離感，這種影射營造了詩句「含蓄」的風格。這種營造手法在唐詩中常常見到，例如李商隱〈嫦娥詩〉云：

> 嫦娥應悔偷靈藥，碧海青天夜夜心。

這首詩可能在描寫作者所暗戀的女道士，此乃暗示女道士後悔立下淨

戒,像嫦娥為長生不老而拋棄人間愛情一樣,全詩同樣透露著「含蓄」的風格。

(二) 轉品

「轉品」修辭最大的特色是改變詞彙原來詞品,由於詞品的轉變,表現方式靈活、新穎而生動,其文意也隨之豐富,營造一種「簡練」的風格。這種運用簡練單詞,營造豐富意象的修辭技巧,在詩詞中尤為常見。例如杜審言〈和晉陵陸丞相早春游望〉:

> 雲霞出海曙,梅柳渡江春。

詩中「曙」、「春」二字皆由原來名詞轉變為動詞。一個「曙」蘊含雲霞受曙光照耀所形成的燦爛景象,而「春」字則表現梅柳所渲染的無限春意。此外,轉品修辭所形成的新穎詞式,還可能增加柔婉之氣。例如王安石〈泊船瓜洲〉:

> 京口瓜洲一水間,鍾山只隔數重山。
> 春風又綠江南岸,明月何時照我還?

詩中「綠」字由形容詞轉動詞,形成新穎而具體的句式。將整首詩的春意,又加入幾許柔情,添增了柔婉的風致。

(三) 婉曲

「婉曲」修辭最能營造辭章「含蓄」的風格。因為含蓄曲折的語言具有辭意委婉,不迫不露的特色,而語帶溫厚的情味,毫無刻薄之意,亦充分表現中國詩歌「溫柔敦厚」的美質。以杜甫〈春望〉詩為例,其云:

國破山河在，城春草木深。感時花濺淚，恨別鳥驚心。

司馬光《溫公詩話》曾評論說：

> 古人為詩，貴於意在言外，使人思而得之，近世詩人惟杜子美
> 得詩人之體，如〈春望〉詩「國破山河在，城春草木深。感時
> 花濺淚，恨別鳥驚心。」「山河在」，明無餘物矣。「草木深」，
> 明無人矣。花鳥，平時可娛之物，見之而泣，聞之而恐，則時
> 可知矣。

杜甫表現安史之亂，不直接描寫京城殘破、生靈凋敝的景象，反而用
「山河在」委婉表現家國殘破，用「草木深」呈現生民不存，又以
「花濺淚」、「鳥驚心」間接表達時局動亂、萬物驚恐慌亂的心境。這
些委婉的表現方式充分展現含蓄溫厚的風格。

（四）誇飾

　　誇張鋪飾是「夸飾」修辭最大的特色，辭章形象因夸飾而更加凸
顯，情意也更為鮮明。正因為意象的凸顯鮮明，可能使辭章的明快之
氣更加明快，哀怨之情更加哀怨。例如李白〈早發白帝城〉云：

> 朝辭白帝彩雲間，千里江陵一日還，
> 兩岸猿聲啼不住，輕舟已過萬重山。

其謂「千里江陵一日還」誇張地描寫長江水流之快，對於整首詩「豪
爽明快」的風格具有重要的影響。又如范仲淹〈御街行〉云：

> 愁腸已斷無由醉，酒未到，先成淚。

愁至腸斷已經是夸飾的筆法，此言酒未到腸已先化為淚水，更進一層

地表現愁思之極致。使這闋詞所傳達的哀愁更加淋漓盡致，可謂沈著痛快。

（五）示現

　　「示現」修辭最能應用聯想力的作用，以達到其超越時空的意象經營。由於虛時空與實時空的對比交錯，容易在文學作品中呈現「虛實錯落」的美感效果。就風格而言，因為「虛」空間的凸顯而營造出縹緲悠遠的陰柔風貌。以杜甫的〈月夜〉詩為例，其云：

> 今夜鄜州月，閨中只獨看。
>
> 遙憐小兒女，未解憶長安。
>
> 香霧雲鬟溼，清輝玉臂寒。
>
> 何時倚虛幌，雙照淚痕乾。

詩中的「鄜州月」、「閨中獨看」、「憶長安」、「雲鬟溼」、「玉臂寒」、「淚痕乾」都是杜甫透過虛想，描寫鄜州妻兒思念自己的情景。杜甫思念妻兒，想當然耳妻兒亦思念自己，就在這種同理心的驅使之下，杜甫便透過懸想和預言的示現筆法，寫下這首別出心裁的淒怨之作。此外，亦有追憶往事，歷歷如在眼前的追述示現，如晏幾道的〈臨江仙〉寫到：

> 記得小蘋初見，兩重心字羅衣，琵琶絃上說相思，當時明月在，曾照彩雲歸。

此句「當時明月在，曾照彩雲歸」，彷彿真的將時空拉到初見小蘋的當下，使相思之情更加鮮明，而淒柔婉約的風格也洋溢其中。

（六）譬喻

「譬喻」修辭通常使用極少的詞匯，表現出豐富的意象。因為喻依通常是已知、熟悉、具體、故舊的事物，可用讀者容易理解的詞匯來表意；而喻體則為未知、陌生、抽象、新穎的經驗，當已知和未知、熟悉和陌生、故舊和新穎之間產生類比聯結時，其豐富的意象就自然而然地呈現。如此言簡意賅的美感效果，最容易展現簡約凝練的風格。詩詞所運用的詞匯極少，其蘊含的意象卻很豐富，尤其在運用譬喻修辭之後，這種現象更加明顯。如杜牧的〈山行〉寫到：

> 停車坐愛楓林晚，霜葉紅於二月花。

此處以二月豔紅的春花比喻秋天經霜的楓紅，其詞極簡，卻營造了滿山霜葉的豐富意象。又如李煜的〈清平樂〉寫著：

> 雁來音信無憑，路遙歸夢難成。離恨恰如春草，更行更遠還生。

他以春草比喻抽象的離恨，其離恨之情便不多加形容，直可渲染出「更行更遠還生」的豐富意象。再如秦觀的〈浣溪沙〉：

> 自在飛花輕似夢，無邊絲雨細如愁。

這裡同時運用了倒裝筆法，以飛花喻夢，帶出夢境的清柔飄渺；用絲雨擬愁，深化愁緒的哀怨淒絕。深化愁緒的哀怨淒絕。這三個例證皆以簡約凝練的詞匯，表現出豐富而深刻的意象。

（七）借代

以相關之名詞來代替原來的詞匯，是「借代」修辭的基本精神。

在借代形成之後，原有的詞彙隱而不現，卻仍可表達心中的情理，更可凸顯事物的特徵，在形式上，其用以取代的名稱又能營造新奇有趣的美感效果。如李白的〈贈孟浩然〉詩云：

> 紅顏棄軒冕，白首臥松雲。

「紅顏」、「白首」概括了「少壯」至「晚年」的生涯，而「軒冕」代表「達官顯貴」，「松雲」代表「隱居生活」，充分表現孟浩然高潔的心志，其詞式新穎脫俗，更具高曠之美。又如辛棄疾的〈鷓鴣天〉寫到：

> 千載後，百篇存，更無一字不清真。若教王謝諸郎在，未抵柴桑陌上塵。

其中「千載」、「百篇」、「王謝」、「柴桑」皆為借代，使整闋詞因詞式的新穎而展現清疏曠遠的感染力。

（八）轉化

　　由於事物本質的改變，轉化修辭縮短了物象與物象之間的距離。就其類別來說，「人性化」與「物性化」的修辭打破了人與物的隔閡，而「具象化」則化解了抽象與具體的藩籬。這種縮短距離、打破隔閡的作用在辭章中會產生一種親切自然的美感，情意的表達也更為深刻。例如崔護〈題都城南莊〉詩：

> 去年今日此門中，人面桃花相映紅。
> 人面不知何處去？桃花依舊笑春風！

此詩用「笑」的動作，使「桃花」人性化，人面與桃花合而為一，而

桃花也笑出作者內心的惆悵。又如李煜〈相見歡〉云：

> 剪不斷，理還亂，是離愁。

離愁本是人的情緒，這裡用「剪」、「理」的動作將離愁物性化，其所欲傳達的愁緒也更為深刻具體。可見轉化修辭縮短了物象之間的距離，容易呈現親切自然、情真意摯的格調。

（九）映襯

「映襯」修辭的精神是將相反的事實或觀念對列起來，互為襯托，所以容易產生對比的美感，就風格而言，則易出現偏於陽剛的氣勢。由於用詞精簡，而對比所產生的情理卻更深刻，故常有凝練的風致。例如崔顥〈題沈隱侯八詠樓〉詩云：

> 綠窗明月在，青史古人空。

「綠窗明月」代表自然，「青史古人」代表人事，這兩句將自然的永恆與人事的短暫對襯，其詩句的簡約凝練，卻對比出人生短暫徒勞的深切感嘆。這種現象在古詩中可隨手擷拾，如：

> 舊時王謝堂前燕，飛入尋常百姓家。（劉禹錫〈烏衣巷〉）
> 壯士軍前半死生，美人帳下猶歌舞。（高適〈燕歌行〉）

因為映襯的效果，一切昨是今非、家國興衰、振奮與頹靡，都已躍然紙上，無須再多言詞形容，其抑揚褒貶之意已非常明確。

（十）雙關

「雙關」包括字義的兼指、字音的諧聲、語意的暗示等類型，它

通常可以製造「言在此意在彼」的趣味，也容易在辭章中營造含蓄、幽默的風格。例如劉禹錫〈竹枝詞〉云：

> 楊柳青青江水平，聞郎江上唱歌聲；
> 東邊日出西邊雨，道是無晴還有晴。

此以「晴」字雙關「情」，因字音的諧聲含蓄地傳達脈脈的情意。又如朱慶餘〈近試上張水部〉：

> 洞房昨夜停紅燭，待曉堂前拜舅姑，
> 妝罷低聲問夫婿，畫眉深淺入時無。

這首詩充分運用了語意上的雙關，藉由新媳妝扮取悅公婆，來影射自己所獻詩文的水準，在含蓄的筆意中，也蘊含幾許幽默的風趣。

（十一）象徵

「象徵」修辭運用了具體的形象，以表達抽象的情理，其構成的基礎在於理性的關聯和社會的約定俗成。因其間接的表意方式，使辭章容易呈現含蓄的風格，而象徵所蘊含的理性關聯與社會價值觀，使其含蓄風格又多含有濃厚的理趣。例如李商隱的〈登樂遊原〉詩：

> 向晚意不適，驅車登古原。夕陽無限好，只是近黃昏。

此詩的「夕陽」象徵宇宙萬物即將消逝的階段，包含了詩人面對殘日將盡、人生苦短的感慨。在宋詩中常有以理入詩的情形，如朱熹的〈觀書有感〉：

> 半畝方塘一鑑開，天光雲影共徘徊。
> 問渠哪得清如許？為有源頭活水來。

其中「半畝方塘」象徵人類的心性，「天光」象徵宇宙虛靈不昧的本體，而「雲影」代表外在的物欲，「源頭活水」則是因學習所產生的靈明之氣。此詩含蓄莊嚴，又不失清新自然的理趣。

（十二）類疊

　　「類疊」修辭中以「類字」、「疊字」較容易影響辭章的風格，其餘如「類句」、「疊句」可與排比修辭一起討論。類字、疊字的反復運用，會造成詞式的繁複，以致影響辭章容易展現「豐繁」的格調。如《詩經·蓼莪》所云：

> 　父兮生我，母兮掬我，拊我，畜我，長我，育我，顧我，復我，出入腹我。

詩中不斷出現「我」字，並且使用不同的動詞來增加變化，凸顯雙親養育「我」的辛苦，也豐富了偉大親恩的意象。又如歐陽脩〈蝶戀花〉：

> 　庭院深深深幾許，楊柳堆煙，簾幕無重數。

「深」字的復疊，同樣有凸顯幽深庭園的效果。再如李清照的〈聲聲慢〉云：

> 　尋尋，覓覓；冷冷，清清；悽悽，慘慘，戚戚。乍暖還寒時候，最難將息。

這裡連用七個疊字，使女子獨居的淒冷意象非常鮮明，在詞式上亦產生豐繁的美感。上述三例皆強調某些意象，在效果上，豐繁的詞式不僅抒發了強烈的感情，更加深讀者的印象。

（十三）對偶

「對偶」修辭具有工整、勻稱、對比等多重特質，所以在風格表現上也容易形成這些效果。唐代近體詩強調對仗，在句式上也多符合工整的要求，例如杜甫〈登高〉詩：

> 無邊落木蕭蕭下，不盡長江滾滾來。

白居易〈春江〉詩：

> 鶯聲誘引來花下，草色勾留坐水邊。

這些對偶詩句要求工整，仍不妨害詩的意境。而完美的對偶句應是自然成對，不見作者鑿痕。例如晏殊〈浣溪沙〉：

> 無可奈何花落去，似曾相識燕歸來。

其語意一貫，字字相對，「無可奈何」與「似曾相識」在語意及句式上自然成對，充分展現了工整與自然相互融合的美感。

（十四）排比

「排比」修辭可能形成繁複的風格，也可能營造磅礡的氣勢，端看其鋪敘的內容而定。一般而言，表現優柔情感的的內容較容易呈現表現優柔情感的的內容較容易呈現繁複的風格，例如《詩經・蒹葭》所云：

> 蒹葭蒼蒼，白露為霜，所謂伊人，在水一方。溯洄從之，道阻且長；溯游從之，宛在水中央。
> 蒹葭淒淒，白露未晞。所謂伊人，在水之湄。溯洄從之，道阻

　　且躋；溯游從之，宛在水中坻。

　　蒹葭采采，白露未已。所謂伊人，在水之涘。溯洄從之，道阻
　　且右；溯游從之，宛在水中沚。

《詩經》的「重章」是為普遍現象，〈蒹葭〉以三章意象相近、句型
相似的句式凸顯詩人思念「伊人」的情意，在反復誦讀之間，其豐美
繁複的格調令人感受深刻。至於表達高尚情操或開闊意境的內容，則
容易營造磅礴的氣勢。例如文天祥〈正氣歌〉寫到：

　　在齊太史簡，在晉董狐筆，在秦張良椎，在漢蘇武節；

　　為嚴將軍頭，為嵇侍中血，為張睢陽齒，為顏常山舌；

　　或為遼東帽，清操厲冰雪；或為出師表，鬼神泣壯烈；

　　或為渡江楫，慷慨吞胡羯；或為擊賊笏，逆豎頭破裂。

其分用三組不同的排比句型，在句式上兼顧了秩序與變化的美感，而
連舉十二哲人可以見出其激昂情操的豐富性與聯貫性，更展現氣勢一
貫的感染力。

四　辭章「修辭風格」的美感效果

　　風格是一種美感的表現，就修辭風格而言，根據其理論與實例的
探討，可歸納出「秩序分明」、「變化豐富」、「對比凸顯」及「形象鮮
明」等美感效果。試列舉說明如下：

（一）層次井然的「秩序美」

　　「秩序」是宇宙生成規律中回歸單純、齊一的過程，在美學上容
易營造整齊、一律的美感。歐陽周、顧建華、宋凡聖針對「秩序」之

美曾定義說：

> 它是單一、純淨、重複的，不包含差異和對立的因素，給人一
> 種秩序感。顏色、形體、聲音的一致和重複，就會形成整齊一
> 律的美。……這種形式美給人一種質樸、純淨、明潔和清新的
> 感受。[16]

在修辭中有運用因果聯想作為其淵源的辭格，而「回文」屬之。「回
文」修辭具有循環、因果等邏輯特質，容易形成邏輯性的秩序美。此
外，同樣強調循環特質的「互文」也具有這種美感。至於「層遞」、
「類疊」、「排比」、「對偶」等修辭技巧則基於整齊的原則，強調層
次、反復及勻稱上的秩序感。這些修辭影響到整體辭章風格展現，多
能凸顯其層次井然的「秩序美」。

（二）時空交錯的「變化美」

　　「變化」也是宇宙生成進化中必然存在的現象。以各種學術領域
為例，西方哲學思潮從「古典主義」發展到絕對的「形式主義」，後
來卻出現了強調個人自由及變化的「浪漫主義」，至二十世紀以後，
更出現「現代主義」及「後現代思潮」，強調變動、跳躍與破壞的精
神。在數學上，「常數」的發展逐漸轉向「函數」及「無理數」探
討，印證了數字本身不斷變化的事實。物理學本來鎖定在教條式的機
械理論，在二十一世紀的今天卻逐漸邁向生物學的有機推理，這也是
認知到生物變化的特質所致。[17]
　　落實到辭章層面來說，「示現」修辭凸顯了虛實時空的變化，其

---

16 歐陽周等：《美學新編》（杭州市：浙江大學出版社，1993 年），頁 76。
17 黃慶萱：《修辭學》，頁 754。

運用穿梭時空、超越虛實的想像力，表面上看似紊亂、支離，實際上則具有高度變化的美感。而「錯綜」修辭更兼顧了形式與內容的變化，卻不至蕪亂無章，任意妄為，在變化中仍有秩序可循。整體辭章風格在這些修辭技巧的影響之下，容易展現時空交錯的「變化美」。

（三）映襯鮮明的「對比美」

「對比」是美學中極為重要的概念，它與「調和」俱為統領美學的兩大支柱。陳雪帆曾解釋「對比」之美提到：

> 對比的形式，因為變化極為明顯，每每帶有華美、鮮活、健強及闊達等情趣，與調和所隨有的情調，差不多相反。[18]

在修辭中，「映襯」法的淵源就是來自於「對比」的美學概念。因為對比而產生明顯的落差，造成華美、鮮活、健強及闊達的美感，其影響整體辭章風格，就容易展現映襯鮮明的「對比美」。除「映襯」之外，其他如「倒反」、「對偶」、「跳脫」等修辭技巧，也運用到對比、落差的概念，對於辭章風格的影響也大致相同。

（四）聯想豐富的「形象美」

如前節所述，「聯想」是修辭的重要心理基礎，因為聯想活動，使人類心中的原型記憶有了變化、發酵的空間，將記憶中的原始形象轉換至藝術層次的美感形象。邱明正說明審美聯想在凸顯形象上的效果提到：

> 審美聯想是把蕪雜、渙散、的審美對象、對象特性加以篩選、

---

18 陳雪帆：《美學概論》（臺北市：文鏡文化事業公司，1984 年），頁 72。

編排、撮合，粘結為合規律的審美整體的過濾器粘合劑，不僅深化了對事物審美特性的感知、理解，而且豐富和鞏固了審美記憶。[19]

可見藉由聯想所轉換的事物形象，已提升到審美的層次而更加靈動鮮明。在修辭中，如「譬喻」、「借代」、「象徵」等技巧，充分運用相似聯想以美化意象，它們對於整體辭章風格的影響，則容易營造聯想豐富的「形象美」。

五 結語

修辭是將辭章所形成的意象，進一步作形式上的設計，或意象上的調整，使其產生美感。至於風格在辭章而言，是指其整體的審美藝術風貌。從哲學層面上來說，修辭與風格同以「誠」的境界為最高目標，這也是求真、求善、求美的形上表現；從心理層面來說，修辭以聯想為基礎，延展出各種不同的審美風貌；從辭章層面來說，修辭是一種意象表現，藉各種修辭技巧以達到美感藝術的要求。我們探討修辭風格的目的，在於瞭解修辭對於整體辭章風格的影響。這些影響因不同的修辭格而輕重各異，卻讓我們認知到辭章的形象思維（包含意象、詞彙與修辭等領域）在風格表現上的定位。本文將修辭風格的認識提升到哲學、心理及美學的層面來探討，或許可以提供修辭學研究的另一方向，同時也釐清了辭章風格在形象思維方面的內在條理。

——發表於第七屆中國修辭學學術研討會，2005年10月，後收入《修辭論叢》第七輯（臺北市：東吳大學中文系，2006年）。

---

19 邱明正：《審美心理學》，頁188。

論章法的「類修辭」現象
── 以古典詩詞為考察對象

提要

　　「章法」與「修辭」分屬辭章學的不同領域，一為邏輯思維，探討意象在篇章中的組織排列；一為形象思維，探討意象的美感表現。兩者之間雖然思維模式不同，在辭章學中卻有無法切割的關聯。具體而言，章法中的「賓主法」、「正反法」、「底圖法」與修辭中的「映襯」有相類之處；「虛實」章法與修辭中的「譬喻」、「示現」亦可尋出類似的理則。本文透過心理層面的辨析，並以古典詩詞為例，從求同而不求異的角度，探討章法的「類修辭」現象。研究發現，部分章法結構類型與某些修辭格之間，確實存在共通的心理基礎與美感效果，我們分析辭章若能融合兩者之思維，可以將辭章詮釋得更圓融貼切。

關鍵詞：章法、修辭、古典詩詞、審美心理

一　前言

在古今文學理論的觀念中，「章法」與「修辭」有許多無法切割的模糊地帶。例如：廣義的修辭大都將章法視為「篇章之修辭」[1]，而章法中也有部分的「類修辭」現象。近年由於章法學的研究發展一日千里，學者已將章法與修辭的分野做了明確的論述[2]。我們如果站在這些「求異」的研究基礎上，進行章法與修辭之間「求同」的研究，對於兩者的異同與關聯，可以提出更清晰的論述，作為辭章教學與研究的參考。本文論述章法的「類修辭」現象，從章法與修辭在整體辭章學的定位切入，進一步探討部分章法結構類型及修辭格的心理基礎，並以古典詩詞為例證，期能串聯章法與修辭的共通條理。

二　章法與修辭在辭章學中的定位

辭章是人類透過思維所產生的藝術作品，主要來自主觀之形象思維與客觀之邏輯思維的交融綜合。吳應天認為這兩種思維形式決定了複合文的基本結構，他並解釋說：

> 人們的思維既有形象性，也有邏輯性，所以既可以寫成形象體系，也可以寫成邏輯體系。……形象體系中寓有邏輯性，邏輯

1　鄭子瑜、宗廷虎主編：《中國修辭學通史》（長春市：吉林教育出版社，1998 年）直接將劉勰《文心雕龍》中的〈附會〉、〈章句〉等論述章法理論的篇章，歸入「篇章修辭」（《先秦兩漢魏晉南北朝卷》，頁 474），其餘提到的文論家，如唐代王昌齡、文彧、齊己的篇章結構理論均視為篇章之修辭（見《隋唐五代宋金元卷》，頁 14）。

2　陳滿銘教授所建構的「辭章學系統」，將章法歸於邏輯思維，將修辭歸入形象思維，這是最為卓著的成就。又如仇小屏教授在〈試談字句與篇章修飾的分野〉（發表於《第二屆中國修辭學術研討會論文集》，2000 年 6 月，頁 249-284），也針對「字句修辭」與「篇章修辭」提出清晰的辯證。

　　體系中也包含著形象性，兩者不僅互相聯繫、互相滲透，而且
　　還互相結合、互相轉化。原因在於形象性和邏輯性具有對立統
　　一關係。正由於這個緣故，由於簡明扼要的邏輯系統容易為人
　　們所理解，而生動具體的形象體系更容易使人感動，所以許多
　　文學作品往往是形象性和邏輯性結合的複合文。[3]

由此可知，形象思維和邏輯思維可以視為架構辭章的兩大要素，我們
所謂的「篇章辭章學」就是一門研究篇章形象思維和邏輯結構的學
問[4]。辭章學所涵蓋的領域相當廣泛，包括意象學、詞彙學、修辭
學、文（語）法學、章法學、主題學、文體學、風格學等領域。如果
形象思維和邏輯思維是架構辭章的兩大要素，則上述領域應該受到這
兩種思維的串聯而形成密切之關係。陳滿銘就根據這兩種思維，進一
步建構了辭章學的系統。他分析說：

　　辭章是結合「形象思維」、「邏輯思維」與「綜合思維」而形成
　　的。這三種思維，各有所主。一般來說，如果是將一篇辭章所
　　要表達之「情」或「理」，訴諸各種偏於主觀之聯想，和所選
　　取之「情」、「理」、「景」（物）、「事」等材料本身設計其表現
　　技巧的，皆屬「形象思維」；這涉及了「立意」、「取材」與
　　「措詞」等問題，而主要以此為研究對象的，就是詞彙學、意
　　象學和修辭學等。如果專就「景（物）」或「事」等各種材
　　料，對應於自然規律，結合「情」與「理」，訴諸偏於客觀之
　　聯想，按秩序、變化、聯貫與統一之原則，前後加以安排、佈
　　置，以成條理的，皆屬「邏輯思維」；這涉及了「運材」、「布
　　局」與「構詞」等問題，而主要以此為研究對象的，就字句

3　吳應天：《文章結構學》（北京市：中國人民大學出版社，1989 年），頁 345。
4　陳滿銘：《篇章辭章學》（福州市：海風出版社，2005 年），頁 8。

言，即文（語）法學；就篇章言，就是章法學。至於「綜合思維」，乃合「形象思維」與「邏輯思維」而為一，以探討其整個體性，而主要以此為研究對象的，則為主題學、文體學、風格學等。而以此整體或個別為對象加以研究的，則統稱為辭章學或文章學。[5]

陳滿銘先生並根據這段分析，繪出辭章學的系統圖如下：

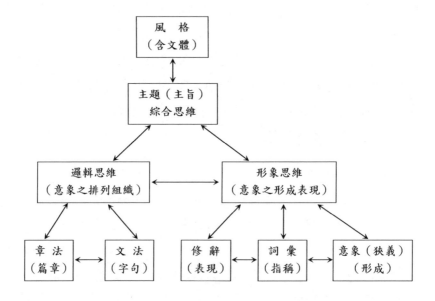

圖表中的「意象」是來自於辭章「景（物）」、「事」、「情」、「理」的複合與交融。就形象思維來說，人類在創作之初會先在腦海形成圖像，這些圖像通常會結合人類的情理而形成「意象」（狹義），此意象透過符號的指稱而表現為「詞彙」，詞彙又透過形式的設計或表意的調整而表現美感，這就是「修辭」。可見修辭在辭章的形象思維中，是融合意象與詞彙而形成的美感進階表現。

5　陳滿銘：《辭章學十論》（臺北市：里仁書局，2006 年），頁 170-171。

　　就邏輯思維來說，辭章中的個別意象與意象之間會形成邏輯關係，此邏輯關係對應於宇宙自然的規律，成為人類思維上共通的理則。這些理則落到字句上就是文（語）法，落到篇章就成了章法。就章法而言，它是文章節、段、以至全篇的邏輯條理，對於整體辭章的影響更大，我們要研究篇章意象的組織排列，仍不可忽視章法的定位。

　　綜上所述，在辭章主要的兩大思維中，「修辭」是形象思維部分進階的美感表現，而「章法」則呈現了辭章整體的內在邏輯。兩者的本質雖屬不同的思維模式，但是在綜合思維的統整之下，形象與邏輯本來就是互為表裡、相互交融的形態，修辭中包含某些邏輯結構，以及章法的類修辭現象，是整體辭章中的既有存在。

三　章法與修辭的心理基礎

　　既已釐清章法與修辭在辭章學中的定位，我們瞭解兩者分屬不同的思維層次。若再進一步透過心理層面的辨析，溝通兩者心理基礎的異同，可以針對部分章法結構類型的「類修辭」現象，尋得共通的條理。茲分述、比較章法與修辭的心理基礎如下：

（一）章法結構的心理基礎

　　章法是辭章內在的客觀條理，它有其普遍的心理基礎；而每一種章法結構類型，亦有其特殊的心理來源。本節說明章法普遍的心理基礎，並針對與修辭相關之「虛實」、「正反」、「賓主」、「圖底」等章法，說明其特殊的心理來源。

1 普遍

人類與生俱來就有呼應自然法則的思維活動能力，章法就是這種思維活動能力的具體展現。所以，在普遍客觀性的邏輯思維中，至少可以從四種法則探索章法的心理基礎：

（1）對應於「秩序法則」的邏輯思維

所謂秩序法則是指事物的外在形式上部分與部分、部分與整體之間構成特定、有規律的排列組合。[6]宇宙自然因為秩序法則而呈現一種規律而富有節奏的形態，以時間來說，它形成了四季的更迭、晝夜的輪替或是過去、現在與未來的交錯，對應於人類的心理，則產生如順敘、倒敘的思維模式。以空間來說，客觀事物存在著遠近、高低、大小等空間關係，對應於人類思維，客觀事物轉化為心靈意象之後，依舊有著遠近、高低、大小的邏輯。如果進一步落到事理來說，更會產生如本末、貴賤、親疏等概念。

（2）對應於「變化法則」的邏輯思維

所謂變化法則是指事物的外在形式部分與部分、部分與整體之間不規則的衝突、對立或矛盾關係。它是相對於秩序法則，具有變動、跳躍與不確定的特性。落於人類的思維，則表現為「求異性的探究」心理，這種心理會特別關注事物之間、現象與本質之間、局部與整體之間、主體與客體之間的差異性、矛盾性、對立性，從而把握對象的各自特徵與主客之間的矛盾運動規律。「求異性探究心理」具有這種認識功能，同時又能進行自我調節，滿足審美心理中求新、求奇的慾望，甚至可以提高美的創造力，並能確保主體的自

6　張涵：《美學大觀》（鄭州市：河南人民出版社，1986 年），頁 246。

主性與獨立性。[7]

（3）對應於「聯貫法則」的邏輯思維

所謂聯貫法則是指宇宙間客觀存在的二元對待關係。這種二元對待關係可以分為「對比性」的二元對待、「調和性」的二元對待，而最終可歸結為「陰陽二元對待」之關係。[8]相應於自然存在的聯貫法則，人類思維會產生互為對待、相互聯貫的邏輯概念，偏於調和質性如「因果」、「虛實」、「賓主」，偏於對比質性如「正反」、「抑揚」等，正因為聯貫邏輯而構成章法上各種結構類型，可見章法呼應於宇宙自然的法則，成為人類共通的理則，其客觀存在的質性不容置疑。

（4）對應於「統一法則」的邏輯思維

宇宙自然的統一法則必須建構在前述「秩序」、「變化」、「聯貫」等法則的基礎上，形成一種「多樣的統一」。「多樣的統一」是美學中的普遍法則，是人類在自由創造的過程之後，企圖將各種因素重新作有機之組合，其所形成的統一既不雜亂，也不單調，因此它會涵蓋對稱、均衡、對比、調和、節奏、比例等美感因素，形成一個既豐富又單純、既活潑又有秩序的有機體。[9]人類思維對應於自然的統一法則，表現在辭章中就會形成一個核心情理，也就是主旨。

2 個別

人類思維呼應於自然法則的能力，落到個別的結構類型，亦有其特殊的心理基礎：

7　邱明正：《審美心理學》（上海市：復旦大學出版社，1993 年），頁 103-106。

8　陳滿銘：《章法學論粹》（臺北市：萬卷樓圖書公司，2002 年），頁 33。

9　楊辛、甘霖：《美學原理》（北京市：北京大學出版社，1983 年），頁 131-132。

(1)「虛實」章法的心理基礎

「虛實」章法有三個層次，就時間來說，「實」時間是指過去、現在，「虛」時間是指未來。所以，「時間的虛實法」就是把時間中的過去、現在與未來雜糅於文學作品之中的章法。[10]「時間」不僅是一個物理概念，同時也是一個文化上的概念。它可以是「自然時間」，具有整全性、持續性和不可逆性；也可以是「人文時間」，為表現自然時間的特質，此為「實」時間；更可以一種完全虛化的姿態遊走在過去與現在之間，甚至可以指向未來，則為「虛」時間。[11]在文藝創作上，作家藉由美感的騰飛反映，任意塑造時間的流動，在虛實互變的流動中，營造了極具生命力與生命情感的空靈之美。此外，晝夜的交替、四季的更迭，使「循環」觀念常常融入時間之中，而原本是進化直線的時間，在此文化意識的影響之下被轉化為一條循環之線，影響所及，在辭章中表現「從過去到現在」、「從現在到未來」、「從未來回到過去」的時間循環也是常見的，虛實章法中的「實虛實」、「虛實虛」結構就是這種循環的典型。

就空間來說，「實」空間指眼前所見的實景，而「虛」空間則為設想的景物。「空間的虛實法」就是糅合眼前所見與心中設想之景物於辭章當中的章法。[12]《文心雕龍・神思》篇所云「悄焉動容，視通萬里」，就是說明這種懸想所形成的空間的超越。「空間的虛實法」也是在這種心理基礎上建立其章法，而現實空間與想像空間差距不大時，即形成調和的美感；若現實空間與想像空間的情境形成強烈對比時，不僅具有對比之美，其現實與想像之間的反差更能激發讀者的情

---

10 仇小屏：《篇章結構類型論》（上）（臺北市：萬卷樓圖書公司，2000 年），頁 297。
11 易存國：〈中國審美文化中的時間觀念〉，《古今藝文》，2002 年 2 月，頁 49-55。
12 陳滿銘：《章法學綜論》（臺北市：萬卷樓圖書公司，2003 年），頁 25。

緒。[13]

　　就人類的思維來說，「實」指的是現實世界所發生的一切，而「虛」則為假設或夢境。「假設與事實法」就是將夢境或假設事物與現實世界相對映的一種章法。[14]與事實相反的假設是人類理性思辨中可以自我掌控的思維放縱，而夢境則是一種非自控性的意識活動，在「美感的騰飛反映」中，即存在著自控型與非自控型的思維放縱。張紅雨針對「自控型的美感騰飛」分析說：

> 自控型的美感騰飛，在寫作美學的昇華階段是寫作主體有意識地放縱思維和想像的翅膀任其飛翔，沿著對生活的理想航道去開拓更美好的境界。但不管思維和想像如何放縱，都不是放任自流，都要受到寫作主體的審美理想的控制。[15]

假設性的思維活動就是基於這種自控心理，將虛幻的意識物化成具體的人、事、物，以符合寫作主體的審美理想。至於「非自控型的美感騰飛」多指夢境而言，張紅雨說：

> 非自控型的美感騰飛在人們的睡夢中更為自由而酣暢，不受主觀意識的任何限制，也可以說是亦是的一種失控現象，是意識的自由流動。[16]

佛洛依德認為夢的本質是「願望（被壓抑的）的滿足（經過偽裝的）」[17]。其所謂夢是某種被壓抑的衝動，也是某些得到滿足和發洩的

---

13 拙著：《章法風格析論——以蘇軾詞、姜夔詞為考察對象》（臺北縣：花木蘭文化出版社，2007 年），頁 47。
14 仇小屏：《篇章結構類型論》（下），頁 320。又見陳滿銘：《章法學綜論》，頁 26。
15 張紅雨：《寫作美學》，頁 136。
16 張紅雨：《寫作美學》，頁 133。
17 《西方美學通史・二十世紀美學（上）》，頁 271。

自由地。無論它是多麼離奇怪誕，仍然是以現實生活和客觀存在為依據的。所以，辭章中所呈現的夢境基本上仍合乎現實邏輯，只是它與實境的對映，凸顯了「虛無飄渺」的特性。

理性而自控的假設多與事實相反，正可以凸顯現實世界的「合理」或「荒謬」；而非自控性的夢境則反映了寫作主體被壓抑的深層願望。在虛實的對映中，我們可以不加詞彙而獲得事半功倍的美感效果。[18]

(2)「正反」章法的心理基礎

所謂「正反」法就是把兩種差異極大的材料並列起來，形成強烈的對比，並藉由反面材料來襯托正面材料，以強化主旨之說服力的一種章法。[19]

從客觀因素的角度來說，「正反」章法的形成，來自於人性內在和宇宙內在既有的矛盾。在複雜的人性當中，理性與感性、熱衷與冷漠、快樂與痛苦、興奮與沮喪、勇敢與膽怯、進取與墮落、節制與慾望、驕傲與謙虛等互相矛盾的人格，常在同一時空錯雜於人性之中，令人無法分判。而我們所處的世界也處處充滿了對立與矛盾，如天氣的變化，時而春和景明，時而風雨如晦；大海的景致，時而風平浪靜，時而驚濤駭浪；我們面對人性及宇宙自然的善變、矛盾，當然不會無動於衷。

因此，從主觀因素來說，這些反差極大的矛盾，是有可能在人的心理上產生「鏈式反映」，而「對映式」的聯想就是鏈式反映中最為常見的。張紅雨針對這種「對映式的鏈式反映」曾分析說：

---

18 拙著：《章法風格析論——以蘇軾詞、姜夔詞為考察對象》，頁 49。
19 仇小屏：《篇章結構類型論》（下），頁 406。又見陳滿銘：《章法學綜論》，頁 28。

寫作主體面對審美對象還會出現一種逆態心理，感到激情物美
得突出和鮮明，常常會想到與激情物相對立的其他型態。高與
低、大與小、快與慢、美與醜等等都是相對而言的，在人們的
腦海之中都有一個模糊標準，這個標準是長期審美經驗沈澱、
積累得出的結果。所以當審美對象以它特有的姿態作用於審美
主體的時候，在腦海中立刻浮現出與之對映的許多新型態來同
審美對象比較、衡量，使審美對象的特點更為突出，姿態更優
美，從而成為激情物，引起人們的審美衝動，產生美感。[20]

這裡同時從心理學和美學的角度分析了人類心理對反差事物的感應與
儲存，也強調人類具有「對映聯想」的本能與衝動，這就是產生對比
性美感的原動力。

在客觀因素中，人性與宇宙既存在著對立與矛盾；而主觀上，人
類心理又能充分感知這些對立矛盾，當然會反映在文學作品當中。所
以，「正反」章法之所以普遍存在於各類辭章，是可以被理解的。它
所形成的對比質性，對於整體辭章的陽剛美感有一定的影響。[21]

(3)「賓主」章法的心理基礎

所謂「賓主法」就是運用輔助材料（賓）來凸顯核心材料
（主），達到「借賓形主」的效果，從而有力地傳達辭章主旨的一種
章法。[22]

「賓主法」與「正反法」都是運用襯托的作用來凸顯主旨的章
法，所不同的是，「賓主法」所運用的輔助材料可能是正面，也可能

---

20 張紅雨：《寫作美學》（高雄市：麗文文化事業公司，1996 年），頁 128。
21 拙著：《章法風格析論——以蘇軾詞、姜夔詞為考察對象》，頁 19。
22 仇小屏：《篇章結構類型論》（下），頁 374。又見陳滿銘《章法學綜論》，頁 28。

是反面；且材料的數量可以多種，其「眾賓托主」的形式與「正反
法」只有正反對立的形式有所差別。儘管兩種章法頗有差異，其心理
基礎都是來自於「美感的鏈式反映」，其中「神似式的鏈式反映」可
用來詮釋「賓主法」的心理結構，張紅雨說：

> 寫作主體對引起情緒波動而產生美感的激情物，不僅是觀賞它
> 的外型，更多地是它的神韻，從神態上想到許多神似的內容。[23]

如果將此鏈式反映落到文學作品來看，寫作主體欲呈現這一激情物時，
通常會從其神韻想到更多神似的事物，並藉由神似的事物來凸顯主要
激情物，進而與波動的情緒產生連結，傳達出文學作品的核心情理。

「神似式的鏈式反映」原本是以「形象思維」的方式進行的，但
是當各種神似的內容與激情物之間有了主客關係的聯繫，寫作主體自
然而然會以邏輯思維的方式來組織主、次材料，其所運用的是一種
「美感情緒的雙邊跳躍」[24]，主、次材料之間可能跳躍轉換得很頻
繁，但是在核心情理（主旨）的貫串之下，使主、次材料各安其位而
不致紛亂，從而產生「映襯」的美感。當然，「賓」與「主」皆在為
托出主旨而服務，彼此之間是「調和」的型態，對於整體辭章「柔
和」之美感，也有增強的作用。

(4)「圖底」章法的心理基礎
所謂「圖底法」就是運用視覺心理上「背景」與「焦點」的概念

---

23 張紅雨：《寫作美學》，頁 125。
24 張紅雨：「所謂美感的雙邊跳躍，就是人們在審美的過程中，在美感情緒發生波動
　　的情況下，總希望要縱觀全局，鳥瞰整體。對某一事件的發展不僅希望瞭解此方，
　　也希望掌握彼方。『知己知彼』這是人們的心理常態，也是審美的一種習慣和反
　　映。」張紅雨：《寫作美學》，頁 241。

來組織篇章的一種章法。[25]「圖底法」不僅可以呈現在空間中，更可以擴充延伸至時間、色彩以及感官知覺的範疇。

「圖底法」被廣泛地運用在詩文的創作當中，而我們卻必須推溯到繪畫藝術，才可以尋得完整的理論。王秀雄的《美術心理學》提到：

> 在視覺心理學上，把視覺對象從其背景浮現出來，而讓我們視認得到的物叫做「圖」（Figure），其周圍之背景叫做「地」（Ground）。「圖」與「地」間，其形、色與明度必須有些差異，我們才能視認其存在。[26]

這裡所說的「圖」（Figure）就是焦點，而「地」（Ground）就是背景。運用在章法上時，我們以「底」代稱「地」，是為免於和「地圖」一詞混淆。「圖」因為具有前進性、緊密性、凝縮性與充實感，容易產生強烈的視覺印象；相對的「底」所具備的後退性與鬆弛性，容易被忽視，卻仍具有極重要的烘托作用。在靜態的繪圖之中，「圖」與「底」的關係似乎可以如此確定，然而宇宙自然是一個不斷變動的形式，再以視覺主體的心理亦不斷地變動調整，「圖」與「底」也會隨之產生互換或交融。[27]在變化紛紜的空間中，任何事物都可能因為主觀認知與客觀條件的不同而改變其背景或焦點的質性。

---

25 陳滿銘：《章法學綜論》，頁 32。

26 王秀雄《美術心理學》，頁 126。關於「圖—底」的關係，另有格式塔心理學派直稱為「圖形—背景」關係，可參見庫爾特・考夫卡：《格式塔心理學原理》，頁 285-336。

27 魯道夫・阿恩海姆在〈對於地圖的感知〉一文中分析圖形與其基底的關係，可進一步詮釋這種現象。他分析海洋與陸地的關係，因為凹凸的線條而改變了它們或為「圖」、或為「底」的質性。見《藝術心理學新論》（臺北市：臺灣商務印書館，1992 年），頁 283-284。

文學作家如果掌握了「圖」與「底」的特色，就可以創作出深刻而生動的作品。

　　「圖底法」不僅由於「底」烘托「圖」而展現立體的美感，更因為「圖」與「底」的交融互換而展現生動的動態美。這種立體與動態的美感可能是對比，也可能是調和的，所以運用「圖底法」來組織篇章，很容易造成一種剛柔兼具的風趣。[28]

（二）修辭的心理基礎

　　修辭有其普遍層次和個別層次的心理基礎。就其普遍層次而言，修辭的心理基礎根源於人類的「審美聯想」；至於其他與章法相關的修辭如「示現」、「譬喻」、「映襯」等技巧，亦可從審美的心理學探討。茲分述其普遍層次與個別層次之心理基礎如下：

1 普遍

　　「審美心理學」是美學系統中重要的一個分支，其中「審美聯想」又是審美心理學中重要的範疇。「聯想」本來就是人類審美體驗中一種原始的心理活動，它是人類腦海中表象的聯繫，具體來說，一種表象出現在腦海中，就會引起一些相關的表象。許多藝術如音樂、繪畫等形式，就是藉由聯想的活動造就了審美的創作與欣賞。就文學的領域來看，文學創作亦離不開聯想，藉由聯想的活動，文學的意象有了更開展的空間，進而表現其審美意識，我們稱之為「寫作主體心理意象的詩化」[29]。

---

28 同註 13，頁 53。

29 「意象的詩化」就是指文學意象透過聯想心理的進一步表現而產生的美感效果。童慶炳：《中國古代心理詩學與美學》（臺北市：萬卷樓圖書公司，1994 年），頁 133-140。

　　根據這些概念，我們檢視目前所發現的三十餘種修辭格，發現至少有二十二種修辭技巧都與「聯想」活動有關，「聯想」幾乎可以成為修辭格的共通心理根源。[30]邱明正詮釋「審美聯想」時更明白指出：

> 審美聯想是藝術創作中和審美表達中的比興、烘托、陪襯、夸張、象徵等手法的心理基礎。……由於聯想才通過特定的事物來比興、烘托、反襯、夸張、象徵所表現的事物和自己的思想、情感。……此外，審美聯想還是審美通感、想像、意識流、移情和審美意志等心理活動的前提。[31]

其所謂「比興、烘托、陪襯、夸張、象徵」者，皆是修辭學上的重要表現手法。「聯想」作為修辭心理的重要基礎，同時也是各種審美心理的前提。落到文學創作來說，作家藉由聯想來創造各種修辭之美，而讀者也藉由聯想領略到辭章的藝術之美。

2 個別

　　在審美聯想的共通基礎上，我們可以進一步探討與章法相關的部分修辭格如「示現」、「譬喻」、「映襯」等，說明其個別的心理基礎。

（1）「示現」修辭的心理基礎

　　「示現」修辭的心理基礎來自於人類的想像力。黃慶萱《修辭學》在說明「示現」修辭明白指出：

30　參考拙作：〈辭章「修辭風格」初探——以古典詩詞為考察對象〉，《修辭論叢》第七輯（臺北市：東吳大學印行，2006年），頁474-501。

31　邱明正：《審美心理學》，頁193。

> 人類的想像力，真是一種奇妙的機能，甚至比「光」更快速，更曲折，更神奇。它可以不受時間的限制，超越過去、現在及未來；可以不受空間的限制，把遠方的情景播映在眼前。語文中利用人類的想像力，把實際上不聞不見的事物，說得如見如聞的修辭方法，就叫作「示現」。[32]

可見「示現」修辭可以超越時間，具有「寂然凝慮，思接千載」的能力；也可以跳脫空間，更有「悄焉動容，視通萬里」[33]的功能。想像力來自於作者感官知覺的延伸，同樣可以訴諸讀者的感官而引起鮮明的印象。所以，讀者的感官也可能被觸動而延伸，進而激起共鳴的情緒。如果「示現」修辭所呈現的情境與現實的情境形成強烈的對比落差，其印象會更鮮明，情緒會更激烈。想像力作為「示現」修辭的心理基礎，其美感表現常常可以營造不凡的藝術效果。

(2)「譬喻」修辭的心理基礎

譬喻是一種「借彼喻此」的修辭法。黃慶萱在說明其心理基礎時指出：

> (譬喻)的理論架構，是建立在心理學「類化作用」(Apperception) 的基礎上──利用舊經驗引起新經驗，通常是以易知說明難知；以具體說明抽象。使人在恍然大悟中驚佩作者設喻之巧妙，從而產生滿足與信服的快感。[34]

心理學的「類化作用」是指一個人吸收過去經驗的殘餘印象，進而轉

---

32 黃慶萱：《修辭學》(臺北市：三民書局，2002 年)，頁 305。
33 劉勰：《文心雕龍・神思》篇。
34 黃慶萱：《修辭學》，頁 321。

化成整體的新經驗，也就是根據過去的舊經驗來認識新經驗的心理過程，又稱作「統覺」。所以，譬喻修辭結構中，「喻依」就是過去、熟悉而具體的經驗，而「喻體」則是陌生的新經驗。以具體來形容抽象，以熟悉來形容陌生，以已知來形容未知，既是譬喻修辭的基本內涵，也可見出其心理基礎。

（3）「映襯」修辭的心理基礎

「映襯」修辭的成立，有其客觀和主觀的心理因素。黃慶萱以為：

> 映襯的客觀因素在於我們人性內在的矛盾和宇宙內在的矛盾。……映襯的主觀因素在於人類的「差異覺閾」（Difference Threshold）。[35]

人性所常存的矛盾如感性與理性、快樂與痛苦、興奮與沮喪、勇敢與膽怯、進取與墮落、驕傲與謙卑等心理狀態的並容並存，形成人類性格上的矛盾。宇宙間亦常存這種複雜狀態，如自然的陰晴、圓缺，事物的長短、大小，日麗景明與風雨如晦，星河皎潔與月黑風高，都可能並列而衝突，形成宇宙間的矛盾狀態。這些客觀的存在，表現在文學作品上，就是映襯修辭形成的重要根源。

至於「差異覺閾」的心理，是指人類對於較大程度的兩種刺激，能加以辨別的能力。對於人性和宇宙的矛盾現象，當然也能加以辨認，進而反映在辭章之中。映襯可以成為一種普遍的修辭技巧，就是人類將這些矛盾並列在一起，使其映襯成趣的自然現象。

事實上，我們可以將映襯的概念推廣擴大，除了對比性的矛盾所

---

35 黃慶萱：《修辭學》，頁 409。

形成的映襯關係，也應該包括調和性的烘托所形成的映襯，這才能完全涵融「對映襯托」的本質。就「差異覺閾」的心理定義來說，它是指一個人在心理知覺上所能辨認的最小變動刺激（The smallest change in stimulation that a person can detect）。所以，即使是調和性的烘托，仍具有可辨認的差異值，兩種事物所形成的關係仍具備襯托的美感效果。

四　章法結構類型中的「類修辭」現象

　　章法與修辭在辭章學上各是不同思維的領域，而兩者卻有相似的心理基礎。我們針對部分章法結構類型的「類修辭」現象，舉古典詩詞為例，說明章法與修辭在心理層面上的異同。

（一）「虛實」章法與「示現」修辭

　　「虛實」章法的本質在於時間、空間的虛想與實見，相較於「示現」修辭所呈現的「懸想示現」（空間）、「追述示現」（過去時、空）、「預想示現」（未來時、空）等類別，可以見出同樣以時空為概念的心理基礎。在文學作品中這樣的現象極為常見，如杜甫〈月夜〉：

今夜鄜州月，閨中祇獨看。遙憐小兒女，未解憶長安。

香霧雲鬟濕，清輝玉臂寒。何時倚虛幌，雙照淚痕乾？

整首詩的情境不描寫杜甫在長安望月思家，卻猜想妻子今夜也正獨看這鄜州的月亮。頸聯「香霧雲鬟濕，清輝玉臂寒」是一種懸想示現，而尾聯「何時倚虛幌，雙照淚痕乾」更將時間跳接到未來，是一種預

言式的示現。如果我們運用章法的概念切入，可以畫出全詩結構表如
下：

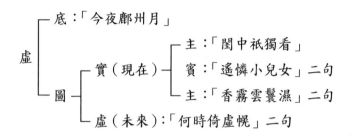

整首詩可以算是「全虛」的結構，在作者「虛空間」的想像之中，又
有對於未來時空的預想，形成另一層虛實的對應。

又如蘇軾〈南鄉子〉：

> 晚景落瓊杯，照眼雲山翠作堆。認得岷峨春雪浪，初來，萬頃
> 蒲萄漲淥醅。　　春雨暗陽台，亂灑歌樓濕粉腮。一陣東風來
> 捲地，吹回，落照江天一半開。

詞的上片描寫酒杯中所反照的景物，從而想起故鄉岷峨的春雪與釀酒
的情境。想像故鄉景物是屬於空間的懸想示現，在意象表現上雖然都
為靜態描寫，卻因為類似景物的懸想，營造出生動的感染力。如果我
們換以章法思維切入，可以繪出結構表如下：

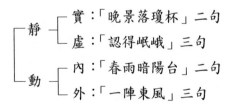

詞的上片描寫靜景，下片表現動景，在動靜的對應下，已形成強烈的
對比，再加上所見「反照」之實景與想像「故鄉」之虛景的虛實對

應，無論是主觀形象的美感，或是客觀邏輯的條理，都展現了此詞極高的藝術特色。

（二）「虛實」章法與「譬喻」修辭

「虛實」章法的另一本質是事理上的假設與事實，相較於「譬喻」修辭的基本結構所呈現的「喻體」、「喻依」及「喻詞」等要素，喻體是「實」，喻依是「虛」，在假設與事實的本質上，兩者的心理基礎有雷同之處。文學作品中出現譬喻技巧非常頻繁，如王維〈酌酒與裴迪〉詩云：

> 酌酒與君君自寬，人情翻覆似波瀾。白首相知猶按劍，朱門先達笑彈冠。草色全輕細雨濕，花枝欲動春風寒。世事浮雲何足問，不如高臥且加餐。

這首詩傳達了人情反覆的感慨。首聯「人情翻覆似波瀾」就引波瀾為喻，說明人情之無常；頷聯「白首相知猶按劍，朱門先達笑彈冠」藉人事為喻——即使白首相交，遭遇利害衝突仍可能按劍怒目相視，領先成功發達而晉身富貴者，只會自己得意，反而譏笑正待幫忙之故友；頸聯「草色全輕細雨濕，花枝欲動春風寒」更引自然為喻，藉著春草欲長，須有春雨滋潤，春花欲開，須能冒風寒，來比喻世間沒有任何事是不須付出代價的；尾聯「世事浮雲」之嘆，更強調世事如浮雲般的不可預測，進而表達「高臥且加餐」的豁達心志。這首詩是「即事托喻」、「即景托喻」的最好範例，其所援引之景、事，均為虛設之想，如果我們從章法之思維切入，可以繪出結構表如下：

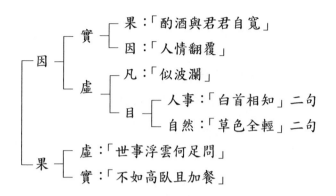

　　結構表中「虛」的部分是假設的材料，雖然是具體的景、事，其主要作用仍在凸顯「人情翻覆無常」的抽象事理（實），彼此之間仍存在虛實對應的邏輯關係。譬喻是少數具有結構的修辭技巧之一（喻體、喻詞、喻依），其結構所蘊含的邏輯性實與虛實章法有互通之處。

　　又如李煜〈虞美人〉所云：

> 春花秋月何時了，往事知多少？小樓昨夜又東風，故國不堪回首月明中。　　雕闌玉砌應猶在，只是朱顏改。問君能有幾多愁？恰似一江春水向東流。

這闋詞是李煜亡國後的思鄉之作。從修辭的層面來看，他以「春花秋月」比喻難以復見的往事；以「一江春水向東流」比喻翻騰而無法自制的愁緒。此外，作者亦運用了懸想示現，想像故國的「雕闌玉砌」仍在而佳人朱顏已變，凸顯「物是而人非」的感慨。若從章法的思維切入，可以繪出結構表如下：

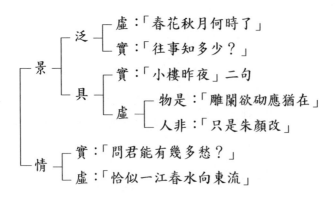

詞中懸想的故國景事，相對於眼前的「小樓東風」，形成虛實對應，其與懸想示現相類似之心理如前所述。至於結構表中的「春花秋月」、「一江春水」皆屬於虛想的材料，其作用在凸顯如夢似幻的「往事」及傾洩翻騰的「愁緒」，這是作者現實情境的感受，與虛想之材料形成了虛實對應的邏輯關係。

(三)「正反」章法與「映襯」修辭

「正反」章法具有明顯的對比質性，相較於「映襯」修辭所強調的「意象與意象之對列」關係，同樣都呈現一種可清楚辨認的差異值，在美感上也都能呈現對比之美。運用正反對列是文學作品常見之技巧，古詩如沈佺期〈古意呈補闕喬知之〉所云：

> 盧家少婦鬱金堂，海內雙棲玳瑁梁。九月寒砧催木葉，十年征戍憶遼陽。白狼河北音書斷，丹鳳城南秋夜長。誰謂寒愁獨不見，更教明月照流黃。

這首詩主要在表現思婦的閨怨愁緒。首聯描述少婦閨房中的華麗裝飾與夫妻恩愛雙棲之景況，卻與頷聯、頸聯所營造的淒涼情境形成映襯之關係。就修辭技巧來說，兩種情境的對襯造成詩境的強烈落差，更

能凸顯少婦的閨怨愁緒。若從章法的思維來看，我們可以繪出結構表如下：

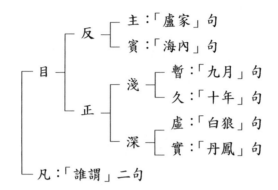

結構表中描寫少婦的華屋與夫妻的恩愛是本詩的反面材料，而敘寫九月寒砧、十年長征、音訊已斷及秋夜漫長的景況，則屬於正面材料，在正反對比的作用之下，襯托出少婦「寒愁」的心境，其傳達少婦的閨怨情思，是相當動人的。

又如蘇軾〈望江南〉詞云：

> 春未老，風細柳斜斜。試上超然臺上看，半壕春水一城花。煙雨暗千家。　　寒食後，酒醒卻咨嗟。休對故人思故國，且將新火試新茶。詩酒趁年華。

這闋詞在情意的表達上，主要藉由對故國故人的思念，引出及時行樂的體悟。這兩種情思是互相衝突矛盾的，東坡憑著高度自覺的智慧，卻將衝突矛盾融出更高層次的人生抉擇。他運用了映襯修辭凸顯了自我的智慧，使這兩種情思的落差得到另一層次的平衡。若從章法的思維切入，可以繪出結構表如下：

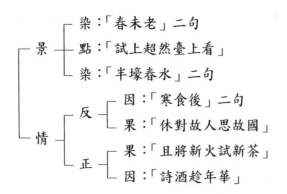

結構表中呈現了這闋詞「先景後情」的邏輯關係，而抒情部分又對列正反兩種情思，足以凸顯「及時行樂」的核心情理。其正反對比的邏輯關係，同樣形成映襯的美感效果。

（四）「賓主」章法與「映襯」修辭

「賓主」章法的主要意涵，在於「借賓形主」的作用所形成的烘托效果。相較於映襯修辭的本質，它是屬於「調和性襯托」的形式。文學作品中不乏此例，古詩如陶淵明〈飲酒〉之七所云：

> 秋菊有佳色，裛露掇其英。汎此忘憂物，遠我遺世情。一觴雖獨進，杯盡壺自傾。日入群動息，歸鳥趨林鳴。嘯傲東軒下，聊復得此生。

這首詩的主要材料是飲酒之事，詩人所言「汎此忘憂物，遠我遺世情。一觴雖獨進，杯盡壺自傾」，道盡飲酒忘憂、遠世獨立的心境。其餘景物如「秋菊裛露」、「歸鳥趨林」皆為次要材料，其映襯作用具有烘托飲酒之趣的效果。如從章法的思維切入，可以繪出結構表如下：

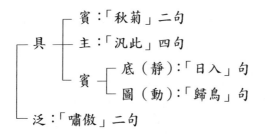

整首詩以「具寫→泛寫」的邏輯構成。具寫部分所描寫的景事又構成賓主關係，其彼此的烘托作用在差異值上仍有清晰辨認的空間，所以仍可視為一種映襯關係。因為借賓形主的作用，凸顯了飲酒之趣的鮮明形象，更能強化陶淵明遠世獨居之生命抉擇的價值。

又如李煜〈玉樓春〉詞云：

> 晚妝初了明肌雪，春殿嬪娥魚貫列。鳳簫吹斷水雲間，重按〈霓裳〉歌遍徹。　　臨風誰更飄香屑，醉拍闌干情味切。歸時休放燭花紅，待踏馬蹄清夜月。

這闋詞主要在敘寫宮廷歡宴的熱鬧景象，展現李後主前期詞作的濃豔華美之風。作者運用了感官知覺的摹寫，展現了宮廷歡宴的種種景象，而這些景象仍有其可辨認的差異值。具體來說，彈奏〈霓裳羽衣曲〉應該是歡宴場合中的重頭戲，所以「重按霓裳歌遍徹」容易成為眾人傾注的焦點，至於其他「嬪娥魚貫」、「鳳簫吹斷」、「臨風飄香」、「醉拍闌干」等景象就成為烘托主戲的次要材料了。這樣的關係，造成了調和性的映襯美感。若從章法的思維切入研究，可以繪出結構表如下：

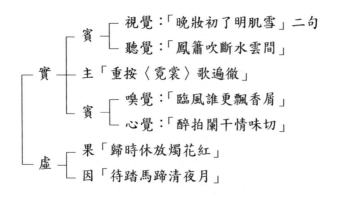

表中描繪歡宴場景的部分，呈現了賓主的關係，透過各種感官知覺的
摹寫，確實凸顯了〈霓裳曲〉的情韻，使整個歡宴場景更加靈動活
躍。賓主章法的映襯效果，由此得到具體的印證。

（五）「圖底」章法與「映襯」修辭

「圖底」章法亦具有烘托之效果，它與賓主法的烘托作用不盡相
同。賓主章法的「賓」與「主」是不同而獨立的兩種事物，圖底章法
的「圖」與「底」雖是兩種事物，彼此卻有重疊關係，通常「底」的
範圍較大，形式較後退；「圖」的範圍較小，形式較為突出，且常常
涵融於「底」的範圍之中。「圖」與「底」的關係仍符合相當程度的
差異值，其形成的映襯效果可能呈現對比性，亦可能呈現調和性，端
視其內容而定。在古典詩歌中詩人用圖底之概念來描寫景物，至為常
見。如王昌齡〈從軍行〉詩之四云：

> 青海長雲暗雪山，孤城遙望玉門關。黃沙百戰穿金甲，不破樓
> 蘭終不還。

這首詩的主角當然是身經百戰、滿身黃沙的戰士，相對於浩瀚的青
海、雪山，以及巍峨的孤城、玉門關，戰士顯得更為渺小，使得戰士

與這浩瀚、巍峨的景色形成強烈的映襯關係。若從章法之思維切入研究，可以繪出結構表如下：

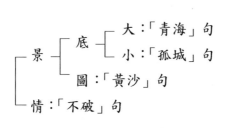

結構表中可以清楚見出戰士與青海、雪山、孤城、玉門關等景物的圖（焦點）、底（背景）關係，因為浩瀚巍峨的場景，相對於渺小孤單的戰士，其映襯效果偏向於對比性，將戰士身於疆場上的茫然與孤獨感表現得更為突出。

又如姜夔〈揚州慢〉所云：

> 淮左名都，竹西佳處，解鞍少駐初程。過春風十里，盡薺麥青青。自胡馬窺江去後，廢池喬木，猶厭言兵。漸黃昏，清角吹寒，都在空城。　杜郎俊賞，算而今、重到須驚。縱豆蔻詞工，青樓夢好，難賦情深。二十四橋仍在，波心蕩、冷月無聲。念橋邊紅藥，年年知為誰生。

這闋詞是姜夔重遊戰地揚州，見到戰亂之後的荒蕪仍在，遂興起無限慨嘆，亦蘊含深刻的反戰思想。詞的上片描寫戰後揚州，運用了視覺與聽覺的摹寫技巧，渲染出兵馬蹂躪後的殘破景象。下片遁入虛想，運用懸想示現，假設杜牧的悠情、詞工的浪漫，仍無法面對此地荒蕪的淒涼。其後更以「二十四橋」、「冷月」、「紅藥」等景物的描寫，烘托杜牧、詞工的愁緒，形成一種調和性的映襯關係。若從章法之思維切入分析，可以繪出結構表如下：

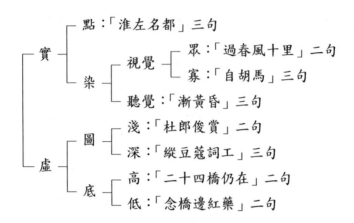

結構表的虛寫部分，「杜郎」、「詞工」為圖，是景物中的焦點；「二十四橋」、「波心」、「冷月」、「紅藥」為底，是景物中的背景。背景的質性均為柔和的景物，對應於杜郎、詞工，產生調和性的烘托效果，但仍具備可辨認的差異值。章法上的圖底結構與映襯修辭的調和性襯托，在這闋詞的美感表現上又見其思維的重疊。

五　結語

　　從整體辭章鑑賞的角度來說，探討辭章之章法與修辭，都是從作者的表現手法著眼，只是章法著重於內在邏輯的思辨，而修辭則偏重於外在形象的表現。邏輯思辨與形象表現本來就必須相輔相成，互為表裡，才能見出辭章在表現技巧上的藝術成就。本文透過章法與修辭的定位、章法與修辭的心理探討，落實於古典詩詞的印證，發現兩種思維在心理基礎與美感表現上，均有重疊之處。如果在辭章的鑑賞或教學中，融合兩種思維來進行文學作品的分析，不僅未見其衝突矛盾，反而可以將辭章詮釋得更為圓融貼切，相信在教學與研究可以上獲得更多的成就。

——發表於第二屆辭章章法學學術研討會，2007年10月，後收入
《章法論叢》第二輯（臺北市：萬卷樓圖書公司，2008年）。

論辭章的「意象風格」
── 以唐宋詩詞為考察對象

提要

　　辭章風格的形成有多層面向。總體而言，風格是辭章整體審美風貌的展現；分項來說，風格的形成，與辭章的主題、意象（個別）、詞彙、修辭、文法、章法等，均有密切關係。若專就材料意象來看，辭章中不同的材料，會形成不同的意象；不同的意象，會產生不同的感染力。這些感染力就是辭章局部風格形成的基礎，我們稱之為「意象風格」。意象風格的形成決定於作家材料選擇的類型，例如描寫高山流水的意象，容易產生宏偉流暢的感染力；刻畫宮闕寺廟的意象，則容易形成華美細致的風格。其對於辭章整體風格的影響或鉅或細，端賴其意象的類型、多寡或輕重。本文探討辭章的意象風格，從意象學的哲學與心理角度切入，並探討其辭章中的定位，建立意象風格的理論基礎；並以古典詩詞為例，具體說明意象風格的形成。對於探索整體辭章風格的內在條理，應有相當大的助益。

關鍵詞：風格、意象、辭章學、唐宋詩詞

一　前言

　　辭章風格是指辭章整體審美風貌之展現。既是「整體」，又具有「審美」特質，則多具備「可識而不可見、可感而不可觸」的抽象質性。如何使具有抽象質性的辭章風格有理可說，進而探索它形成的規律，是風格學研究不可忽略的課題。筆者曾就「章法風格」、「修辭風格」探究辭章風格形成的內在條理[1]，從主觀的形象思維與客觀的邏輯思維，已尋得辭章風格內在韻律之雛形。我們深知，辭章的根源來自於「意象」，所以從最根源的「意象」來分析風格，才能探知辭章風格的原始質素，這個原始質素所產生的抽象的感染力量，我們稱之為「意象風格」（個別）。由此可知，運用意象學的知識以探索辭章風格的內在質素，也是一種有效的途徑。

　　意象學一直是辭章學研究的重要範疇，近年學者多將研究視角專注於「個別意象」之探究。大體而言，有偏於「象」的探討，如草木意象、山水意象、花鳥意象；有偏於「意」方面的研究，如季節意象、色彩意象、登臨意象等。這些研究多屬於狹義意象之範疇，至於廣義的意象定義乃擴及整體辭章而言，兩者所牽涉的範疇有所區分。[2]本文以狹義的意象為基礎，藉由分析「物象」與「情理」之關聯，進而探索意象所形成的感染力量，以尋求意象風格的形成規律，再進一步結合廣義之整體意象，認知到整體辭章的風格。

1　章法風格的研究，見拙著：《章法風格析論》（臺北縣：花木蘭文化出版社，2007
　　年）；修辭風格的研究，見拙作：〈辭章「修辭風格初探」〉，收入《修辭論叢》第七
　　輯（2006 年 10 月）。

2　近幾年探討意象的研究越來越多，大抵偏向於「個別意象」之研究；陳滿銘教授又
　　以此為基礎，提出辭章與意象之不可分，進而分論意象之形成、表現、組織與統
　　合，不僅涵蓋了傳統狹義的意象概念，也發展了廣義的整體意象系統。參見《意象
　　學廣論》（臺北市：萬卷樓圖書公司，2006 年），頁 21-67。

二 「意象風格」的形成規律

探討「意象風格」的形成規律，必須先瞭解「意象」一詞的真義。所謂「意象」，是結合「意」與「象」兩者概念而成，「意」是指人類的思維活動，「象」則就外在事物而言，黃永武先生對「意象」一詞曾定義說：「是作者的意識與外界的物象相交會，經過觀察、審思與美的釀造，成為有意境的景象。」[3]簡單來說，意象就是人類意念與外界景物的結合，其所結合的圖景，與現實世界客觀存在的圖象不同，主要在於它已蘊含了人類複雜的思維。我們有必要從哲學、心理及辭章三個層面，探索意象的根源，才可以進一步梳理「意象風格」的形成規律。

（一）從哲學層面看

意象既是人類抽象思維與外界具體景象的結合，可視為「抽象」與「具體」的對應關係所形成的有機圖景。抽象的意是「虛」，具體的象是「實」，又可視為「虛」與「實」的對應關係。無論是抽象與具體，或是虛與實的對應，都可能受到「無」與「有」之哲學概念的影響。在先秦「無」與「有」的哲學論述中，當以《老子》所闡述的「道」的思想最為完備。其論述「有」、「無」概念提到：

> 無、名天地之始；有、名萬物之母。故常無，欲以觀其妙；常有，欲以觀其徼。此兩者，同出而異名，同謂之玄。（〈一章〉）

老子認為無與有是道的一體兩面，無為「道之體」，有為「道之用」，

---

3 《中國詩學・設計篇》（臺北市：巨流圖書公司，1999 年），頁 3。

所以道是「無」與「有」的統一，兩者「同出而異名」，具有一而二、二而一的屬性。從宇宙生成的態勢來看，「無」的混沌與無限，代表的是宇宙虛的、抽象的一面；而「有」的廣大與有限，代表的是宇宙實的、具體的一面。所以老子認為「道」之存在，具備了既虛且實、又無又有的特質。其言：

> 道之為物，惟恍惟惚。惚兮恍兮，其中有象；恍兮惚兮，其中有物；窈兮冥兮，其中有精。其精甚真，其中有信。（〈二十一章〉）

「道」為「恍惚」、「窈冥」的無形之物，卻又具備「有象」、「有物」、「有精」、「有信」的萬事萬物之特質，老子所強調的是「有無相生」、「虛實相應」、「具體與抽象」的宇宙規律，也是一切生命的本質與原理。余培林對於這個原理更具體闡述：

> 於形而上的「道」，「無」為體，「有」為用；於形而下的「器」，「無」為本，「有」為末。「有」所以能利人，皆賴於「無」的發揮作用。[4]

從其「體用」、「本末」之觀念，我們可以進一步延伸其義：意象之「意」為體、為本，意象之「象」則為用、為末。意象的本質所體現的「具體與抽象」的特質，確實能與《老子》的「無有」觀念相互呼應。

在先秦哲學思想中，又有直接以「意」、「象」之詞闡述二者的本質，如《易傳·繫辭上》所言：

> 見乃謂之象，形乃謂之器。

4　余培林《新譯老子讀本》（臺北市：三民書局，1990 年），頁 32。

聖人有以見天下之賾，而擬諸其形容，象其物宜，是故謂之
象。

古者庖義氏之王天下也，仰則觀象於天，俯則觀法於地，觀鳥
獸之文與地之宜，進取諸身，遠取諸物，於是始作八卦，以通
神明之德，以類萬物之情。

這裡說明「象」的客觀存在，而聖人如庖義氏者見天下之賾，觀天
地、鳥獸之文，進一步運用符號（八卦）比擬千變萬化之物象，其所
貫通的「神明之德」、「萬物之情」即為「意」。這些論述已經可以看
出「象──意──言（符號）」三者之間的關係。而聖人如何去梳理
這三者之間的複雜微妙之關係呢？《易傳・繫辭上》有進一步之說
明，其言：

子曰：「書不盡言，言不盡意。」然則聖人之意，其不可見
乎？子曰：「聖人立象以盡意，設卦以盡情偽，繫辭焉以盡其
言，變而通之以盡利，鼓之舞之以盡神。」

所謂「言不盡意」說明了語言在表達思想情感的侷限性，而〈繫辭
傳〉卻又提出的「象可盡意、辭可盡言」的觀點，認為聖人透過「設
卦」、「繫辭」、「變通」、「鼓舞」的過程，即可以突破語言的侷限性，
貫通「意」、「象」、「言」之間的隔閡與差距。關於這個論點王弼曾對
此說明云：

夫象者，出意者也；言者，明象者也。盡意莫若象，盡象莫若
言。言生於象，故可尋言以觀象；象生於意，故可尋象以觀
意。意以象盡，象以言著。[5]

5　王弼《周易略例・明象》，收入於《易經集成》149（臺北市：成文出版社，1976

　　從這段說明可知，「象」是「意」的表現，「言」是闡明「象」的符號，「情意」可透過「言語」、「形象」完整地表現出來。陳望衡在《中國古典美學史》解釋此理說到：

> 王弼將「言」、「意」、「象」排了一個次序，認為「言」生於「象」、「象」生於「意」。所以，尋言是為了觀象，觀象是為了得意。言——象——意，這是一個系列，前者均是後者的工具，後者均為前者的目的。[6]

這裡強調「尋言而觀象」、「觀象而得意」的過程，與我們一般閱讀（包括鑑賞）時透過文辭而理解物象，藉由物象體會情意的脈絡是相同的。所以「言→象→意」可視為逆向的鑑賞過程。再從另一角度來看，「意→象→言」就是作家藉物象以傳達情意，而用相關之文辭表現出來的創作過程。

　　《老子》的「無有」觀，讓我們理解到宇宙蘊含著「具體、有形」與「抽象、無形」的兩種概念。老子所強調「無」與「有」的相互對應，也證實了「具體物象」與「抽象情意」之間的表裡關係。就抽象的情意而言，理應蘊含更深一層的「氣象」或「神韻」，這一層「氣象」或「神韻」，則是意象風格存在的直接證明。再從王弼的「意象」觀來看，「意以象盡」、「象以言著」的觀點透露著「意」、「象」、「言」三者之間的微妙關係，若再回歸到《易·繫辭》「變而通之以盡利，鼓之舞之以盡神」的論述，聖人以通變之法貫徹「意」、「象」、「言」三者，以達其天人合德之實效；更以鼓舞激盪之方，盡傳宇宙物象深層之神韻。可見「意」、「象」、「言」三者在宇宙

年），頁 21-22。

6　《中國古典美學史》（長沙市：湖南教育出版社，1998 年），頁 207。

既有規律中，是不斷地互動、循環而提升的狀態，足以激盪出萬物深層的神明。意象風格的存在，實可歸源於萬物的「神明之德」，以見其符合宇宙自然規律的脈絡。

（二）從心理層面看

在現代心理學中有一個基本的出發點，是關於「物理境」（physical situation）與「心理場」（psychological）的聯繫與區別。簡單來說，宇宙存在著兩個不同的世界，一個是物理世界，另一個是心理世界。物理世界是事物最原始存在的狀態，它不需靠任何特殊的經驗，就已客觀的存在。然而當我們把人的經驗加入物理世界，我們就會面對許多不同的心理世界，隨著個人經驗的不同，心理世界也隨之多樣發展。從某些程度來說，心理世界是物理世界的反映，但是因為人的主觀經驗不同，使物理世界和心理世界之間存在著距離、錯位、傾斜。從科學研究的客觀角度來看，這些距離、錯位、傾斜是不被允許的，但是對於詩人來說，卻是求之不得。童慶炳針對這種現象，分析說：

> 這種距離、錯位、傾斜正是他個性的表現和心靈的瞬間創造，這正是詩意之所在。因此對詩人來說，從物理境的觀察，轉入到心理場的體驗，是他創造的必由之路。[7]

從物理境與心理場的定義來看，物理境是偏於「象」來說，而心理場則偏於「意」。人在創作過程中，會隨著對外在世界（象）的觀察，逐步深入挖掘內心的感情世界（意）。這種創作的心理過程，不僅體現了由物理境深入心理場的活動規律，更展現了從心理場欲探知物理

7　《中國古代心理詩學與美學》（臺北市：萬卷樓圖書公司，1994 年），頁 5。

境的心理意圖。可見物理境（象）與心理場（意）存在著兩條基本互
動的路徑，具體而言，「象→意」與「意→象」的心理路徑，是寫作
心理中最主要的脈絡。

　　一般來說，文學創作是屬於精神層次的生產行為，這種行為的背
後有一寫作動機驅遣著寫作的進行，而寫作動機又來自於某種需要，
他可能是物質層面的生理需求，如拿稿費；也可能是精神層次的尊重
或自我實現的需要，如獲得學術聲譽和名望。這些需要反映了作者心
靈世界的不平衡現象，為了尋求達到心理平衡的途徑，作者於是產生
寫作動機。劉雨曾說明「寫作動機」產生的原因，他說：

> 目睹外界景物的四時變化，作者會因之而「遵四時以嘆逝，瞻
> 萬物而思紛，悲落葉於勁秋，喜柔條於芳春，心懍懍以懷霜，
> 志眇眇而臨雲」。人世間的悲歡離合，作者也會因之而喜怒哀
> 樂。這種主觀心理體驗，作者往往通過兩種形式傳達出來。一
> 種是通過表情符號直接流露出來，或愁容滿面、涕淚縱橫，或
> 笑逐顏開、眉飛色舞，其中一顰一笑都傳達著一種心理體驗；
> 另一種是通過文字符號的形式寄寓或傳達這種主觀體驗。作者
> 的情感往往是由外界人、事、景、物觸發而起，這種觸發常常
> 導致寫作動機的產生。[8]

外界景物的四時變化觸發了作者心靈世界的波動，並透過文字符號來
寄寓主觀的體驗。這裡體現了「象→意」的心理路徑。

　　外界的刺激是觸發寫作動機的原因之一，然而作者本身內在自發
性的需求，也是根源之一。劉雨針對寫作的運思過程，更進一步說明
寫作動機的成因，他說：

8　劉雨：《寫作心理學》（高雄市：麗文文化事業公司，1995 年），頁 89-90。

> 作者在現實生活中，由於生活中某些人事景物的觸發，使作者
> 的心靈世界掀起了情感的波瀾。這種情感的爆發，打破了心靈
> 世界的平衡，為了求得新的平衡，作者必須通過某種形式向外
> 宣洩這種情感，以減弱情感在心靈中的壓力。[9]

這裡提出了寫作動機的根源，來自於心靈世界追求平衡的需要。至於寫作動機的萌生過程，才真正是從「意」聯繫到「象」的開端。具體來說，寫作動機的萌生過程可區分為兩種途徑，一是取決於某種刺激，這些刺激是存在於周圍世界有形或無形的訊息，它們會形成一種刺激媒介，激發作者心靈深處的創作意圖；另一途徑是取決於作者本身的知識經驗、興趣愛好或情感思維的取向，激發作者自發性的創作熱情。這兩種途徑通常不會獨立進行，而是互相藕合的，也就是說，「寫作動機的形成過程，離不開具體的環境、刺激媒介和作者的經驗背景」[10]。於是，在創作要求的驅使下，喚起他開始蒐集創作材料。這就是從寫作動機（意）伸展到外界物象（象）的開始，其最主要透過「記憶」、「聯想」等心理活動，以達成「意→象」的聯繫。

先談「記憶」。在認知心理學上，「記憶」是一種重建活動。因為人類大腦的記憶活動不是簡單地把信息貯存起來，而是會將一種信息與其他經驗放在一起，形成回憶時的重建活動。所以，其他經驗的參與、加入，已經使回憶的內容與客觀物象產生誤差。更何況人在感知外界事物時，難免會引發某些情緒或情感的波動，更使記憶所重建出來的圖象或事象，與客觀物象誤差甚遠，所謂「心靈世界的圖景」雖然具有客觀物象的基本質素，卻有明顯的差異。

再從「聯想」心理來說，它是在記憶的基礎上，由一種事物想到

9　同前註，頁 225-228。

10　同前註，頁 230。

另一種事物的心理過程,它會擴大經驗領域的內容與視野,同時也根植於作者豐富的經驗和知識。在作者構思的過程中,聯想心理會根據「相似」或「相反」的原則,使原始材料(象)進入最大限度的思考範圍,並在腦中進行與相似材料或相反材料之間的聯繫。經過此番聯繫,就會擴大寫作材料的種類和範圍,成為作者寫作時取材之所需。

從寫作動機的產生,再透過記憶、聯想的心理過程,產生足供寫作的材料。這裡體現了「意→象」的心理路徑。

從人類的心理層次認知「意」與「象」的互動,「象→意」的心理路徑,產生人類心靈情緒上的明顯波動,這是外界物象對內部心靈的感染力量,可視為意象風格的心理基礎之一;至於「意→象」的心理路徑,則凸顯了外界物象進入人類內部心靈的質變,「心靈的圖景」不同於客觀存在之物象,其兼融主觀情理的特性,也呈現不同於客觀物象的美感,這種美感也是意象風格重要的心理根源。

(三)從辭章層面看

「意象」之義涵源於中國古代的哲學論著,已如前述所見。將「意象」之概念延伸到辭章層面以論說文藝,則始於劉勰的《文心雕龍》。其〈神思〉篇所云:

> 陶鈞文思,貴在虛靜,疏淪五藏,澡雪精神;積學以儲寶,酌理以富才,研閱以窮照,馴致以繹辭。使玄解之宰,尋聲律而定墨;獨照之匠,窺意象而運斤;此蓋馭文之首術,謀篇之大端。

這段文字在說明作家行文運思時所應具備的內、外條件。作家在臨文之際,必須做到心境虛靜,同時也要排除胸中積鬱,滌除精神上不必

要的困擾，這是行文構思時的內在工夫；至於作家平時累積學問以充實知識，明辨事理以增廣文才，體驗生活以磨練眼力，順應情感以演繹文辭，這是行文構思所需要的外在條件。劉勰提出的行文構思之理，與前述意象的心理內涵不謀而合。至於「窺意象而運斤」實際上指作家根據意想中的形象來遣詞造句，可以溯源於王弼「言生於象，故可尋言以觀象，象生於意，故可尋象以觀意」的哲學義涵。可見劉勰對於「意象」的理解，符合哲學與心理學的規律。關於「意」與「象」的互動，劉勰在〈物色〉篇有更深入的闡述，其言：

> 詩人感物，聯類不窮；流連萬象之際，沉吟視聽之區。寫氣圖貌，既隨物以宛轉，屬采附聲，亦與心而徘徊。

詩人受風物的感動，會引發各種聯想與類比，這正是寫作動機的開端。至於「寫氣圖貌」、「屬采附聲」是指實際的寫作過程，「隨物以宛轉」偏於「象→意」的構思路徑，而「與心而徘徊」則偏於「意→象」的構思過程，劉勰對於寫作心理的詮解，有其細膩獨到之處，為文藝創作提供了明確的指導原則，在傳統意象學的發展上，也具有重要的參考價值。

齊、梁時期的另一重要文學理論鉅著是鍾嶸的《詩品》。它曾提到外界物象對人類心靈的影響，其言：

> 若乃春風春鳥，秋月秋蟬，夏雲暑雨，冬月祁寒，斯四候之感諸詩者也。嘉會寄詩以親，離群託詩以怨。至於楚臣去境，漢妾辭官。或骨橫朔野，或魂逐飛蓬。或負戈外戍，殺氣雄邊。塞客衣單，孀歸淚盡。又士有解佩出朝，一去忘返。世有楊娥入寵，再盼傾國。凡斯種種，感蕩心靈。非陳詩何以展其義，

> 非長歌何以騁其情。[11]

這裡所提到自然物象與人事物象，其滌蕩詩人的心靈，足以激發吟詩詠歌的衝動，也強調詩歌體現物象、馳騁情意的積極功能。

自齊、梁以後，有關「文學意象」的論述持續發展，如王昌齡的「詩三格說」，指出詩有「生思」、「感思」、「取思」，強調主觀之「意」與客觀之「象」的自然渾合[12]；司空圖在《詩品‧縝密品》所言「是有真跡，如不可知，意象欲生，造化已奇」，強調意象是「真跡」的顯露，而「真跡」則是生活中的一種原生象；劉熙載則認為「書與畫異形而同品。畫之意象變化，不可勝窮，約之，不出神、能、逸、妙四品而已。」[13]把意象和藝術的形象合而為一；直至近代，更有朱光潛提出意象必須具備「具體性」、「獨特性」和「情感性」，並清楚劃分了一般意象和藝術意象的區別。[14]

傳統的意象理論對於我們理解意象的內涵，固然有其文藝上的價值，但大都偏於狹義之個別意象的探討，很少就整體的高度來辨識意象在辭章系統中的定位。陳滿銘曾以傳統個別意象之概念為基礎，從辭章學的高度探討風格、主題、文法、章法、詞彙、修辭與意象（個別）的聯絡關係，其言：

> 如果是將一篇辭章所要表達之「情」或「理」，訴諸各種偏於
> 主觀之聯想、想像，和所選取之「景（物）」或「事」接合在
> 一起，或者是專就個別之「情」、「理」、「景（物）」、「事」等

---

11 鍾嶸：《詩品‧序》。

12 王昌齡：《詩格》，收入於《中國歷代詩話選》第一冊（長沙市：岳麓書社，1985年），頁39。

13 劉熙載：《藝概‧書概》（上海：上海古籍出版社，1978年），頁168。

14 王長俊主編：《詩歌意象學》（合肥市：安徽文藝出版社，2000年），頁8。

材料本身設計其表現的，皆屬「形象思維」；這涉及了「取材」與「措詞」等問題，而主要以此為研究對象的，就是意象學、詞匯學與修辭學等。如果是專就「景（物）」或「事」等各種材料，對應於自然規律，結合「情」與「理」，訴諸偏於客觀之聯想、想像，按秩序、變化、聯貫與統一之原則，前後加以安排、佈置，以成條理的，皆屬「邏輯思維」；這涉及了「運材」、「佈局」、與「構詞」等問題，而主要以此為研究對象的，就字句而言即文（語）法學；就篇章言，就是章法學。至於合「形象思維」與「邏輯思維」而為一，探討其整個體性的，則為「綜合思維」，這涉及了「立意」、「確立體性」等問題，而主要以此為研究對象的，為主題學、文體學、風格學等。而以此整體或個別對象加以研究的，則統稱為辭章學或文章。[15]

這裡以辭章的景、事、情、理作為意象形成的四個基本要素，不僅直接觸及到辭章的根本原理，更能從整體辭章學的高度認知到意象（個別）的定位。根據其分析，我們可以認清辭章學各領域（包括風格、主題、意象、詞彙、修辭、文法、章法等）之間的關係，並繪出其關係表如下：

15　〈談思維力與語文螺旋結構的關係〉，《國文天地》243 期（2005 年 8 月）。

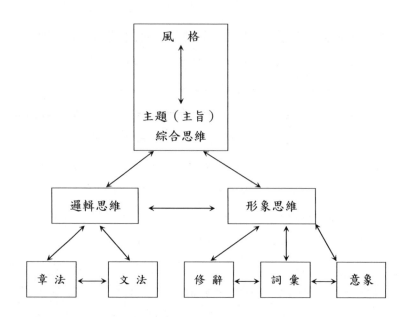

　　在關係表中,「風格」立於辭章上層的主導地位,若從順向之創作路徑來看,風格源自於作家的才識與氣度,並影響辭章有關於主題、意象、詞彙、修辭、文法、章法的發展;再從逆向之鑑賞路徑來看,辭章的形象思維所形成、表現出來的意象、詞彙、修辭,以及邏輯思維中的字句邏輯(文法)與篇章邏輯(章法),以至於辭章之主題(主旨),都會影響辭章風格的趨向。其中意象、詞彙、修辭會影響風格內在的形象質素,文法與章法則則影響著風格內部的邏輯規律,主題則直接與風格相關,與風格互為表裡,影響風格最深。[16]若專就意象來看,意象可以通於萬物的「神明之德」,它又是人類心靈波動之下的產物。所以,在心靈上(意),在自然的物象裡(象),在辭章中(言),三者之間貫通著一種合於宇宙規律的感染力量,這一抽象力量屬於整體辭章風格的一部分,其影響辭章風格的程度,端視意象在辭章中的主、副地位、本身的類型,

16 拙著:《辭章風格教學新論》(臺北市:萬卷樓圖書公司,2005 年),頁 76-77。

以及出現的頻率，這需要就實際的文學作品以個別探討，才能體現個別之意象風格與整體辭章風格的關係。

三 「意象風格」與整體辭章風格

意象的種類繁多，近代學者對意象的分類亦眾說紛紜。如袁行霈《中國詩歌藝術研究》分意象為五大類：即「自然界」、「社會生活」、「人類自身」、「人的創造物」與「人的虛構物」。[17]又如夏之放《文學意象論》依照象的不同，把意象分為「審美意象」、「象徵性意象」、「想像意象」、「幻想意象」；再從藝術世界所處位置，分意象為「抒情型意象」、「敘事型意象」、「戲劇型意象」；又從作者所持的意向性態度，可分為「肯定性意象」、「否定性意象」及「中間型意象」。[18]再如王長俊主編《詩歌意象學》曾按照意象的結構方式，分為「單一意象」與「複合意象」；按意象在詩歌的整體地位，分為「主意象」、「副意象」、「裝飾性意象」；按照意象的表達方式，分為「描述性意象」和「抒情性意象」；按照意象的表現作用，分為「實體性意象」、「象徵性意象」和「比喻性意象」。[19]學者從意象的本質、功能、結構、表達方式等方面來規範意象的種類，固然對意象的理解有正面的助益，卻難免造成某些程度的混亂。若從構成辭章的基本要素來歸類意象，「景（物）」、「事」與「情」、「理」的互動是構成意象的根本因素。因此，我們以「物材」和「事材」作為意象的兩大基本類型，較能回歸其本質，以呼應意象風格的的內在義涵。就物材而言，可在細分為「自然物材」與「人工物材」；就事材

17　《中國詩歌藝術研究》（北京市：北京大學出版社，2002 年），頁 18-21。

18　《文學意象論》（汕頭市：汕頭大學出版社，1993 年），頁 6。

19　《詩歌意象學》（合肥市：安徽大學出版社，2000 年 8 月第 1 版），頁 180。

而言，可細分為「歷史事材」、「現實事材」與「虛構事材」等。本文將根據此意象的五大類型，並適度參酌學者的分類方式，引古典詩詞為例，具體分析意象風格對整體辭章風格的影響。

（一）自然物材之意象風格對整體辭章風格的影響

　　所謂「自然物材」是指自然界的天文、地理、動物、植物等物象，這些物象渾然天成，非人類刻意的造作，所以不直接受人文思維的影響，獨立於宇宙自然之間。然而，既成為文學意象的物材，當然與人文思維有所溝通，成為作家寄託情理的依據。就物象本身對人類心靈的感染作用而言，自然物材如天象的縹緲、地理的開闊、鳥獸的靈動、草木的清芬，對於人心的影響，多偏於滌靜心靈、疏闊襟懷的作用，或藉以表現作家超塵絕俗的情意。如柳宗元〈漁翁〉寫到：

> 漁翁夜傍西巖宿，曉汲清湘燃楚竹。煙銷日出不見人，欸乃一聲山水綠。回看天際下中流，岩上無心雲相逐。

從詩中所描繪的景象，可視為「山水」、「漁翁」和「詩人」三者之間的互動關係。詩題為「漁翁」，可見「漁翁」是這首詩的主意象，「詩人」為這首詩的副意象，至於「山水」為陪襯裝飾之用，可視為此詩的裝飾意象。所以這首詩所描寫的山水景物如「西巖」、「清湘」、「楚竹」、「煙銷日出」、「山水綠」、「天際下中流」、「雲相逐」等，營造了浪漫、悠遠、開闊而清爽的氛圍，作為襯托漁翁與詩人的背景，可以展現其「清遠疏闊」的感染力，對於漁翁的閒適之意、詩人的傾慕之情，當有烘托凸顯的作用。而這些自然物象皆為裝飾之意象，其所展現的「清遠疏闊」之意象風格，只能視為「悠閒浪漫」之主調風格的陪襯。

又如蘇軾〈念奴嬌‧赤壁懷古〉所云：

> 大江東去，浪淘盡，千古風流人物。故壘西邊，人道是，三國
> 周郎赤壁。亂石崩雲，驚濤裂岸，捲起千堆雪。江山如畫，一
> 時多少豪傑。

這闋詞是蘇軾漫遊赤壁所見，轉而思慕三國豪傑，以抒發懷才不遇之
慨，進而拈出人生如夢的物外之思。這段詞以描寫赤壁壯闊之景入
筆，延想出三國的英雄豪傑。就整闋詞所運用的材料來看，描寫赤壁
之景仍為全詞的副意象，主意象是作者所虛想的三國豪傑如周瑜等人
物，而作者「多情」之慚愧，以至「人生如夢」之感嘆、「還酹江
月」之灑脫，則是全詞「意」之所在。其「大江東去」為現實意象，
營造了「壯闊」的氛圍；「亂石崩雲」、「驚濤裂岸」、「捲起千堆雪」
則屬譬喻意象，詞人運用譬喻之筆描繪滾滾江濤拍岸裂石的驚險畫
面，其如雲之崩、如雪之捲的濤瀾洶湧，在壯闊的氛圍之中，又融入
幾許縹緲浪漫的聯想，才能從眼前壯闊的空間，延伸到悠遠的時間，
串起思慕三國豪傑的意象。詞中自然物象所展現「開朗壯闊」的意象
風格，對於此詞「超塵絕俗」的風格主調具有明顯的推波助瀾之效。
具體而言，開朗壯闊的意象，比較容易激發疏朗恢闊的情懷，對於此
詞「超脫物外」之主旨，以及「超塵絕俗」的感染力量，當有正面的
烘托作用。

（二）人工物材之意象風格對整體辭章風格的影響

所謂「人工物材」，包括人身之四肢、五官、肺腑，及人為之建
築、器物、服飾、城市等物象，甚至是社會生活之戰爭、游獵、婚
喪、宦游等，皆屬人工之物材。人工物材來自於人類的造作，所以本

身蘊含多成分的人文思維，從其物象的大小、精粗、明暗、優劣，在辭章中會各自展現不同的感染力，形成多樣的意象風格類型。如高聳之建築容易營造高大雄偉的意境，而細緻之器物容易呈現細膩柔美的感覺。然而，建築與器物所處的外在環境，也會影響物象的本質，營造出不同的意象風格。以王昌齡〈留別郭八〉為例，其云：

> 長亭駐馬未能前，井邑蒼茫含暮煙。醉別何須更惆悵，回頭不語但垂鞭。

此詩為惜別之作。詩中的「長亭」向來是中國傳統「送別」意象的展現，唐宋詩人多所運用，其與「駐馬」的景象結合，展現了送別時依依難捨之情；至於「井邑」乃住家之所，處於暮色蒼茫之中，又見其炊煙裊裊，更顯其蒼涼之感；最後「垂鞭」的意象，再度把那份「欲別而不忍別」的愁緒發揮得淋漓盡致。「長亭」、「井邑」、「暮煙」皆為陪襯的副意象，呈現「蒼涼孤立」的意象風格，對於「駐馬」、「垂鞭」之主意象所展現的「惆悵」之感，具有側面烘托的效果，使全詩的惆悵之感更能發揮其悸動人心的力量。

又如李清照〈醉花陰〉寫到：

> 薄霧濃雲愁永晝，瑞腦銷金獸。佳節又重陽，玉枕紗廚，半夜涼初透。　　東籬把酒黃昏後，有暗香盈袖。莫道不銷魂，簾捲西風，人比黃花瘦。

這是李清照在重陽佳節為懷念丈夫而寫的離情詞。上片所敘獨處的愁苦，「薄霧濃雲」以天氣的陰暗低沉呼應於心中的愁緒；而「瑞腦銷金獸」則藉由銅爐燃香的消殘，表現落寞冷清的心思；「玉枕紗廚，半夜涼初透」描寫秋夜涼氣涼透了紗帳玉枕也涼透了寂寞芳心；作者藉閨房器物來描寫重陽秋節的蕭瑟，表現了心境上的淒涼。下片敘寫

重陽賞菊景況，其飲酒賞菊，雖使菊花幽香盈滿懷袖，卻仍然難解離愁。故有「簾捲西風，人比黃花瘦」，藉西風捲起窗簾，寫到窗外黃菊與簾內主角形神酷似，於是同命相憐相惜，相映成輝。閨怨詩詞常描寫閨房器物以影射主角的愁緒，此詞所見「瑞腦」、「金獸」、「玉枕」、「紗廚」、「窗簾」皆屬女性閨房中的器物，從嗅覺與視覺的雙重感官，營造了古代女子閨房中「細膩柔美」的氛圍，而作者描寫這些器物，也往往是獨守空閨時才會投射關注，所以「孤寂落寞」的感染力也雖之浮現，對於全詞表現離愁的主旨和整體「蕭瑟淒涼」的風格，可以相互輝映。

（三）歷史事材之意象風格對整體辭章風格的影響

辭章中所運用的歷史事材大多為歷史人物或事件，藉以表現和現在時空的比較，所以常有藉古喻今的作用，或慨嘆紛亂時局，或抒發自身遭遇，故多能展現典雅持重、高古深幽的氣勢。在古典詩詞中，詠史、懷古是文人失意時借題發揮的最佳憑藉，總是抒發於對現實的不滿，期望與古人相交，或藉古事以影射當代，展現文人不同於流俗的器識。以杜甫〈蜀相〉詩為例，其言：

> 丞相祠堂何處尋，錦官城外柏森森。映階碧草自春色，隔葉黃鸝空好音。三顧頻煩天下計，兩朝開濟老臣心。出師未捷身先死，長使英雄淚滿襟。

這首詩是杜甫寓居成都時，往謁諸葛武侯祠堂，因而懷想諸葛亮的作品。其描寫「映階碧草」的春色與「隔葉黃鸝」的好音，本只是春景的形容，然而加入「自」、「空」二字，不僅傳達作者的主觀意象，更表現蜀漢諸葛的英雄事蹟，在當下草自春色與鳥空好音之中，徒留後

人憑弔，帶出一種人事滄桑的思古情懷。這些物象均為陪襯的副意象，頸聯與尾聯所描述的諸葛亮事蹟，才是全詩的主意象。「三顧頻煩天下計，兩朝開濟老臣心」道盡諸葛亮一生的功業，展現的是氣勢恢弘、躊躇滿志的感染力；「出師未捷身先死，長使英雄淚滿襟」卻從反面著筆，敘寫諸葛亮一生的遺憾，充滿憾恨抑鬱的情緒。其所言的「英雄」，雖為諸葛亮而發，也可說是杜甫己身的自喻，整首詩所欲表現的壯志未酬的慨嘆，又何嘗不是杜甫懷才不遇、壯志難伸的自我影射！這首詩典重幽深、剛柔互濟的氣韻，在諸葛亮史事抑揚互見的筆勢襯托下，更見其渾厚有力的風韻。

又如辛棄疾〈永遇樂・京口北固亭懷古〉引用古事以影射當局，並抒寫報國赤忱，筆力更見雄渾。其云：

> 千古江山，英雄無覓，孫仲謀處。舞榭歌臺，風流總被，雨打風吹去。斜陽草樹，尋常巷陌，人道寄奴曾住。想當年、金戈鐵馬，氣吞萬里如虎。　　　元嘉草草，封狼居胥，贏得倉皇北顧。四十三年，望中猶記，烽火揚州路。可堪回首，佛貍祠下，一片神鴉社鼓。憑誰問、廉頗老矣，尚能飯否？

典故的運用最忌晦澀，而辛棄疾在這闋詞中連用五個典故，卻能不落鑿痕，展現流暢自然的筆力。題名之京口，即今江蘇鎮江，北固亭位於鎮江城北北固山上，形勢險固，是南宋對金的重要隘口。辛棄疾此時為鎮江知府，登北固亭以面對這南北對峙的重鎮，自會聯想此地曾發生的古人古事。首先是千古難再尋覓的孫仲謀；其次是小名寄奴的宋武帝劉裕，並以「金戈鐵馬，氣吞萬里如虎」來讚揚劉裕北伐的功業。這兩個英雄人物，一是鼎足而三、屢敗曹軍的東吳英主，一是北伐建功、氣吞胡虜的南朝明君，作者藉此乃抒發自己一心收復國土的宏願。下片轉入抑筆，以「元嘉草草，封狼居胥，贏得倉皇北顧」責

備宋文帝劉義隆未能繼承父親劉裕的功業，竟北伐兵敗，倉皇南逃，又頻頻北顧，藉以影射韓侂胄想貿然北伐的錯誤；其次寫到個人經歷，回想當年率眾渡江來歸，甘冒烽火艱危，全憑一股豪情壯志，轉眼已過四十三年；至於「佛貍祠下，一片神鴉社鼓」在敘寫當年宋文帝兵敗南逃，北魏太武帝曾引軍南下，在揚州瓜步山建立行宮，已成為香火鼎盛的佛貍祠，影射當今金人的聲勢不衰，更引發作者對江北淪陷的無限傷痛；結尾以廉頗自擬，寫「憑誰問、廉頗老矣，尚能飯否」，再度表現自己已屆垂老之年，仍有據鞍上馬、冀求朝廷重用的雄心。作者詠懷史事，或為英雄豪傑叱咤疆場之事，或為漢胡爭戰烽火千里之景，大都能展現「慷慨悲壯」之氣；至於史事所造成弔古傷今的意緒，亦多有「含蓄蘊藉」的感染力；這兩種意象風格對於整闋詞所抒發的「沉鬱孤憤」的英雄情懷，當有正面烘襯的效果。

（四）現實事材之意象風格對整體辭章風格的影響

在辭章中，凡是描寫現實所發生的事情，均屬於「現實事材」的範疇。此現實的定義應包含過去與現在時空曾發生的種種事實。藉由事實的描述，我們能根據事件的質性，感知各種多樣的意象風格。如李白〈下終南山過斛斯山人宿置酒〉：

> 暮從碧山下，山月隨人歸。卻顧所來徑，蒼蒼橫翠微。相攜及田家，童稚開荊扉。綠竹入幽徑，青蘿拂行衣。歡言得所憩，美酒聊共揮。長歌吟松風，曲盡河星稀。我醉君復樂，陶然共忘機。

這首詩主要在描寫李白下山過訪友人的情景及飲酒共樂的趣味。其所描述的事情有三：首先是「暮從碧山下，山月隨人歸。卻顧所來徑，

蒼蒼橫翠微」，敘寫詩人下山的情境與過程，在山色與月色的烘托之下，表現出祥和輕鬆的氣氛。其次「相攜及田家，童稚開荊扉。綠竹入幽徑，青蘿拂行衣」，則描述詩下山到斛斯山人家中的景況，童稚開門歡迎，湧現了無比親切的感染力，而詩人走入小徑，有綠竹、輕蘿相伴，也隱約透露著主人勁節樸素、孤高幽靜的居家風格。最後是飲酒作樂，「歡言得所憩，美酒聊共揮。長歌吟松風，曲盡河星稀」，其表現李白與主人話語投機，歡言無限之外，更以共飲美酒渲染逍遙快樂的氣氛，在松風間長歌，在稀星下縱曲，更不覺韶光的流逝。結尾「陶然共忘機」道出兩人毫無機心的深厚友誼，更點出這首詩的主旨，表現李白「寬闊疏淡」的寫作風格。詩中所述三件事材，雖有孤高幽淡情境，卻能與詩人寬闊歡暢的胸襟相互輝映，使這首詩在平淡中更蘊含生活的真趣。

又如蔣捷〈虞美人・聽雨〉所云：

> 少年聽雨歌樓上。紅燭昏羅帳。壯年聽雨客舟中。江闊雲低、斷雁叫西風。　　而今聽雨僧廬下。鬢已星星也。悲歡離合總無情。一任階前、點滴到天明。

此詞以「聽雨」為主題，實則涵蓋了人生三個過程，及其不同的心境。「少年聽雨歌樓上」，面對紅燭羅帳，自然是纏綿溫柔的浪漫情懷；「壯年聽雨客舟中」，面對「江闊雲低」、「雁叫西風」的景致，流露出流離江海、不堪行役的愁苦；晚年面對亡國，「聽雨僧廬下」應會有無親無依、孤寂蕭索的感受。這三個階段是作者親身經歷的生活歷練，少年的浪漫、壯年的飄零與老年的淒苦皆為實境，屬於現實意象，而聽雨的情境卻屬於譬喻意象，兩者是「一而二、二而一」的表裡關係。至於「悲歡離合總無情」一句則點明義旨，作者體悟到人生聚首時的歡樂、分離時的悲哀，一切終將化為沉寂，歸於無情的起

點。眼前的雨滴任憑無情地滴到天明，卻表現出另一層次的深沉慨嘆，營造一種「沉痛」的格調。少年浪漫的「溫柔纏綿」自是反襯的力量，而壯年的「低吟愁苦」與老年的「孤寂蕭索」，對於這整體「沉痛」之格調則具有正面烘托的效果。

（五）虛構事材之意象風格對整體辭章風格的影響

所謂「虛構事材」是指現實世界不可能發生或尚未發生的事件，包括懸想的時空情境、未來的時空情境、假設的情境、虛幻的夢境等等。因為事件虛構的質性，大多會蘊含「縹緲虛無」的感染力。以杜甫〈月夜〉為例，其言：

> 今夜鄜州月，閨中只獨看。遙憐小兒女，未解憶長安。香霧雲鬟濕，清輝玉臂寒。何時倚虛幌，雙照淚痕乾。

這首詩是杜甫因安、史之亂而身困長安，懷念住在鄜州的妻兒所作。既是懷念妻兒，本應直寫杜甫思念妻兒，但是杜甫卻從遠在鄜州的妻子思念自己寫起，可見「今夜鄜州月，閨中只獨看。遙憐小兒女，未解憶長安。香霧雲鬟濕，清輝玉臂寒」皆為懸想的景況。從妻子在鄜州月下「閨中獨看」，寫到兒女不知思念困於長安的父親，表達家中妻子所面臨的種種困境，最後又描寫妻子因思念時間太長，以致頭髮被霧水霑濕，雙臂暴露於月光下而寒冷的形象。其所營造的懸想意象，既充滿悲情，又蘊含虛幻。結尾從現在的想像，進一步拉到未來的想像，「何時倚虛幌，雙照淚痕乾」表達杜甫與妻子希望平安團聚的共同想法。整首詩在表現烽火中親人離散的思念之情，表現的是「淒苦孤寒」的情致，作者運用懸想的意象，不僅營造「空靈虛幻」的氛圍，更展現杜甫與妻子之間心靈互通的深厚情誼。

又如韋莊〈女冠子〉所云：

> 昨夜夜半，枕上分明夢見。語多時，依舊桃花面。頻低柳葉眉。　　半羞還半喜，欲去又依依。覺來知是夢，不勝悲。

這是一闋藉夢境以表達相思之深的詞作。詞的上片描寫夢中相會敘舊的情人「語多時，依舊桃花面。頻低柳葉眉」，形容伊人面頰紅潤猶如桃花，眉宇細緻猶如柳葉，「語多」傳達傾訴之情切，「頻低」形容神態之嬌羞，雖是夢境，卻如此真實，也因為是夢，才塑造如此完美的伊人神貌，也充分傳達「清麗秀雅」的美人神韻。下片續寫夢境，「半羞還半喜，欲去又依依」著眼於伊人內心世界的揣摩，其嬌羞驚喜、既愛又怕的神態，以及臨別欲去還留的矛盾心境，展現了「幽怨纏綿」的美感。其夢醒「不勝悲」的心緒，給人「沉痛凝重」之感。夢醒之後的孤寂對襯夢境中的歡聚，形成心境上的強烈對比。就風格表現來說，夢境中「清麗秀雅」的美人神韻和「幽怨纏綿」的感染力，對於全詞「沉痛凝重」的整體格調產生極大的反襯效果。

四　「意象風格」的美感效果

經過哲學、心理與辭章層面的探討，意象風格的形成脈絡已昭然若揭。再透過實地作品的分析，使我們更瞭解意象風格對於整體辭章風格的實際影響。至於風格本身就是一種審美表現，所以意象風格也會展現其特殊的美感效果。

（一）心物合一之美

意象的形成是心理場與物理境相互交流的結果，在哲學上則反映

了「心物合一」的境界。心物合一的境界有其審美義涵，格式塔心理學派曾經提出「異質同構」的概念來詮釋這種境界的美感效果。此學派的代表人物魯道夫‧阿恩海姆曾說

> 萬事萬物的表現，都具有力的結構。……像上升和下降、統治和服從、軟弱與堅強、和諧與混亂、前進與退讓等等基調，實際上是一切存在物的基本存在形式。[20]

這種力的結構放在物理世界與心理世界的溝通時，強調彼此質料不同，卻有相通的結構存在。童慶炳說明其美感效果時指出：

> 他們認為，物理世界和心理世界的質料是不同的，但其力的結構可以是相同的。當物理世界與心理世界的力的結構相對應而溝通時，那麼就進入了身心和諧、物我同一境界，人的審美經驗也就由此境界而產生。[21]

「意」與「象」的力的結構是不同質的，但是可以相互對應、溝通，以達到同一的境界，甚至達於內外兩個世界的同型合一，辭章的創作就是在這種同構關係中營造意象的美感效果。

（二）意緒波動之美

　　劉勰在《文心雕龍‧物色》篇中說：「春秋代序，陰陽慘舒，物色之動，心亦搖焉。」他明確指出外在事物的變化，會造成內在情緒的波動。我們從心理層面探究意象風格的形成規律，已經獲得具體的

---

20 魯道夫‧阿恩海姆著，滕守堯、朱疆源譯：《藝術與視知覺》（成都市：四川人民出版社，1998年），頁146。

21 《中國古代心理詩學與美學》，頁170。

印證。這種情緒的波動可以視為意象風格的美感效果之一。張紅雨在
《寫作美學》中提到：

> 作為激情物的事物，是觸動人們美感情緒產生波動的物體。人
> 們之所以認為它美，是因為具有了美的形態。人們之所以有了
> 美感，是因為情緒產生了波動。這種波動與事物的形態常常是
> 統一起來的，美感總是附著在一定的事物上。[22]

他並進一步指出，這個激情物總是在腦海中出現，其影像會一直蕩漾
在大腦的屏幕，所以才會產生美感。可見外界自然之「象」與內在心
靈之「意」的交流互動，會產生意緒的波動，這種波動會多樣發展，
並隨著寫作進度不斷地變化所以，作家會運用文字形式來摹擬情緒波
動的狀態，造就各種豐富而雕琢的意象。例如「白雲在飄」，作家通
常會進一步寫著「白雲悠悠地飄」。「悠悠」的形容摹擬了白雲飄的狀
態，也透出飄的閒淡、飄的自在、飄的舒緩。這就是意象互動造成意
緒之波動，進一步雕琢出來的美感效果。

（三）顯隱互動之美

「象」與「意」的互動關係，恰如具體與抽象的關係。在辭章
中，「情」、「理」皆屬抽象，而「景」、「事」屬具象，抽象與具象本
來就並存於人類的心理當中。蔣孔陽說明具體與抽象之關係提到：

> 具象性與抽象性，本來是人類心理結構中一對既矛盾而又統一
> 的範疇。它們不是絕對地相互排斥，而是相反相成。我們認識
> 客觀現實，有形象的方式，也有概念的方式。這兩種方式固然

---

22 《寫作美學》（高雄市：麗文文化事業公司，1996 年），頁 311。

各有其特殊的規律，特殊的功能，但它們都統一於人的內心的結構中。

「抽象」與「具象」既是相反相成的兩個範疇，其同時出現在辭章當中，一方面各形成抽象美與具象美，另一方面也因為互相適應而形成調和的美感。所以說：

> 具象性與抽象性相結合，可以在內心中引起豐富的想像，從而有助於審美意境的創造。審美意境的創造，一方面必須要有具象性的形象，另一方面則須這一形象能引起豐富的想像使我們「登山則情滿於山，觀海則意溢於海」。因此，審美意境是和想像分不開的。想像的特點，就是能在內心中把具象性的形象與抽象性的概念統一起來，使本來沒有生命和情感的東西具有生命和情感，使本來只事物質性的東西能夠和抽象的概念掛起鉤來，從而從有限的天地走向無限的聯想，從樸實的大地向著天空飛翔。[23]

美感經驗固然來自於具體的「形象的直覺」，但是抽象性的思維確有凸顯、強化具象的作用，更能將審美的意象提升到更高的層次，兩者之間的矛盾非但不會破壞心理結構的和諧，反而有助於和諧的提升。意象的形成，具備抽象與具象的調和關係，其所呈現的感染力，當然具有顯隱互動的美感效果。

（四）超越意象之美

「風格」作為辭章中的抽象力量，在豐富的漢語詞彙中，又有

---

23 蔣孔陽：《美學新論》（北京市：人民文學出版社，1995 年），頁 324、325。

「氣」、「神」、「韻」、「境」、「味」等詞,用以詮釋它的美感效果。關
於「氣」,它不是辭章中具體的景事、情理,而是根植於宇宙元氣和
作家心靈的抽象力量;關於「神」,它雖然離不開人的形相,卻又超
越於形相之外;關於「韻」,並非聲韻、音韻之義,而是指藝術品的
風氣韻度;關於「境」,是情與景、物與我相互交融統一之後的藝術
世界,它是超越於情、景、意之外的一種氛圍;關於「味」,並非具
體的酸鹹之味,而是抽象的味外之旨。可見中國傳統的「氣」、
「神」、「韻」、「境」、「味」等概念,雖有不同的藝術概括,卻都是一
種超越意象之外的「整體質」。童慶炳以為,這種整體質就是「格式
塔質」,他說:

> 我們古人所說的「氣」是一種「總而持之」、「條而貫之」的東
> 西;「神生象外」,「傳神在遠望中出」;「韻」在「筆墨之外」,
> 是「聲外之音」;「境生於象外」,是「象外之象、景外之景」;
> 「味在酸鹹之外」,實際上都不是著眼於詩中可見可解的象、
> 意、言這些元素,而是著眼於情境的整體組織。即通過情境整
> 體的創造,使詩在象、意、言之外獲得詩的「格式塔質」——
> 深遠綿長的美的極致。[24]

格式塔心理美學所強調的「異質同構」理論,證明「意」與「象」之
間存在著無形溝通的橋樑。它們也同時強調「整體大於部分之和」[25],
足以說明「意」與「象」的相加不可能等於具有整體組織的「意象」

---

24 《中國古代心理詩學與美學》,頁 21。

25 格式塔心理學強調經驗和行為的整體性,反對當時流行的構造主義元素學說和行為
   主義「刺激—反應」公式,認為整體不等於部分之和,意識不等於感覺元素的集
   合,行為不等於反射弧的循環。參見庫爾特・考夫卡著、黎煒譯:《格式塔心理學
   原理》(臺北市:昭明出版社,2000 年),頁 11。

本身。因為意象本身仍蘊含著超越「言」、「意」、「象」的抽象力量，此力量會依附意象存在，同時也形成一種超越意象的美感效果。

五　結語

「意象風格」在整體辭章風格的地位，僅是局部抽象之感染力量的展現。從哲學層面來看，它相通於宇宙的「無有」概念，也契合「意——象——言」三位一體的自然規律，故能產生「心物合一」的美感。從心理層面來看，無論是「象→意」或「意→象」的心理路徑，皆可能產生「意緒波動」的美感效果。從辭章層面來看，意象風格是整體辭章風格的一部份，它必須結合詞彙、修辭、文法、章法、主題等領域，才能見出整體風格的全貌。就其本質而言，它有「顯隱互動」之美，更有超越實體意象，形成所謂「氣韻生動」的美感效果。辭章就如同一個小型的宇宙，在豐富紛繁的辭章世界裡，具體意象是尋找抽象神韻的重要媒介。簡而言之，意象是風格的重要質素，透過此一質素，可以開啟風格探索的門徑，也可以藉此瞭解辭章形象思維的內在脈絡。因此，研究辭章個別意象所形成的風格，是探索辭章風格的必經之路。本文試圖完整呈現意象風格的理論探究與實際作品的分析，對辭章風格的研究應是重要里程。

——發表於第八屆中國修辭學學術研討會，2007年11月，後收入《修辭論叢》第八輯（臺北縣：臺北大學文獻所，2009年）。

鼓譟煩鬱中的輕聲低吟
——論簡媜〈夏之絕句〉的修辭藝術

提要

　　簡媜的散文兼有溫婉及清麗兩種風格，在台灣文壇是極具代表的女性作家之一。本文試以簡媜〈夏之絕句〉為文本，從修辭的角度分析簡媜散文中運用修辭的心理基礎，並歸納其特有的修辭風格，期能為簡媜散文所呈現的溫婉典雅與淳厚清麗的風格，提供有理可說的內在規律，以應用於語文教學中，使學生更能掌握其散文之修辭風格的具體特色。

關鍵詞：簡媜、〈夏之絕句〉、現代散文、修辭、風格

一　前言

　　臺灣的本國語文教育在最近十年有了極大的轉變。就選文的方向而言，提高白話文的比重，以符合年輕學子的性向，並呼應了時代潮流的演進，是一重要變革。由於現代詩文的增選，再加上教科書版本的開放，使台灣中生代作家的作品得以納入各版本的課文之中，一躍而入教學的殿堂，在師生們的朗朗讀書聲中，展現他們潤澤學子心靈、美化語文氛圍的影響力。

　　在臺灣的中生代文壇中，有一群女性作家在散文的創作中一直有舉足輕重的地位，她們的作品被大量地選入中學的教材，也直接影響了現代本國語文的教學。如張曉風、簡媜、張曼娟、周芬伶、陳幸蕙等，其散文創作皆各擅其長，各具風格。在中學國語文教育中，這些現代女性作家的作品已成為學子閱讀及教師教學研究的顯學。本論文即以修辭教學切入，並選取簡媜選錄於高中教材各版本的〈夏之絕句〉為研究文本，彙整這篇散文所呈現的修辭現象，進一步探討其修辭特色，歸納其修辭風格，以見出此文完整的修辭藝術。本文著重於修辭之心理基礎與美感效果的探討，亦為目前中學修辭教學與評量僅注重辭格辨正的偏頗現象，提供一正確的方向，期望語文教師能深入思考修辭的目的與成效，使修辭教學與命題更臻於完整。

二　簡媜散文的地位

　　〈夏之絕句〉是節選自簡媜《水問》散文集的作品，研究其修辭藝術，為求客觀完整的概念，不能不瞭解簡媜的散文成就。簡媜的散文在台灣文壇究竟有何地位？我們可以從其生命成長之背景、語文教材之地位及語文之修辭教學等三個角度見其端倪：

（一）簡媜的成長背景及影響創作的重要經歷

簡媜，本名簡敏媜，一九六一年生於一個世代務農的平凡家庭，排行老大。家中成員上有阿嬤、父母，下有兩個弟弟及兩個妹妹，當時宜蘭鄉下的物質生活雖然匱乏，但是濃郁的親情、鄉里間的人情義理，與天高地闊的自然與田地，使得她有一個快樂多彩的童年，也為她儲存了未來成為作家的能量。

簡媜雖擁有多彩自在的童年，但不幸的，在一九七四年就讀國中期間，她的父親因車禍意外過世。身為長女，她被迫瞬間長大，必須幫忙年邁的祖母與母親扛起家變後的責任。在這段期間，她也開始思考未來的人生方向，為了要尋找更大的發展空間，她決定報考台北的高中。兩年後，她如願考入台北的復興高中。

初到台北，由於都會與鄉下巨大的文化差異，一時之間令她難以適應，再加上年少的叛逆，及同儕之間的隔閡，讓她常常處於孤立狀態。所幸她懂得從文字創作中，抒發滿腹的壓力與鬱悶。高三那年，簡媜就立定志向，這輩子她要走文學這條路。

大學聯考後，簡媜考入台灣大學哲學系，一年後改讀台大中國文學系。大學期間開始嶄露頭角，榮獲多項校園文學獎。大學畢業後，簡媜曾經在高雄佛光山編印佛書，也做過廣告公司文案。值得一提的是，她曾擔任《普門》雜誌、《聯合文學》、「遠流出版社」與「實學社」的編輯；也曾與陳義芝、張錯等人創辦「大雁出版社」，這些工作歷練對於簡媜的散文創作均有深刻的影響。

從簡媜童年成長、接受教育以至成年之後的生命歷程，可知影響其創作風格的有三個重要經歷：一是童年在宜蘭鄉間的成長經驗，二是城鄉差異的衝擊所帶給她的省思與成長，三是接受中文系之學苑教育的洗禮。

就其童年成長經驗來說，六〇年代的宜蘭鄉間是培育她純真美感經驗的搖籃。在晨曦中、在竹林裡、在水田間、在澗溪滑過的青石上，她領受、浸淫著大自然對她的啟蒙。而同時在接受國民教育的歲月裡，從報紙、課本，甚至是小學裡被翻得破爛的課外書籍，她貪心而自覺地汲取文字，不斷地翻閱、編織自己的夢。在那自然與人文交互影響的歲月，簡媜早已開啟她心靈的寫作。李宗慈在〈簡媜的故事〉一文提到：

> 對於簡媜而言，屬於心靈寫作的時間，正就起迄於生命的肇始。在廣闊平原上，那封閉且淳樸的村莊，為幼小的簡媜譜上最美的「無字天書」，也是她最特殊的「觸媒」。[1]

鄉間自然景物的啟蒙，孩童時期對於文字渴求，確實是觸動簡媜寫作的媒介，也是簡媜創作最大的資源寶庫。

就城鄉差異的衝擊所帶給她的省思與成長來看，她離開宜蘭到台北就讀高中，是她人生最關鍵的轉捩。李宗慈說：

> 高中北上求學的簡媜，對於台北，她直截地說，那是種「文化衝擊」，是完全不同於鄉村生活的生活。更重要的是，真正導引她離鄉負笈異地的原因，卻是父親的驟然逝去。在父親驟然遠離的事實下，簡媜心中那個以父親為中心的殿堂也崩落了，在理不出任何一位一項道理之時，她以一種近乎「逃」的心境，逃離了家。在台北、在心中舊的殿堂倒塌，新的宮宇尚未建築之剎，原本積極、樂觀的簡媜，一變為抑鬱，變為退縮；而在台北大都會文化的衝擊之下，簡媜沉寂著。[2]

1　李宗慈：〈簡媜的故事〉，《幼獅文藝》414 期（1988 年 6 月），頁 48-55。
2　同前註。

這些城鄉文化的衝擊，並沒有擊垮簡媜的心靈，她反而沉潛冷靜地省思，透過文字的紀錄，走出了文化衝擊的陰霾，也融合了城鄉差異的矛盾，逐漸在心靈中建構新的宮殿。

就其接受中文系之學苑教育的洗禮來看，三年大學中文系的教育，是她融合城鄉文化衝擊的重要力量，也將童年關於大自然的生命經歷轉化為更精緻的人文資源。李宗慈提到簡媜的中文系教育說：

> 唸過一年哲學三年中文的簡媜認為，要使一部作品成為人類的財產，成為當代的安慰，應該有作者自己的哲思在內，並不只是抒情、記事或者是論述的文章而已。又由於有中文系古典文學的薰陶，簡媜清楚地知道，文學是什麼，也因此，才能那麼不惜的在「紙上作痴」。對於文學的閱讀，中國古典作品中的詩、詞、歌、賦，給了她作為一個中國文化繼承人的驕傲；而西洋文學的洗禮，卻開拓了她國際性的視野，二者之間相依相持，才能讓創作成為一輩子的事。[3]

在簡媜的散文創作中，我們確實見到淳樸浪漫的童年記憶，卻又瀰漫著典雅清麗的學苑風範，最重要的是，她的散文有著自己體驗生命的哲學高度，透過她典麗而自由的筆調呈現出特有的風格。

（二）簡媜散文在中學國文教材中的地位

在中學國文教科書中所收錄的文章，大都是華人文壇中具有影響語文教育之價值的作品。以現代散文作家來看，自五四運動以來優秀的白話文作家不勝枚舉，而簡媜的散文有何重要份量，能受到各版本國文教科書的青睞，成為年輕學子選讀的課文？

3　同前註。

　　何寄澎教授曾經以「文學史」的角度檢視了簡媜散文的價值。他
從「主題內涵」和「語言聲調」兩個部分，揭示簡媜散文創作在台灣
文壇的地位。就主題內涵而言，他說：

> 簡媜之作，就其內容題材觀之，實兼少女純情（《水問》）、道
> 性關照（《只緣身在此山中》）、鄉音捕捉（《月亮照眠床》）、都
> 會記錄（《夢遊書》、《胭脂盆地》）、社會批判（《胭脂盆地》、
> 《我有惑》）、女性探勘（《女兒紅》、《紅嬰仔》）等，已然躍出
> 當代女性散文之格局矣！[4]

可見簡媜散文創作的題材觸角非常廣泛。何教授並比較了其他散文家
與簡媜作品的優劣，認為佛理散文比林清玄更「真切動人，更得佛
旨」；其鄉土散文比吳晟更「闊遠」、比阿盛更「雅麗」；其都市散文
較之於林燿德的「蒼茫冰冷」，更超越「晚近作者拼貼之流調」；其女
性散文能與七○年代的張曉風「先後輝映，絕無愧色」。且不論這樣
的比較是否公允，簡媜散文所涉及的主題內涵已經塑造了許多典型，
其豐富性與代表性足以提供研讀或創作散文者之參照，對於語文教學
確有完整的價值。

　　就語言聲調來看，何教授認為簡媜散文具備兩種語言聲調。其
言：

> 簡媜作品的語言聲調可大別為兩種：一是具有濃厚女性陰柔氣
> 質的美麗之音，一是逸出閨閣氣息，時或簡而遠、時或質而
> 暢、時或點而慧，變幻多姿而悉歸於寬厚莊嚴的溫煦之音。[5]

4　何寄澎：〈孤寂與愛的美學──綜論簡媜散文及其文學史意義〉，《聯合文學》，225
　　期（2003 年 7 月），頁 66。

5　同前註。

這裡所歸納的兩種語言聲調，實際上就是簡媜散文所呈現的兩種語言風格。何教授以「詭豔」二字概括，且強調這種語言風格不僅呼應七〇年代的張曉風，更已「變聲」而躍出魯迅、林語堂時代的窠臼，自創新調，為後起之秀樹立了學習的榜樣。

　　無論是主題的呈現，還是語言風格的通變，簡媜在現代散文發展的軌跡上，擔任著承先啟後的角色，各家版本教科書將其散文選為語文教材是具有指標性的意義的。

（三）修辭研究對於閱讀簡媜散文的重要性

　　修辭的意義在於將辭章中既有的意象與詞彙美化，以增加辭章的感染力，進而凸顯其主題內涵，提升其藝術價值。可見修辭技巧雖只是字句上的修飾，卻可能影響辭章整體的風格，藉由修辭的檢視與分析，不僅可以瞭解辭章字句美感的規律，更可以洞察作者遣詞造句的經營用心。

　　所以，修辭研究有助於將散文的閱讀帶向深度的探索與鑑賞，尤其像簡媜這樣兼具寫作天賦與文學訓練的作家，其散文不僅蘊含著如天籟般的美感，更充滿作者有意識的苦心經營。如果透過修辭研究，探索其措辭的心理基礎，歸納其修辭的美感藝術，則更能掌握其散文的表現技巧。就語文教學的層面來說，引導學生領略散文的藝術將不再是抽象的思維，而是有理可說、有跡可尋的具體脈絡。其淨化學子的心靈，提升學生的審美能力也不再是空談。

三　簡媜〈夏之絕句〉的修辭特色

　　〈夏之絕句〉乃收錄於《水問》散文集裡的一篇作品，是簡媜年

輕時期的散文創作。全文以描述蟬聲為主軸，並包含了童年的浪漫記憶與大學時期的青春情懷。其措辭瑰麗，意象優美，又洋溢著典雅淳厚的風調。透過修辭的知識，歸納其修辭特色約有六端：

（一）譬喻貼切，取材浪漫

「譬喻」修辭在現代散文中被廣泛的運用，就其心理基礎而言，凡陌生、抽象或難知之事物，用熟悉、具體或易知之事物來形容，使其意象鮮明，更為人所信服，此即譬喻的精神。[6]其定義簡明，是一種易於上手、便於理解的修辭技巧。然而在符合譬喻的條件後，如何選取適當的材料，以經營喻意貼切而形象鮮明的譬喻句，則需要純熟的表現手法與豐富的生活歷練。

簡媜來自純樸的宜蘭鄉間，再加上其天真浪漫的性格，其譬喻取材往往能營造鮮明而浪漫的意象。在〈夏之絕句〉一文中，更結合了身為中文人特有的文學涵養，使其譬喻句中蘊含著古典意象的幽靜與柔美，如文章開頭便說：

> 春天，像一篇巨製的駢儷文；而夏天，像一首絕句。

又如比喻蟬聲的感染魔力所言：

> 你便覺得那蟬聲宛如狂浪淘沙般地攫走了你緊緊扯在手裡的輕愁。

這裡所謂「駢儷文」與「絕句」、「狂浪淘沙」與「輕愁」，皆是古典

---

6 黃慶萱：「譬喻的理論架構，是建立在心理學『類化作用』（Apperception）的基礎上，利用舊經驗引起新經驗。通常是以易知說明難知；以具體說明抽象。」見《修辭學》，頁321。

文學中常見的詞彙，取用於季節的比況和聲音的擬喻，那春夏的更迭
與蟬聲的傳遞，彷彿墮入千百年前的時空，隨著古典文韻蕩漾在柔美
的氛圍裡，凡受過古典文學訓練的中文學子，大都能感受到那幽雅沉
靜的浪漫。當然，簡媜在此文形容蟬聲，未僅囿於中國文學，更將譬
喻的取材延伸至西方古典神話，如：

> 下面有人打開火柴盒把蟬關了進去。不敢多看一眼，怕牠飛走
> 了。那種緊張就像天方夜譚裡，那個漁夫用計把巨魔騙進古罈
> 之後，趕忙封好符咒再不敢去碰它一般。

或以具體的事物形容抽象的蟬聲，如：

> 就像一條繩子，蟬聲把我的心緊捆得緊緊地，突然在毫無警告
> 的情況下鬆了綁。

或以人類世界熟悉的事物來比擬蟬聲，如：

> 風是幕後工作者，負責把它們推向天空；而蟬是啦啦隊，在枝
> 頭努力叫鬧。沒有裁判。
> 蟬是大自然的一隊合唱團，以優美的音色，明朗的節律，吟誦
> 著一首絕句。

大自然的寬闊是最佳的音響設備。

　　「啦啦隊」帶出蟬聲的雀躍，而「合唱團」則強調蟬聲的和諧。
至於將大自然比擬成「音響設備」，更凸顯大自然開闊而渾厚的空間
特質。簡媜所取用的物象皆能恰如其分地凸顯蟬聲的特質，且能透露
出一股浪漫天真的美感。

（二）轉化生動，形象活躍

　　簡媜在〈夏之絕句〉中所運用的修辭，除了譬喻技巧之外，更多處賦予大自然以人性化的角色，或將抽象難以掌握的蟬聲，轉變為具體彷若可觸的物象。人性化的蟬聲，拉近了我們與大自然的距離，也透露著一股親切而爛漫的喜悅；而化抽象為具體，更凸顯了蟬聲鮮明活躍的意象。這些技巧皆具備「轉化」修辭的特質。蓋凡描述一件事物時，轉變它原來的性質，化成另一種與本質截然不同的事物，就是「轉化」[7]。這種修辭可分為「人性化」、「物性化」及「具象化」三種模式，而〈夏之絕句〉則出現了其中兩種。其「人性化」修辭如：

　　　　夏天什麼時候跨了門檻進來我並不知道。

夏天彷彿是一個悄悄跨進門的不速之客，令人渾然不覺，也讓人感受到夏天的悠然自在。這是作者所營造的夏天形象。又如：

　　　　牠們各以最美的音色獻給你，字字都是真心話，句句來自丹
　　　　田。……牠們不需要指揮也無需歌譜，牠們是天生的歌者。

作者將蟬比擬為「天生的歌者」，用來自「丹田」的「真心話」，為我們獻上「最美的音色」，而蟬也搖身變成人類真誠而親切的朋友，引領我們品嘗最自然的音樂饗宴。

　　除此之外，作者也活用動詞，將抽象蟬聲具象化。如：

　　　　我提筆的手勢擱淺在半空中，無法評點眼前這看不見、摸不到
　　　　的一卷聲音。

「手勢」、「聲音」都是難以掌握的浮動意象，而作者巧妙地運用「擱

7　黃慶萱：《修辭學》，頁377。

淺」、「評點」等動詞，彷彿讓手勢定住了，使聲音攤停了，隨時可供玩味。又如：

> 這些愉快的音符太像一卷錄音帶，讓我把童年的聲音又一一撿
> 回來。

聲音可以「撿」回來，撿回的不僅是抽象的音符，還包含著無法回溯的童年記憶。作者也結合譬喻和人性化的技巧，使具象化修辭更加生動。如：

> 蟬聲是一陣襲人的浪，不小心掉進小孩子的心湖。於是湖心拋
> 出千萬圈漣漪如千萬條繩子，要逮捕那陣浪。

由「蟬聲」轉向「襲人的浪」，由「襲人的浪」投射到「心湖」，再由「心湖的漣漪」化為「千萬條繩子」，而繩子又彷彿是正氣凜然的執法者，急著「逮捕」那陣捉摸不定的浪花。如此豐繁的意象，顯得熱鬧而不蕪雜，若不是作者靈動的想像與超絕的修辭，怎麼可以把平凡單調的蟬聲轉變為多采多姿的景象呢？作者透過轉化修辭，確實使這篇文章變得更為生動活躍了。

（三）鎔鑄典故，典雅自然

典故的引用在古典詩文中俯拾即是，而現代散文作家也常常援引古今詩文，以厚實文章的內涵。事實上，「引用」是一種訴諸權威或訴諸大眾的修辭技巧，作家在寫作時往往利用一般人對於權威的崇拜或對大眾的尊重，以增強自己言論的說服力[8]。所謂「化用」是指引

8　黃慶萱：《修辭學》，頁 125。

用時在語文意義上有所變化，其形式以不點明出處為常態。[9]檢視在簡媜〈夏之絕句〉中所見的引用修辭，計有三處：

簡媜在〈夏之絕句〉首段即運用「洗耳」的意象，看來新穎有趣。其言：

> 已有許久，未嘗去關心蟬聲。耳朵忙著聽車聲、聽綜藝節目的敲打聲、聽售票小姐不耐煩的聲音、聽朋友附在耳朵旁低低啞啞的祕密聲……。應該找一條清澈潔淨的河水洗洗我的耳朵，因為我聽不見蟬聲。

相傳堯欲將君位禪讓給許由，他於是逃至箕山下農耕而食；堯又請許由做九州長官，他遂至潁水之濱洗耳，以表達他耳朵受名祿污染的感受。[10]許由洗耳，乃為表明清高的志節；而簡媜洗耳，卻只是單純地想滌淨塵囂，然後才能享受自然蟬聲的薰陶。當然，她化用這個典故幾乎與原本傳說的內蘊無關，只是要運用那個「洗耳」的意象，傳達一種清新絕塵的感染力，作為全文闡述蟬聲的鋪墊。

簡媜以中文系科班出身的學術背景投身於文藝創作，在其散文作品中往往不自覺地透露著「中文人」慣有的筆調與內涵。在〈夏之絕句〉中，以「絕句」作為題名已是著例，其文中又提到：

這絕句不在唐詩選不在宋詩集，不是王維的也不是李白的，是蟬對季節的感觸，是牠們對仲夏有共同的情感，而寫成的一首抒情詩。詩中自有其生命情調，有點近乎自然詩派的樸質，又有些曠達飄逸；

9　黃慶萱：《修辭學》，頁 147。

10　〔晉〕皇甫謐：《高士傳》，收入於宋《太平御覽》卷七。

更多的時候，尤其當牠們不約而同地收住聲音時，我覺得牠們胸臆之中，似乎有許多豪情悲壯的故事要講。也許，是一首抒情的邊塞詩。

其謂「唐詩」、「宋詩」、「王維」、「李白」、「自然詩派」、「邊塞詩派」，皆是《中國文學史》裡熟悉的概念，凡熟習古典文史知識的學子，或能感受到清脆蟬聲中那生動而親切的古人形象。雖然，引用唐詩並非中文系作家的專利，但簡媜在敘述這些唐代的詩人與流派時，隱約透露著對蟬聲的推崇與期許——她推崇蟬聲的清高典雅，也期許蟬聲如古典詩人般的清閒自在、飄逸悠雅。這是簡媜化用唐詩意象的特色，也給人一種典雅莊重卻不失親切自然的美感。

成語在中文詞彙系統裡是一種形式固定、內蘊豐富的語言形式。每一個成語均蘊含著深厚的文化意涵，在形式上也兼顧典雅、簡潔的特色。所以在現代散文創作中常見作家信手拈來，「成語」已成慣用的詞彙。而簡媜〈夏之絕句〉所用的成語亦俯拾即是。如：

> 但當我「屏氣凝神」正聽得起勁的時候，又突然，「不約而同」地全都住了嘴。
> 整個夏季，我們都「興高采烈」地強迫蟬從枝頭搬家到鉛筆盒來。
> 蟬該是有翅族中的隱士吧。高據樹梢，「餐風飲露」，「不食人間煙火」。
> 一段蟬唱之後，自己的心靈也跟著透明澄淨起來，有一種「何處惹塵埃」的了悟。蟬亦是禪。
> 牠們是天生的歌者。歌聲「如行雲如流水」，讓人了卻憂慮，悠遊其中。

若不是使用引號將句中的成語圈出，這些成語融在語句中，讀來毫無

突兀之感。可見簡媜使用成語是相當貼切自然的，而成語在字裡行間所營造的典雅風韻也絲毫不減，充分展現簡媜在遣詞造句功力上的渾然天成。

（四）情境示現，意象鮮明

　　文學作品的魅力，往往由於作家善用豐富的想像力，將原本平淡無奇的事物，變得縱橫繽紛，令人嚮往流連。在修辭學中，充分運用想像力來營造文學美感的技巧，非「示現」修辭莫屬。凡在語文中利用人類的想像力，把實際上不聞不見的事物，描寫得如見如聞，皆屬於「示現」修辭的範疇。[11]其最大的美感效果在於它可以超越過去、現在及未來的時間，也能跨越無遠弗屆的空間，帶出文學作品深廣豐富的意象。在簡媜〈夏之絕句〉中，不乏運用時間追述的示現，如：

> 你能想像一群小學生，穿卡其短褲、戴著黃色小帽子，或吊帶褶裙，乖乖地把「碗公帽」的鬆緊帶貼在臉沿的一群小男生、小女生，書包擱在路邊，也不怕掉到河裡，也不怕鉤破衣服，更不怕破皮流血，就一腳上一腳下地直往樹的懷裡鑽的那副猛勁嗎？

她在追憶童年和同伴在鄉間穿梭於樹林的悠閒歲月，那五年級生才有的卡其制服和碗公帽，鄉間小孩特有的天不怕、地不怕的膽識與行止，透過簡媜細緻的筆力而躍然紙上，那不只是童年的追憶，一種天真爛漫的童年情韻正感染著我們的心靈。此外，〈夏之絕句〉中亦有空間懸想的示現，如：

---

11 黃慶萱：《修辭學》，頁 305。

　　　　想像那一隊一隊的雄蟬斂翅據在不同的樹梢端，像交響樂團的
　　　　團員各自站在舞臺上一般。只要有隻蟬起個音，接著聲音就紛
　　　　紛出了籠。

在都市叢林裡，我們無法親見、親聞大自然的蟬聲，卻可以在簡媜的
筆端體會著蟬聲的綿延，更感受其悠揚恣肆的情韻。這是「懸想示
現」所營造的鮮明意象。無可否認，簡媜化抽象為具體、追過去成當
下的筆力是相當深厚的。

（五）隨筆排比，形式自由

　　簡媜散文穠而不豔，繁而不膩，最主要的原因是她在措辭上所運
用的排比句式是自由而不僵化的。蓋凡排比句式，是指用三個或三個
結構相似、語氣一致、字數大致相等的語句，表達出同範圍、同性質
的意象。[12]就簡媜〈夏之絕句〉一文所見的排比修辭，其符合排比的
條件之外，形式是自由的。如：

　　　　夏乃聲音的季節，有雨打，有雷響、蛙聲、鳥鳴及蟬唱。

除了「蛙聲」之外，其餘所謂「雨打」、「雷響」、「鳥鳴」、「蟬唱」，
皆為「名詞＋動詞」的複合詞彙，在形式上不僅符合排比的條件，多
重的景物鋪陳亦營造出豐繁的意象，而逗號及頓號的交錯運用，亦使
這些物象的鋪排展現較為自由的形式。除此之外，〈夏之絕句〉也在
排比句的整齊美感中，融入了參差變化的句式。如：

　　　　這絕句不在唐詩選不在宋詩集，不是王維的也不是李白的，是
　　　　蟬對季節的感觸，是牠們對仲夏有共同的情感，而寫成的一首

---

12 黃慶萱：《修辭學》，頁 651。

抒情詩。

這段文字在鋪排的基礎下，又呈現「不在……不在……，不是……也不是……，是……是……」的句型，乃肯定句和否定句的穿插使用，基本上符合「錯綜」修辭中「變化句式」的技巧。[13]

　　一般而言，排比句型容易堆疊出豐繁的意象，或營造磅礴的氣勢。而過度的排比卻可能因相同句型或相近語彙而形成詞藻的堆砌，反而易顯露出僵化或疲弱的缺點。若能在排比的句型中，適度抽換類似的詞彙，或改變、伸縮原本整齊的句式，就能減少上述缺失，又能兼顧整齊與變化的美感。事實上，簡媜〈夏之絕句〉所運用的排比句是比較自由的，她並沒有刻意融入錯綜技巧，也無意識去營造整齊的句式，其偏於「隨意自由」的寫作心理，也形成簡媜使用排比修辭上的一種特色。

（六）積極修飾，善用美詞

　　前述五種簡媜於〈夏之絕句〉所表現的特色，皆基植於固定辭格所梳理出來的修辭藝術。事實上，我們試著分析〈夏之絕句〉中的用語和措辭，亦可察見簡媜積極修飾、善用美詞的寫作態度。試以表列說明如下：

〈夏之絕句〉原文	說　　明
我的一顆心就毫無準備地散了開來，如奮力躍向天空的浪頭，不小心跌向沙灘。	「躍」向天空、「跌」向沙灘，皆為生動的用詞，比起一般「跳」、「摔」的淺劣詞來得優美典雅。

13 黃慶萱：「把肯定句和否定句，直述句和詢問句，駢式句和散式句等等，穿插使用，叫做變化句式。」見《修辭學》，頁 770。

雖然附近也有田園農舍，可是人跡罕至，對我們而言，真是又遠又幽深，讓人覺得怕怕地。	其謂「人跡罕至」相較於「人煙稀少」是較為優美的；而「幽深」一詞也比「深」字豐富生動。
摸一摸斂著翅的蟬。	「斂」著翅，遠比「收」著翅優美，也較為生動。
絕句該吟該誦，或添幾個襯字歌唱一番。	把蟬聲形容成「絕句」已是絕佳的譬喻，再「添幾個襯字」唱唱，更具有古典文學的美感。
是蟬對季節的感觸，是牠們對仲夏有共同的情感。	使用詞彙中，「感觸」、「仲夏」的優美，相較於「感動」、「盛夏」普通，其優劣顯而易見。
有點近乎自然詩派的樸質，又有些曠達飄逸。	「樸質」、「曠達」、「飄逸」等詞彙多用於古典意象，簡媜用來形容唐代詩人與流派，不僅貼切，更凸顯典雅之美。
那蟬聲在晨光朦朧之中分外輕逸，似遠似近，又似有似無。	作者用「朦朧」、「輕逸」來形容晨光，確實營造迷濛、飄逸與輕盈的感染力，使用簡潔的詞彙卻營造豐繁的意象，充分展現其鎔裁語彙的深厚筆力。
其實在一灘濁流之中，何嘗沒有一潭清泉？在機器聲交織的音圖裡，也有所謂的「天籟」。	「一灘」、「一潭」皆只是單位用詞，其刻意使用不同的稱呼，可凸顯濁流和清泉的特質，也積極營造優美的氛圍。
偶爾放慢腳步，讓眼眸以最大的可能性把天地隨意瀏覽一番。	「眼眸」、「瀏覽」雖是常見用詞，然而在意象經營與詞彙美感上，均優於「眼睛」、「觀看」等詞。

表列中所點出的詞彙，均可看出簡媜措辭的用心。語言學家王希杰先生曾提出「零點」與「偏離」的理論[14]，主張美好的修辭多屬於「正

---

14 李廣瑜：〈三一理論之體系觀──淺析王希杰先生修辭學理論之精髓〉，收入於李名

偏離」的範疇。凡符合正確的語法,使用適切的詞彙,在此基礎上更進一步修飾詞語,其語彙的美感指數即從零點往正數方向偏移,形成特定的美感效果。從上表所列,可以見出簡媜〈夏之絕句〉美化詞彙的企圖,其選詞之用心亦可視為這篇文章的修辭特色之一。

四 簡媜〈夏之絕句〉的修辭風格

　　修辭的價值在於意象或詞彙的美化歷程,它能使語文的初步意象或原始詞彙形成更進階的美感效果。過去一世紀以來,從西方修辭學的詮釋到漢語修辭學的建構,海峽兩岸三地對於修辭的研究均已展現豐碩的成果,修辭格的建立、定義與運用也臻於成熟。這些成果對於我們研究文學作品有相當大的助益。然而,我們若運用修辭格的知識來檢視簡媜〈夏之絕句〉的修辭藝術,僅能分析這篇作品所呈現之普遍的修辭現象;若要探討這篇散文在基礎修辭之上,是否展現其特殊的風貌或格調,則需透過修辭風格[15]的分析與歸納,方能完整凸顯簡媜〈夏之絕句〉的修辭藝術。依據前節的文本分析,我們可進一步歸納此文的修辭風格:

(一)意象豐贍,天真浪漫

　　在〈夏之絕句〉中,簡媜運用了大量的譬喻修辭。其取材貼切自

　　方、鍾玖英主編:《王希杰和三一語言學》(北京市:中國文聯出版社,2006 年),頁 328-336。

15 所謂「修辭風格」,是指透過修辭技巧所展現的美感效果,這種美感效果會表現出語文特殊的風貌與格調。參見拙作:〈辭章修辭風格初探——以古典詩詞為考察對象〉,收入於《修辭論叢》第七輯(臺北市:東吳大學印行,2006 年),頁 473-501。

然，並善用古典與現代的意象來詮釋蟬聲。在豐繁的材料中，她以絢爛的意象製造熱鬧繁盛的夏日氛圍，不僅具備譬喻修辭本有的「意象鮮明」之美感，更形成「詳實豐贍、天真浪漫」的風格。由於簡媜來自宜蘭鄉間的成長背景，再加上中文系的專業訓練，使她遊走於質樸與典雅之間，其創作之取材既有豐贍的文學資源，又能擷取純潔的童年記憶，落實於寫作中的譬喻技巧，具有這樣的修辭風格是想而易見的。

（二）溫潤和煦，華而不豔

從〈夏之絕句〉的取材，可以見到簡媜對於童年趣事的描述，不帶激情與虛構，反而用溫潤的筆調營造和煦的感染力。在其運用的轉化修辭中，那擬人法的親切感與具象化的充實感，使真實的體驗蘊含著童趣的浪漫情懷。至於示現修辭的運用，又能表現其追今憶昔、化虛為實的寫作實力，搭配著她清麗卻無濃豔的遣詞風格，充分展現溫柔敦厚的文學美質。這是簡媜措辭上的用心，也是其溫厚性格的具體展現。

（三）融古於今，淳厚典雅

簡媜〈夏之絕句〉能展現其華美而淳厚的感染力，在於她善用營造古典意象，而古典意象的經營則歸功於她適度地化用典故。無論是引述唐詩意象，或化用上古傳說，其用於形容大自然的蟬聲，不僅融會了古典與現代，也結合了自然與人文，呈現出淳厚典雅、天人互動的修辭風格。

（四）自然流暢，不落鑿痕

綜觀簡媜〈夏之絕句〉所呈現的修辭技巧，其譬喻之豐富、轉化之生動、示現之擬真、引用之典重、排比之自由與措辭之清麗，充分展現「自然流暢，不落鑿痕」的特色。在創作上，她有質樸的天賦，更蘊含後天文學專業訓練的成果，最重要的是她優越自然的審美能力，使其散文創作能活用修辭於紋掌之間而渾然不覺，於是充滿美感的修辭技巧如行雲流水，不擇地皆可出，恰如其份地展現在她的作品當中。

五　結語

「修辭教學」是語文教育中必須講授的範疇，一般的教材內容及評量試題，大都僅限於文句所呈現之辭格的辨正，對於修辭的心理基礎及其美感效果，教師往往略而不談，以致於學生面對文本的修辭現象，只會機械式的辨認辭格，完全忽略了辭格的心理探討及美感體驗。這種現象一直延續到大學的語文教育，依然沒有明顯改變。事實上，辭格的辨正只是修辭教學中的基礎而已，教師若能進一步指導學生去探索修辭的心理基礎，並引發學生對於辭格的審美感受，不僅可以建立學生在文學方面的鑑賞能力，也能激勵學生在寫作時廣泛而熟練地運用修辭來美化文句。

本論文以簡媜的〈夏之絕句〉為考察對象，除了梳理這篇散文的修辭技巧之外，更逐一確定其修辭現象所呈現的美感效果，並透過修辭風格的探討，以凸顯簡媜散文獨特的修辭藝術。研究發現，簡媜〈夏之絕句〉一文在譬喻修辭上，能善用貼切的「喻依」營造純樸浪漫的意象，形成「意象豐贍，天真浪漫」的風格；在轉化修辭技巧上，特別善用擬人法與具象法，展現生動、親切而自然的美感，特別

凸顯其「溫潤和煦,華而不豔」修辭特色;在引用修辭技巧的運用上,其化用古典意象非常自然,而成語的使用也毫無生硬之感,充分展現「融古於今,淳厚典雅」的格調;至於示現修辭的鮮明意象、排比技巧的隨意自由,及其運用修辭時所展現的天賦蕙質,使其文筆透露著「自然流暢,不落鑿痕」的藝術美感。

從修辭心理基礎的探討,到修辭美感效果的呈現,以至其修辭風格的建立,我們對於簡媜〈夏之絕句〉的修辭藝術建構了有理可說的脈絡,那是具體可循的軌跡,也是從修辭研究落實到修辭教學所應掌握的原則。唯有如此,語文教育在涉及修辭教學時才能跳脫辭格辨正的窠臼,真正為學生尋求有跡可尋的鑑賞原則,並能使修辭鑑賞的能力轉化為創造優美文句的基石。

——發表於「第三屆臺灣、香港、大陸兩岸三地國語文教學國際學術研討會」,2011年4月。後收入《國語文教學理論與實務的多元探索》(臺北市:五南圖書出版公司,2012年)。

附錄：簡媜〈夏之絕句〉的修辭技巧

修辭技巧		原　　　文
譬喻	明喻	春天，像一篇巨製的駢儷文；而夏天，像一首絕句。
		就像一條繩子，蟬聲把我的心紮捆得緊緊地，突然在毫無警告的情況下鬆了綁。
		那種緊張就像天方夜譚裡，那個漁夫用計把巨魔騙進古罈之後，趕忙封好符咒再不敢去碰它一般。
		你便覺得那蟬聲宛如狂浪淘沙般地攫走了你緊緊扯在手裡的輕愁。
		蟬聲的急促，在最高漲的音符處突地戛然而止，更像一篇錦繡文章被猛然撕裂，散落一地的鏗鏘字句，擲地如金石聲，而後寂寂寥寥成了斷簡殘篇，徒留給人一些悵惘、一些感傷。
	隱喻	風是幕後工作者，負責把它們推向天空；而蟬是啦啦隊，在枝頭努力叫鬧。沒有裁判。
		蟬聲是一陣襲人的浪，不小心掉進小孩子的心湖。於是湖心拋出千萬圈漣漪如千萬條繩子，要逮捕那陣浪。
		蟬是大自然的一隊合唱團，以優美的音色，明朗的節律，吟誦著一首絕句。
		大自然的寬闊是最佳的音響設備。
轉化	擬人	夏天什麼時候跨了門檻進來我並不知道。
		整個夏季，我們都興高采烈地強迫蟬從枝頭搬家到鉛筆盒來。
		我覺得牠們胸臆之中，似乎有許多豪情悲壯的故事要講。也許，是一首抒情的邊塞詩。
		我們將恍然大悟：世界還是時時在裝扮著自己的。
		牠們各以最美的音色獻給你，字字都是真心話，句句來自丹田。……牠們不需要指揮也無需歌譜，牠們是天生的歌者。

	形象化	我提筆的手勢擱淺在半空中，無法評點眼前這看不見、摸不到的一卷聲音。
		這些愉快的音符太像一卷錄音帶，讓我把童年的聲音又一一撿回來。
		蟬聲是一陣襲人的浪，不小心掉進小孩子的心湖。於是湖心拋出千萬圈漣漪如千萬條繩子，要逮捕那陣浪。
引用	暗用	應該找一條清澈潔淨的河水洗洗我的耳朵，因為我聽不見蟬聲。
	化用	這絕句不在唐詩選不在宋詩集，不是王維的也不是李白的，是蟬對季節的感觸，是牠們對仲夏有共同的情感，而寫成的一首抒情詩。詩中自有其生命情調，有點近乎自然詩派的樸質，又有些曠達飄逸；更多的時候，尤其當牠們不約而同地收住聲音時，我覺得牠們胸臆之中，似乎有許多豪情悲壯的故事要講。也許，是一首抒情的邊塞詩。
示現	追述示現	你能想像一群小學生，穿卡其短褲、戴著黃色小帽子，或吊帶褶裙，乖乖地把「碗公帽」的鬆緊帶貼在臉沿的一群小男生、小女生，書包擱在路邊，也不怕掉到河裡，也不怕鉤破衣服，更不怕破皮流血，就一腳上一腳下地直往樹的懷裡鑽的那副猛勁嗎？
	懸想示現	想像那一隊一隊的雄蟬斂翅據在不同的樹梢端，像交響樂團的團員各自站在舞臺上一般。只要有隻蟬起個音，接著聲音就紛紛出了籠。
排比	排比	夏乃聲音的季節，有雨打，有雷響、蛙聲、鳥鳴及蟬唱。
	排比兼變化句式	這絕句不在唐詩選不在宋詩集，不是王維的也不是李白的，是蟬對季節的感觸，是牠們對仲夏有共同的情感，而寫成的一首抒情詩。

恬靜淡泊中的剛毅與執著
——論陶淵明〈飲酒〉詩的風格

提要

　　辭章的研究非僅限於義旨的探討而已，對於辭章所蘊含的藝術美感更是探究的重心。舉凡文旨、意象、詞彙、修辭、文法、章法，以至匯聚而成的風格，皆為構成辭章藝術美感的要素。陶淵明詩的平淡樸素之美為歷代學者所推崇，其〈飲酒〉詩更兼有恬靜淡泊與剛毅執著的風格。本文以探索陶淵明〈飲酒〉詩的風格為主，而風格的形成有其內在規律，我們試由文旨與章法掌握其詩的風格主調，再參照詩的意象、詞彙與修辭所構成的感染力。研究發現，這種研究方法不僅能匯聚其〈飲酒〉詩的整體風格，更能具體掌握其風格的形成規律，在鑑賞或教學過程中，可以有效引導學子精確掌握辭章風格的判定，故能提升學生的文學鑑賞能力。

關鍵詞：陶淵明、飲酒詩、辭章風格

一　前言

　　東晉安帝義熙十三年（西元417年），距離晉元帝建立偏安政權已過百年，而這個倚靠江東士族與南遷大臣所擁戴的司馬氏政權，在百年的南北對峙與內部的衝突矛盾中逐漸衰微，終在三年之後（西元420年）被大將劉裕篡位而滅亡。無論是胡族統治的黃河流域，或是司馬家族所執政的江南，百年來戰亂頻仍，民不聊生，知識份子對於國家民族的認同及宇宙人生的關懷也陷入了極度的混淆。

　　著名的田園詩人陶淵明生於東晉的亂世，他在儒家積極入世與道家消極避世的掙扎矛盾中，最後選擇了遠離官場、歸隱田園的生活。這一年，他五十三歲，是決意歸隱田園的第十二年[1]，寫下了飲酒之後的感懷，展現他曠達淡泊的心志，亦隱然抒發對於現實亂世的不滿。在〈飲酒詩·并序〉寫到：

> 余閒居寡歡，兼比夜已長，偶有名酒，無夕不飲，顧影獨盡，忽焉復醉，既醉之後，輒題數句，自娛紙墨，遂多辭無詮次，聊命故人書之，以為歡笑爾。

〈飲酒〉詩二十首是陶淵明歸隱之後的代表詩作，內容大都反映自己隱居生活的思想與情操，其歸隱不仕的志趣是剛毅而執著的，而詩歌所展現的恬靜淡泊之風格也更加的成熟圓融。在其蘊含的詩風中，無論是剛毅執著的感染力，或是恬靜淡泊的格調，兩者實互為表裡，一體兩面。這兩種截然矛盾的風格類型，究竟如何呈現在其詩歌之中？何者為主？何者為次？其形成的脈絡與詩歌的主旨、意象、修辭、章

1　陶淵明於晉安帝義熙二年（西元 406 年）起隱居不仕，至義熙十三年（417 年）約十二年。參見楊希閔：《晉陶徵士年譜》（北京市：北京圖書館出版社，1999 年），頁 41-47。王瑤：《中古文學史論》（臺北市：長安出版社，1982 年），頁 238。

法及詞彙的運用有何關聯？這些思辨常成為詩歌鑑賞與教學過程中的問題，卻鮮少有精確的解答。

事實上，辭章風格的形成有其脈絡可循，在詩文中明顯表現出來的主旨、意象、詞彙、修辭、文法與章法，亦蘊含著抽象難辨的語文氛圍，如果透過合理的分析與整合，不僅可以釐清辭章的風格成分，亦可檢視傳統風格評論的真偽，在辭章鑑賞和語文教學的過程中，提供一個有理可說的脈絡。本文以陶淵明的飲酒詩為考察對象，試從其詩作的主旨、意象、詞彙檢視其基本情理，再分析其修辭與謀篇所呈現的美感，期望梳理其風格形成的脈絡，並合理詮釋陶淵明〈飲酒〉詩的風格，以資陶詩鑑賞與教學之用。

二　歷代評論陶淵明的文獻

陶淵明的詩文價值在東晉當代並未受到重視，一則因為陶詩所涉及的內容多為農村田園的生活寫照，未及當世謝靈運山水詩之流行；二則陶詩風格質樸，用語淺顯自然，與當世追求華麗浮豔之文風不同，故不受當世青睞。唯梁、昭明太子曾為《陶淵明集》作序，陶詩的光芒才漸露曙光。他說：

> 淵明文章不孝，辭采精拔，跌宕昭彰，獨超眾類，抑揚爽朗，莫之與京，橫素波而旁流，干青雲而直上，語時事則指而可想，論懷抱則曠而且真，加以貞志不休，安道守節，不以躬耕為恥，不以無財為病，自非大賢篤志，與道汙隆，孰能如此乎？[2]

2　蕭統：〈陶淵明集序〉，引自李公煥《箋註陶淵明集》卷十（臺北市：國立中央圖書館善本叢刊第七種，1991年），頁1-5。

　　直至唐代，詩人對陶淵明多有評價，如王維「復值接輿醉，狂歌五柳前」（輞川閒居贈裴秀才迪），杜甫「陶潛避俗翁，未必能達道，觀其著詩集，頗亦恨枯槁」（遣興），白居易「還以酒養真」（效陶潛體詩十六）等，對於陶淵明詩的仍停留在朦朧粗糙的階段，尚未關照到陶詩的精神內涵。至於宋代文人對於陶詩則有較為深刻的體會，如蘇軾評曰：

> 吾於詩人，無所甚好，獨好淵明之詩。淵明作詩不多，然其詩質而實綺，癯而實腴。自曹、劉、鮑、謝、李、杜諸人，皆莫能及也。[3]

所謂「質而實綺，癯而實腴」，點出陶詩在外在形式與內蘊上的融會，成為後世評價陶詩的圭臬。又如葉夢得評曰：

> 近人多言飲酒，有至沉醉者，此未必意真在酒。蓋時方艱難，人各懼禍，惟託於醉，可以粗遠世故。[4]

宋以後評價陶淵明詩者更多，就其《飲酒詩》而評者如：清、沈德潛：「胸有元氣，自然流出，稍著痕跡便失」[5]；清溫汝能曰：「陶淵明詩類多高曠，此首尤為興會獨絕，境在寰中，神遊象外，遠矣。」[6]；清方東樹云：「此必為時事而發。然自古及今，聖賢所以立身涉世之全，量不過如此」[7]雖為隻字片語，但仍有發人深省之意涵。

　　近代朱光潛曾以美學角度評論，足供參考。其云：

3　見宋《蘇軾全集》（臺北市：河洛圖書出版社，1975 年），頁 146。

4　〔宋〕葉夢得：《石林詩話》卷下。

5　〔清〕沈德潛：《古詩源》卷九。

6　〔清〕溫汝能：《陶詩彙評》卷三。

7　〔清〕方東樹：《昭昧詹言》卷四。

> 豁達者從悲劇中參透人生世相，他的詼諧出於真性情，所以表
> 面滑稽，骨子裡沉痛。……豁達者超世而不忘淑世，他對於人
> 生悲憫多於憤嫉，……中國詩人中陶潛和杜甫是於悲劇中見詼
> 諧者。[8]

綜觀歷代對陶淵明詩的評價，雖有重要的參考價值，然多為意象式批
評，其缺點是對於陶詩的評價過於抽象，除了朱光潛所云「豁達」、
「沉痛」稍能掌握其精神外，其餘評價之辭尚需要轉化才能彰顯其內
蘊。這就必須具體瞭解陶詩的內在條理，才能說明陶詩風格的形成脈
絡。

三　辭章風格的形成規律

　　所謂「風格」是指事物蘊於內而顯於外的風貌格調，它蘊含抽象
的美感，卻足以讓人察知其具體的感染力，所以在藝術領域受到普遍
的重視和討論。就文學藝術來說，文學作品的風格一部分與自作家的
性格特質有關，而大部分則來自文章的詞彙、意象、修辭、文法、結
構及主題意識所蘊含的感染力，結合而成整體的風貌格調。

　　具體來說，詞彙的義蘊及表達方式，會營造不同的語言氛圍，這
種氛圍感受稱為「詞彙風格」；辭章材料所形成的個別意象，會產生
不同的感染力，這種感染力就是「意象風格」的來源；透過修辭技巧
來修飾詞彙，使詞句更有美感效果而這美感就會形成「修辭風格」；
字句中因為文（語）法的不同結構，如直述句、疑問句、倒裝句、肯
定句或否定句，皆有不同的語言氛圍，其所形成的感染力即為「文法
風格」的雛形；在篇章結構中，因為陰陽動勢而產生的移位、轉位的

8　朱光潛：《詩論》（臺北市：萬卷樓圖書公司，1990 年），頁 78。

力量，形成或剛、或柔、或剛柔互濟的節奏韻律，即為「章法風格」；至於文章的主題意識，或抒情感懷，或理性論證，或兒女長情，或家國悲思，其情理時而恢闊，時而悲抑，時而婉轉，時而豪邁，皆是「主題風格」的不同樣貌。

　　各領域所產生的局部風格對辭章整體風格的影響有大有小，其中主題風格涉及辭章的核心情理，所以主宰了辭章風格的趨向；而章法風格是整體篇章之邏輯結構所產生的節奏韻律，其陰、陽、剛、柔的動勢與整體風格非常接近。所以檢視辭章的主題風格和章法風格，就幾乎掌握了辭章整體風格的樣貌。至於辭章之意象風格、詞彙風格及修辭風格，其影響層面限於局部的字句及單一意象，仍可歸納其風格趨向以作參照。

四　檢視陶淵明〈飲酒〉詩風格的重要面向

　　既已瞭解辭章風格的形成規律，則可分項探討陶淵明〈飲酒〉詩的風格。如前所述，我們以「主題風格」與「章法風格」為探討主軸，其次再彙整這二十首詩的「意象風格」、「詞彙風格」及「修辭風格」以資參照。

（一）從主題風格來看

　　「主題」乃事物情思之主軸，落到辭章來說即辭章的主題思想，就是一篇文章最核心的情理。陳鵬翔教授以為主題應包含「套語」、「意象」和「母題」[9]，陳滿銘教授進一步就「個別主題呈現」來說

9　陳鵬翔：《主題學理論與實踐》（臺北市：萬卷樓圖書公司，2001 年），頁 238。

明主題包含了「情語」、「理語」、「意象」和「主旨（含綱領）」[10]，更具體說明了辭章主題所蘊含的範圍與內容。由此推想，辭章「主題風格」的形成，乃主題之思想情感所透露的抽象感染力。我們在分析、統合辭章主題風格時，必須兼顧辭章的主旨與意象，才能彙聚準確而貼切的的風格述評。陶淵明〈飲酒〉詩二十首，乃「既醉之後，輒題數句」之作，其雖謙稱「自娛紙墨」，卻蘊含他一生遠棄官場、清高率真的志願，也處處展現他對現實世界的不滿。（見附錄表列）

根據表列二十首〈飲酒〉詩中可以看出「飲酒」只是媒介，詩人飲酒之後的情理抒發才是核心。其主題思想約可歸為三類：

1 表明歸隱田園的志節

此類主旨佔〈飲酒〉詩的比例最多，包括〈之一〉、〈之二〉、〈之三〉、〈之四〉、〈之五〉、〈之八〉、〈之九〉、〈之十〉、〈之十一〉、〈之十二〉、〈之十五〉、〈之十七〉、〈之十九〉等十三首。可見陶淵明〈飲酒〉之作，大都在闡明自己想遠離世俗官場、隱居田園躬耕的心願。正呼應其〈歸園田居〉詩所云「誤落塵網中，一去三十年」、「衣沾不足惜，但使願無違」的心境。陶淵明從四十一歲賦〈歸去來辭〉以明歸隱之志，到他五十三歲寫〈飲酒〉詩，經歷了漫長而貧困的田園生活，但他不以為忤，也不後悔放棄世俗的飛黃騰達，因為他知道塵俗的醜陋與險惡，也親身體會了躬耕田園生活的真意，所以他能真正放下，用率性而平淡的心情去擁抱田園自然，也完全接受辛苦、貧窮、無聊卻極為平靜的歸隱生活。

---

10 陳滿銘：〈論意象之統合——以辭章之主題與風格為範圍作探討〉，中山大學《文與哲》15 期（2009 年 12 月），頁 9。

2 抒發對現實社會的不滿

此類主旨包括〈之二〉、〈之六〉、〈之八〉、〈之十三〉、〈之十八〉、〈之二十〉等六首。其中〈之二〉與〈之八〉又兼有「表明隱居之志」的義旨。端看陶淵明的生平，從二十歲到四十歲一直過著出仕、辭官、又出仕、又辭官的生活。將近二十年的歲月，他在虛偽奔忙的官場中載浮載沉，他為了家計而做官，也為適性而辭官，看似投機反覆的行徑，實際上是內心欲尊奉儒家兼善天下，又欲追尋道家明哲保身的衝突矛盾。這是他率真的個性使然，也是知識份子生長在東晉亂世的悲哀。

3 表達隱居悠閒之樂

〈飲酒之七〉在敘述詩人沉醉於賞菊與飲酒的快樂之中，而〈飲酒之十四〉則直接表現物我皆忘、超乎物外的逸趣，兩首詩呼應其他〈飲酒〉詩作所表明的歸隱之志，具有相得益彰的效果。

4 感嘆知音之難尋

〈飲酒之十六〉敘述自己少壯猛志，老而無成，進而抒發老無知音的孤獨與慨嘆。詩人感嘆知音難尋，一源於自己耿介不同於流俗的性格，二源於所處亂世的人心險惡與澆薄，故此詩所感知音難尋，實與前述幾首詩的義旨相互呼應。

歸納〈飲酒〉詩二十首的主題思想，以「表明隱逸志節」為多，再加上兩首「表現隱居之樂」的作品，其歸隱處境的描寫及心志的表達應是〈飲酒〉詩主題思想的主軸，充分顯現「恬靜淡泊」的格調；其次批判現實、表達對世俗不滿的作品佔了六首，可視為〈飲酒〉詩主題思想的副線，展現的是「剛毅激憤」的感染力；至於〈飲酒之十六〉在傳達「知音難尋」之嘆，略有哀傷自憐之情，此詩主旨所蘊含

的「抑鬱」之感，可作為彙整〈飲酒〉詩主題風格的參考。綜而言之，二十首〈飲酒〉詩的主題風格乃以「恬靜淡泊」為主調，以「剛毅激切」為副調，可視為陶淵明歸隱後期所秉持的執著、堅毅、樸實的生命情調。

（二）從章法風格來看

「章法風格」的形成是建立在章法所蘊含的陰陽質性，落實到文章結構中，因「移位」和「轉位」的作用[11]而產生偏陰、偏陽或陰陽互濟的動勢，而這種動勢就是章法風格的根源。基於此一原理，檢視章法風格的原則約有幾端[12]：

> 1. 確立文學作品的核心結構（通常結構表第一層為核心結構），核心結構的偏陰、偏陽或陰陽相濟的動勢，幾乎可以決定一篇作品的風格趨向。
> 2. 瞭解每一結構類型所自成陰陽的動勢，如「陰→陽」為順向結構，「陽」的動勢變強；「陽→陰」為逆向結構，「陰」的動勢變強，由於逆向動力，所以向陰的強度是加倍的；「陰→陽→陰」或「陽→陰→陽」乃轉位結構，由於「拗」的力量更大，其形成向陰或向陽的動勢可能呈現三倍的力度。

---

11 在章法結構上，所謂「移位」就是合於秩序律所產生的「力」的改變，其變化程度較為緩和；所謂「轉位」就是合於變化律所產生的「力」的改變，其結構呈現「往復」現象，變化的程度較為激烈。見仇小屏：〈論章法的移位、轉位及其美感〉，《辭章學論文集》上冊（福州市：海潮攝影藝術出版社，2002年），頁98-122。

12 參見陳滿銘：〈論意象之統合——以辭章之主題與風格為範圍作探討〉，中山大學《文與哲》15期（2009年12月），頁16-20。又見拙著：《章法風格析論——以蘇軾詞、姜夔詞為考察對象》（臺北縣：花木蘭文化出版社，2007年），第三章 章法風格的哲學基礎，頁99-136。

3. 彙整每一層各結構所形成的陰陽動勢，是相得益彰，或相互抵銷。

4. 從底層至上層的結構所形成的動勢是逐層增加的，所以底層的動勢力度最小，上層（通常為核心結構）的動勢力度最大。

根據這些原則，我們可據此分析陶淵明〈飲酒〉詩的結構，並推算出二十首詩的風格類型。

1 屬於「偏柔」風格之作

舉例如：

〈飲酒之四〉

栖栖失羣鳥，日暮猶獨飛。徘徊無定止，夜夜聲轉悲。厲響思清遠，去來何依依？因值孤生松，斂翮遙來歸。勁風無榮木，此蔭獨不衰。託身既得所，千載不相違。

根據詩文的意象及其內在邏輯，可以繪出結構表如下：

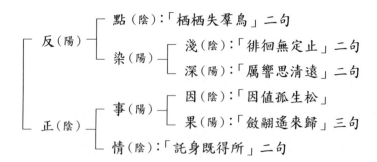

此詩從描寫離群之鳥的無所依託，到託身松木的安定，形成「反→

正」的核心結構，其「陽→陰」的動勢，確定此詩偏於「陰」的格調。其餘各層結構，如底層「淺→深」、「因→果」皆為「陰→陽」之動勢，匯成偏於「陽」的力量，但其底層的力度影響較小；第二層的「點→染」結構形成「陰→陽」動勢，「事→情」結構形成「陽→陰」動勢，兩者相互衝抵，仍屬「偏陰」的力度較強。基於核心結構的「偏陰」動勢，及各層結構所呈現的陰陽力度，這首詩可歸納出「柔中寓剛」的風格類型，其陰柔的成分是大於陽剛的。又如：

〈飲酒之五〉

結廬在人境，而無車馬喧。問君何能爾？心遠地自偏。采菊東籬下，悠然見南山。山氣日夕佳，飛鳥相與還。此中有真意，欲辨已忘言。

根據詩文的意象及其內在邏輯，可以繪出結構表如下：

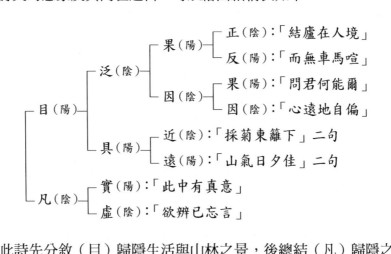

此詩先分敘（目）歸隱生活與山林之景，後總結（凡）歸隱之真意，形成「目→凡」的核心結構，其「陽→陰」的動勢亦決定了全詩「偏陰」的格調。其餘各層結構，如底層「正→反」、「果→因」，第

二層「果→因」、「近→遠」，第三層「泛→具」、「實→虛」，皆為「陰→陽」與「陽→陰」相互消抵而凸顯「偏陰」的動勢，故與第一層核心結構相呼應，可以清楚歸納出整首詩「柔中寓剛」的風格型態。

在〈飲酒〉二十首中，屬於「柔中寓剛」風格的作品有九首，包括〈之四〉（核心結構為「反→正」）、〈之五〉（核心結構為「目→凡」）、〈之八〉（核心結構為「賓→主」）、〈之九〉（核心結構為「敘事→抒感」）、〈之十四〉（核心結構為「敘事→抒情」）、〈之十六〉（核心結構為「敘事→抒情」）、〈之十七〉（核心結構為「賓→主」）、〈之十八〉（核心結構為「目→凡」）、〈之二十〉（核心結構為「敘事→抒情」），其結構皆形成「陽→陰」的動勢，且受其他各層結構的影響較小，故偏柔的成分增加。

2 屬於「偏剛」風格之作

舉例如：

〈飲酒之三〉

道喪向千載，人人惜其情。有酒不肯飲，但顧世間名。所以貴我身，豈不在一生？一生復能幾？倏如流電驚。鼎鼎百年內，持此欲何成。

根據詩文的意象及其內在邏輯，可以繪出結構表如下：

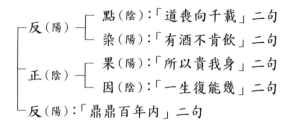

此詩以汲汲名利的世俗觀點和自己的逍遙淡泊對呈，形成「反→正→反」的核心結構，其「陽→陰→陽」的動勢因為轉位的緣故而變得更強，所以底層的「點→染」、「果→因」結構所形成的「陰→陽」、「陽→陰」動勢之間的消長，其「偏陰」的力度仍小於核心結構「偏陽」的力量，故全詩呈現「剛中寓柔」的風格型態。又如：

〈飲酒之十九〉

疇昔苦長飢，投耒去學仕。將養不得節，凍餒固纏己。是時向立年，志意多所恥。遂盡介然分，拂衣歸田里。冉冉星氣流，亭亭復一紀。世路廓悠悠，楊朱所以止。雖無揮金事，濁酒聊可恃。

根據詩文的意象及其內在邏輯，可以繪出結構表如下：

```
                      ┌ 染（陽）┬ 因（陰）：「疇昔苦長飢」二句
           ┌ 抑（陰）┤        └ 果（陽）：「將養不得節」二句
           │         └ 點（陰）：「是時向立年」二句
           │                   ┌ 實（陽）┬ 空間（陰）：「遂盡介然分」二句
           │         ┌ 久（陰）┤        └ 時間（陽）：「冉冉星氣流」二句
           └ 揚（陽）┤        └ 虛（陰）：「世路廓悠悠」二句
                     └ 暫（陽）：「雖無揮金事」二句
```

此詩從詩人過去委屈出仕的經歷，寫到歸隱田里的境況，其否定出仕的年歲，更凸顯自己隱居田園的悠然自適，在邏輯上形成「抑→揚」的核心結構，確立此詩「陰→陽」而凸顯「偏陽」的風格主調。其餘各層結構，如底層「空間→時間」，為「陰→陽」之移位，凸顯「偏陽」的動勢；第二層的「因→果」、「實→虛」及第三層的「染→

點」、「久→暫」，皆為「陰→陽」與「陽→陰」的移位，其相抵之後的動勢雖偏於「陽」，但其力度位於下層，仍未能強過核心結構，故整首詩「陽剛」的成分較多，遂形成「剛中寓柔」的風格型態。

在〈飲酒〉二十首中，屬於「剛中寓柔」風格的作品有六首，包括〈之三〉（核心結構為「反→正→反」）、〈之六〉（核心結構為「因→果」）、〈之十〉（核心結構為「事→理」）、〈之十一〉（核心結構為「虛→實」）、〈之十二〉（核心結構為「敘→論」）、〈之十九〉（核心結構為「抑→揚」），其陰陽動勢或為「陽→陰→陽」，或為「陰→陽」，故產生「偏陽」的動勢，且其他各層結構的影響亦小，所以偏陽的風格成分佔整首詩的比例較高。

3 屬於「剛柔互濟」風格之作

舉例如：

〈之一〉

衰榮無定在，彼此更共之。邵生瓜田中，寧似東陵時。寒暑有代謝，人道每如茲。達人解其會，逝將不復疑。忽與一樽酒，日夕歡相持。

根據詩文的意象及其內在邏輯，可以繪出結構表如下：

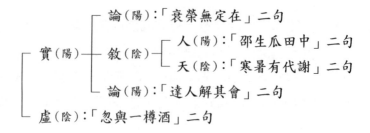

詩人藉由論述自然多變、禍福無常的事理，表達遁隱遠害、飲酒自娛的心願，其運材由實轉虛，形成「實→虛」的核心結構，確定了此詩「陽→陰」的動勢。原本核心結構所形成的「偏陰」風格應為主調，但是次層「論→敘→論」的轉位結構所形成的「偏陽」力度較強，其動勢雖不致超越核心結構的強度，卻能中和其「偏陰」的動勢，故整首詩在陽剛與陰柔的互相衝抵之下，形成接近「陰陽互濟」的風格型態。

又如：

〈之七〉

秋菊有佳色，裛露掇其英。汎此忘憂物，遠我遺世情。一觴雖獨進，杯盡壺自傾。日入羣動息，歸鳥趨林鳴。嘯傲東軒下，聊復得此生。

根據詩文的意象及其內在邏輯，可以繪出結構表如下：

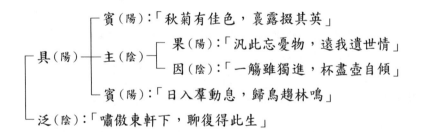

此詩先描寫具體的田園生活，再歸結於抽象的田園之樂，形成「具→泛」的核心結構。其陰陽動勢原以「陽→陰」的「偏陰」為主調，但次層「賓→主→賓」的轉位結構所形成的「陽→陰→陽」態勢，其「偏陽」的力度頗強，故中和了核心結構的「偏陰」動勢，亦使整首詩呈現「陰陽互濟」的風格型態。

其〈飲酒〉詩中屬於「陰陽互濟」之風格的作品有五首，即〈之一〉（核心結構為「實→虛」）、〈之二〉（核心結構為「反→正」）、〈之七〉（核心結構為「具→泛」）、〈之十三〉（核心結構為「淺→深」）、〈之十五〉（核心結構為「景→情」），這五首詩的核心結構接受到次層轉位結構的影響，使其風格趨於「陰陽互濟」的型態。

綜觀陶淵明〈飲酒〉詩二十首的章法風格，屬於「柔中寓剛」風格的詩作有九首；屬於「剛中寓柔」風格的詩作有六首；而趨於「剛柔互濟」風格的詩作則有五首，且這五首中有四首的核心結構是「偏陰」的動勢。由此比例來看，〈飲酒〉組詩的整體風格是偏於陰柔的成分較多，蘊含陽剛的成分較少，這種現象恰符合主題風格的述評。具體而言，其以「恬靜淡泊」為主調，乃偏於陰柔；以「剛毅激切」為副調，則偏於陽剛。結合辭章之「主題」與「章法」兩個面向以分析〈飲酒〉詩的風格，其主旨所呈現的「恬靜淡泊、剛毅激切」的感染力，以及章法結構之陰陽動勢所顯現的「柔中寓剛」的風格，幾乎可以確定為陶淵明〈飲酒〉詩的風格主調。

（三）從意象風格、詞彙風格、修辭風格等層面來看

既已確定〈飲酒〉詩的風格主調，我們仍有必要分析其他局部的風格趨向。故探討〈飲酒〉詩之「意象風格」、「詞彙風格」及「修辭風格」，才能掌握其更細緻的感染力，並能檢視主題風格與章法風格的正確性，或呼應其風格的內在規律。

1 〈飲酒〉詩的意象風格

關於〈飲酒〉詩之材料意象所形成的風格，可分為下列幾類：

（1）飲酒情境

〈飲酒〉詩二十首乃陶淵明飲酒之後的具體感懷，故飲酒的心境貫串每一首詩，成為此一組詩的主要意象。而詩作具體提到飲酒情境者，如〈之一〉：「忽與一樽酒，日夕歡相持」；〈之三〉：「有酒不肯飲，但顧世間名」；〈之七〉：「一觴雖獨進，杯盡壺自傾」；〈之九〉：「且共歡此飲，吾駕不可回」；〈之十三〉：「寄言酣中客，日沒燭當秉」；〈之十四〉：「悠悠迷所留，酒中有深味」；〈之十八〉：「觴來為之盡，是諮無不塞」；〈之十九〉：「雖無揮金事，濁酒聊可恃。」；〈之二十〉：「但恨多謬誤，君當恕醉人」。詩人或藉酒抒情，或暢敘酒興，或說古示今，其所展現的意象多有「悠然率真」的感染力，直可與「恬靜淡泊」的主題風格相呼應。

（2）古人古事

陶淵明〈飲酒〉詩中所引用的古人古事，一方面要藉古喻今，另一方面也在表達對古人的傾慕之情。詩作中所提到的古人古事如〈之一〉的東陵侯、〈之二〉的伯夷、叔齊與榮啟期、〈之六〉的夏黃公與綺裏、〈之十一〉的顏回、榮啟期、〈之十六〉的劉龔、〈之十八〉的揚雄與柳下惠、〈之十九〉的楊朱、以及〈之二十〉的伏羲、神農等等，其所描述的古人多有古樸單純的形象，充分展現「淳厚典雅」的感染力。

（3）山川自然

歸隱生活必然接觸到山川自然之景，在〈飲酒〉詩中所提山川景色雖然不多，卻能襯托詩人悠閒自得的心境。如〈之五〉：「山氣日夕佳，飛鳥相與還」，〈之七〉：「日入群動息，歸鳥趨林鳴」，〈之十五〉：「斑斑有翔鳥，寂寂無行跡」，〈之十七〉：「幽蘭生前庭，含薰待

清風」。其所展現的「舒緩開闊」的氛圍，確實能與「恬靜淡泊」的
主題風格相互呼應。

（4）躬耕田園
〈飲酒〉詩的思想主軸是表明歸隱的堅定意志，而隱居又存在著
一部份躬耕田園的生活形態。雖然耕種的生活是清苦的，是勞累的，
卻是詩人悠閒心境中的另一寫照。如〈之五〉的「結廬在人境，而無
車馬喧」，〈之十九〉的「遂盡介然分，拂衣歸田里」，從平靜的躬耕
生活中，可以感受到詩人「樸素勤謹」的清苦形象，這形象和他悠閒
的心境實無互相違背。

2 〈飲酒〉詩的詞彙風格
陶詩的用詞向來淺白易懂，其〈飲酒〉詩的淺詞用字亦不例外。
如：

> 彼此更共之、人道每如茲。（〈之一〉）
> 有酒不肯飲（〈之三〉）
> 而無車馬喧（〈之五〉）
> 問子爲誰與（〈之九〉）
> 傾身營一飽，少許便有餘。（〈之十〉）
> 雖留身後名，一生亦枯槁。（〈之十一〉）
> 仲理歸大澤，高風始在茲。（〈之十二〉）
> 不覺知有我，安知物爲貴？（〈之十四〉）
> 宇宙一何悠，人生少至百。（〈之十五〉）

所謂「如茲」、「始在茲」、「一何」等詞，從《詩經》、漢樂府時期就已

存在¹³，至魏晉已成為當時的口語；而「共之」、「不肯」、「而無」、「為誰與」、「少許」、「雖……亦」、「不覺知」等詞，用於現代漢語，仍是淺白易懂的詞彙。整體而言，陶淵明〈飲酒〉詩所使用的詞彙並無生澀隱晦之字，其淺顯的詞彙使用展現了「平易樸實、親切自然」的詞彙風格，對應於「恬靜淡泊」的主題風格，當然是相得益彰的。

3 〈飲酒〉詩的修辭風格

「修辭風格」的形成，在於修辭技巧所呈現的美感效果。¹⁴每一種修辭技巧所形成的美感效果不同，自然形成不一樣的修辭風格，再結合辭章個別的意象，其修辭風格又會有更多不同的風貌。以二十首〈飲酒〉詩來說，其常用的修辭技巧約有下列數種：

（1）象徵

〈飲酒・之四〉以「孤鳥失群獨飛」的意象象徵詩人離群索居、苦無知音的窘迫，後來「值孤松」而得其所，也暗指著詩人隱居之志有所歸宿。又如〈之八〉描寫青松的特立獨行、不畏風霜，以象徵詩人堅貞自守、不同流俗的高尚節操。這兩首詩以孤鳥、青松起興，又能委婉表達詩人對世俗的不滿，其象徵的美感清楚地展現了「含蓄敦厚」的修辭風格。

（2）引用

如前節所述，〈飲酒〉詩二十首援引了許多古人古事，營造了

---

13 《詩經・周頌・載芟》：「匪且有且，匪今斯今，振古如茲。」如茲，即如此。漢樂府〈陌上桑〉：「使君一何愚」一何，即多麼。

14 參見拙作：〈辭章「修辭風格」初探──以古典詩詞為考察對象〉，收入於《修辭論叢》第七輯（臺北市：東吳大學中國文學系，2006 年），頁 474-501。

「淳厚典雅」的意象風格。以修辭的角度來看,「引用」修辭本來就容易增添辭章「典雅」的感染力,所以「高古典雅」亦可視為這一組詩重要的修辭風格之一。

(3)設問

陶淵明在〈飲酒〉詩中使用了頻繁的問句,若以設問修辭的概念來分類,其激問句如:

> 善惡苟不應,何事空立言?(〈之二〉)
> 所以貴我身,豈不在一生?(〈之三〉)
> 行止千萬端,誰知非與是?(〈之六〉)
> 裸葬何足惡?人當解意表。(〈之十一〉)
> 一往便當已,何為復狐疑?(〈之十二〉)
> 不覺知有我,安知物為貴?(〈之十四〉)
> 有時不肯言,豈不在伐國?(〈之十八〉)
> 詩書復何罪?一朝成灰塵。(〈之二十〉)

疑問句如:

> 一生復能幾?倏如流電驚。(〈之三〉)
> 問君何能爾?心遠地自偏。(〈之五〉)
> 問子為誰歟?田父有好懷。(〈之九〉)

懸問句如:

> 厲響思清遠,去來何依依?(〈之四〉)

在設問修辭中,使用激問句容易營造「激切」的語言氛圍;而使用疑問句以自問自答,通常使詩句產生「親切」的效果;至於懸問句的運

用，其「懸宕」的美感是非常明顯的。陶淵明〈飲酒〉詩原本是樸實
自然的，其設問的運用，或激切，或懸宕，對於平淡樸實的詞彙風格
而言，是具有點綴之效果的。

（4）類疊

〈飲酒〉詩使用類疊修辭亦屬常見，其中「疊字」出現最為頻
繁。如：

> 人人惜其情、鼎鼎百年內（〈之三〉）
> 棲棲失群鳥、夜夜聲轉悲（〈之四〉）
> 咄咄俗中愚（〈之六〉）
> 去去當奚道、擺落悠悠談（〈之十二〉）
> 規規一何愚（〈之十三〉）
> 悠悠迷所留（〈之十四〉）
> 班班有翔鳥，寂寂無行跡（〈之十五〉）
> 行行向不惑（〈之十六〉）
> 行行失故路（〈之十七〉）
> 冉冉星氣流，亭亭復一紀（〈之十九〉）
> 汲汲魯中叟、區區諸老翁（〈之二十〉）

〈飲酒〉詩屬於五言古詩，在短短五個字的詩句中，疊字所營造的節
奏美感影響整句的風格極大，這種節奏感若與詩歌的內容相呼應，其
情思或為哀淒，或為悠遠，或為輕快，或為激切，都可能因為形式的
節奏美而更加強烈，這是疊字最容易形成的修辭風格。

五　結語

　　綜上所論，陶淵明〈飲酒〉詩的整體風格可從辭章的各個面向獲得具體的答案。從辭章的主題思想來看，其「恬靜淡泊」的風格應為主調，而「剛毅激切」的風格則為副調。從辭章的章法結構來看，二十首詩中屬於「柔中寓剛」風格的詩作較多，此章法風格類型實與「恬靜淡泊」之主題風格相符，而部分作品偏於「剛中寓柔」之風格型態，則與「剛毅激切」之主題風格相呼應。至於其他面向，如個別意象所呈現之「悠然率真」、「淳厚典雅」、「舒緩開闊」、「樸素勤謹」等，詞彙表現所呈現之「平易樸實」、「親切自然」，修辭技巧所凸顯之「含蓄敦厚」、「高古典雅」、「懸宕」、「激切」及其特殊的節奏美感等等，或無礙於主題風格的呈現，或直接與主題風格相呼應。因此，在章法風格所分析出來的「柔中寓剛」之基礎下，〈飲酒〉詩之主題思想所蘊含的「恬靜淡泊」是這組詩歌風格的主軸。若結合辭章「剛毅激切」之風與陶淵明本身「擇善固執」的性格，其「恬靜淡泊中蘊含著剛毅與執著」可作為二十首〈飲酒〉詩的風格述評。

　　文學是一種藝術，風格又是藝術鑑賞中最需關注的焦點。因此，語文教學的最終目標應不僅是文本義旨的理解而已，在引導學生將知識學問內化為生命的一部分之前，培養他們最佳的藝術鑑賞能力更是重要過程。本文以陶淵明〈飲酒〉詩為考察對象，提供了具體可行的分析步驟，使原本抽象而難以掌握的風格述評變得有理可說，這對於初學辭章鑑賞的學生來說，應是引領他們步入文學藝術殿堂的階梯。

——發表於第六屆辭章章法學學術研討會，2011年10月，後收錄於《章法論叢》第六輯（臺北市：萬卷樓圖書公司，2012年）

附錄：陶淵明〈飲酒〉詩原文及主題呈現

飲酒詩	詩　　文	主　　旨
之一	衰榮無定在，彼此更共之。邵生瓜田中，寧似東陵時。寒暑有代謝，人道每如茲。達人解其會，逝將不復疑。忽與一樽酒，日夕歡相持。	作者從自然的盛衰更替，領悟到人生的福禍無常，故選擇隱遁以遠離群害，飲酒以自取安樂。
之二	積善云有報，夷叔在西山。善惡苟不應，何事立空言？九十行帶索，飢寒況當年。不賴固窮節，百世當誰傳。	此詩藉否定善惡報應之說，揭示善惡不分的社會現實，並決心固窮守節，流芳百世。在深婉曲折的詩意中，透露著憤激不平的情緒。
之三	道喪向千載，人人惜其情。有酒不肯飲，但顧世間名。所以貴我身，豈不在一生？一生復能幾？倏如流電驚。鼎鼎百年內，持此欲何成。	此詩否定那些只顧自身而追逐名利之人，表明詩人達觀、逍遙、自任的生命態度。
之四	栖栖失羣鳥，日暮猶獨飛。徘徊無定止，夜夜聲轉悲。厲響思清遠，去來何依依？因值孤生松，斂翮遙來歸。勁風無榮木，此蔭獨不衰。託身既得所，千載不相違。	通篇以自然景物自喻，表現詩人堅定的歸隱之志和高潔的人格情操。
之五	結廬在人境，而無車馬喧。問君何能爾？心遠地自偏。采菊東籬下，悠然見南山。山氣日夕佳，飛鳥相與還。此中有眞意，欲辨已忘言。	本詩描寫詩人悠然自得的隱居生活，在平靜的心境中，體悟著自然的樂趣和人生的眞諦，這一切給詩人的精神帶來極大的快慰與滿足。
之六	行止千萬端，誰知非與是？是非苟相形，雷同共譽毀。三季多此事，達士似不爾。咄咄俗中愚，且當從黃綺。	詩人以憤怒的口吻斥責是非不分、善惡不辨的黑暗現實，並決心追隨商山四皓，隱居世外。
之七	秋菊有佳色，裛露掇其英。汎此忘	本詩寫賞菊與飲酒，充分表現

	憂物，遠我遺世情。一觴雖獨進，杯盡壺自傾。日入羣動息，歸鳥趨林鳴。嘯傲東軒下，聊復得此生。	詩人沉醉其中，忘卻塵世，擺脫憂愁，逍遙閒適，自得其樂的感受。
之八	青松在東園，眾草沒其姿。凝霜殄異類，卓然見高枝。連林人不覺，獨樹眾乃奇。提壺挂寒柯，遠望時復為。吾生夢幻間，何事紲塵羈。	詩人以孤松自喻，表達自己不畏嚴霜的堅貞品質和不為流俗所染的高尚節操。在隱藏的消極情緒中，帶有憤世嫉俗之意。
之九	清晨聞叩門，倒裳往自開。問子為誰與？田父有好懷。壺漿遠見候，疑我與時乖。繿縷茅簷下，未足為高栖。一世皆尚同，願君汩其泥。深感父老言，稟氣寡所諧。紆轡誠可學，違己詎非迷。且共歡此飲，吾駕不可回。	此詩以對話方式，表現詩人不願違背己志而隨世浮沉，並決心保持高潔的志向，隱逸避世，遠離塵俗，態度十分堅決。
之十	在昔曾遠遊，直至東海隅。道路迴且長，風波阻中塗。此行誰使然，似為飢所驅。傾身營一飽，少許便有餘。恐此非名計，息駕歸閒居。	此詩回憶曾因生計所迫而誤入仕途，經歷重重艱辛之後，詩人感到自己既不力求功名富貴，而如此勞心疲力，倒不如歸隱閒居，以保純潔的節操。
之十一	顏生稱為仁，榮公言有道。屢空不獲年，長飢至於老。雖留身後名，一生亦枯槁。死去何所知？稱心固為好。客養千金軀，臨化消其寶。裸葬何必惡？人當解意表。	此詩表達了詩人的人生觀與處世態度。他認為不必為追求身後名聲而固窮守節；也不贊同為長壽而保養貴體。人死後軀體消亡、神魂滅寂，故主張人生當稱心適意、逍遙自任，不必顧忌，亦不必刻意追求。
之十二	長公曾一仕，壯節忽失時。杜門不復出，終身與世辭。仲理歸大澤，高風始在茲。一往便當已，何為復狐疑？去去當奚道，世俗久相欺。擺落悠悠談，請從余所之。	此詩透過讚揚張摯和楊倫辭官歸隱，不再復出的高風亮節，以比況自己的歸隱之志；並勸說世人勿受世俗欺騙，當看破紅塵，隨他一起歸隱。

之十三	有客常同止，取舍邈異境。一士長獨醉，一夫終年醒。醒醉還相笑，發言各不領。規規一何愚，兀傲差若穎。寄言酣中客，日沒燭當秉。	此詩以「醉者」、「同醒者」設喻，表現兩種迥然不同的人生態度，在比較與評價中，詩人願醉不願醒，以寄託對現實不滿的憤激之情。
之十四	故人賞我趣，挈壺相與至。班荊坐松下，數斟已復醉。父老雜亂言，觴酌失行次。不覺知有我，安知物為貴？悠悠迷所留，酒中有深味。	此詩寫與友人暢飲，旨在表現飲酒之中物我皆忘、超然物外的樂趣。
之十五	貧居乏人工，灌木荒余宅。班班有翔鳥，寂寂無行跡。宇宙一何悠，人生少至百。歲月相催逼，鬢邊早已白。若不委窮達，素抱深可惜。	此詩寫貧居荒宅之景與衰老將至之悲，但詩人不為守窮後悔，反而表明如果違背自己的夙願，才深可痛惜。
之十六	少年罕人事，游好在六經。行行向不惑，淹留遂無成。竟抱固窮節，飢寒飽所更。弊廬交悲風，荒草沒前庭。披褐守長夜，晨雞不肯鳴。孟公不在茲，終以翳吾情。	此詩寫自己少年時頗有壯志，然老而無成，一生抱定固窮之節，飽受饑寒之苦，直到現在。但詩人所感到悲哀的是，世上竟無知音。
之十七	幽蘭生前庭，含薰待清風。清風脫然至，見別蕭艾中。行行失故路，任道或能通。覺悟當念還，鳥盡廢良弓。	此詩以幽蘭自喻，以蕭艾喻世俗，表現自己清高芳潔的品性。詩末以「鳥盡廢良弓」的典故，說明歸隱之由，寓有深刻的政治義涵。
之十八	子雲性嗜酒，家貧無由得。時賴好事人，載醪祛所惑。觴來為之盡，是諮無不塞。有時不肯言，豈不在伐國？仁者用其心，何嘗失顯默！	此詩以揚雄和柳下惠自況，既說明家貧無酒，幸賴友人饋贈；又表達不談國事，以遠禍全身。其中亦暗寓對國事前途的深憂。
之十九	疇昔苦長飢，投耒去學仕。將養不得節，凍餒固纏己。是時向立年，志意多所恥。遂盡介然分，拂衣歸	此詩主要在表達歸隱的志趣及對仕途的厭惡。詩人記述當年因饑寒而出仕，由恥為仕而歸

	田里。冉冉星氣流，亭亭復一紀。世路廓悠悠，楊朱所以止。雖無揮金事，濁酒聊可恃。	田，又由歸田而至於今的出處過程和感慨。儘管眼前的境遇貧困，但沒有違背初衷，且有酒可以自慰，所以已經感到十分滿足。
之二十	羲農去我久，舉世少復真。汲汲魯中叟，彌縫使其淳。鳳鳥雖不至，禮樂暫得新。洙泗輟微響，漂流逮狂秦。詩書復何罪？一朝成灰塵。區區諸老翁，為事誠殷勤。如何絕世下。六籍無一親。終日馳車走，不見所問津。若復不快飲，空負頭上巾。但恨多謬誤，君當恕醉人。	此詩藉思慕遠古伏羲，神農時的真樸之風，以慨歎眼前世風日下，表現詩人對現實強烈不滿的情緒。

二
升學考試與作文教學析論

九十五年大學學科能力測驗國文科試題分析

——以辭章學及語文能力的理論為分析導向

提要

　　本文藉由辭章學及語文能力系統之理論，檢驗九十五年大學學科能力測驗之國文科試題的良窳，提供客觀分析的結果以弭平試題優劣之爭議。分析發現，這一年學測的國文試題，其最大偏失不在「火星文」試題的呈現，而是選擇題未能完全照應課程綱要的能力指標，更遑論呼應辭章學及語文能力系統所強調的閱讀能力之重要向度，這才是大學入學考試中心應該正視的問題。

關鍵詞：大學學測、辭章學、語文能力

一　前言

隨著九十五年大學學科能力測驗的落幕，另一波命題與教學的檢討反省，正逐漸展開。關於這次學測國文科的試題，曾引起媒體及教育界的廣泛討論，如回歸教學文本的測驗模式、「火星文」納入考題的適當性、詞彙考題的加重等。儘管討論議題有褒有貶，仍是眾說紛紜，鮮有專業客觀的論述。既然學科能力測驗是在檢視高中生各學科的基本能力，國文一科則針對「國語文能力」作檢驗，本文試以「能力」為導向，結合辭章學的知識，來檢視這次學測的國文科試題，期望能提出一些具體的建議，作為未來命題及教學的參考。

二　國語文能力的理論概述

「國語文能力」可以從三個層次來認知，即「一般能力」、「特殊能力」及「綜合能力」。其理論概述如下：

（一）一般能力

所謂「一般能力」包括觀察力、記憶力、聯想力、想像力、思維力等，它是在不同種類的活動中所表現出來的能力。無論是學生的學習或老師的教學，「一般能力」是每一學科所應具備的心理活動。陳滿銘教授針對「一般能力」分析說：

> 「一般能力」通用於各類學科，是以「思維力」為重心的。其中「觀察力」是為「思維力」而服務，「記憶力」乃用以記憶「觀察」以「思維」之所得，「聯想力」是「思維力」的初步表現，而「想像力」則是「思維力」的更進一步呈顯，以主導

「形象」、「邏輯」、與「綜合」三種思維。（見〈談思維力與語文螺旋結構的關係〉，《國文天地》243期，2005年8月）

從這裡的說明，我們可以瞭解一般能力中各種能力的關係如下圖：

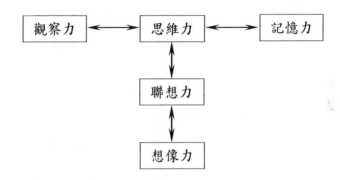

這關係圖讓我們更清楚瞭解，「觀察力」與「記憶力」是「思維力」的基礎，可以充實思維活動的內涵；而「聯想力」與「想像力」則如同「思維力」的一對翅膀，使思維活動更加豐富生動。

（二）特殊能力

所謂「特殊能力」是指某種專業活動中所表現出來的能力。就國語文能力的培養而言，是藉由聽、說、讀、寫等活動以鍛鍊其特殊能力，而在高中階段的國語文教學中，讀、寫之特殊能力的養成更形重要。然而語文的特殊能力涵蓋許多複雜的因素，無論老師教學或學生學習，亟需一個有效而完整的系統，來指引國語文的教與學。臺灣師大國文系陳滿銘教授從辭章的「形象思維」與「邏輯思維」切入，將辭章學中的「意象」、「詞匯」、「修辭」、「文法」、「章法」、「主題」、「文體」和「風格」等重要領域作統合區分，形成完整的辭章學體系，他分析說：

如果是將一篇辭章所要表達之「情」或「理」，訴諸各種偏於主觀之聯想、想像，和所選取之「景（物）」或「事」接合在一起，或者是專就個別之「情」、「理」、「景（物）」、「事」等材料本身設計其表現的，皆屬「形象思維」；這涉及了「取材」與「措詞」等問題，而主要以此為研究對象的，就是意象學、詞匯學與修辭學等。如果是專就「景（物）」或「事」等各種材料，對應於自然規律，結合「情」與「理」，訴諸偏於客觀之聯想、想像，按秩序、變化、聯貫與統一之原則，前後加以安排、佈置，以成條理的，皆屬「邏輯思維」；這涉及了「運材」、「佈局」、與「構詞」等問題，而主要以此為研究對象的，就字句而言即文（語）法學；就篇章言，就是章法學。至於合「形象思維」與「邏輯思維」而為一，探討其整個體性的，則為「綜合思維」，這涉及了「立意」、「確立體性」等問題，而主要以此為研究對象的，為主題學、文體學、風格學等。而以此整體或個別對象加以研究的，則統稱為辭章學或文章。（見〈談思維力與語文螺旋結構的關係〉，《國文天地》243期，2005年8月）

根據這段說明，我們可以建立辭章學的完整體系如下表：

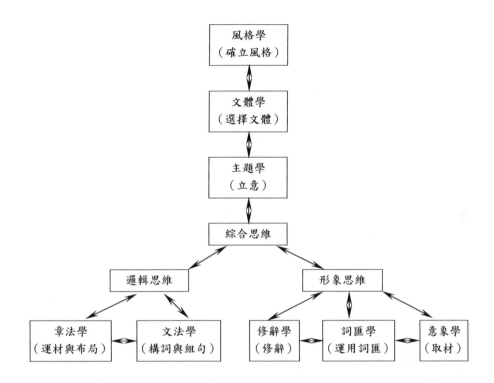

從這體系表中，我們可以進一步推演辭章的讀、寫活動。從寫作活動而言，寫作主體（作家）往往先確立某種風格，進而選擇某種文體，形成中心思想（立意），並運用形象思維來取用材料、運用詞彙、以修辭表現其意象，同時運用邏輯思維來構詞、組句，並進行全篇的運材與布局。這是一個順向的思維活動。從閱讀活動而言，我們可以藉由意象學瞭解材料意象的形成，藉由詞彙學、修辭學認知材料意象的美感表現，以文法學分析字句的邏輯，以章法學解讀篇章的條理，最後統合形象與邏輯的整體意象，藉主題學瞭解整體辭章的主旨，並由風格學、文體學以確認辭章的體性。這是一逆向的思維活動。由此可知，辭章的讀與寫是一種雙向的互動，教師在從事教學時若能緊密結合各種領域，形成良好的互動、循環，則可以有效提升學生在語文方面的特殊能力。

（三）綜合能力

　　所謂「綜合能力」就是統合「一般能力」與「特殊能力」所展現的整體能力。具體而言，這兩種能力是以「思維力」來貫串、推動，在「綜合能力」的層次中開出「創造力」。陳滿銘教授明白指出：

> （思維力）主導「形象」、「邏輯」與「綜合」三種思維。其中作比較偏於主觀聯想、想像的，屬於「形象思維」，作比較偏於客觀聯想、想像的，屬於「邏輯思維」；而兩者是兩相對待的。至於「綜合思維」，用於進一步表現「綜合力」，以發揮「創造力」。（見〈辨語文能力與辭章研究的關係——以「多」、「二」、「一（○）」的螺旋結構切入作考察〉，《國文天地》240期，2005年5月）

可見「創造力」是「思維力」的最高表現，也是綜合能力藉以顯現、落實於辭章的思維活動。傳統命題作文要求學生寫作一篇完整的文章，就是一種語文綜合能力的檢驗。

三　從語文能力的角度分析九十五年大學學測國文科試題

　　大學學測的國文科試題分為「選擇題」和「非選擇題」兩大部分。「選擇題」主要在測驗學生分類的特殊能力，偏於分項閱讀能力的檢視；而「非選擇題」則兼有分類特殊能力與整體綜合能力的測驗，偏於寫作能力的檢視。至於選擇題又分為單一選題與多重選題，從「能力」的角度來看，只是題型的變換，不需重複分類。因此，我們可從語文的「特殊能力」和「綜合能力」的角度來分析九十五年大學學科能力測驗國文科試題。

（一）試題分類

九十五年大學學測國文科試題計有選擇題二十三題（含單一選題15題、多重選題8題），非選擇題三題，試以分項的特殊能力和綜合能力為導向，分類試題如下：

語文能力		題號	題型內容說明	備註
選擇題	詞彙	1	「身」、「生」的字形、字義辨正	
		2	字形「示」部首辨正	
		3	數字詞匯表義辨正	
		4	同詞異義辨正	
		5	「阿堵」一詞多義辨正	
		6	偏義複詞辨析	
		11	詞語填空	兼及主題
	意象	14	「青山」意象辨析	
	文法	16	連接詞辨析	兼及詞匯
	主題	7	《論語》章旨辨析	
		8	《論語》章旨辨析	
		10	文句重組	
		12	書籍命名	
		15	現代短文閱讀測驗	
		17	經典古文義旨辨析	
		18	古典名篇與文藝之旅主題的配合	
		20	古典詩歌義旨辨析	
		21	古典短文閱讀測驗	
		22	古典短文閱讀測驗	
		23	古典詩歌（王安石詩）閱讀測驗	兼及詞匯
	記憶力（國學常識）	9	古代人物對聯配對（應用文）	
		13	儒家經典認知與配對	兼及主題
		19	漢唐文學常識測驗	

非選擇題	詞匯運用能力	一	語文修正（修改運用不當的詞匯）	
	主題（讀）取材能力（寫）立意能力（寫）	二	議論述評（閱讀文本，提出觀點）	
	綜合能力	三	情境寫作（限制式命題作文）	

（二）試題分析

在選擇題部分，這次學測的題目多偏於「詞匯」與「主題」之特殊能力的測驗。「詞匯」佔七題，其中第十一題兼有文義的理解，亦可歸入「主題」範疇；而「主題」有十一題之多，其中第二十三題的(C)選項考詞語出處，故此題兼有「詞匯」的能力測驗。至於屬「意象」僅有第十四題考的「青山」意象的辨析，屬「文法」僅有第十六題考的「連接詞」的辨正，其他如「修辭」、「章法」、「風格」的能力測驗則闕如。此外，第九、十三、十九題是國學常識及應用文的考題，除第十三題兼有「主題」的測驗外，其餘兩題是國學常識資料的記憶檢驗，可歸入一般能力中「記憶力」的範疇。

從試題配分的比例來看，「詞匯」與「主題」的比重過高，「意象」與「文法」的比重太低，而其他如「修辭」、「章法」、「風格」等重要特殊能力的檢測，則完全被忽略，這是此次學測在各種特殊能力測驗配分上最明顯的偏失。根據八十四年教育部所頒訂的「高中國文課程標準」，其中明白指出範文讀講應注意幾個重點：

1. 文章體裁及作法。→屬文體、綜合能力範疇
2. 生字之形、音、義，詞匯之組合，及成語典故之出處、意義。→

屬詞彙範疇

3.文法及修辭。→屬文法、修辭範疇

4.全篇主旨、內容精義及段落大意（包括全篇脈絡及結構）。→屬主題、章法範疇

5.文學作品之流派、風格及其價值。→屬風格範疇

6.有關語體文及文言文之文法異同，必要時可於課前製作比較表，指導學生徹底瞭解應用。→屬文法範疇

這是高中教師在從事範文教學時所應掌握的重點。以這些重點檢視這次的學測考題，不僅未符語文特殊能力訓練的要求，更偏離了「高中國文課程標準」所期望的能力指標。

再從分類特殊能力的內涵上來看，屬於「詞彙」的考題多偏於字形、字義、偏義詞及一詞多義的題型，其他如合成詞、同義詞、反義詞的考題則未涉及，是可惜之處。而屬於「主題」的考題大多集中在段旨與篇旨的理解，對於主旨的顯隱、安置，及全篇綱領的理解等問題也被忽略，致使考題設計流於表面文義、文旨的理解，顯得片面而膚淺。唯一題屬「文法」的考題，僅針對「連接詞」設計，且偏向連接詞的詞義辨正（兼有「詞彙」領域），未能真正涉及「詞性」、「句型結構」等核心的文法知識。至於唯一題「意象」的考題，考生必須確實掌握各句的文義和「青山」意象，才能答對題目，題型雖然傳統，仍不失其鑑別度。此外，關於三題「國學常識」的測驗，除了一般文學常識的記憶之外，能夠結合對聯的運用及經典內涵的理解，雖屬傳統考題，其回歸基礎文本的用心亦值得肯定。

在非選擇題部分，第一題的「語文修正」是詞彙的辨正運用，從「能力」的觀點來看，題型與內容的設計並無嚴重缺失，唯「火星文」納入考題所引發的次文化流行效應，以及城鄉差距所延伸出來的

考試公平性，值得持續注意觀察。第二題的「議論述評」兼顧了閱讀與寫作的能力測驗，從閱讀角度而言，理解三段文字的義旨是屬於「主題」的範疇；從寫作角度而言，這三段文字可視為寫作論說文的「材料」（事材），要求考生分別提出評論則屬於「事理」鋪敘，這涉及了「取材」、「立意」能力的測驗，題型雖然傳統，仍可有效鑑別考生在「立意」、「取材」方面的寫作能力。第三題的「情境寫作」是新（限制）式的命題作文，其中所限制的條件包括：

1. 必須以「雨季的故事」為題→涉及立意能力
2. 必須接續並抄錄所引文字→涉及取材能力
3. 必須是一篇完整的散文（至少須符合取材適當、主旨明確、結構完整、措辭流暢等條件）→涉及取材能力、立意能力、謀篇布局能力、構詞組句能力

由此可知這一題目是屬於「綜合能力」的檢視，如果閱卷評改能儘量公正客觀，仍可有效鑑別考生在綜合寫作能力上的程度。綜而言之，非選擇題的題型涵蓋了較為完整的寫作能力，補充了選擇題在某些領域上的偏失與不足。

四 結語

　　新聞媒體針對「火星文」納入此次學測國文科的試題，曾有過份誇張的報導。而教育當局也呼籲大考中心儘速解決考題公平性的爭議，儘管歷任教育部長發表看法，卻終究沒有提出專業而客觀的建議。本文試從「能力」角度切入，並結合辭章學的專業知識，客觀地提出今年學測國文科命題的優劣。

　　分析發現，今年學測最大的問題不在於「火星文」的考題設計，

而是選擇題部分沒有照應到「高中國文課程標準」的能力指標，更遑論呼應辭章學所強調之特殊能力的養成。畢竟「考試領導教學」的現象仍是存在的事實，期望這些檢討與建議可以提供未來命題的參考，也希望間接導正國文教學的正常化。值得一提的是，非選擇題所設計的寫作能力鑑別，是屬於綜合語文能力的檢驗，本來就具有高度的鑑別指標，對於今年學測選擇題的偏失，尤其具有補充修正的功能，使今年的學測國文科試題仍能有效鑑別高中考生的語文能力，更印證寫作能力測驗在學測中不可偏廢的事實。

—— 原刊於《國文天地》250期，2006年3月

基測作文與三層語文能力

提要

　　本文透過寫作之一般能力、特殊能力與綜合能力等三個層次的分析，檢視基測作文的評分規準，並提供具體方法，以落實寫作教學的命題與引導。從基測寫作測驗的四個向度來看，其立意取材、遣詞造句、謀篇布局、錯別字及格式，確實呼應了三層語文能力的要求。作文教學若能善用三層語文能力的學理，既可符應基測寫作測驗的標準，又能有效提升學生的寫作能力。

關鍵詞：基測作文、一般能力、特殊能力、綜合能力

一　前言

　　自去年（2006）國中基本學力測驗中加入了「寫作測驗」，促使寫作教學在九年一貫教育中逐步地正常化。今年的國中基測並將寫作測驗的成績列入計算，這是一個正確的決策，而寫作能力成為檢測國中學生基本學力的重要項目，可見一斑。教育部所頒訂基測作文之測驗目的明白指出：「寫作活動是一種綜合能力的表現，但是其中也包含一般能力與特殊能力，因此，寫作能力是統合了一般能力與特殊能力而成的綜合表現。」（《九十六年國民中學學生基本學力測驗・寫作測驗閱卷研習手冊》，頁12）這裡揭示了寫作能力包括「一般能力」、「特殊能力」與「綜合能力」三個層次。本文重在釐清基測作文與三層語文能力的關係，並根據這三層語文能力的學理，探討如何落實於寫作教學的命題與引導之中。

二　關於語文能力的三個層次

　　如前所言，語文能力的三個層次依序是「一般能力」、「特殊能力」與「綜合能力」。茲概述三層語文能力之內涵如下：

（一）一般能力

　　所謂一般能力，是指在不同種類的藝術活動中可能展現的能力，譬如記憶力與觀察力、聯想力與想像力、思維力等等。就寫作活動來說，這幾種能力是以思維力為中心而形成互動的。觀察力是透過各種感官知覺去取得外界的材料，並藉由記憶力儲存於腦海中。所以觀察力與記憶力可以說是寫作活動中取得素材、累積素材的重要途徑，它們也是思維力得以正常運作而不致空泛的基礎。

　　至於聯想力和想像力是在既有的素材基礎上進行延伸與拓展，聯想力是屬於線性的延展，而想像力則偏向於輻射性的擴充，它們就好像是思維力的一對翅膀，將記憶、觀察所得的寫作素材，帶向無限遄飛的意境，延展出各種有形與無形的意象。茲將一般能力之間的關係簡圖表示如下：

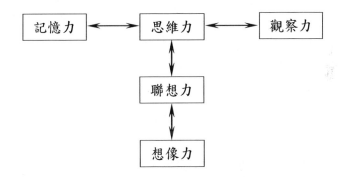

單靠記憶力與觀察力、聯想力與想像力，尚不能進行寫作，我們仍須透過寫作之特殊能力的訓練，才能落實文章的創作。

（二）特殊能力

　　所謂特殊能力就是在某種專業活動所表現出來的能力（彭聃齡主編《普通心理學》，北京：北京師範大學出社，2003年1月，頁392）。就寫作活動來說，寫作的特殊能力相當複雜，但仍可藉由辭章學中的「形象思維」與「邏輯思維」來理解。

　　所謂「形象思維」，就是藉著具體生動的形象來進行思維活動；而「邏輯思維」則是組織這些形象的條理。陳滿銘曾將此兩種思維，與特殊能力結合起來，說道：

> 　　作者所欲表達之「情」或「理」，是處於「發動機」的地位，
> 　　表現在篇章中，是屬於「立意」的範疇，主要以此為研究對象

的，是「主題學」；如果將此「情」或「理」，訴諸各種主觀聯想，和所選取之「景（物）」或「事」接合在一起，或者是專就個別之「情」、「理」、「景（物）」、「事」等材料本身設計其表現技巧的，皆屬「形象思維」；這涉及了「運用詞彙」、「取材」與「修辭」等問題，而主要以此為研究對象的，就是「詞彙學」、「意象學」與「修辭學」。如果是專就「景（物）」或「事」等各種材料，對應於自然規律，結合「情」與「理」，訴諸客觀聯想，按秩序、變化、聯貫與統一之原則，前後加以安排、佈置，以成條理的，皆屬「邏輯思維」；這涉及了「構詞與組句」、「運材與佈局」等問題，而主要以此為研究對象的，就字句言，即「文（語）法學」；就篇章言，就是「章法學」。至於合「形象思維」與「邏輯思維」而為一，探討其整個體性的，則為「文體學」與「風格學」。[1]

這段說明指出了一個重要觀念，即寫作與閱讀原本是一體的兩面，若從寫作角度來看，特殊能力包含了立意、取材、運用詞彙、修辭、構詞與組句、運材與佈局、選擇文體、確立風格等能力；而相應於閱讀的角度來說，就是主題學、詞彙學、意象學、修辭學、文（語）法學、章法學、文體學、風格學等重要的辭章學領域。這一體兩面的辭章學體系，我們可以藉由下列表格來理解：[2]

1　陳滿銘：《章法學論粹》（臺北市：萬卷樓圖書公司，2002 年），頁 19-20。

2　《新式寫作教學導論》（臺北市：萬卷樓圖書公司，2007 年），頁 56

立意 （主題學）				
以邏輯思維為主		以形象思維為主		
運材與布局 （章法學）	構詞與組句 （文法學）	修辭 （修辭學）	運用詞彙 （詞彙學）	取材 （意象學）
選擇文體 （文體學）				
確立風格 （風格學）				

　　表格中所列，從立意、取材、運用詞彙、修辭、構詞與組句、運材與佈局、選擇文體、確立風格，就是我們訓練學生寫作之特殊能力的重要依據。

（三）綜合能力

　　所謂「綜合能力」是結合前述「一般能力」和「特殊能力」而成的能力，這一層次的能力乃由創造力呈現出來。傳統的命題作文就是直接針對這一層次來檢測學生的寫作能力，就評量的角度來說，以完整的作品來檢測學生的寫作能力，確實可以分辨他們寫作能力的優劣，但就作文訓練的角度來說，傳統的命題作文對於程度較差的學生不僅難以提升其寫作能力，更可能是一種沈重的負擔，無法達成寫作訓練的目標。所以我們必須先在一般能力與特殊能力的穩定基礎上，再來進行綜合能力的教學。也就是說，先設計單一能力之題型的練習，再結合部分能力，設計較短篇幅的題型，最後才進行綜合能力的教學。如此循序漸進的方式，可以照顧到每一層次之單一能力的訓練，由簡單而逐漸複雜的題型，也比較容易為程度差的學生所接受，對於其寫作能力的提升才有助益。

三 基測作文與三層語文能力的關係

國中基測的「寫作測驗」主要是在測量國中學生的寫作能力，它與前述「三層語文能力」都以「能力」為立基點。我們可以從基測作文評改的四個面向，及其呈現的語文能力檢定，看出兩者的密切關係。

（一）基測作文評改的四個面向

基測作文是希望透過各種寫作類型，評量國中畢業生表達見聞與思想的能力，其評量的主要面向有四：

1 立意取材

主要在評量學生是否能切合題旨並且選擇合適的素材，藉以表現主題意念。此一面向的基本要求是合適性與突出要點。

2 遣詞造句

主要在評量學生是否能準確流暢的運用語詞、造句，藉以清楚傳達個人的意念或感覺。若能運用修辭技巧以美化詞句，則是更積極的評量意義。

3 組織結構

主要在評量學生是否能將意念與材料加以組織發展，並構成完整的篇章。此一面向的基本要求是意念前後一致（首尾連貫）、結構勻稱。

4 錯別字、格式與標點符號

主要在檢測學生是否能正確運用文字、標點符號，並使文章符合

作文之基本格式。此一面向也可能涉及詞彙與句群結構之範疇。

（二）基測作文所呈現的語文能力檢定

上述四個評量面向，至少可以看出十種語文能力的檢定：

1. 記憶力與觀察力的檢定：檢測學生是否能充分運用記憶與觀察的能力，累積豐富的寫作素材。此與取材能力的檢定相應。

2. 聯想力與想像力的檢定：檢測學生能否運用聯想與想像來擴充寫作素材。此與取材能力、修辭能力相應。

3. 立意能力的檢定：檢測學生能否根據寫作的命題與引導，寫出立意清楚、主旨明確的文章。

4. 取材能力的檢定：檢測學生是否可以選擇適當的材料來表達情理，並能呼應主旨。

5. 寫字與識字能力的檢定：檢測學生能否使用適當的詞彙表達正確的情理，並寫出詞彙的正確字形。

6. 構詞組句能力的檢定：檢測學生是否可以寫出符合正確語（文）法的詞句。

7. 修辭能力的檢定：檢測學生能否運用適當的修辭技巧來美化詞句、修飾意象。

8. 運材與謀篇能力的檢定：檢測學生能否運用適當的章法邏輯，來架構文章、布局成篇。

9. 標點符號運用能力的檢定：標點符號是在表達句與句之間的關係，所以可以歸入章法的範疇。此為檢測學生正確使用標點符號的能力，亦檢測學生是否瞭解句與句之間的邏輯關係。

10. 綜合能力的檢定：檢測學生是否能綜合各種單一能力，結合成寫作的創造力，進而完成一篇完整文章。

從上述基測作文評改所呈現的語文能力檢定，我們發現其檢測的重點與三層語文能力系統有許多契合之處。如果我們依照三層語文能力系統所揭示的重點能力來從事寫作訓練，相信可以循序漸進地提升學生的寫作能力，更可以訓練學生寫出符合基測作文指標的文章。

四　配合基測作文的寫作教學

既以基測作文的評量標準與三層語文能力系統所揭示的寫作能力訓練相互契合，依照一般能力、特殊能力以至於綜合能力的訓練程序，不僅有效提升學生的寫作能力，更可以呼應基測作文的能力檢測。茲分述根據三層語文能力所設計的訓練示例如下：

（一）語文「一般能力」與作文教學

這一層次的訓練屬於簡單而基礎的題型。

1 鎖定「記憶力」與「觀察力」的作文教學

記憶力和觀察力的訓練，可以適度聯結其他能力如「聯想力」、「取材能力」來進行訓練。因為記憶與觀察能力的訓練，本來就為了引導學生如何取得寫作的素材，而人類的思維又不能截然畫分觀察力與聯想力的活動，所以我們訓練學生的記憶力與觀察力時，不妨結合相關的能力，可以收到不錯的效果。以下是訓練示例：

◎訓練示例：童玩的聯想

下列是幾種傳統玩具的名稱：

　　扯鈴、溜溜球、抽紙牌、遙控飛機、紙船、水槍、黏土。

請參考實物，擇取二～三種，寫出它的外型特徵、功能及令你聯

想到的事物。

玩具名稱	外 型 特 徵	功　　　能	聯 想 的 事 物
扯鈴	兩端大而中間細小的圓柱體。	利用有把手的繩子，可以令其旋轉。	民俗技藝表演
紙船	像摺紙的小元寶，有些還有小斗蓬。	重量輕，可以漂浮在水面。	乘船出遊，悠遊大海
水槍	槍型，有握把，塑膠材質，不怕泡水。	輕壓把手上的彈性按鈕，可以射出水柱。	游泳池、打水仗

【思路引導】

　　這題目是在訓練學生的「觀察能力」與「聯想能力」，教師最好能事先準備這些童玩的實物，讓學生有一個具體可循的形象，再要求學生從其外型、功能進行描寫，描寫的順序最好能符合「由局部而整體」或「由小而大」的邏輯，尤其必須掌握玩具的主要特徵。至於聯想的事物，最好引導學生往自己童年所遭遇的事件聯想，讓「無意識的玩具」與「有情的童年」發生密切的關聯。

　　◎訓練示例：引導寫作

　　「玩具」是每個人的童年歲月所不可或缺的心靈寄託，無論是動態的玩具車、飛機、水槍，或是靜態的洋娃娃、積木、漫畫書，甚至是科技所產生的各種電玩，多半陪著我們，使我們擁有快樂的童年記憶。在記憶中，有沒有使你印象深刻的「玩具」，它如何陪伴你度過童年？如何與你建立深厚的感情？請以「我最難忘的玩具」為題，仔細描寫它的來源、外貌與特性，並說出自己曾經與它的心靈交流。（文長在二〇〇－三〇〇字之間）

【思路引導】

這是一題訓練「記憶能力」與「取材能力」的題目，也是前一訓練示例的延伸。教師在學生寫作之前，仍須要求學生口頭發表童年記憶中最難忘的「玩具」，並試著引導他們說出玩具的形貌與特性，最好能要求學生說出這個「玩具」給自己深刻的感受是什麼。至於敘述的方式，只要明白清楚，符合題意即可。

【學生範例】

那是我生平第一次得到的生日禮物。

我是一個窮苦人家的孩子，父親是清潔大隊的隊員，因為這個工作，母親也兼做資源回收（俗稱撿古物商）的工作。從我四、五歲懂事以來，我看見的爸爸、媽媽總是穿著凌亂、全身是汗。

那是一個冬日的黃昏，我和往常一樣放學回家，無意間看到廳前餐桌放著一包牛皮紙袋裝著的包裹，我又好奇又小心地翻開來看，原來是一台遙控汽車。它車身的漆有些掉了，而且顏色還有些泛黃，尾部長長的天線還有被折彎的痕跡，小小的遙控器上的按鈕也有點鬆脫。正當我拿著它細細地觀看時，母親從廚房走出來，依舊是滿身汗水和體臭味，興沖沖的對我說：「是中古的啦，朋友家的小孩不要了，我才花了80塊錢就把它買來，給你當生日禮物啦！」

我這才想起，明天是12月8日，我的10歲生日。聽完媽媽說完這番話，我趕緊把抽屜裡收集很久的乾電池拿出來，想立刻裝上來玩玩看。一裝上電池，果真動了起來。

我手裡緊按著鬆動的按鈕，看它前前後後的動著，望向走進廚房的母親的背影。心中無限的欣喜和感動。

我知道，少少的80塊錢，是媽媽賣了十幾疊紙箱換來的。

2 鎖定「聯想力」與「想像力」的作文教學

聯想力和想像力的訓練，同樣可以結合前述的記憶與觀察能力、取材能力來進行，對於題目的設計與訓練的實施都可以進行得比較流暢。以下是訓練示例：

◎訓練示例：聯想力訓練

請依據下列事物，運用聯想能力，各寫出與其性質相似和相反的事物。如「獅子」的特性是凶猛強大，與其相似的動物有「老虎」、「花豹」，而「綿羊」的特性是柔弱膽小，可以視為與「獅子」性質相反的動物。

事物名稱	相　似　的　事　物	相　反　的　事　物
袋　　鼠	無尾雄、松鼠、梅花鹿	獅子、老虎
蓮　　花	菊花、梅花、松樹	牡丹、玫瑰
雲霄飛車	海盜船、自由落體	音樂馬車、花車
歡　　笑	喜悅、希望、快樂	憤怒、恐懼

【思路引導】

這一組題目主要在訓練學生的聯想能力。聯想力必須兼顧「相似概念的聯想」與「相反概念的聯想」等兩種訓練。這種訓練主要針對事物的特性來發揮，如題目中的「袋鼠」「草食性動物」的特性，也有「跳躍」的特性，教師即根據這些特性，聯想與其特性相似或相反的事物。藉由聯想能力的訓練，可以激發學生蒐集相似或相反材料的能力。在進行此一題目時，應儘量讓學生發揮聯想，運用集體腦力激盪的方式，要求學生公開發言，再適時引導。

（二）語文「特殊能力」與作文教學

這一層次的訓練乃結合一般能力所設計的題型。

1 鎖定「立意能力」的作文教學

立意能力的訓練著重在主旨的掌握，所以運用文章引導學生訂定標題，是最好的訓練方式。以下是訓練示例：

◎訓練示例：為文章訂標題

一個好題目，不但能使讀者印象深刻，眼睛為之一亮，更有掌握全文主旨、代表全文精神的作用，請依照上述原則，為下列的二段文字中所描寫的人物命題。（不必拘泥原文所指是誰，可以依文字所提供的線索自創題目）

（穿輪鞋的小王子）

每個星期天，那個男孩子就會在店門前的馬路上滑輪鞋。他滑得很好，像是在空中滑行的一隻海鷗。附近人家的孩子都喜歡站在馬路的這邊看，像看一場表演。我也是觀眾裏的一個。別人所看的是他美妙的滑行。我所看的是一個現代的「哪吒」，一個幸福的小王子。

（潔淨的天使）

除了皮鞋是乾乾淨淨的黑皮鞋外，他穿淺色的襪子，淺色的西裝。他人走到哪裏，那個地方就彷彿有一道白光。他在我們學校裏最乾淨敞亮的圖書館新建的大閱廳出現的時候，我會覺得圖書館應該整個兒再用清水洗一洗，才能夠跟他的乾淨外表相配。要是有一個護士站在他身邊，我一定會以為護士穿的制服是黃色的，或者是灰色的。

【思路引導】

這個題目的設計理念是在訓練學生的立意能力，這兩段引文是人物寫作非常好的典範，如提示所告知的內容，不必拘泥原文及原訂題目，學生應自訂新題。除了必須發揮創意之外，契合內容、掌握文旨更為重要。不妨讓學生先把關鍵字畫線，如此較易看出內容所描寫的人物類型（有什麼才藝、品德等等），再加上一些創意，即可達成訓練目標。

2 鎖定「取材能力」的作文教學

取材能力的訓練通常必須結合前述記憶與觀察、聯想與想像的能力訓練來作，才能設計較為完整的訓練題型。以下是訓練示例：

◎訓練示例：尋找事物的多種情意

「柳樹」在古代常被人用在許多方面的情意表達，可以用它來表達離別的情緒，如「長安陌上無窮樹，唯有垂楊管離別」（陌：道路）；也可以用它來表達相思的情緒，如「攀條久別離，相思君自知」（攀條：折柳）；又可以用它來表達傷感之情，如「手折衰楊悲老大，故人零落已無多」。可見一種事物可以因時、因地、因人的差異而產生不同的情意。在你的記憶中，有沒有什麼事物令你產生特別的情感？下列表格中是大家常見的事物，當你見到這些事物，可能觸發哪些情意？（請運用聯想與想像，至少寫出三種不同的情意。）

事物	情意一	情意二	情意三
陽光	歡笑	熱情	飢渴
流水	清爽	無情	光陰
大海	包容	茫然	憤怒
竹子	貞潔	固執	節儉
燕子	自由	念舊	母愛

【思路引導】

這題目是結合聯想與想像的能力訓練，藉由「一象多義」的理解，學會材料的運用能力。所謂「一象多義」就是一種景（物）或一件事因情境的不同，賦予不同的情意。這些情意的象徵在初始會多元發展，經由文人使用頻繁而約定俗成，會形成某些共通的「意象」。在文學上，作家常常藉景抒情，就是運用「一象多義」的原理，來傳達個人的情意。這一訓練可以讓學生認知，運用具體景物來表達抽象情理，是寫作過程中必備的能力。

3 鎖定「詞彙運用能力」的作文教學

詞彙運用的能力涵蓋較多的細目，例如字詞的形音義、詞彙色彩、成語、熟語等等。教師在設計題目時，可以融合幾項細目來訓練學生。例如訓練成語之正確使用，可以設計「成語改錯」的題型，例如：

誤　　　　　正
大發勞騷→大發牢騷
名列前矛→名列前茅
再接再勵→再接再厲
一文不明→一文不名
憂心沖沖→憂心忡忡

此外，教師可以設計不同程度或語意的相似詞彙，讓同學作造句練習。例如：

（1）嘴臉／神色
例句：他對於班級事物一副漠不關心的嘴臉，令人不齒。（貶

義）

他的神色自如，即使天塌下來了也嚇不了他。（褒義）

（2）批評／批判

例句：我能虛心接受你對我文章的批評。（語意輕）

你對執政黨的嚴厲批判引起立委極大的反彈。（語意重）

（3）改正／改進

例句：這家電視台終於改正了這一則錯誤的報導。（消極義）

這家電視台正努力改進與消費大眾的關係。（積極義）

（4）時期／時代

例句：在這油價飛漲的時期，我們更要節約能源。（小範圍）

這是一個工作競爭激烈的時代。（大範圍）

　　詞彙的運用多元而瑣碎，教師可以利用瑣碎的時間進行細部的訓練，並可利用範文教學的時間，整理字詞比較，加強對學生對於詞彙的正確使用。無論如何，這一能力的提升仍然是我們語文能力訓練上重要的一環。

4 鎖定「修辭能力」的作文教學

　　修辭是在既有的文字意象基礎上，進一步將文句修飾得更有美感，產生更大的感染力。同時，修辭的心理基礎與聯想力有極為密切的關係，所以，適度結合聯想力的訓練也是必要的程序。以下是訓練示例：

◎訓練示例：修辭練習

曾經有人這麼比喻：

「勵志」像一塊磨刀石，把人們向上的企圖心磨得又利又光。

「理想」像一個魔術師，不斷地變出新奇的事物，讓我們對世

界充滿好奇與希望。

「積極」像一個勤勞心急的小孩，遇到心中想做的事，總是迫不及待地去完成。

請仔細推敲上述譬喻句的內容與形式，用其句型結構，對「堅持」、「努力」、「有恆」等抽象的概念，提出具體而適切的譬喻。（每句以不超過五十字為原則）

堅持	「堅持」像一顆堅硬的石頭，無論如何敲打，都無法擊碎它。
努力	「努力」像勤奮不息的螞蟻，一定要工作到最後一刻才肯休息。
有恆	「有恆」像個馬拉松的跑者，總是長途跋涉，堅持跑到終點。

【思路引導】

這一題主要在訓練學生熟習「譬喻」及「擬人」（轉化）修辭的能力。「譬喻」修辭的特性主要是以具體來形容抽象，或以熟悉來形容陌生，而配合「擬人」的筆法來做訓練，則可以增加學生想像與聯想的空間，其所造出的詞句，若能適切運用在整篇的作文當中，有助於提升遣詞造句的美感。

5 鎖定「構詞與組句」的作文教學

國中學生在語法方面的錯誤非常普遍，包括判斷句的成分錯誤、語句成分搭配不良、助詞使用不當、介詞使用錯誤、語句成分不完整或不當省略、介賓結構或介詞缺漏、語序錯誤、套用母語語法、斷句錯誤造成標點誤用、複句連詞使用失當等十種類型。[3] 如果我們可以根據這十種常見錯誤來設計題目，對於導正學生在語法上所犯的錯

3　《新式寫作教學導論》，頁 167，楊如雪教授歸納。

誤，助益頗大。例如：

　　◎針對「語序錯誤」的設計──

錯誤句	改正句
我都會幫忙在家打掃。	我在家都會幫忙打掃。
冬天來了，螞蟻總會儲存食物冬眠。	螞蟻總是在冬天來臨時儲存食物冬眠。
他吃起飯菜坐到餐桌前來。	他坐到餐桌前來吃起飯菜。

　　◎針對「套用母語語法」的設計──

　　請指出下列文句的錯誤，並寫出正確的句子

閩南語用法	本國語文用法
他沒有在睡覺。	他沒有睡覺。
你最好是用功讀書，才能考上好大學。	你最好用功讀書，才能考上好大學。
這裡的人客多，非常鬧熱。	這裡客人眾多，非常熱鬧。
我們都嘛在這家餐廳吃飯。	我們都在這家餐廳吃飯。

6 鎖定「運材與謀篇能力」的作文教學

　　運材與謀篇能力涉及到章法學的概念，所以我們可以直接運用常用的章法類型來設計訓練題型。由於章法是針對材料意象進行排列組合，因此訓練學生的運材與謀篇能力，除了結合取材能力的訓練外，也可能涉及聯想力與想像力的訓練。以下舉「賓主法」訓練為例：

　　◎訓練示例：賓主法練習

　　（1）請舉出與下列事物性質相似的其他事物，至少三種：

	事物一	事物二	事物三
旅　行	流浪	航海	苦行僧
蓮　花	百合	菊花	玉蘭花
蹺蹺板	鞦韆	彈簧馬	搖籃

（2）請用你所想出的三種事物，寫成短文來形容「旅行」、「蓮花」和「蹺蹺板」的特色。字數以不超過一〇〇字為原則。

	特　　色　　描　　述
旅　行	有時像流浪異鄉的遊子，有時如航行海上的水手，有時又如到處尋求真理的苦行僧，「旅行」總是充滿飄泊與獨行的色彩，令人嚮往，也令人害怕。
蓮　花	它有百合的清新，有菊花的孤傲，也具備了玉蘭花的馨香，「蓮花」可說是花中的君子，令人想要親近，卻又無法冒犯。
蹺蹺板	同樣都是擺盪的遊戲玩意，鞦韆雖然刺激，卻很危險；彈簧馬雖然安全，仍顯得單調；而搖籃更顯得乏味。反觀蹺蹺板，不僅具備平衡的特質，更可以增進人的互動。

【思路引導】

這一題組是在訓練學生的聯想能力與取材能力，並熟練「賓主」章法的運用，所以也包括謀篇能力的訓練。「賓主法」是運用「相似事物的聯想」，想出與主要事物之性質類似的其他事物，作為襯托主要事物的功能。老師在引導學生聯想事物時，最好能完整涵蓋「旅行」、「蓮花」、「蹺蹺板」的特質，才能作為陪襯的材料。例如從旅行想到「牙刷」、「行李箱」就比較侷限，而聯想到「流浪」、「航海」，其特質就比較完整。這是引發聯想時必須注意的。

（三）語文「綜合能力」與作文教學

關於寫作之綜合能力的訓練，是在一般能力與特殊能力的訓練基礎上來實施的，其命題的方式與傳統的作文命題類似，而近年多流行

在題目之外，加進文字的引導，一方面作為學生寫作之依據，另一方面也提供教師評改之參考。以下是模擬基測作文所設計的「引導式寫作」：

題目：跨出框框

說明：每個人心目中都有框框，這些框框有的是自己的弱點，有的是別人對你認定的評價，如果我們只活在這些框框中，不但會侷限自我的成長，甚至永遠無法發揮自己的實力，勇敢放手去做每一件事。

◎請以「跨出框框」為題，說明你的框框是什麼？
◎舉出一次你跨出框框的方法與經驗，說明這一次突破對你的影響及心情。
◎文長不限。

【思路引導】

每個人的心中都有許多既定的框框，只是不曾察覺，或刻意忽略。藉由這個題目，可以藉機檢視心目中的框框，然後察覺自己的缺點與盲點，並尋找改進的方法。所以，教師在引導此題寫作時，不妨在課堂激發討論，鼓勵同學挖掘內心深處不敢碰觸的弱點，只要他們勇於面對，再引導他們運用文字把自己「跨出框框」的想法寫下來。這篇作文的謀篇仍以「先敘事後說理（或抒情）」為佳。只要是學生真心誠意所挖掘出來的自我弱點，再加上老師的適度引導，應該可以寫出感人的文章。

【學生範例】

跨出框框

我從小就體弱多病，從一出生就小病、大病不斷，常常需要住院。上了小學，體能依然沒有好轉，有時在朝會的時候昏倒，或是體育課的跑步常常殿後，至於生病請假是常有的事，只要是流行感冒的季節，一定有我的份。我很不喜歡這樣的自己，被冠上「病貓」、「藥罐子」的綽號，更是難過。

小學五年級時，學校選拔田徑校隊，我意外地被選上跳高選手。有些同學認為老師瞎了眼，還有些調皮的男生更不時揶揄、嘲諷，甚至連媽媽都擔心我不勝訓練而反對我參加校隊。我衡量自己的身體，雖然體能不好，但是身體的彈性還算不錯，再加上多年來一直想要突破自己的限制，所以我執意要參加訓練。當時為了參加全縣運動會，每天早上六點就要到校參加集訓，練習慢跑和折返跑；下午四點放學之後，還要練習跳高到七點，回到家常常已經九點多，便倒頭就睡。老師知道我體能的狀況，還特別為我設計了跑步進度表及營養補充的食譜，有幾次因為達不到進度，再加上體力透支，常有放棄的念頭，但是一想到同學的揶揄、媽媽的期望，我就決定堅持下去。縣運動會終於到來，因為我的堅持，還有老師的鼓勵與指導，我得到那一屆縣運跳高的銅牌。這樣的成績幾乎跌破同學眼鏡，更重要的是，打破了大家對我既有的印象。

我終於跨出自己「體弱多病」的框框，也打破同學為我設下的無情的框架。從此我勤練體能，逐漸走出身體羸弱的陰霾，因為我相信，只要自己有心，就能掃除心理的障礙，那些別人對你所設的框框都不堪一擊！

【評語分析】

立意取材	文中跨出「體弱多病」的框框的主旨非常明確,敘述自己由體弱多病,到走出羸弱的陰霾,真實感人,更能凸顯主旨。
組織結構	全文先敘事後抒感,結構清晰而有條理。敘事部分又能掌握因果關係,使人讀來脈絡清楚,對於主旨的呈現有烘托加強的效果。
遣詞造句	對於「框框」的詮釋非常明確,而且運用在自己的經驗故事中,使這一個具體的象徵物,能夠完全涵蓋文中的抽象意義。結尾的抒感語氣果決,實是象徵修辭的純熟運用。
錯別字、格式及標點符號	無錯別字,標點符號亦正確。

五 結語

　　自從教育部決定在國中基測中加考作文,各方教育機構莫不絞盡腦汁地思考如何提升學生的寫作能力。本文所闡述的三層語文能力(一般能力——特殊能力——綜合能力),恰能提供一套完整而有效的訓練模式。因為三層語文能力與基測作文都以「能力檢定」為基礎,而且符合基測作文評改的四個面向。我們可以運用循序漸進的方式,由單一能力逐漸結合二～三種能力,進而完成寫作之綜合能力的訓練。這種模式對於教師而言,可以取得具體的作文教學方法,對學生來說,也較能避免望文生畏的心態,對於學生建立基本的寫作能力,有相當大的助益。

——原刊於《國文天地》264期,2007年5月

談基測作文的補救教學
——從九十六年國民中學第一次基測之寫作測驗談起

提要

　　自從基測加考「寫作測驗」之後，作文指導重新在國文教學中受到重視，藉由寫作測驗的檢視，也看出現階段國中學子在寫作上的盲點。本文藉由九十六年國民中學第一次基測寫作測驗的答題現象，說明現階段學子在寫作表現上的種種缺失，並提出具體的補救方案，期望對於國中端的作文教學有所啟發，而高中端在實施寫作之補救教學，亦應有參考之價值。

關鍵詞：國中基測、作文教學、補救教學

一　前言

　　九十六年度第一次國中基本學力測驗已於五月二十七日圓滿落幕。今年的寫作測驗正式列入基測成績計算，某些高中、職更將寫作測驗的級分列為入學招生的門檻。可見寫作測驗的成績直接影響考生的升學志願，各界莫不慎重其事，期望寫作測驗的評閱可以做到公平客觀，以維護考生的權益。今年基測推動委員會仍召集了全國各大學、高中近四百名教師，全力投入寫作測驗的評閱工作，經過七日的努力，終於完成三十一萬餘份的作文評改。根據臺灣師範大學心測中心統計，今年寫作測驗得四級分、及格以上的比率，比去年增加；得五、六級分的比率減少，代表題目鑑別度高。去年四到六級占百分之七十五，今年提高為百分之七十七。今年五級分有百分之十七點七三，去年是百分之二十點一一；今年六級分是百分之二點六，去年百分之二點五六。從數據中顯示，今年寫作測驗及格的考生，比去年提高了百分之二，一方面可能是作文題目比去年較好發揮，另一方面也顯示整體考生的寫作能力已有提升的趨勢。

　　儘管如此，今年考生得三級分者佔百分之十八點六六，約五萬八千多名；得二級分者佔百分之三點二七，約一萬名；得一級分者佔百分之零點六三，約一千九百名；至於零級分者佔百分之一點九六，換算成考生人數仍有六千餘位。總計全國約有七萬七千多位考生的寫作測驗成績不及格。若從考生實際的寫作狀況來看，得四級分的作文仍有「結構鬆散」、「敘事平淡」、「少數錯別字」、「少數標點符號運用錯誤」等缺失，再加上基測作文的評分規準趨於寬鬆，許多評閱分數是從寬認定的，所以，保守估計下，今年約十萬考生的寫作能力仍待加強。這些考生亦即將進入高中、職及五專就讀，如何進行作文的補救教學，以提升他們的寫作能力，是高中、職教師責無旁貸的課題。本

文針對今年國中基測寫作測驗考生的實際表現，分「立意取材」、「結構組織」、「遣詞造句」、「錯別字、格式與標點符號」等四個面向，結合辭章學的知識，分析考生的在寫作能力上的缺點，並提供未來教師進行補救教學之參考。

二　基測作文補救教學的實施重點

基測作文的補救教學是針對寫作測驗不及「四級分」的學生所安排的作文教學活動，所以學生基本寫作能力的訓練是教學重點。根據基測作文評閱的四個面向，可以歸納五項實施重點：

（一）強化學生的「立意能力」與「取材能力」

基測作文評閱的第一個重點是「立意取材」，主要在評量學生是否能夠切合題旨，並選擇適當的材料，藉以表達主題思想。寫作中取材的不適切，或是偏離主題，都可能成為作文的致命傷。所以，訓練學生在「立意」與「取材」上的能力，是補救教學的首要重點。以九十六年度國民中學第一次基測之寫作測驗為例，其內容為：

題目：夏天最棒的享受
說明：豔陽高掛、暑氣炎炎，有時讓人精神振作、充滿活力，有時又使人汗流浹背、苦不堪言，你可能很喜歡在酷熱的夏天運動、閱讀、乘涼，甚至吃火鍋……。你覺得夏天最棒的享受是什麼？請寫下你的經驗、感受或想法。

根據題目及說明，這篇文章是要求考生寫出自己在夏天最棒的享受是什麼，並具體描述自己的經驗、感受或想法。在取材方面，考生可以

營造夏天炎熱的氛圍，可以描述最享受之事的細節，更可以深刻抒發
內心的感受。在立意方面，則必須明確指出夏天「最棒」的享受是什
麼才算切合主題。

反觀今年考生的表現，有許多人的取材過於分散，沒有集中說明
「最享受」的事物是什麼；或前述打棒球，後又說吹冷氣最享受，形
成前後矛盾的說法；或寫出「夏天最棒的享受」，卻無充分的描述或
發揮，以致於無法凸顯主題。在立意表現上，有人大談溫室效應，有
人寫出百工在夏日工作之苦，更有人寫成「夏天美好的回憶」，或討
論夏天冰店的衛生，或有人只感謝親情的偉大，這些描述都容易造成
主題的偏離，在寫作測驗上當然不容易拿高分。

根據這些寫作上的缺點，教師在進行補救教學時尤須著重於學生
「立意取材」能力的訓練。我們可以多設計類似的作文命題，要求學
生先提出寫作重點，再思考要運用哪些材料，如此不斷反復的訓練，
學生就能面對作文命題，指出明確的題意，運用適切的材料。

（二）訓練學生「字句結構」與「篇章結構」的組織能力

基測作文評閱的第二個重點是「結構組織」，主要在評量學生是
否能將材料加以組織發展，並構成完整的篇章。此一重點包括字句結
構與篇章結構。在字句結構方面，我們希望學生能寫出符合句型與語
法的文句，使文句不致冗贅或脫誤，而達於流暢通順的要求。在基測
寫作測驗被評為三級分以下的考生，常常出現句法嚴重錯誤，或句式
過於口語，或襲用方言句型，或詞性辨用失當。以基測作文「夏天最
棒的享受」為例，學生可能出現以下的文法錯誤：

1 屬於「句法嚴重錯誤」的缺失

◎而我就是那些不夠錢買票的人我就是其中一個。

此句重複主語，應修改為「我就是那些不夠錢買票的其中一個」。

◎我最常去的地方，還是那躲避酷暑的聖地海邊莫屬了。

「非……莫屬」是常用句型，此句應改為「我最常去的地方，非海邊莫屬，那是夏天的避暑聖地」，較為通順。

◎我從哥哥帶我出來看夕陽的時候，朋友也跟著呼叫，真是令人興奮的時候啊！

此句的「從」應是「跟從」之義，呼叫是用手機才對，應加入主語，而「……的時候」應改為「……的時刻」較妥。

2 屬於「句式過於口語」的錯誤

◎夏天的炎熱實在有夠難過的。

「實在有夠」是口語用法。

◎在夏天吹冷氣真的很爽。

「爽」字亦為口語用法，宜用「舒爽」或「爽快」。

◎我就會開始想說要去哪裡玩。

「說」字為口語用法，出現於文章就成為冗字。

3 屬於「襲用方言句型」的錯誤

◎那臺方方正正的機器

「臺」是閩南語常用的單位詞，國語應用「部」或「架」為宜。

◎在一個日頭赤炎炎的夏天。

「日頭赤炎炎」是閩南方言用法，國語通常寫成「熾熱的太陽」或「火傘高張」。

◎熱的東西，我想這種天也吃不下去吧。

「這種天」同樣是閩南方言，應改為「這樣的氣候」。

4 屬於「詞性辨用失當」的錯誤

◎不要只想要單調的在家吹冷氣。

「單調的」是形容詞，不適合修飾「在家吹冷氣」的動作。

◎想必幾乎的人都會有跟我一樣的看法。

「幾乎」是副詞應修飾動詞或形容詞，應改為「幾乎所有的人」才合乎文法。

◎夏天最棒有很多種。

「最棒」是形容詞，應改為「最棒的享受」文句才算完整。

至於在篇章結構方面，我們希望學生可以組織完整的文章結構，使段落與段落之間密切聯繫，全文可以首尾呼應。在基測的寫作測中，四級分（含）以下的考生最常犯的缺失就是——結構鬆散，結語部分草率了結，未能充分呼應；其次有許多考生只寫兩段，以致於段意不清；或有考生另接不相關的一段，形成謀篇布局的矛盾。這些謀篇上的缺點，大都起於考生不願在寫作之前擬定大綱，導致隨想隨寫，前後無法呼應，文章結構當然鬆散矛盾了。所以，教師在進行補救教學時，宜要求學生擬定寫作大綱，先想清楚每一段的內容，從整體角度去照應前後的呼應，並選擇每一段落可用的素材。這樣的訓練不僅可以營造完整的結構，更可使文章不易離題，材料的運用也不易貧乏或失當。

（三）提升學生的「詞彙運用能力」與「修辭能力」

基測作文評閱的第三個重點是「遣詞造句」，主要在評量學生是

否能準確流暢的運用詞語、造句。這一面向的要求應包含「詞彙運用能力」與「修辭能力」兩個層次。這兩個層次的訓練，有先後、輕重之分。具體而言，我們希望學生可以使用達意的詞彙，避免不合文章情境的語彙出現在句子當中。所以，詞彙運用得宜是基本要求，待學生建立基本的詞彙運用能力，才能進一步要求學生使用修辭技巧來美化詞句。以今年基測作文題目為例，描述「夏天最棒的享受」，三級分（含）以下的考生可能出現下列兩種錯誤：

1 詞彙的錯用

詞不達意或語句不通順的現象常來自於詞彙的錯用，例如：

　　◎在夏天游泳是我的天生一大享受的一部分。

「天生」可改為「一生中」，「一部分」應為「之一」的意思，所以全句可以寫成「在夏天游泳是我一生中最大的享受之一」較為通順。

　　◎吃一碗朔氣撲人的刨冰。

「朔氣撲人」是指北方的寒氣逼人，用在吃冰的感受有點形容過度了。

　　◎哥哥不小心被人用到。

「被人用到」是時下年輕人錯誤的口語用法。我們可以說「被刺到」、「被拐到」、「被撞到」……等，這樣的詞彙可以比較精準表達意思。

　　◎坐在陰涼的角處享受著。

「角處」應改為「角落」考生不是大文豪，自創的詞彙不容易被廣泛使用。

　　◎那是我經過一個最棒夏天的享受。

「經過」應改為「度過」，而且最棒的「享受」不需被「經過」，

根據考生的語意全句可修正為「那種享受，使我度過一個最棒的夏天」。

◎考試完不會因為兩手的運作過度而殘廢。

「運作過度」可改為「使用過度」，「運作」通常用於抽象力量的運行，如「教育部長正試圖運作教育的改革」即是。

2 成語、熟語的錯用

成語、熟語的錯用源於學生對於成語、熟語意義的一知半解，或未能瞭解此成語、熟語的用法所致。成語是我們寫作時表情達意最方便直接的素材，也是我們豐富文章內涵的重要養分。然而成語的錯用卻往往造成截然不同的反效果。例如：

◎現在的咖啡廳已經不是男人的專利了，許多女性也常涉足其間，真所謂「牝雞司晨」！

「牝雞司晨」是指女人掌權專政，無關乎男女平等的問題，讀來令人啼笑皆非。

◎當我吃下第一口冰時，腦筋頓時「豁然開朗」起來。

「豁然開朗」是指頓時的通達領悟，用在吃冰的感受，不倫不類。

◎夏天熱得讓大家都「慾火焚身」。

「慾火焚身」是指心靈慾望的難以控制，非關乎夏天的炎熱！

◎我們就必須在不管多熱的地方，我們也要「適者生存」。

考生原本要表達適應夏天炎熱才足以生活，卻寫成「物競天擇，適者生存」的殘忍情境。

◎每個人舔著冰棒的表情多麼「不亦樂乎」！

「不亦樂乎」是一激問語句，用於形容人的表情不甚恰當。

◎山裡的珍禽異獸，被我們「盡收眼底」。

「盡收眼底」應為主動用法,「被我們」三字可刪去。

教師在進行補救教學時,除了及時糾正學生錯用的詞彙、成語和熟語之外,更可以利用課文讀講時,特別強調常用詞彙及成語、熟語的意義,並適時要求學生造句。從實作中去瞭解詞彙的用法,並發現自己的錯誤,應是訓練學生正確使用詞彙的不二法門。

(四)注意「錯別字」的修正、「標點符號」及「寫作格式」的運用

基測作文評閱的第四個重點是「錯別字、格式及標點符號」,主要在評量學生是否能正確使用字詞及標點符號,以清楚表達個人的思想或感覺。在寫作格式上亦希望符合標題空四格、每段開頭空兩格等形式。錯別字及標點符號的誤用一直是考生最常犯的寫作缺失,即使是基測作文五級分的作品,仍難免出現錯別字。例如:

夏天「赤熱的太陽」→熾熱

喝下冰涼涼的飲料已經「魂然忘我」→渾然忘我

夏天吃冰「另人精神振奮」→令人精神振奮

我喜歡在夏夜「慢無目的」的遊走在樹林裡→漫無目的

在夏天打球使我「心情抗奮」→心情亢奮

發揮得「零零靜秩」→淋漓盡致

夏天的冰店總是「生意興龍」→生意興隆

夏天總是令人「汗流夾背」→汗流浹背

我們盡情地「揮撒」汗水→揮灑

夏天總是「遯雷不及眼耳」地來到人間→迅雷不及掩耳

夏天打球容易使我「熱血沸疼」→熱血沸騰

夏天最棒的「想受」→享受

火熱的太陽「震攝」我的心→震懾

家中的「挫冰機」→剉冰機，或寫成「刨冰機」更為正統。

這些句例只限於「別字」，另有文字的「形誤」無法在印刷文中舉出，否則可以看到更為離譜的錯誤。教師在補救教學中，須時時注意學生錯別字，嚴格要求及時訂正，或者可以設計成語的錯字，令學生改正。例如：

最後通諜→最後通牒

真知卓見→真知灼見

憤發向上→奮發向上

憂心沖沖→憂心忡忡

遺笑大方→貽笑大方

暴珍天物→暴殄天物

幹旋和平→斡旋和平

這種方式不僅可以導正學生寫錯別字，更可多認識成語的意義，可謂一舉兩得。

（五）完成寫作「綜合能力」的訓練

上述補救教學的四個重點，是就局部寫作能力來訓練學生，我們最終目標還是希望學生具備寫作一篇完整文章的能力。面對這些在基測之寫作測驗未達及格級分的學生，循序漸進的局部訓練相當重要，在多次的局部訓練之後，可以適時提供完整文章的寫作，只要在寫作之前詳加說明，寫作之後追蹤回饋，相信可以提升這些學生的寫作綜合能力。當然，教師仍必須針對個別學生的程度，適時回到某一面向的局部訓練，如此「局部訓練」與「整體訓練」之間不斷往復實施，

補救教學必可收到成效。

三　結語

　　面對考生寫出的奇字怪句，教師在評閱之際難免啼笑皆非。然而，在嘆息或嗤笑之餘，我們更應認真思考如何提升莘莘學子的寫作能力。寫作的補救教學必須確實施行，才足以挽救程度低落的學生，我們提供具體的教學方法，乃基於此一初衷。也希望掌管教育的當局，能提供更多實質的資源與援助，讓高中、職及五專的寫作補救教學可以落實成效。另一方面，國中國文教師對於國中生的寫作訓練更要積極努力。畢竟，預防勝於補救，及早訓練寫作的效果仍高於事後的補救教學。

　　從75%到77%，今年基測考生在寫作測驗的表現，其及格率雖然成長了2%，我們仍不可沾沾自喜。因為，數字的表象永遠無法代表國中學生真實的語文程度。唯有針對學生語文上的弱點，認真而誠懇地引導他們，以提升其語文能力，這才是身為語文教師責無旁貸的使命。共勉之。

——原載於《國文天地》266期，2007年7月

氛圍營造在章法謀篇中的作用

提要

氛圍營造是指藉由場景描寫所營造的氛圍，並形成某些程度的感染力，進而達到影響主體、烘托主體的效果。從章法的概念來看，氛圍營造大都從景物描寫入手，故其取材在文章中僅為次要材料為「賓」；而主要材料如人物、事件、情感、思理等，為「主」；在「藉賓形主」的過程中，既能營造優美情境，又能烘托情理。其所形成的美感效果很多：一可以引人入勝，增加文章的感染力；二可以藉由營造情境以凸顯事理；三可以透過場景的呼應，以增加文章結構的完整性；四可以藉由感性的氛圍，使文章的理性思維別具柔美的風格。它是一種值得推展的謀篇技巧，運用於寫作教學，也是提升學生寫作能力的利器。

關鍵詞：氛圍營造、章法、美感、寫作教學

一　前言

　　所謂氛圍營造，是藉由景物的描寫或情境的鋪陳，以營造特殊的氣氛。在寫作中常被運用在小說的情節，或用以烘托人物，或作為故事背景。事實上，散文的創作亦可使用氛圍營造來增加文章的感染力，無論是議論或抒情的文體，藉由景物描寫所營造的情境，確實可以烘托情理，增加文章的美感。本論文以筆者參加寫作比賽的作品為考察對象，說明氛圍營造在章法謀篇中的作用，並探討其美感效果。期望提出具體的理論與實例，以印證氛圍營造是足以讓文學作品出類拔萃的利器，更可以廣泛運用於作文教學，以提升學生的寫作能力。

二　氛圍營造在寫作中的作用

　　既然氛圍營造常被運用於小說創作中，我們有必要對現代小說的特質與要素作一界定。楊昌年在《現代小說》一書中認為小說的特質有五[1]，即：

> 有好意識（主題）有啟示性或教育性。
> 須有一曲折動人之故事。
> 須有人物刻畫。
> 有佳妙的描寫技巧。
> 有完整之結構。

而小說的要素有三，即：

> 情節：何事──除主要情節外尚須有輔助情節以免單調。

1　楊昌年：《現代小說》（臺北市：三民書局，1997年）。

　　人物：何人。

　　背景：何時何地。

綜合上述小說的特質與要素，我們可以歸納小說的四個重點：

　　（一）主題思想

　　（二）人物塑造

　　（三）情節結構

　　（四）氛圍營造

其中主題、人物和情節是小說不可或缺的要素，而氛圍營造則是以時空背景襯托的作用，提升了小說的藝術價值。這些價值同樣可以在散文中發揮其妙用，它不僅可以營造情境，更能烘托情理，以加深文章的感染力。

　　茲以筆者參加臺北市教師組作文比賽之作品為例[2]，具體說明氛圍營造在寫作中的作用。其作文題目是「知識即國力」，原文如下：

　　　　八月底的台北依舊豔陽高照，校園圍牆邊的鳳凰木舞動著青翠的枝葉。還記得驪歌初唱的六月，它放肆地開滿紅花，結實纍纍的彎刀形豆莢，把枝葉壓得低低的，如今秋風乍起，紅花已凋逝殆盡，豆莢也枯落塵土，只剩那青翠細緻的小綠葉，承接著秋陽的蒸騰暑氣。

　　　　才送走一屆高三畢業的學生，轉眼暑假已過，又得迎接另一屆新生的來臨。始業訓練、註冊、開學，然後正式上課。對我而言，長假過後的適應不良已非教學的問題，只是一屆帶過一屆，時光荏苒，讓人有光陰飛逝、年華老去的慨嘆。走近三樓的長廊，初秋的早晨依然燠熱，每間教室因為開放冷氣而緊閉

2　本文為筆者參加一○○年臺北市國語文競賽之作文比賽，獲臺北市南區教師組第四名。

門窗，在這沉悶攝氏30度的早晨，確實需要空調來冷卻浮躁不安的情緒。走進教室，看見一雙雙生澀卻又清純的眼睛，我警覺地告訴自己不要辜負這些想要追求知識的童稚心靈！我儼然唸起課文，誦讀著孔子與學生的對話。

子曰：「盍各言爾志？」

子路曰：「願車、馬、衣、裘，與朋友共，弊之而無憾。」

顏淵曰：「願無伐善，無施勞。」……

那朗讀的聲音在密閉的教室裡格外清亮，看著學生們乖巧地記下我講解的每一句話，許多疑問也忽然閃過耳際——我能不能給他們充足的知識，去面對這瞬息萬變的社會？我能不能將這些知識轉化為他們面對挑戰、面對競爭的力量？十年之後，他們可以將這些知識內化在自己生命當中，成為自我安身立命的基石嗎？當知識成為一股力量，不正是實現個人自我與提升社會國家整體競爭力的基礎嗎？

沒錯，知識就是力量。知識必須呼應於宇宙自然的規律，才能歷久不衰，放諸四海皆準，成為個人立身行事的準則，成為社會建構秩序的標竿，亦可成為國家締造理想國度的模範。

知識就是力量。知識必須落實於現實生活，才能展現它的價值。有人說，任何完整的知識體系，若不能體現於生命之中，就和垃圾沒有兩樣，即使如《論語》、《孟子》所講述的道德，仍需要實踐於現實生活，才是恆久的至道。

知識就是力量。知識是要解決問題，而非製造麻煩；知識是要創造價值，而非耗費資源。幾千年來，人類累積了深厚的知識，看似創造了前所未有的幸福生活，但那只是物欲的滿足，心靈的空虛卻愈擴愈大，恰呼應著千百年來人類積累的垃圾、虛耗的資源和殘害的生命。如果我們造就的知識無法解決現有

地球的問題，無法創造未來生存的價值，那知識就只是一隻製造麻煩、耗費資源的怪獸。

知識就是力量。知識必須以文化為後盾，再擴及財經與科技。已故專欄作家張繼高先生曾說：「文化落後，財經不會領先」，「世界上不會有低文化國家而能產生高科技的」。綜觀目前世界的資訊產業，軟體資源仍掌握於微軟、蘋果等大企業中，而亞洲的科技產業僅能從事相關的硬體代工，這就是文化發展無法跟上科技硬體所帶來的窘境。沒有向下紮根的文化教育，就沒有真正的科技強權。

課堂上，我唸著孔子心目中的志願……

子曰：「願老者安之，少者懷之，朋友信之。」

要造就一個孔子心中的大同世界，我們必須發揮知識的本質與真諦。讓我們傳播的知識能符合宇宙自然的規律；讓我們傳授的知識可以實踐於生命之中；讓我們建構的知識可以解決人類的問題，創造恆久的價值；讓我們以文化為後盾，創造足以傲視全球的知識水平。唯有如此，才能讓知識成為國家社會的穩固力量。

下課鐘聲響起，我步出教室，那高掛天空的豔陽烘熱了我的臉龐，遠處的鳳凰木依舊在輕風吹拂中搖曳著它的枝葉。在初秋的校園，我心中蕩漾著造就知識與作育英才的熱切期盼。

就這題目的質性與主旨而言，應該要寫成一篇典型的論說文。然而本文在論述「知識即國力」的主體含義之餘，更在文章的首尾敘寫了個人的生活經驗。因此本文的取材有主要材料，即論述「知識即國力」的內容；有次要材料，即敘寫教學的場景與心境，兩種材料形成賓主關係，其結構如下表：

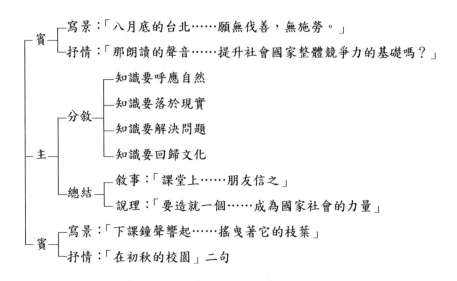

從結構表可以看出，文章首尾的寫景文字，營造與論說文字截然不同的氛圍，不僅收到首尾呼應的效果，更發揮了兩種作用：

（一）營造情境

這篇文章在首段即以寫景入手，敘寫開學的季節，有豔陽，有紅花，有綠樹，描繪出臺北初秋仍有燠熱暑氣的情境。簡短文字中，並以六月鳳凰木繁花盛開的虛景，對比九月豆莢零落殆盡的實境。在這初秋的臺北校園，筆者以教師的視角，帶出暑假結束、開學上課的情境，再進一步帶出教室外的長廊，然後是燠熱三十度中冷氣教室上課的景象：有學生認真上課的眼神，也有老師朗讀課文的清亮嗓音。這是每年八月底、九月初在臺北校園常見的景象，從細膩的景物描寫中透露著慵懶假期告終、該振奮讀書的氛圍。凡是任教於中小學的老師，都應該經歷過這樣的情境，所以讀來分外親切，足以引發共鳴，使這初秋的校園情境發揮極大的感染力。

（二）烘托情理

這樣的情境只是一種氛圍營造，並非這篇文章的主體。筆者運用教學與朗讀課文的過程，巧妙地帶出教師的心靈省思，然後連結「知識就是力量」的主軸，開始論述知識的價值與體現。由於校園情境的描寫，同時透過教學及教師的省思，使下文「知識就是力量」的論述更具基礎，而氛圍營造也形成一股烘托的力量，促使抽象概念的論述也渲染了具體的意象，其說服的效果更加顯著。

在教師反思的激問之後，正式進入議論的主題。筆者先從四個面向分述知識就是力量的真諦，再穿插一段課文的朗讀，引出孔子「老者安之，少者懷之，朋友信之」的大同世界理想，最後總結論點。原本文章就該終結，而文末又重新回到課堂的情境，藉由下課鐘聲轉入初秋豔陽與鳳凰木搖曳丰姿的描寫。如此又延續文章開頭的氛圍，首尾情境的串聯非常流暢，也充分烘托議論主體的情理，其感染力是相當深刻的。

三　氛圍營造在寫作中形成的美感效果

就論說文的寫作來說，氛圍營造並非必要條件，然而它所營造出來的美感效果卻是提升文章藝術價值的重要因素。無論是義理的闡論，情感的抒發，或是事件的敘述，大都能藉由景物描寫所營造的氛圍，擴大其感染力，使閱讀者更能深刻體會文章的思想情理。試以上述「知識即國力」一文為例，說明其氛圍營造所形成的美感效果如下：

（一）營造氛圍以引人入勝

細膩而合乎秩序的景物描寫，通常可以觸動讀者的共鳴。這篇文章在篇首所描繪的初秋校園，只要是經歷多年教育洗禮的臺灣師生，都可能觸動心中的熟悉感。至於教學情境的描寫，對於中學國文老師的記憶更不會陌生。原本只可能是一篇論說散文，卻因為校園景致與教學情境的描繪，觸發了想一窺文章究竟的動力。這就是篇首氛圍營造所形成的「引人入勝」的感染力，使其觸動讀者共鳴不只是說理內的涵而已，更可能涵蓋生命歷程中的共同記憶，令人沉浸在文字的情境中而玩味不已。雖然每個人接受教育的經歷不同，然而初秋校園的暑熱、鳳凰樹下紅花爭豔、綠葉隨風搖曳的景象，卻可能是所有人共通的意象。而筆者細膩而又秩序的景物安置、虛實交錯的時空安排，又在這共通的意象中融入了新穎的筆法，其引人入勝的效果更加顯著。劉雨在《寫作心理學》一書中提到：

> 一般來說，閱讀動機表現為一種強烈的「心理期待」和「閱讀慾望」，它作為一種內在的心理動力，引發閱讀行為。每當作者翻開一本書，就意味著他在尋找他所期待的東西，他期待著書中的知識和經驗能填補心理的「空白」，這種期待就是他的閱讀動機。[3]

氛圍營造能引人入勝，就是增加了讀者的心理期待與閱讀慾望。當景物氛圍引導著讀者進入文章的勝境，同時也逐漸填補其心靈空白。

（二）烘托情境以凸顯事理

這篇文章以「知識即國力」為題，主題思想則藉由四個面向的論

3　劉雨：《寫作心理學》（高雄市：麗文文化事業公司，1995 年），頁 210。

述來凸顯知識就是力量的真諦。這是文章的主體。而首尾的景物描寫
營造了一種以校園為背景的教學氛圍，頗適合用於烘托「知識就是力
量」的議論內涵。雖然那只是文章中的次要材料，卻能形成「藉賓形
主」的作用，使「知識即國力」的論述內容在特殊背景的烘托之下，
更凸顯其義旨。當然，此文若只論述「知識就是力量」就已經是一篇
完整的文章，但是從文字篇幅與寫作內容來看，這樣未免流於單調貧
乏，無法在諸多競賽作品中脫穎而出。反之，透過校園教學氛圍的烘
托，「知識即國力」的論述彷彿結合了教育理念而更具說服力，而篇
幅的增長與內容的豐富也確實增添文章的美感。

　　自古至今，「藉賓形主」的謀篇技巧被廣泛地討論著。如：

> 凡文之有襯，如金玉之用雕鏤，綾綺之裝花錦，雖無益於日
> 用，而光彩陸離，令人貴重，端在於此。[4]

> 為渲染文情，擷取與題相稱之事物，以反映或襯托本文，謂之
> 襯筆。襯托雖為旁面題材，實與本文相映照。誠以丹葩吐豔，
> 寧無綠葉扶持；素魄流輝，妙有微雲點綴。[5]

> 襯筆亦稱襯托法，或烘托法；畫家則多稱作色法，或渲染法。
> 運用佳者，滿紙煙雲，妝點陪襯，自是熱鬧。[6]

> 散文裡的「烘雲托月法」既是襯托，那麼就有正襯和反襯兩
> 種。正襯是以美襯美、水漲船高之法。[7]

4　〔清〕唐彪：《讀書作文譜》（臺北市：偉文圖書出版社，1976 年），頁 83。
5　羅君籌：《文章筆法辨析》（香港：上海印書館，1971 年），頁 534。
6　阮廷瑜：《李白詩論》（臺北市：國立編譯館，1986 年），頁 97。
7　魏怡：《散文鑑賞入門》（臺北市：國文天地雜誌社，1989 年），頁 814。

所謂「襯托法」、「烘雲托月法」，就是「藉賓形主」的謀篇技巧。氛圍營造就像繪畫中的渲染一樣，它有如「綠葉扶持」、「微雲點綴」，對於「丹葩吐豔」、「素魄流輝」，正是「以美襯美」，使文章的藝術價值水漲船高。至於所謂「無益於日用，而光彩陸離，令人貴重」，正是美感藝術的本質。

（三）首尾呼應以架構篇章

以論說文的謀篇布局來說，運用「起、承、轉、合」的形式是最常見的技巧，其首段的「起題」通常會與末段的「結論」具備內容上的承接關係，以達成首尾呼應的效果，如此才能營造結構完整的美感。此篇文章卻另闢蹊徑，首段的情境與末段的氛圍在情節上是聯貫的，從校園景物的描寫，到上課教室的氛圍營造，進而《論語》內容的朗讀，以至於下課鐘聲、豔陽撫照、綠樹輕揚的景物，都是一系列的校園情境，無論是空間的安置，還是時間的流轉，都是合理而貼切的，而整體的氛圍分置於首、末兩段，亦具備首尾呼應的美感。就文章結構的完整性來看，此文是合乎標準的，而相較於傳統「起、承、轉、合」的謀篇形式，運用氛圍營造以形成首尾呼應，其「賓、主、賓」的轉位結構，更具有變化之美。張紅雨在《寫作美學》中提到：

> 順應了客觀事物的起結完備、循序漸進，亦即美感情緒的發
> 生，發展這一規律而結構成的文章，是能夠給人以美感享受
> 的。[8]

所謂「起結完備」就是寫文章要有始有終，有頭有尾，才能營造完整圓滿的美感，這篇文章的氛圍營造從上課前、上課中到上課結束，其

8　張紅雨：《寫作美學》（高雄市：麗文文化事業公司，1996 年），頁 245。

時序與空間的轉折是完整無缺的，正符合了「起結完備」的美感要
求。

（四）訴諸感性以兼融剛柔

　　論說文的寫作依照其論述內容與謀篇形式，通常容易展現陽剛的
風格。本文「知識即國力」亦屬此一文類，故其理性的分析、嚴密的
邏輯、堅定的觀點與綱舉目張的秩序性，造就了沉穩而理性的文字風
格。然而在文章主體的論述之外，本文首尾的氛圍營造卻從感性著
筆，以細膩的景物描寫和婉轉的心境敘述，營造一種輕柔優美的格
調，在這種近似陰柔風格的包孕之下，文章主體所呈現的陽剛風格也
出現了化學變化，即以感性之筆起首，以感性之筆結語，理性的論述
並未削減其邏輯的說服力，反而多了剛柔互濟的感染力，使本文的風
格呈現多樣的面貌，與一般論說文僅展現理性而陽剛的風格大異其
趣，而這種兼有剛柔風格的文章，更容易在競試的作品中獲得較多評
審的青睞。

　　張德明在《語言風格學》一書提到表現風格的各種類型和應對規
律，提出了八種恰如其分的風格表現。即：

1. 繁簡得當
2. 隱顯適度
3. 華樸相宜
4. 亦莊亦諧
5. 雅俗共賞
6. 嚴疏並用
7. 平奇各益

8.剛柔兼濟[9]

所謂「繁簡得當」是指「豐繁」和「簡約」兩種風格要表現適當,不能過繁或過簡,以防止繁冗和苟簡之失;而「顯隱適度」是說「含蓄」和「明快」要運用適當,如果超過限度就會造成「朦朧晦澀」或「膚淺直露」;「華樸相宜」是指「華麗」和「樸實」兩種風格要用得相宜,否則就會產生「浮華綺靡」或「鄙陋單調」的毛病;至於「亦莊亦諧」是指「莊嚴」和「詼諧」兩種風格各有所宜,有時可以結合,在莊重嚴肅中表現幽默詼諧,或者在幽默中隱含莊重;再者「雅俗共賞」是說「文雅」和「通俗」可以得到文化程度不同的廣大讀者的共同欣賞,有時側重文雅,有時側重通俗,但要防止超過限度而造成古奧晦澀或粗俗平庸的弊病;「嚴疏並用」則指「嚴謹」和「疏放」兩種風格各有所用,但要防止出現拘謹或粗放的毛病;「平奇各益」是指「平易」和「奇崛」各有益處,該平則平,該奇則奇,但要避免平庸和奇僻之失;最後「剛柔兼濟」應可視為前述七種表現風格的總綱,意即「剛健」和「柔婉」應互相補充,各有所適,但要揚長補短,不可偏廢,否則就會導致粗魯生硬或柔媚軟弱、纖巧無力的缺點。

這八種表現風格主要在強調「剛柔互濟」的形式是自古至今廣泛被認同而讚賞的風格形式,「知識即國力」一文以感性之筆包孕理性之文,此所展現的「剛柔兼濟」之美是非常明顯的。

四 結語

散文創作至少必須兼顧四個重要面向:一是主題思想的掌握,二

---

9 張德明:《語言風格學》(高雄市:麗文文化事業公司,1995 年),頁 216-249。

是材料意象的運用，三是篇章結構的設計，四是遣詞造句的經營。具有寫作天分的作家常常是四者兼容並蓄，融會於無形，以織造成一篇動人的佳構。至於初學散文的學子或資質平庸的作家，則需要透過理性的分析與循序漸進的習作，才能逐漸熟習這四個面向，使散文創作漸入佳境。指導學生學習氛圍營造的技巧，正是透過理性分析與循序漸進的練習，使這種技巧發揮在文章中凸顯主題、豐富取材與首尾呼應的作用，如此已掌握了散文創作的三個面向，若再提升遣詞造句的技巧，則創作一篇能引人入勝，並兼融理性與感性的藝術美文，就不是難事了。可見氛圍營造是一種值得推行的寫作技巧，本文以筆者參加作文比賽的作品為例，旨在印證景物氛圍足以提升散文的藝術美感，用於競試場合的寫作，更能收到事半功倍的成果。

——發表於河南《平頂山學報》27期，2012年3月

三
華語文教學研究

修辭學融入華語文教學的理論與實例

提要

　　語文訓練除了要求正確的聽、說、讀、寫之外，也期望學生具備修飾語文的能力，使學習者在說話、閱讀、寫作時，能夠運用正確的詞彙，並進一步學習語句的修飾，以營造優美的語文情境。熟習華語修辭正可以達到這個效果。透過修辭的訓練，有助於語文學習者在說話或行文時，注意詞句的修飾，提升個人或整體語境的優雅。本文藉由探索華語修辭的本質，強調它在說話、閱讀及寫作上的實用價值，進而提出華語修辭教學的原則與方法，就是希望華語文教師在教學時，可以適時融入修辭的概念，使學生熟習修辭技巧，在閱讀文本時體會詞彙的藝術美感，在說話或行文時也能運用修辭來美化詞句。

關鍵詞：華語修辭學、華語文教學、美感

一　前言

　　語文修辭的目的在於修飾語文的表達，使其展現精緻的美感效果。針對華語文教學所著眼的會話、閱讀、寫作等訓練，語文修辭同樣可以融入其中，達到修飾文辭、美化意象的目的。本文試將華語修辭學的理論融入華語文教學中，期望華語文教師在進行教學時，可以活用修辭學的概念，使學習者瞭解修辭對於語文表達和閱讀的重要性，並引導他們熟習華語修辭技巧，提升在華語文會話、閱讀和寫作的層次。

二　華語修辭的本質

　　現代華語修辭的概念是從西方修辭學的理論移植而來的，我們可以從英文中的「rhetoric」探索其淵源。「rhetoric」一詞源出於希臘語「λεω」，本是「流水」之意，指人類思想湧現，滔滔不絕，而言語的流露就如懸河之流，所以可引伸為「說話」。希臘哲人亞理斯多德在《修辭學》論著中，曾對修辭定義說：「在任何既存的情況下，觀察並施行有效的勸說手段的能力。」[1]西方文藝理論多沿用亞氏的觀點，將「修辭」定義為勸說之學，並與辯論的技巧密切相關。而日本學者島村瀧太郎在其《新美辭學》中提到「修辭學就是美辭學，是研究如何使辭藻美麗的學問。」[2]這個觀點經由陳望道先生傳入新興中國，對現代華語修辭學的影響極大。中國修辭學的研究前輩，如楊樹達、陳望道，以至於晚近的王希杰、黃慶萱等，在論述修辭的本質

1　其原文為：“Rhetoric may be defined as the faculty of observing in any given case the available means of persuasion.”《羅念生全集・第一卷：亞理斯多德、詩學、修辭學、佚名喜劇論綱》（上海市：上海人民出版社，2007年），頁372。

2　島村瀧太郎：《新美辭學》（日本：早稻田大學出版部，1902年），頁1。

時，多承續日本學者的觀點，認為修辭是美化語辭的過程，一方面跳脫西方單純「論辯技巧」的概念，另一方面也試圖結合中國傳統對於修辭概念的詮釋，建構屬於華語修辭的理論。所以我們探索華語修辭的本質，除了追溯西方理論之外，最重要的還是在於研究適合華人社會與思維的華語修辭理論。

基於這些概念，我們可以歸納華語修辭的三個本質：

（一）華語修辭具備深度的哲學意涵

在傳統中國的文藝理論中，雖然沒有把「修辭」看做是專門而有系統的學問，卻早有討論修辭方法的論著。「修辭」二字的連用首見於《周易・文言・乾九三》。其所謂「君子進德脩業。忠信，所以進德也；脩辭立其誠，所以居業也」，點出了修辭可以達到「居業」的效果，而其重要原則在於「誠」。「誠」有「誠實」之意，在儒家重要經典中的《大學》、《中庸》也有針對「誠」的完整詮釋。《大學》說：

> 所謂「誠其意」者，毋自欺也。如惡惡臭，如好好色，此之謂自謙。故君子必慎其獨。[3]

這裡用「毋自欺」、「慎獨」來解釋「誠」的內涵，充分說明學者進德修業，知道為善以去其惡，就應該「實用其力而禁止其自欺」[4]。而個人誠實與否，有他人所不知，唯有透過「慎獨」的功夫，才能達到「誠意」的境界。《中庸》向以「至誠」為進德之最高境界，它以為達於至誠的途徑有二，所謂：

3　謝冰瑩等：《新譯四書讀本・大學新譯》（臺北市：三民書局，1999年），頁10。
4　〔宋〕朱熹：《大學章句》（臺北市：新文豐出版公司，1996年），頁387。

自誠明，謂之性；自明誠，謂之教。誠則明矣，明則誠矣。[5]

由至誠而自然明白善道，是天賦之本性；由明白善道而達於至誠，是
人為之教化。這是中庸所強調的「天人互動」的軌跡。所以，無論是
天賦或人為，「至誠」終將完成自我人格的修養（成己──進德），進
而成就萬物（成物──脩業）。這就印證了《易・文言》所謂「進
德」、「居業」的精神內涵。

所以，若將《大學》、《中庸》對於「誠」的詮釋落於修辭來說，
「誠」不僅是修辭的原則，也是修辭之最終目的。具體而言，「修
辭」乃君子進德修業的必要工夫，君子以至誠無妄之心，修其文辭之
善，就是「自誠明」的途徑；以至善之文辭，達於至誠之境界，就是
「自明誠」的途徑。所以，「修辭」應該可以視為人類與生俱來的天
性，同時也是人為教化所明示的進德工夫。可見「修辭」與「誠」之
間有其互動、循環的關係，因為「誠」，君子之文辭可以趨於善；因
為「修辭」，君子之德業可以臻於至誠之境界，兩者因互動、循環而
不斷地提升。[6]

從中國哲學的論著來推溯華語修辭的本質，可以發現華語修辭具
備深度的哲學意涵，這是華人學者一直衄於努力建構具有華人思維之
修辭學系統的主要原因，也使我們瞭解「華語修辭學」與西方修辭系
統的最大差異，在於涵融深度的中國傳統哲學思維。

（二）華語修辭屬於主觀的形象思維

凡是經由人類思維，藉文字符號所創作的文本，無論是古典或現

5　謝冰瑩等：《新譯四書讀本・中庸新譯》（臺北市：三民書局，1999年），頁47。

6　參見蒲基維：〈辭章修辭風格初探──以古典詩詞為考察對象〉，《修辭論叢》第七
　輯（臺北市：東吳大學中文系，2006年），頁473-501。

代的詩歌、散文、小說，大都具備共通的思維理則。具體而言，文學
作品乃「形象思維」和「邏輯思維」相融而成。所謂「形象思維
（imagery thought）」是指人類透過主觀的形象思考，在腦海中形成
「意象（imagery）」，藉由「詞彙（lexis）」等符號表現出來，並運用
「修辭（rhetoric）」技巧進一步營造意象的美化。而「邏輯思維
（logical thought）」是指人類透過合於宇宙秩序、變化、聯貫、統一
等規律，形成客觀的條理，聯結意象與意象的邏輯關係，屬於字句的
邏輯就是「文法（grammer）」，屬於篇章的邏輯則為「章法（writing
orgnization）」。透過形象思維與邏輯思維的交融整合，可呼應於整體
作品的核心思想，形成「主旨（theme）」，也同時呈現抽象的「風格
（style）」。我們可以藉由下表呈現其彼此之間的關係[7]：

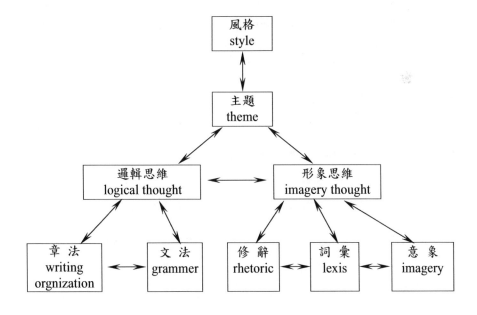

<hr />

7　陳滿銘：〈意象與辭章〉，《修辭論叢》第六輯（臺北市：洪葉書局，2004年），頁
　351-375。

在形象思維部分，從「意象」而「詞彙」而「修辭」，都是藉由作者的主觀思維來主導，是屬於寫作素材意象的形成與表現，而「修辭」在此形象思維中，具有統合意象表現的功用。可見「修辭」不僅屬於主觀的形象思維，對於辭章意象或詞彙的藝術表現，具有舉足輕重的地位。

（三）華語修辭偏重意象的美感表現

「修辭」既是辭章形象思維的主體，我們可以視為辭章意象的「化妝師」，它是在既有材料意象的基礎上，針對意象本身進行表現方法的調整，或優美形式的設計。它既要照顧到寫作材料所形成的深層情意，也要注意意象與詞彙符號之間的關連，才能有效提升辭章意象的美感效果。所以「修辭」的本質偏重於意象的美感表現，這是完美的文學作品能具備高度藝術價值的主因之一。

從心理層次來說，「修辭」的心理基礎根植於人類豐富而多變的聯想能力。無論是表意方法的調整，如借代、轉化、映襯、象徵等；或是優美型式的設計如類疊、排比、層遞、頂真等，均與聯想能力有關。聯想的心理會形成一種特殊的審美作用。童慶炳曾將此種心理稱之為「寫作主體心理意象的詩化」[8]，也就是指文學意象透過聯想心理的進一步表現而產生的美感效果。邱明正更明白指出：

> 審美聯想是藝術創作中和審美表達中的比興、烘托、陪襯、夸張、象徵等手法的心理基礎。……由於聯想才通過特定的事物來比興、烘托、反襯、夸張、象徵所表現的事物和自己的思

8　童慶炳：《中國古代心理詩學與美學》（臺北市：萬卷樓圖書公司，1994年），頁133-140。

想、情感。……此外，審美聯想還是審美通感、想像、意識流、移情和審美意志等心理活動的前提。[9]

其所謂「比興、烘托、陪襯、誇張、象徵」，都是修辭學上的重要表現手法。從邱氏的論述中我們可以確認，「聯想」作為修辭心理的重要基礎，同時也是各種審美心理的前提。落到文學創作來說，作家藉由聯想來創造各種修辭之美，而讀者也藉由聯想領略到辭章的藝術之美。如果我們結合前述圖表更能看出，在「形象思維」中所呈現「意象→詞彙→修辭」的構思過程，讓我們瞭解寫作時會先形成各種心理圖像（意象），當意象形成時，必須透過詞彙作初步之表現，再透過修辭才能完成意象的美感展現。由此可知，華語修辭之所以具備豐富美感效果，乃其本質就偏重於意象美感表現。

三　修辭學在華語文教學中的實用價值

修辭學的概念可以應用於華語的口語表達、華文閱讀與寫作的相關教學，茲分述於後。

（一）修辭學在華語口語表達上的應用與效果

口語表達必須注重語言邏輯的正確性、語言音調的協調性及語意傳達的完整性。在這些基礎要求上，若能進一步運用修辭技巧來修飾語句，不僅可以營造較為優雅的對話情境，也能傳達說話者的深層情意。茲舉例說明其具體效果如下：

9　邱明正：《審美心理學》（上海市：復旦大學出版社，1993年），頁193。

1 營造優雅的對話情境

在正常的對話中若能適當地運用修辭技巧，可以有效改變說者和聽者的心境。例如：

> 現在這個年代，哪還有養兒防老的觀念，小孩長大能夠不靠父母養活就已經是阿彌陀佛了！

這段對話中的「阿彌陀佛」藏去了「保佑」一詞，是運用了「藏詞」技巧營造了含蓄而幽默的情境。這是成語藏詞之例，另有歇後語藏詞亦屬常見，例如：

> 你向我借錢，我現在是泥菩薩過河，哪還有多餘的錢借你啊！

語句中的「泥菩薩過河」也藏住了「自身難保」之詞，改變了原有的語境。語言中有所謂隱藏的藝術，如同「捉迷藏式」的對話，讓聽者尋找說者的用心，並能享受發現說者真意的喜悅，這就是「藏詞」修辭在口語表達上的美感效果。

在所有修辭技巧中能充分營造優雅的對話情境，則非「引用」技巧莫屬。「引用」修辭格中有所謂「暗用」者，不直接指明出處，而是將引用的語典融入自己的話語中。例如：

> 我一向喜歡剛毅木訥的個性，最痛惡那些巧言令色的小人。

這語句中暗用的《論語》「剛毅木訥，近仁」及「巧言令色，鮮矣仁」，雖然在字句上稍作刪減，卻無違孔子本意，又能營造典雅的語境。此外，有些說話者在引用語典時，刻意轉變原有的語文意義，形成「化用」的現象，例如：

> 所謂「好逸」，是追求高水準的生活品質，「惡勞」則是不做沒

有效率的事。(施振榮演講:〈新好逸惡勞觀〉)

「好逸惡勞」的原意是批判那些只貪安逸、不付出勞力的人,施振榮先生卻將原本負面詞義的成語重新賦予新意,凸顯「高水準的生活品質」、「做事要有效率」是高科技業的重要目標。這樣的化用技巧不僅營造優雅的語言情境,更使語句充滿創意的思維。

從上述「藏詞」和「引用」修辭的例證中發現,在華語文教學中,若能訓練學習者熟習常用的修辭技巧,並適度帶入日常的會話當中,對於會話情境的美化,應有正面提升的作用。

2 傳達說話者的深層情意

每一種修辭格都有其特殊的心理基礎,因此,根據說話者所運用的修辭技巧,也可以推溯其深層的情意。以「感嘆」修辭為例,其形成原理的客觀條件在於宇宙與人生充滿可驚可愕之事,而主觀條件在於人類善感的心靈。[10]因此,在對話中融入「感嘆」修辭,最能直接傳達說話者的情緒。例如:

嚇!他簡直是個不折不扣的強盜!

這句話在傳達說話者「驚訝」的心理情緒。又如:

哼!看看他們是什麼德行,跟那些街頭流浪漢沒什麼兩樣哩!

感嘆詞的運用,充分傳達說話者「鄙斥」這些人物的心理情緒。此外,修辭中的「設問」格,也往往具有傳達情意的作用。例如:

愛究竟是什麼?是朝夕相處的甜言蜜語?還是聚少離多之下仍

---

10 黃慶萱:《修辭學》(臺北市:三民書局,2002年),頁37。

存在的默契？

這段語句運用了設問修辭中的「懸問」法，說話者本身對於「愛」的真諦並沒有定見，純粹為了尋找解答而問，呈現說話者心中對於問題懸而未決的心理狀態。又如：

> 這些立委諸公，口口聲聲說為民喉舌，卻只是在議會殿堂上大搞意識型態的質詢，難道他們忘了民生疾苦？難道他們不知道人民最想望的是經濟困境的突破？

這段對話本來就有高度的批判語意，同時又運用了設問修辭中的「激問」法。說話者本身對於立委的權責早有定見，此為激發本意而問，而答案在問句邏輯的反面，意謂立委諸公明知民生疾苦，卻仍固守意識型態的問政，這樣的問句不僅凸顯政客的鄙行，也充分展現說話者內心高度責難的情緒。

從上述例證可知，修辭技巧確實具有傳達說話者的深層情意的效果。在華語文教學中，若能使學習者認知到這樣的效果，並引導他們適時運用修辭來凸顯語文的情意，對於使用華語交談更能收到充分表意的效果。

（二）修辭學在華文閱讀上的應用與效果

華文閱讀包含初步的「文意理解」與進階的「文藝鑑賞」兩個層次。閱讀華文文本時若能關注到作者的修辭技巧，對於理解文意和鑑賞文辭均有正面的幫助。

1 幫助閱讀華文的文意理解

華文閱讀是華語文教學中的重點訓練項目，以華文作為第二外語

學習的學生，通常會從華語語法來理解文意。然而，華語的習慣用語中有許多因為避諱、含蓄、矛盾或雙關而形成的語句，常常與華語語法相左，以致造成學生的困擾。這種現象必須運用其他途徑來理解文意，而修辭理論就提供了方便之鑰。例如：

> 整條街上往往只有我一個人，只有我傾聽一街震耳欲聾的寂靜。[11]

文句中既是「震耳欲聾」，怎麼又出現「寂靜」？這樣的矛盾容易讓外籍學生無所適從。若從修辭的角度來看，原來這是為了營造「對比」美感所用的映襯修辭法。進一步從語言心理來探索，一個人在街上踽踽獨行，雖然空無一人，而寂靜中卻可能夾雜著酷暑的炎熱、蟬噪蟲鳴的嘈雜或個人心情的煩悶，「震耳欲聾的寂靜」表現了強烈的對比感，恰能展現人類心靈中「寂靜」與「躁動」的矛盾。透過映襯修辭的理論，使原本看似矛盾的語句得到充分而合理的詮解。

華人文學中有許多為了隱晦或影射某事而形成的雙關語句，若單就語法來理解，可能無法尋得文字的真義。例如：

> 洞房昨夜停紅燭，待曉堂前拜舅姑，妝罷低聲問夫婿，畫眉深淺入時無。[12]

這是唐代朱慶餘寫給張籍的一首詩，詩題為〈近試上張水部〉。從詩的字面意看，這是一位新婚的女子對著夫婿輕問，自己的裝扮是否符合流行，以待明曉拜見公婆不會失禮。內容文意顯然與詩題的「近

---

11 張菱舲：〈聽，聽，那寂靜〉，《聽，聽，那寂靜》（臺北市：阿波羅出版社，1970年），頁2。

12 〔唐〕朱慶餘：〈近試上張水部〉，《全唐詩》（西安市：延邊人民出版社，2004年），卷515。

試」無關，外籍學生很容易混淆。若從修辭學的角度看，這首詩顯然運用了「語意雙關」的修辭技巧，詩中「待曉堂前拜舅姑」乃雙關「正式的科舉考試」，而「畫眉深淺入時無」則雙關「詩文是否得宜」。這是朱慶餘在科考之際寫給張籍的溫卷之作，此詩一方面展現自己的文才，另一方面也有請益之意，藉由寫作背景和雙關修辭的理解，我們才能尋得文本的真義。

由此可見，運用修辭的概念來探索文字的深層情意，確實可以在華文閱讀中幫助文意的理解。

2 提供華文文本的鑑賞重點

文學鑑賞是華文閱讀訓練的進階課程，華語文教師不僅要提供外籍學生完整的華文鑑賞知識，更應積極培養學生獨立的文學鑑賞能力。在前述華語修辭之本質提到，華語修辭屬於主觀的形象思維，偏重於意象的美感表現。也就是說，修辭是在意象形成與詞彙指稱的基礎上，進一步探討意象美感的表現。所以，我們從修辭學的角度來鑑賞文本，事實上就是掌握文學作品在形象思維方面的表現藝術。試舉王鼎鈞〈一方陽光〉[13]的一段文字為例：

> 現在，將來，我永遠能夠清清楚楚看見，那一方陽光鋪在我家門口，像一塊發亮的地毯。然後，我看見一只用麥稈編成、四周裹著棉布的坐墩，擺在陽光裡。然後，一雙謹慎而矜持的小腳，走進陽光，停在墩旁，腳邊同時出現了她的針線筐。一隻生著褐色虎紋的狸貓，咪嗚一聲，跳上她的膝蓋，然後，一個男孩蹲在膝前，用心翻弄針線筐裡面的東西，玩弄古銅頂針和粉紅色的剪紙。那就是我，和我的母親。

---

13 王鼎鈞：〈一方陽光〉，《碎琉璃》（臺北市：爾雅出版社，2003年），頁47-58。

這是一段描寫作者與母親坐在陽光下享受天倫之樂的景象，文中所明指的「現在」、「將來」之時空，明示作者所描寫的景象是一個不存在的、懸想的「虛空間」，一方陽光、一只坐墩、母親的小腳、腳邊的針線筐、一隻狸貓和一個蹲在母親膝前的男孩，都只是作者的想像。在語文中利用人類的想像力，把實際上不聞不見的事物，說得如見如聞的修辭方法，稱作「示現」。[14]作者很顯然地運用了「懸想示現」的修辭技巧，不僅訴諸於讀者的感官，引起了鮮明的印象，更能訴諸讀者的想像，激起了共鳴的情緒。

藉由「示現」修辭的理論，我們對於王鼎鈞這一段「虛空間」的描寫，有了更深刻而客觀的分析，不僅點出王氏寫作技巧的理論基礎，更能藉此掌握這段文字的藝術美感。可見華語修辭學的理論充分提供了鑑賞文本的重點，這是華語教師在從事修辭教學時所應體認的具體效果。

（三）修辭學在華文寫作上的應用與效果

閱讀與寫作是一體兩面的互動行為。一般而言，作家在創作之前，已經形成自我的基本風格和中心情理（主旨），再經由主觀的觀察、記憶、聯想、想像等過程，蒐集適當的材料而形成意象，透過相對應的符號（一般是文字）表現出來，或進一步運用文學技巧（一般是修辭）以美化意象；另一方面又透過邏輯思維以組織材料的客觀條理，逐步積字成句，積句成篇，以完成文章的創作，而字句的邏輯稱為文法，篇章的邏輯稱為章法。這是寫作的心理過程，一般呈順向發展。我們閱讀文章時，通常會透過文學作品的材料，以瞭解其個別意象，並藉由意象之符號體會其詞彙與修辭的美感；另一方面，又透過

---

14 黃慶萱：《修辭學》，頁305。

文法來瞭解字句的條理，運用章法以分析篇章的邏輯；再進一步結合主觀的形象美感與客觀的邏輯思維，逐步推展出文章的核心情理，並歸結出文章的韻味與風格。這是閱讀（含鑑賞）的心理過程，一般呈逆向推展。閱讀與寫作就是逆向與順向的互動關係。

　　從讀寫互動過程來看，修辭學在閱讀與寫作上的功能是非常重要的。關於修辭在華文閱讀的應用與效果已如前述，單就華文寫作來說，修辭在寫作上的功能主要偏於文章形象美感的經營，茲舉例分述如下：

1　經營遣詞造句的美感效果

　　修辭應用在寫作上能經營遣詞造句的美感效果，因為它著重於優美型式的設計，例如：

　　　　臺北的雨季濕漉、淒冷而灰暗。

如果我們運用類疊修辭可以改成：

　　　　臺北的雨季濕漉漉，冷淒淒，灰暗暗的。[15]

這裡將「濕漉」、「淒冷」、「灰暗」形容詞改成了疊字的形式，營造出特殊的節奏感。又如：

　　　　我不禁汗流浹背而淚流滿面了。

如果改成：

15　羅蘭：〈那豈是鄉愁〉，《羅蘭散文》上冊（深圳市：海天出版社，1988年），頁167-174。

> 我不禁汗涔涔而淚潸潸了。[16]

運用疊字，同樣營造節奏的美感，而那種流汗與流淚的意象也更加鮮明。修辭所注重的優美形式之設計，不僅是類疊修辭而已，我們所熟知的「對偶」在寫作上也發揮了極大的作用。以「句中對」為例：

> 驚動天地→驚天動地
> 千萬兵馬→千軍萬馬
> 形影孤單→形單影隻
> 光耀祖宗→光宗耀祖

從平述句改成對偶句，光是對仗與平衡的美感就明顯很多。其餘如「單句對」的例證更多，如：

> 在這清幽的大自然裡，可以觀賞優美的山川，可以和無邪的動物交心。

如果我們在字句的對偶上稍作修飾，可以改成：

> 在這清幽的大自然裡，有優美的江山可以觀賞，有無邪的動物可以交心。

這裡僅更動字句而不影響句意，卻能營造字句對稱的美感。在寫作上若能善用對偶技巧，對於遣詞造句的美化應有極大的幫助。

2 輔助形象思維的完整呈現

如前所述，由人類所創作的文學作品皆由形象思維與邏輯思維相融而成。專就形象思維而言，意象的形成仍不足以成為文學，尚需要

---

16 朱自清：〈匆匆〉，陳啟俊編著：《朱自清》（臺北市：三民書局，2006年），頁3-6。

詞彙作為媒介，以傳達意象的情理。而針對詞彙進行美感修飾，才可以完成文學作品在形象思維方面的藝術表現。可見文學作品之形象思維必須經由意象之形成、意象之指稱（詞彙）、意象之表現（修辭）等過程，才得以完整呈現。所以，熟習修辭對於寫作之形象思維的完整呈現具有輔助、統整的功能。例如：

> 聖約翰學院的草像一片海，而那堆樓倒像海上航行的古船；克來爾學院的草像一片雲，而那座橋像雲堆裡浮出的新月；耶穌學院的草地剪得那麼圓，像一個鋪滿了綠藻的湖面；愛德華學院的草地，裁得那麼正，又像一個鑑開百畝的方塘。[17]

這是陳之藩先生描寫英國劍橋大學各學院的草地形貌，作為論述「察理」的例證，他運用了譬喻修辭技巧來辨析各大學草地的不同。所謂「譬喻」修辭的精神在於運用熟悉、具體、已知之事物，來形容陌生、抽象、未知之事物，可以使讀者對於原本陌生、抽象或未知的事物產生更鮮明的意象。我們不見得親眼目睹美國大學的草皮，卻能透過陳之藩的生動描述，清楚辨別它們的不同，這就是譬喻修辭所營造的美感效果。如果這段文字缺少了生動的譬喻，那麼作者所要傳達的草地意象便大打折扣了。不只譬喻技巧具備這種功能，其他修辭亦有輔助形象思維呈現的作用。再如：

> 義大利麵包倒不黑，可是硬得像鞋底。有些父母喜歡在飯桌上教訓女兒，在義大利可不妥當。萬一愈說愈氣，拿起麵包當戒尺，非把小嫩肉打出血來不可。[18]

---

17 陳之藩：〈明善呢，還是察理呢〉，《劍河倒影》（臺北市：天下遠見出版公司，2006年），頁171-175。

18 鍾梅音：〈生活與生存〉，《海天遊蹤》（臺北市：中華大典編印會，1966年），頁75-

這段文字運用譬喻和物象誇飾的技巧，把義大利麵包比喻成堅硬的鞋底，其形象已經非常鮮明，作者更進一步假設用麵包打人可以打出血來，使麵包「堅硬如鞋底」的形象更為凸顯，情意更加鮮明，如果不是譬喻與誇飾修辭的交錯運用，則無法完整呈現義大利麵包的內外特質。

四　修辭學融入華語文教學的具體原則

修辭學既能有效運用於華語文的會話、閱讀和寫作教學之中，落到實際的教學層面，仍應有基本的原則與技巧。具體來說，在教學態度上要深入淺出，在教學內容上要具體而微，在教學方法上要循序漸進，面對教學對象要因材施教。試舉例說明如下：

（一）深入淺出的教學態度

身為一個語文教師，必須深度涉獵各層面的語文知識，以建構自我的專業素養，因應教學之所需。當教師進行教學時，卻不能將所學語文知識的相關理論一字不改地教給學生，而需要轉化成淺顯易懂的模式，才能被學生接收。所謂「深入地研究、淺出地教學」，即是此理。

修辭學融入華語文教學尤其需要遵守深入淺出的原則。以「借代」修辭為例，所謂「借代」是指在談話或行文中，放棄通常使用的本名或語句不用。而另找其他與本名密切相關的名稱或語句來代替。[19]其美感效果除了使文辭新奇有趣之外，還可以凸顯事物的特徵，使語

83。

19　黃慶萱：《修辭學》，頁355。

意表達更為貼切、細膩、深刻。在陳望道先生的《修辭學發凡》將「借代」修辭分為八種[20]：

以事物的特徵或標誌代替事物 ┐
以事物的所在或所述代替事物 ├ 此四種稱為「旁借」
以事物的作者或產地代替事物 ├
以事物的材料或工具代替事物 ┘

部分和全體相代 ┐
特定和普通相代 ├ 此四種稱為「對代」
具體與抽象相代 ├
原因和結果相代 ┘

這八種借代類型必須透過實例說明，才能區分期細部的差異，試表列舉例說明如下：

借代之類型	舉　　例	說　明
1.以事物的特徵或標誌代替事物	阿波羅已道別，他在忙碌地收拾／那樹隙間漏下的小圓暈（林泠〈菩提樹〉）	以「阿波羅」代指太陽。
2.以事物的所在或所述代替事物	一連五六個春夜，每次寫到全臺北都睡著，而李賀自唐朝醒來。（余光中〈逍遙遊後記〉）	以「全臺北」代指全臺北的人。
3.以事物的作者或產地代替事物	李堅彈蕭邦，彈李斯特，彈莫札特，也彈中國樂曲，他的琴聲使熱愛音樂的歐洲聽眾如癡如醉。（趙麗宏〈團圓鳴奏曲〉）	「蕭邦」指的蕭邦的樂曲，其餘「李斯特」、「莫札特」亦同。

20 陳望道：《修辭學發凡》（上海市：上海教育出版社，1997年），頁80-92。

4.以事物的材料或工具代替事物	在早年，弓馬刀劍本是比辯論修辭更重要的課程。（楊牧〈延陵季子掛劍〉）	「弓馬刀劍」都是騎馬、射箭、武術的工具。
5.部分和全體相代	青春早已自油鹽柴米中一點一滴的剝損殆盡。（紫雲：〈逝去的年華〉）	「油鹽柴米」是生活中的一部分，此與「生活全部」相代。
6.特定和普通相代	不是沒有人才，是沒有識人才的眼睛。不是沒有良馬，而是一些根本未見過馬的人，自欺為伯樂而已。（陳之藩：〈第五封信——紀念適之先生之亡〉）	「伯樂」原是識馬之人，代指一般識才之人。
7.具體與抽象相代	被花朵擊傷的女子／春天不是他真正的敵人（瘂弦〈棄婦〉）	此以「花朵」代愛情。
8.原因和結果相代	老太太發誓說，她偏不死，先要媳婦直著出去，她才肯橫著出來。（張愛玲〈五四遺事〉）	「直著出去」是「離婚」的結果，「橫著出來」是「死了」的結果。

身為華語教師，對於借代修辭的定義、類型與美感效果，必須深入分析，並熟知彼此之間的差異，才能有效融入教學。然而落到實際教學中，卻不能將八種借代類型原原本本、洋洋灑灑地教給學生，教師只需要透過實例，讓學生瞭解語句借代詞彙的語意和美感效果，並引導學生照樣造句，就能有效熟習借代修辭的技巧。舉例來說：

　　一連五六個春夜，每次寫到全臺北都睡著，而李賀自唐朝醒來。

「全臺北」是「全臺北的人」的代指，教師在說明這句話的意義與借代詞彙的作用之後，可以要求學生造句，如：

　　每到鮪魚盛產的季節，全日本都陷入品嚐鮪魚的瘋狂。（藤田

吉光・日本）

能源危機再度來臨，全世界都在實施節能減碳的計畫。（陳嘉
星・新加坡）

整個城市都知道，遵守交通規則是市民應盡的義務。（李逸
芳・新加坡）

這些句子是外籍學生造句再經過教師修飾的作品，其中「全日本」、
「全世界」、「整個城市」都已符合「借代」技巧的原則。透過造句的
練習，學生能在簡易的「作中學」過程熟習修辭技巧，而教師也憑著
修辭的專業知識進行語句的評改，這就是進行華語修辭教學所體現的
深入淺出的原則。

（二）具體而微的教學內容

語文教學強調具體圖象的運用，使學生透過具體事物以理解抽象
詞彙的意義。在修辭學融入華語文教學中，尤其需要把握具體而微的
原則。如前所述，修辭是辭章意象的美感表現，而意象的本質又是具
體圖象與抽象意念的組合，所以運用具體圖象來思辨的修辭格，就自
然而然成為修辭學中的主流。以摹寫修辭為例，所謂「摹寫」，又稱
「摹況」，是指對自己所感受到的各種境況，特別是其中的聲音、色
彩、形狀、氣味、觸感等，恰如其實地加以形容描述。[21]可見摹寫修
辭所注重的是感官知覺的描摹，它有單一知覺的摹寫，如：

好幾次躺在草原上，才認識到雲的確有很多種：像晶瑩的羽毛
在天空最高處靜靜飄浮的卷雲；午後的西天山頂間像一大堆白

---

21 黃慶萱：《修辭學》，頁67。

色花椰菜簇擁堆疊的雲。[22]

這是視覺摹寫，同時又運用了譬喻法，使雲的意象更加鮮明。又如：

絕句該吟該唱，或添幾個襯字歌唱一番。蟬是大自然的一隊合
唱團，以優美的音色，明朗的節律，吟誦著一首絕句。[23]

這是聽覺摹寫，同時又以「絕句」來形容蟬的叫聲，更令人發思古之
幽情。再如：

而就憑一把傘，躲過一陣瀟瀟的冷雨，也躲不過整個雨季。連
思想也都是潮潤潤的。[24]

這裡的「冷雨」顯然運用了膚覺的摹寫，而抽象的思想被形容成「潮
潤潤的」，不僅是膚覺摹寫，更融入了轉化修辭中「具象化」的技
巧，使其具體的質性更加鮮明。當然，人類對於外物的感知常常是融
合各種感官以形成知覺的，所以摹寫技巧也常常是一種綜合呈現的方
式。例如：

西湖的夏夜是熱蓬蓬的，水像沸著一般，秦淮河的水卻儘是這
樣冷冷地綠著。任你的人影幢幢，歌聲的擾擾，總像是隔著一
層薄薄的綠紗面幕似的，他儘是這樣靜靜的，冷冷的綠著。[25]

其中「熱蓬蓬」是膚覺摹寫，「人影幢幢」、「一層薄薄的綠紗面幕」
是視覺摹寫，而「歌聲的擾擾」是聽覺摹寫。這種描寫景物的方式一

---

22 陳列：〈八通關種種〉，《永遠的山》（臺北市：玉山社，1998年），頁112-131。

23 簡媜：〈夏之絕句〉，《水問》（臺北市：洪範書店，2003年），頁66-71。

24 余光中：〈聽聽那冷雨〉，《聽聽那冷雨》（臺北市：九歌出版社，2002年），頁31-37。

25 朱自清：〈槳聲燈影裡的秦淮河〉，陳啟俊編著：《朱自清》，頁7-21。

方面比較豐富生動，另一方面也較為符合人類的思維習慣。此外，「冷冷地綠著」卻有著視覺通觸覺的技巧，這種運用感官知覺的轉移來形成「移覺」的作用，是文學創作有別於其他藝術形式的特有技巧，通常又會造成「通感」的效果。[26]又如：

> 陽光好亮，透過葉隙叮叮噹噹擲下一大把金幣。[27]

「陽光好亮」是視覺，作者卻運用「叮叮噹噹擲下一大把金幣」的聽覺摹寫來形容，形成視覺通聽覺的美感效果，對於陽光的形象也更能引發驚讚的共鳴。

　　華語教師在指導學生相關修辭技巧時，若能掌握「具體而微」的原則，讓學生運用具體圖象來思辨，對於熟習修辭技巧應有極大的助益。以前述摹寫修辭為例，華語教師可以不必刻意去強調區分何種感官知覺，而是直接透過照片或圖畫來引導學生描寫景物，再根據學生的作品進行修飾與指正，相信可以逐步引導學生正確運用摹寫技巧，以提升教學的成效。

（三）循序漸進的教學方法

　　語文教育不是抄短線、走捷徑的工作，它不可能在兩、三節課的進度中就收到立竿見影的效果，而往往是經年累月、毫不間斷的練習

---

26 「移覺」的作用與「通感」互有異同。黃麗貞《實用修辭學》提到：「『移覺』是感官之間形容詞的挪用，彷彿叫人用眼去聽，用耳朵去看，比較偏守在器官之間；但是，因見紅而感到溫暖，對綠色感到寒涼，比較偏向於移情的目的。亦即『移覺』為感官經驗的互通，『通感』為統攝感官經驗的『心覺』。」（臺北市：國家出版社，2004年），頁169。

27 張讓：〈夏天燃起一把火〉，《當風吹過想像的平原》（臺北市：爾雅出版社，1991年），頁129-139。

與接觸，才能逐漸領略語文系統的內涵，進而活用自如。所以，身為
語文教師，必須掌握循序漸進的原則，逐步引導學生從簡單而繁複、
從淺近而深遠、從初級而高階，在循序漸進、潛移默化的過程中，傳
授語文知識，指導語文學習的方法，學生才可能漸入佳境，對於語文
的學習也不致望而卻步。

　　教師在從事修辭學融入華語文教學時，更應該把握這項重要原
則。因為各種修辭技巧大都已建構了理論基礎，有些修辭格的定義、
內涵晦澀難懂，想要理解其意義已非易事，更遑論活用在華語文的會
話、閱讀與寫作之中。因此，華語文教師在進行修辭教學時，必須根
據每一種修辭格的學理與特色，設計具體而細緻的教學步驟，逐漸引
領學生理解修辭之內涵與定義，進而應用在日常的語文活動中。以
「象徵」修辭的教學為例，教師必須在教學之前先瞭解「象徵」修辭
的定義。根據黃慶萱《修辭學》所言：

> 任何一種抽象的觀念、情感、與看不見的事物，不直接予以指
> 明，而由於理性的關聯、社會的約定，從而透過某種具體形象
> 作媒介，間接加以陳述的表達方式，名之為「象徵」。[28]

可知象徵修辭是以具體的事物作媒介，來陳述抽象的觀念、情感或看
不見的事物，而所選取的具體事物還需要透過理性的關聯與社會的約
定俗成才足以成立。所以教師要進行象徵修辭的教學設計，必須掌握
此一修辭的重點：

1、具體事物與抽象情理的關係。

2、符合理性的關聯。

3、符合社會的約定俗成。

---

28 黃慶萱：《修辭學》，頁477。

從修辭心理的角度來看，這三項重點實可與人類的「聯想心理」作一聯結。

「聯想力」是人類與生俱來的能力之一，也是我們在語文能力訓練過程中最常運用的能力之一。另一方面，「具體」與「抽象」本來也是審美心理結構中常存的一種「二元對待」關係。蔣孔陽在其《美學新論》中提到：

> 具象性與抽象性，本來是人類心理結構中一對既矛盾而又統一的範疇。它們不是絕對地相互排斥，而是相反相成。我們認識客觀現實，有形象的方式，也有概念的方式。這兩種方式固然各有其特殊的規律，特殊的功能，但它們都統一於人的內心的結構中。[29]

蔣氏所言，印證了「具象性」與「抽象性」之間「相反相成」的本質。既然「具體」與「抽象」有如此密切的關聯，而一般人也大都接理解這樣的對待關係，如果再透過聯想力來設計語文訓練的題目，可以有效引導學生體會兩者之間「矛盾又統一」的關係。例如：

1 請根據表格中所列舉的具體事物，聯想其可能產生的抽象情意：

具體事物	抽 象 情 意
蛇（snack）	邪惡、陰險、祖靈、思念、怨恨……
烈火（fire）	愛情、希望、熱情、憤怒、……
白雲（cloud）	自由、飄泊、純潔、……
夕陽（sun in the evening）	終結、晚年、溫暖、……

---

29 蔣孔陽：《美學新論》（北京市：人民文學出版社，1995年），頁324。

花朵的凋零（drooped flower）	死亡、絕望、……

教師在進行此一題目時，可以先列出若干具體事物，再配合圖片引導，由學生憑自己的聯想力自由回答，教師則儘量放寬範圍，將較為合理的答案記下。而題目之設計也可以反向進行，如：

2 請根據表格中所列舉的抽象情理，寫出可以相對應的具體事物：

抽象情理	具　體　事　物
憤怒（angry）	烈火、火山、暴風雨、海嘯、……
自由（freedom）	白雲、飛鳥、大海、……
純潔（chast）	白紙、礦泉水、小孩、小白兔、……
思念（missing）	絲綢、雪花、蛇、月亮、……
愛情（love）	烈火、玫瑰、圍巾、手套、……

透過具體事物與抽象情理之間的反復練習，一方面可以訓練學生的聯想力，一方面也使學生藉由日常生活的事物體認到「具體」與「抽象」的互動關係。待完成這兩項訓練之後，教師可以進一步援引著名文學作品中有關象徵修辭的實例，讓學生認知合理的聯想之外，仍須有社會的約定才足以形成一個完整的象徵義。例如：

3 請指出表格中文句的象徵事物所蘊含的象徵義：

實　　　例	象徵事物	象徵義
向晚意不適，驅車登古原，夕陽無限好，只是近黃昏。（李商隱〈登樂遊原〉）	夕陽	即將終結的生命
百步蛇死了／裝在透明的大藥瓶裡／瓶邊立著	百步蛇	原住民祖先的

「壯陽補腎」的字牌／逗引著在煙花巷口徘徊的男人／神話中的百步蛇也死了／牠的蛋曾是排灣族的祖先／如今裝在透明的大藥瓶裡／成為鼓動成是慾望的工具（莫那能〈百步蛇死了〉）		英靈
日日／月月／千百次升降於我脹大的體內／石柱上蒼苔歷歷／臂上長滿了牡蠣／髮，在激流中盤纏如一窩水蛇（洛夫〈愛的辯證〉）	水蛇	由思念轉成的怨恨

藉由文學作品的介紹與分析，使學生更進一步體認到象徵修辭在文學創作中的價值，更認知到這種修辭法必須兼顧「合理的關聯」與「社會的約定」，才足以形成可引發共鳴的象徵意義。最後，教師可以引用作家的作品，訓練學生尋找文中的象徵事物與象徵義。如：

4 請閱讀下列短文，並指出文中的象徵事物與象徵意義：

> 鄉下沒有電燈，屋子裡暗洞洞的。只有床邊菜油燈微弱的燈花搖曳著。照著阿月手腕上黃澄澄的金手鐲。我想起母親常常說的，兩個孩子踱著燈花把眼睛看鬧了的笑話，也想起小時候回故鄉，母親把我手上一隻金手鐲脫下，套在阿月手上時慈祥的神情，真覺得我和阿月是緊緊扣在一起的。我望著菜油燈燈盞裡的兩根燈草心，緊緊靠在一起，一同吸著油，燃出一朵燈花，無論多麼微小，也是一朵完整的燈花。我覺得和阿月正是那朵燈花，持久地散發著溫和的光和熱。[30]

這段文字所運用最明顯的象徵事物有二：一是「金手鐲」，二是「兩

---

30 琦君：〈一對金手鐲〉，《桂花雨》（臺北市：格林文化事業公司，2002年），頁22-35。

根燈草心」，都象徵作者與童年玩伴阿月堅定而緊密的友情。

在華人的古典詩歌及現代詩、散文與小說中，常常出現象徵事物，其意義有些淺顯易懂，有些卻晦澀難辨。華語教師若能回歸到象徵修辭最原始的心理基礎，運用具體圖象慢慢地引導學生聯結到抽象的情理，使學生逐漸體認象徵修辭的理論與實用，就能逐步建立他們在閱讀文本時尋找象徵物與象徵義的能力。由此可見「循序漸進」也是進行華語修辭教學時必須遵守的重要原則之一。

（四）因材施教的教學理念

面對以華語作為「第二外語」學習的學生群，其本身程度良莠不齊，對於華語的理解能力也高低有別。所以，個別指導的模式，並根據其程度高低實施不同的教學內涵，便成為華語文教學的重要原則。華語修辭是在既有的華語詞彙上進行美感的修飾，無論是華語會話或華文的閱讀與寫作，融入修辭技巧是屬於進階的語文活動，教師在進行華語修辭教學時，尤需要因材施教，才能收到具體的效果。

以「錯綜」修辭為例，凡把形式整齊的辭格，如類疊、對偶、排比、層遞等，故意抽換詞彙、交蹉語次、伸縮文句、變化句式，使其形式參差，詞彙別異，叫做「錯綜」。[31]根據這樣的定義，「錯綜」修辭相對於「類疊」、「對偶」、「排比」、「層遞」等辭格所強調的「整齊」美感，其展現的是另一種強調「變化」的美感效果，而其形成錯綜的方法至少有四種：

（1）**抽換詞彙**——將同一句子或上下兩句重複出現、意念相同的詞語，改換成另一個同義或義近的詞語。例如：

---

31 黃慶萱：《修辭學》，頁753。

　　輕輕的我走了，／正如我輕輕的來；／我輕輕的招手，／作別
西天的雲彩。…………
　　悄悄的我走了，／正如我悄悄的來；／我揮一揮衣袖，／不帶
走一片雲彩。[32]

「輕輕的」與「悄悄的」義近而詞彙不同，「輕輕的招手」與「揮一
揮衣袖」動作接近而詞彙不同，形成詞彙變化的美感。

　　（2）交蹉語次——將上下詞句調動次序，故意安排得參差不齊。
例如：

　　有人認為文學是時代的產兒，飛揚的時代，有飛揚的文學，頹
廢的文學，有頹廢的時代。[33]

原為「頹廢的時代，有頹廢的文學」，作者刻意交換語序，寫成「頹
廢的文學，有頹廢的時代」，形成語次變化的美感。

　　（3）伸縮文句——將相同的句子，增加或減少字數，使句子長短
不齊，呈現參差的變化。例如：

　　每一次出國是一次劇烈的連根拔起。但是他的根永遠在這裏，
因為泥土在這裏，落葉在這裏，芬芳亦永永遠遠播揚自這
裏。[34]

---

32 徐志摩：〈再別康橋〉，洪淑苓編著：《徐志摩》（臺北市：三民書局，2006年），頁
　　119-124。

33 梁實秋：〈文人對時代的責任〉，《實秋雜文》（臺北市：水牛出版社，1998年），頁
　　1-4。

34 余光中：〈蒲公英的歲月〉，《左手的掌紋》（南京市：江蘇文藝出版社，2003年），
　　頁267-275。

最後一句從原來「芬芳在這裏」伸長為「芬芳亦永永遠遠播揚自這裏」，形成長短參差的句式。

（4）變化句式——將肯定句和否定句，直述句和設問句，駢式句和散式句等穿插使用，呈現詞理變化的美感。例如：

> 作客山中的妙處，尤在你永不須躊躇你的服色與體態，……你再不必擔心整理你的領結，你儘可以不用領結，給你的頸根與胸膛一半日的自由。[35]

「你再不必擔心整理你的領結」是否定句，而「你儘可以不用領結，給你的頸根與胸膛一半日的自由」是肯定句，這段文字形成了否定句與肯定句的相間，營造句式變化的美感。

「錯綜」修辭的四種類型，在閱讀的辨識與寫作的運用上有其難易之分。根據學習者的心理，「抽換詞彙」強調同義詞彙的互換，應較為簡易；而「交蹉語次」著眼於語句次序的變換，雖比較複雜，仍能普遍運用在讀寫活動中；至於「伸縮文句」則是在整齊排比句的基礎上變化語句的長短，需有豐富的詞彙能力才能運用自如；而「變化句式」是最複雜的錯綜句式，無論閱讀或寫作，均需理解肯定句與否定句、直述句與疑問句、駢式句與散式句基本質性，並辨識兩者之間的基本差異，才能體會其美感效果，或適度運用於寫作中。因此，教師在進行錯綜修辭融入華語文教學時，必須針對不同學生的資質，提供或淺或深的理論與習作，才能引發學習興趣，達成學習效果。例如，針對初學華語的學生，在設計「抽換詞彙」的習作時，可以練習「一義多詞」的教學活動：

---

35 徐志摩：〈翡冷翠山居閒話〉，洪淑苓編著：《徐志摩》，頁182-189。

> 慢慢地→緩緩地、輕輕地、悄悄地……
>
> 很快樂→很愉快、很高興、很喜悅……
>
> 可愛→可親、可憐

再根據這些詞彙進行造句，例如：

> 時間慢慢地消逝，而我雀躍的心情也緩緩地滑落。
>
> 在這空曠的草原，你可以很快樂的吶喊，很高興的跑跳，很喜悅的唱歌。
>
> 在森林裡，盡是可愛的小草、可親的大樹和令人憐愛的小動物。

上述三例皆由於同義詞彙的互換，減少了字句中詞彙的重複，也增加了句式變化的美感。

至於針對華語學習稍具基礎的中、高級學生，設計「伸縮文句」的習作，可以運用整齊的排比句來改換句式。如：

> 這裡有成群的蜜蜂、成雙的蝴蝶和成天的蟬噪。

改寫成→這裡有成群的蜜蜂、成雙的蝴蝶和整日漫天價響的蟬鳴鼓
　　　噪。（藤田吉光・日本）

> 人可以沒有朋友，沒有愛情，卻不能沒有親情。

改寫成→人可以沒有朋友，沒有愛情，卻不能失去與生俱來、天經地
　　　義的骨肉親情。（李逸芳・新加坡）

上述二例皆加入了形容詞的修飾而伸長了句式，讓原本較為呆板的排比句產生了參差變化的美感。

從上述具體原則的說明，我們不難發現，華語教師若能在教學態

度、內容、方法及教學之對象上掌握適度的原則，複雜而多元的修辭學要融入華語文教學將不是難事，亦將有助於提升教學的品質。此外，教師若能在實際教學的過程中，援引適當的圖象以提供學生思辨，或運用比較教學法來說明語法與修辭的差異、修辭格之間的差異，或更進一步強調修辭的心理基礎與美感效果，並時時針對學生的閱讀理解與寫作作品進行回饋修改，必能提升其教學成效，使修辭學成為華語文教學的美容師，提供教學實作更豐富的色彩。

四　結語

　　語文教育必須兼有周密的教學理論與完整的教學實務。理論的周密性可以提升教學的高度，易於發現問題、解決問題；而完整的教學程序可以落實教育理念，易於印證理論、調整學理。修辭學融入華語文教學是一條可行的教學之路。我們從探索華語修辭的本質，發現華語修辭具有深度的哲學基礎，它屬於一種主觀的形象思維，同時又注重意象的美感表現。這些特質使我們進一步探討華語修辭在華語文的會話、閱讀及寫作上，皆具有積極修飾的效果。基於這些理論基礎，我們將修辭學融入華語文教學應可落實，只要掌握深入淺出的態度，提供具體而微的內容，運用循序漸進的方法，並針對不同對象因材施教，不僅能使學生體認語文學習更高一層的「美的教育」的境界，對於華語文教學的多元發展亦有相當助益。

——原刊於《中原華語文學報》第二期，2008年10月

華語文教學與古典文獻閱讀

提要

　　所謂「古典文獻」，是指使用古代漢語書寫而成的文本，包括記載歷史、表達哲理等內容的散文，及古典詩、詞、曲、賦等韻文。在華語文師資培育中，除了漢語語言學與教材教法的課程之外，華人文化也是教師必須涉獵的知識，而閱讀華文古典文獻，就是最根本、最有效的方法。本文以中國古代史傳散文裡的《左傳》、《史記》為考察對象，說明古典文獻閱讀在華語文教學中的價值，同時提出閱讀教學的策略與實作。研究發現，古典文獻不僅是古代漢語知識的寶庫，更蘊含豐富的華人文化知識，我們只要選擇適當的版本，運用正確的文白對照，再加上相關文獻的旁證與圖影的輔助說明，對於厚實華語文教師的國學基礎助益頗大，更可以針對中、高級程度的華語學習者設計古文閱讀課程，達到提升華語語文能力、引介華人深度文化的效果。

關鍵詞：華文閱讀、古典文獻、左傳、史記

一 前言

華文閱讀教學向來受到華語文教學與研究的忽略，其原因在於以華語作為第二語言的學習者，聽與說的華語學習較為迫切，而讀與寫的華文訓練需求較小。尤其是華文閱讀的教學，大都採用近、現代作家的作品，作為閱讀的文本，鮮少涉獵中國古代的文獻資料。就華語文師資培訓的角度來看，華語文教師當然必須熟讀近、現代名家的作品，以因應教學所需。然而，教師仍須涉獵中國古代的重要文獻，不僅可以瞭解古代漢語的用法，更能藉此一窺中華文化的面貌。本文探討古典文獻閱讀與華語文教學的關係，先分析古典文獻閱讀在華語師資培訓中的價值，進而提出閱讀策略，並以《左傳》、《史記》為例，模擬閱讀教學之實作，期能針對華語文教師訓練的需求，提出具體的意見。

二 華語文教師與古典文獻閱讀之密切關係

現代漢語語法系統是從事華語文聽、說、讀、寫的基礎，而全球更有百分之七十以上的華語學習人口使用簡體字。在這樣的華語學習環境中，使用古代漢語系統及正體字所書寫的古典文獻，究竟還有什麼價值？從文化的角度來看，文化的認知是語言學習必須經歷的過程，華語文的教學自不例外。中華文化歷經幾千年的累積，其內容之博大，其蘊含之精深，透過歷代文獻資料，傳承了這一個龐大圓融的文化體系。華語文教師不僅是華語文的教授者，更是中華文化的仲介者。而古典文獻恰好提供了豐富的資源，可以作為華語文教師引界、傳播華人文化的憑藉。就華語文教學來說，古典文獻具有三種價值：

（一）古典文獻是古今漢語知識的寶庫

古典文獻蘊含許多漢語知識，無論是語法、詞彙、修辭，皆有其值得探索效仿之處。茲就語言辭章的各項領域，分述其內涵如下：

1 語法知識

古典文獻所使用的漢語系統與現代漢語不同，兩者雖有差異，彼此卻有傳承關係。透過適當的分析比較，不僅可以認知古今漢語語法的異同，更可以深入瞭解各式語法或詞彙的根源。例如《左傳·桓公六年》記載：

> 公之未昏於齊也，齊侯欲以文姜妻鄭大子忽。大子忽辭。人問其故，大子曰：「人各有耦，齊大，非吾耦也。」[1]

「昏」，通「婚」字；「大子」即「太子」；「耦」，同「偶」，即「配偶」之義。從這些通同字可以看到春秋古字與現代今字的差異。整段文字是說魯桓公在未向齊國求婚時，齊襄公曾想把文姜嫁給鄭太子忽。太子忽推辭，認為人各有合適的配偶，齊國強大，不是我合適的配偶。「公之未昏於齊也」句中的「之」、「也」，在語意上取消了句子的獨立性，成為時間狀語的從句，以現代漢語句型來說，通常變為「在……的時候」，也非獨立句。至於「欲以文姜妻鄭大子忽」的「妻」字，乃轉品作動詞用，在此句是「嫁」的意思。

轉品用法在古文中至為常見，如《史記·孔子世家》記載：

> 景公問政孔子，孔子曰：「君君，臣臣，父父，子子。」[2]

1　〔周〕左丘明著，郁賢皓、周福昌、姚曼波注譯：《新譯左傳讀本》（臺北市：三民書局，2006年），上冊，頁109。

2　〔漢〕司馬遷著，郝志達、楊鍾賢譯注：《史記》（臺北市：建宏出版社，2007年），

所謂「君君」，意即國君要有國君的樣子；「臣臣」意即臣子要有臣子的樣子；「父父」意即父親要有作父親的樣子；「子子」意即兒子要有作兒子的樣子。第一個「君」、「臣」、「父」、「子」都是名詞；第二個「君」、「臣」、「父」、「子」則轉為動詞。古代漢語運用轉品來表達詞義，相較於現代漢語的句式，就更為言簡意賅了。

2 成語知識

　　成語是華語詞彙中最精粹的語料，其用字精簡，卻蘊含深刻而豐富的事義。成語多源自古代哲理散文中的寓言，或來自史傳散文的歷史記載。以《左傳》為例，這部本為《春秋》作傳的史書，在詳實的歷史敘事中，留下了許多至今為人們耳熟能詳的成語。如：「一鼓作氣」，是指古代作戰時，第一通鼓最能激起戰士們的勇氣；而今泛指第一次行事的氣勢最盛，也最容易達成目標。此成語源出《左傳・莊公十年》，其記載：

> 既克，公問其故？對曰：「夫戰，勇氣也。一鼓作氣，再而衰，三而竭。彼竭我盈，故克之。」[3]

齊桓公即位之初，齊魯兩國發生多次戰爭，魯國屢敗。曹劌自請跟隨魯莊公出戰，兩軍對峙之際，曹劌堅持等齊軍打三通鼓之後再擊鼓進攻，果然士氣逼人，攻克齊軍。其論戰爭所言「一鼓作氣，再而衰，三而竭」，流傳至今。

　　司馬遷之《史記》是中國最偉大的紀傳體史書。他以記錄人物為主軸，在本紀、世家、列傳諸體例中，生動地描寫歷史人物，其記錄

第三冊，頁334。

3　〔周〕左丘明著，郁賢皓、周福昌、姚曼波注譯：《新譯左傳讀本》，上冊，頁181。

史事所流傳下來的成語也非常豐富，如「四面楚歌」，乃比喻四面受敵，孤立無援。其典故出於《史記·項羽本紀》，其記載：

> 項王軍壁垓下，兵少食盡，漢軍及諸侯兵圍之數重。夜聞漢軍四面皆楚歌，項王乃大驚曰：「漢皆已得楚乎？是何楚人之多也！」項王則夜起，飲帳中。[4]

秦朝滅亡後，項羽和劉邦爭奪天下。後來約定以鴻溝為界，以東為項羽所有；以西則歸於劉邦。沒想到劉邦破壞約定，一方面率領軍隊攻打已經撤退的楚軍，一方面聯合其他將領的軍隊，將楚軍重重包圍在垓下。此時楚軍死傷慘重，糧食也快用盡。夜裡，竟從漢軍陣營傳來楚地歌謠，楚營士兵聽到故鄉的歌謠，不禁想起連年南征北討，已經很久沒有回去的故鄉，而項羽聽到歌謠也吃驚地說：「難道漢軍已經佔領了楚地？不然為什麼漢軍裡的楚人會那麼多！」於是他自認局勢已經無法挽救，連夜帶著士兵突圍而去。

其餘如「大義滅親」出自《左傳·隱公四年》，是指為了公理正義，不徇私情，滅了犯罪的親人；「行將就木」出自《左傳·僖公二十三年》，指年紀已大，壽命將近；「運籌帷幄」出於《史記·太史公自序》，意指在軍帳中出謀策劃；「子虛烏有」出於《史記·司馬相如列傳》，比喻假設而非實有的事物。這兩部史傳經典所流傳下來的成語不勝枚舉，足見其豐富的語料。

3 修辭知識

所謂修辭，是在既有的詞彙基礎上，進一步對詞彙作美感的修飾，或設計語文優美的形式，或調整語文表意的方法，以達到美化意

4　〔漢〕司馬遷著，郝志達、楊鍾賢譯注：《史記》，第一冊，頁295。

象的效果。[5]華語修辭學是近代文論家藉由歐美及日本相關理念，移植至中國而逐漸發展成熟的學門，事實上，修辭的形成，自人類有語文辭章的表達即已存在。中國古典文獻所呈現的修辭技巧更俯拾即是。

以《左傳》為例，〈僖公三十年〉曾記載秦、晉聯合攻打鄭國，鄭文公面臨國家即將滅亡的窘境，遂委身請求燭之武，出面遊說秦穆公退兵，燭之武在國家存亡關鍵之時而臨危授命，心中仍有不滿，他說：

> 臣之壯也，猶不如人；今老矣！無能為也矣。[6]

燭之武表示自己年輕時能力不足，故未受重用，而今年事已高，更無能為國效力。表面上說自己無能，實則怨嘆鄭文公識人不明，語調委婉卻充滿憤懣之氣。這是「婉曲」修辭運用純熟的範例。

《史記》之修辭則更為豐富，如〈陳涉世家〉記載：

> 陳涉少時，嘗與人傭耕，輟耕之壟上，悵恨久之，曰：「苟富貴，無相忘。」庸者笑而應曰：「若為庸耕，何富貴也？」陳涉太息曰：「嗟乎，燕雀安知鴻鵠之志哉！」[7]

陳涉所言「燕雀安知鴻鵠之志」，用燕雀比喻嗤笑之庸者，以鴻鵠自擬富貴之宏願，同時又暗引《莊子・逍遙遊》的概念，充分展現庸者的器識渺小與陳涉的遠大志向。

其餘如「內寵之妾，肆奪於市；外寵之臣，僭令於鄙」[8]有對偶

5　黃慶萱：《修辭學》（臺北市：三民書局，2002年），頁12。

6　〔周〕左丘明著，郁賢皓、周福昌、姚曼波注譯：《新譯左傳讀本》，上冊，頁455。

7　〔漢〕司馬遷著，郝志達、楊鍾賢譯注：《史記》，第二冊，頁587。

8　《左傳・昭公二十年》。

修辭;「名以出信,信以守器,器以藏禮,禮以行義,義以生利,利以平民」[9]呈現頂真現象;「怒髮衝冠」[10]運用轉化技巧;「披堅執銳」[11]則是具體與抽象之借代。可見古典文獻所提供的修辭語料非常豐富,此則不再贅述。

4 篇章邏輯

古典文獻大都是歷經千年流傳而不墜的語文資料,其邏輯思維的穩定性和完整性極高,足供現代漢語學習之參考。

以《左傳》為例,《左傳・莊公十年》記載齊魯「長勺之戰」,其文曰:

> 十年春,齊師伐我。公將戰,曹劌請見。其鄉人曰:「肉食者謀之,又何間焉?」劌曰:「肉食者鄙,未能遠謀。」
>
> 乃入見,問何以戰。公曰:「衣食所安,弗敢專也,必以分人。」對曰:「小惠未徧,民弗從也。」公曰:「犧牲、玉帛,弗敢加也。必以信。」對曰:「小信未孚,神弗福也。」公曰:「小大之獄,雖不能察,必以情。」對曰:「忠之屬也,可以一戰,戰,則請從。」
>
> 公與之乘。戰於長勺。公將鼓之,劌曰:「未可。」齊人三鼓,劌曰:「可矣!」齊師敗績。公將馳之,劌曰:「未可。」下,視其轍,登軾而望之,曰:「可矣!」遂逐齊師。
>
> 既克,公問其故。對曰:「夫戰,勇氣也。一鼓作氣,再而衰,三而竭。彼盈我竭,故克之。夫大國,難測也,懼有伏

9　《左傳・成公二年》。
10　《史記・廉頗藺相如列傳》。
11　《史記・項羽本紀》。

焉。吾視其轍亂，望其旗靡，故逐之。」[12]

此文寫曹劌「請戰」、「與戰」到「論戰」的過程，情節生動，條理清晰。根據內文的鋪敘邏輯，可以繪出結構表如下：

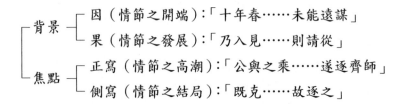

《左傳》敘述史事，通常以史事情節的開端與發展作為背景，而情節的高潮與結局則為史事之焦點。尤其敘述戰爭，總能將錯綜複雜的戰事，運用清晰的邏輯表現出來，使人讀之一目了然，充分掌握戰爭之前因後果的來龍去脈。這篇文章在末段又透過敘寫曹劌用兵的原因，側面凸顯此次戰爭的謀略，也是《左傳》鋪敘戰事常用的謀篇技巧。

又如《史記》之章法，也多有巧思。以《史記·秦楚之際月表序》為例，其文曰：

> 太史公讀秦楚之際，曰：初作難，發於陳涉；暴戾滅秦，自項氏；撥亂誅暴，平定海內，卒踐帝祚，成於漢家。五年之間，號令三嬗，自生民以來，未始有受命若斯亟也。
>
> 昔虞、夏之興，積善累功數十年，德洽百姓，攝行政事，考之於天，然後在位。湯、武之王，乃由契、后稷行仁義十餘世，不期而會孟津八百諸侯，猶以為未可，其後乃放弒。秦起襄公，章於文、穆，獻、孝之後，稍以蠶食六國，百有餘載，至始皇乃能并冠帶之倫。以德若彼，用力如此，蓋一統若斯之難

---

12 〔周〕左丘明著，郁賢皓、周福昌、姚曼波注譯：《新譯左傳讀本》，上冊，頁181。

也。

秦既稱帝，患兵革不休，以有諸侯也，於是無尺土之封，墮壞名城，銷鋒鏑，鉏豪傑，維萬事之安。然王跡之興，起於閭巷，合從討伐，軼於三代，鄉秦之禁，適足以資賢者為驅除難耳。故憤發其所為天下雄，安在無土不王。此乃傳之所謂大聖乎？豈非天哉，豈非天哉！非大聖孰能當此受命而帝者乎？[13]

此文乃〈秦楚之際月表〉的序言，旨在表達司馬遷對於秦楚之際大約五年史事的褒貶，也隱含「高祖之興乃天命所為」的史觀。根據內文的論述邏輯，可以繪出結構表如下：

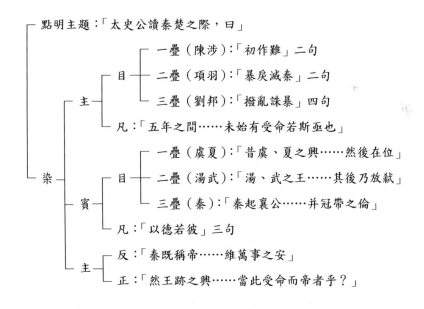

司馬遷撰寫《史記》，有別於《春秋》體例，而自創太史公筆法。尤其在「論贊」與「史序」的部分，更能展現司馬遷獨到的史識與特出

13　〔漢〕司馬遷著，郝志達、楊鍾賢譯注：《史記》，第一冊，頁599-600。

的邏輯。此文採「先點後染」[14]的結構呈現，作者先點出事理的範圍，再根據這個範圍作鋪敘，這是《史記》贊文常用的通例，此篇的真正結構應從第二層看起。首段論述秦楚之際，天下號令三嬗，從陳涉發難，經項羽滅秦，以至高祖稱帝，運用「三疊」章法[15]以營造特殊的節奏，而用「未始有受命若斯亟也」總括其義。次段論述昔日帝王之功，同樣出現「虞、夏之興」、「湯、武之王」、「秦併六國」等三疊事例，而以「一統若斯之難」總括其義，此段乃襯托首段之次要材料。末段又轉回主題，先從反面批判秦之暴戾，以襯托高祖踐祚為天意的正當性。

　　《左傳》與《史記》同為古代中國史傳散文之佳構，其縝密而特殊的謀篇技巧，確實凸顯了史事論述的邏輯性，也足以成為現代研究漢語章法的範例。

（二）古典文獻多蘊含中華文化的精髓

　　完整的文化體系，最容易展現在民族的社會生活當中，具體呈現在他們的食、衣、住、行、育、樂等方面的外在形態與內在義蘊。然而面對一個擁有幾千年文化的中華民族，單單研究現代華人世界的生活形態，實不足以瞭解中華文化的全貌，而是必須透過古今文獻的記載與剖析，才能掌握其精髓。中國古代文獻尤其具備文化根源的價

---

14 「點染」章法的概念源自於國畫技法，延伸至章法，所謂「點」，通常是點明一個時間、空間或事理的範圍，而「染」則根據此時間、空間或事理之範圍作鋪敘渲染。參見拙著：《章法風格析論——以蘇軾詞、姜夔詞為考察範圍》（臺北縣：花木蘭文化出版社，2007年），頁25。

15 所謂「三疊法」，乃將思想材料分成三個層次來敘寫，由於它疊得恰到好處，容易形成「一、二、三」或「一、二、三」、「一、二、三」的層次感和節奏感。此法首見於林雲銘：《古文析義合編》（臺北市：廣文書局，1965年），頁87。又見於陳滿銘：《章法結構原理與教學》（臺北市：萬卷樓圖書公司，2007年），頁137。

值，值得我們深入發掘與探索。基本上，我們可以從古典文獻獲悉下列幾種領域的文化知識：

1 歷史更迭

文化透露著人類生活的軌跡，它包含時間的流轉與空間的延展。華人古典文獻紀錄著中華文化的時空軌跡，使我們透視了中國歷史的更迭。

以《左傳》為例，它為《春秋》作傳，在其善於敘事的筆端，娓娓說著春秋時代的動亂與紛擾。從周平王東遷，寫到鄭國莊公的霸事；從齊桓公稱霸中原，寫到晉重耳的流亡與即位；此外，地處邊陲的秦穆公如何經營西戎，身居南蠻的楚莊王如何與中原姬漢宗族對立，都讓我們清楚瞭解春秋兩百五十五年間[16]諸侯與諸侯、諸侯與天子之間的權力消長。

又如司馬遷的《史記》，以人物為焦點，記帝王則用「本紀」，序諸侯則用「世家」，寫一般人物則用「列傳」，清楚描繪著中國歷代名人的生命傳奇，也帶出從遠古黃帝到漢朝武帝等諸多朝代的興衰起伏。《史記》以中國第一部通史，歷記中國約兩千五百年的上古歷史，其敘事之詳贍，其寫人之生動，將人物交錯於歷史時空，勾勒出中國君主專制朝代更迭的生動圖象。

2 政治倫理

在民主政治興起之前，人類經歷了一段漫長的專制統治。在歐洲，如希臘、羅馬帝國，以及七世紀到十八世紀所形成的民族國家，大都施行君主統治；在中國，從夏代世襲制開始，歷商、周、秦、

---

16 《左傳》傳注《春秋》，所記上起魯隱公元年（722B.C.），下迄魯哀公二十七年（468B.C.），前後共計二五五年。

漢、魏、晉、南北朝、隋、唐、宋、元、明、清，共三千多年的君主專權，其時天下有分有合，有動亂有昇平，統治階級亦提出許多安定政局、維護宗族的政治主張，有些主張已成為中國特有的政治倫理。

例如《左傳》記《春秋》所提出的「尊王攘夷」[17]，乃因應當時天子王權衰落、諸侯力征、外族侵擾的局勢，「尊王」是為了鞏固天子的王權，「攘夷」乃聯合諸侯之力抵抗戎、狄、蠻、夷等異族的侵略。從積極的角度看，它成為春秋時代制衡諸侯的力量，也維護了中原姬漢宗族的綿衍傳承。

又如《史記》評論歷史人物，經常提出的「仁義之政」，乃受到儒家思想的沾溉，其〈陳涉世家〉曾引褚先生言：

> 地形險阻，所以為固也；兵革刑法，所以為治也。猶未足恃也。夫先王以仁義為本，而亦固塞文法為枝葉，豈不然哉！[18]

此乃批判秦帝國以崤、函險阻為固，以兵革刑法為治，竟然敗在區區一個匹夫陳涉的首倡起義，使一個龐大的帝國土崩瓦解，其原因在於背離民心，不施仁義。就如同引賈誼〈過秦〉所言：「仁義不施，攻守之勢異也」，足為後世帝王執政之鑑戒。

3 生命哲學

中國哲學以生命為起點，或發展為社會生活的理則，或上達於宇宙自然的天理，其圓融敦厚的特質，最終目的均在解決個人、社會及國家的種種問題。在中國古典文獻中，不只諸子散文爭鳴於世，史傳散文也透露著豐富的生命哲學。

---

17 「尊王攘夷」最早見於《春秋公羊傳》，根據《公羊傳》所詮釋的春秋義例，恰為管仲輔佐齊桓公稱霸天下的時期。《左傳》雖未明言，卻同樣運用了這個概念。

18 〔漢〕司馬遷著，郝志達、楊鍾賢譯注：《史記》，第三冊，頁391。

　　以《左傳》為例，它是儒家的代表著作，雖然以記錄春秋史實為主，卻時時展現儒家尊禮崇樂，熱愛生命的人生態度。處在春秋王權衰微、諸侯力征、詭譎多變的時代，《左傳》雖然繼承《春秋》撻伐亂臣賊子的傳統，卻不堅持禮教，也無食古不化，處處展現其通權達變的生命哲學。例如〈僖公二十二年〉記載宋、楚的「泓水之戰」有云：

> 宋師敗績。公傷股，門官殲焉。國人皆咎公。公曰：「君子不重傷，不禽二毛。古之為軍也，不以阻隘也。寡人雖亡國之餘，不鼓不成列。」子魚曰：「君未知戰，勍敵之人，隘而不列，天贊我也。阻而鼓之，不亦可乎？猶有懼焉。且今之勍者，皆吾敵也，雖及胡耇，獲則取之，何有於二毛？明恥教戰，求殺敵也。傷未及死，如何勿重？若愛重傷？則如勿傷。愛其二毛，則如服焉。三軍以利用也，金鼓以聲氣也。利而用之，阻隘可也。聲盛致志，鼓儳可也。」

齊桓公死後，宋襄公妄想稱霸中原，一方面會盟諸侯，另一方面又想阻撓楚國勢力的北進，遂與楚國交惡，終發生泓水之戰。楚軍渡河時陣式凌亂，子魚建議襄公趁亂攻擊，襄公未允；直至渡河之後，尚未布成戰陣，子魚再請攻擊，襄公仍堅持不發；等到楚軍布好陣勢，襄公才發動攻勢，兩軍勢力懸殊，宋軍敗績而襄公負傷。襄公以「古之為軍也，不以阻隘」、「不鼓不成列」為由，最後吃了敗仗，如此食古不化的態度不僅被國人責備，更成為千古的諷刺笑話。《左傳》藉子魚之口，傳達了戰爭以勝敵為先，需通權達變方能致勝的觀念，展現了儒家不空言仁義的處世態度。

　　中國古代著史之人，不僅具備「史學」與「史才」以融通複雜錯綜的歷史發展；更需有「史德」與「史識」，才足以展現高度的道德

批判與恢弘的視野。司馬遷撰《史記》的動機在於所謂：

> 究天人之際、通古今之變、成一家之言。[19]

這不僅是司馬遷撰述《史記》所展現的恢弘氣度，也是他個人面對自我生命、歷史更迭與家國責任所建構之安身立命的哲學。「究天人之際」乃探索人類與自然的關係，確立人類在宇宙自然應有的角色；「通古今之變」乃貫通歷史發展的規律，尋找足供鑑戒的歷史教訓；而「成一家之言」則為中國文人常有的生命企圖，不僅在求自己不朽於千古，更展現司馬遷兼具史學家與哲學家的生命特質。

4 宗教信仰

中華民族綿延千年，對於天地自然總存著敬畏與崇拜的態度，再加上「慎終追遠」的傳統，使得「敬天地、祭鬼神」成為自帝王以至庶民共通的宗教信仰。而且「君權神授」的觀念，是君主專制穩固的基礎，所以古代帝王大都難以跳脫崇敬天地、篤信鬼神的窠臼。古典文獻不僅記錄著歷代帝王與民間的宗教信仰，也隱含批判君王迷信的微言大義。

以《左傳》為例，在〈僖公五年〉記載著「唇亡齒寒」的史事。蓋晉獻公欲攻打虢國，其軍隊想借道虞國，虞國國君貪於珍奇珠寶而欣然答應，大夫宮之奇以「唇亡齒寒、輔車相依」的道理說明虞、虢二國的關係，力勸虞君不可應允，但是虞君仍昏庸地反駁：

> 吾享祀豐潔，神必據我。

宮之奇則引古訓以駁斥虞君的迷信，其言：

---

19 見司馬遷：〈報任安書〉。

> 臣聞之，鬼神非人實親，惟德是依。故《周書》曰：「皇天無
> 親，惟德是輔。」又曰：「黍稷非馨，明德惟馨。」又曰：「民
> 不易物，惟德繄物。」如是，則非德，民不和，神不享矣。神
> 所憑依，將在德矣。若晉取虞，而明德以薦馨香，神其吐之
> 乎？」[20]

此言天地鬼神只依附有德之君主，若君主無德，祭祀再豐沛，仍得不
到鬼神的庇佑。宮之奇的論點，正代表著《左傳》「天地無親，惟德
是輔」的信仰。

這種駁斥君王迷信的觀念，同樣出現在司馬遷的《史記》。如
〈孝武本紀〉運用諷刺手法紀錄漢武帝的濫祭淫祀，其描述江湖方士
如李少君云：

> 匿其年及所生長，常自謂七十，能使物，卻老。

又如齊人少翁：

> 畫天、地、泰一諸神，而置祭具以致天神。居歲餘，其方益
> 衰，神不至。乃為帛書以飯牛，佯弗知也，言此牛腹中有奇。

再如欒大：

> 敢為大言，處之不疑。

這些江湖方士都只會賣弄玄虛，大言不慚，無益於社會民生，卻能受
武帝封為「將軍」，所謂：

> （欒大）見數月，佩六印，貴振天下，而海上燕齊之間，莫不

---

20 〔周〕左丘明著，郁賢皓、周福昌、姚曼波注譯：《新譯左傳讀本》，上冊，頁303。

隘捥而自言有禁方，能神仙矣。[21]

生動地呈現國家朝野上下瀰漫著神仙迷信的氛圍，也藉以凸顯漢武帝的昏愚無知。

當然，古典文獻所蘊含的文化知識絕不僅限於上述四種領域。舉凡記錄食衣住行之社會生活，傳授天文曆法之天地律則，表現詩文書畫之傳統藝術等，其蘊含之深廣，難以盡述，而終究提供華語文教師最直接之華人社會與文化的知識。

（三）古典文獻能厚實華語教師的能力

古典文獻既有豐富的華語知識，又蘊含深刻的華人文化，自當能厚實華語教師的語文能力與教學能力。其厚實之能力約有下列數端：

1 提供漢語知識

從聲韻演變的範疇來說，現代漢語是從元代以後，歷經明、清，至民國初年，以北京方言為基礎，逐漸演變融合而成的語言系統。這個語言系統有別於唐、宋時期長安、洛陽、汴京等地之官話，更不同於周、秦，乃至漢代所呈現的上古音。若從書面語來說，因為文字較語言有更多的穩定性，直至清朝末年，文言系統雖然歷經駢文與散文的更迭消長，其基本的表達邏輯是接近的，至於以語體為書寫的形式，卻遲至民國六年（1917）的「五四運動」之後才逐漸流行。可見古典文獻之書面語言系統，在幾千年的流傳之間變化不大，散文書寫從「文言」到「語體」的轉變，實有跡可尋。所以古典文獻所提供的漢語知識，至今仍有實用的價值，華語教師不可忽視其重要性。

---

21 〔漢〕司馬遷著，郝志達、楊鍾賢譯注：《史記》，第一冊，頁434-440。

　　教師可以試著比較古今漢語的差異，並融入教學演練之中，例如：

古代漢語	現代漢語
鄭武公、莊公為平王卿士。王貳①于虢。（左傳・隱公三年）	鄭武公、鄭莊公相繼擔任周平王的卿士，平王又同時私下信用虢公。
晉桓、莊之族偪②，獻公患之。（左傳・二十三年）	晉國桓淑、莊伯的家族勢力強盛而威逼王室，晉獻公憂慮這種情況。
己丑，日食，晝晦③。太后惡之，心不樂，乃謂左右曰：「此為我也。」（史記・呂太后本紀）	己丑日，發生日蝕，白晝變得跟黑夜一樣。太后非常嫌惡，心中悶悶不樂，對左右的人說：「這是因為我啊！」
閭巷之人，欲砥行立名者，非附於青雲之士④，惡能施於後世哉？（史記・伯夷列傳）	窮鄉僻壤的士人要砥礪德行，樹立名聲，如果不依靠德隆望尊的人，怎麼能揚名於後世呢！

①貳：對鄭莊公有貳心而私信虢公。

②偪：同「逼」。指強盛而逼迫王室。

③晦：昏暗，天黑。

④青雲之士：德隆望尊、地位顯赫的人。

透過詞彙對譯的關係，可以瞭解古今詞彙與語法的差異，也使華語教師充分掌握現代漢語語法的根源，對於教學應有很大的助益。

2 拓展文化視野

　　華語文教師所面對的學生不僅限於學童，還可能包括已具備成熟人格、獨立思考的成人。面對這類學生，教師所要傳授的非限於華語聽、說、讀、寫的知識，更需要傳授、解答他們所接觸的華人社會生活與文化傳統。教師必須廣泛涉獵中國文學與文化的知識，才足以因

應變化多元的教學情境，而閱讀古典文獻恰足以拓展教師的文化視野，使教師深入瞭解華人社會風俗的本質與各種文化的根源。

　　例如教師想要介紹中國道教的特色，大都僅能涉獵道教的發展流派與宗教形式，若能知曉中國道教的源流和本質，則更能掌握道教的全貌。根據歷史記載，道教受到道家最深的影響，尤其是戰國末年流傳於齊國稷下學宮的「黃老學派」。《史記・樂毅列傳》曾記錄戰國末期至漢初黃老學派的關係，其言：

> 樂臣公學黃帝、老子，其本師號曰河上丈人，不知其所出。河上丈人教安期生，安期生教毛翕公，毛翕公教樂瑕公，樂瑕公教樂臣公，樂臣公教蓋公。蓋公教于齊高密、膠西，為曹相國師。[22]

這段敘述明白揭示戰國至漢初黃老思想的傳承：「河上丈人──安期生──毛翕公──樂瑕公──樂臣公──蓋公──曹參」。這個訊息對於探討道家黃老學派的源流與轉變，具有釐清與指導的作用。此外，《史記・太史公自序》引司馬談〈論六家要旨〉，其言道家：

> 道家使人精神專一，動合無形，贍足萬物。其為術也，因陰陽之大順，採儒墨之善，撮名法之要，與時遷移，應物變化，立俗施事，無所不宜，指約而易操，事少而功多。[23]

這裡對道家的描述並非老莊思想，而是融合了儒墨、刑名的黃老之術。檢視東漢末年太平道張角所流傳的《太平經》，及五斗米道張道陵所著《老子想爾注》，其所推崇的道家思想與此段精神吻合，可見

---

22 〔漢〕司馬遷著，郝志達、楊鍾賢譯注：《史記》，第四冊，頁271。
23 同前註，第五冊，頁649。

東漢末年的道教流傳，受黃老學派的影響極大。[24]如果我們瞭解了黃老學派與道教的淵源，對於道教思想及教義的掌握將更完整。可見閱讀古典文獻有助於教師拓展文化的視野。

3 豐富教學內涵

華語文教學的對象乃以華語作為第二語言的學習者，他們的母語並非華語，其教學方法宜以圖象思辨來理解文義，或運用豐富的教學內容以提升學習興趣。華語文教師在進行實際教學時，常常苦於教材的貧乏，也常常思考如何使教學內容更為豐富？如何使教學方法更為生動？如何呈現詞句的具體圖象，以引導學生的理解？其實，語言均有其文化背景。就文章閱讀來說，從字、詞、句、段落到整篇文章，每一個層次都可以梳理其背後的文化知識，以支持其形象與邏輯思維的表達。這種現象在華語學習中更為明顯。以詞彙為例，現代漢語詞彙有一大批書面語詞是直接或間接源自於古代典籍[25]，其一般詞彙如：

> （1）東道（左傳・僖公三十年）——原指東路上主人，後稱主人為東道主，簡稱東道。
>
> （2）黃泉（左傳・隱公元年）——原指人死後埋葬的地穴，後比喻人死後所到的陰間。
>
> （3）逐鹿（史記・淮陰侯列傳）——「秦失其鹿，天下共逐之」，後來以逐鹿比喻爭奪天下或爭奪政權。
>
> （4）魚肉（史記・項羽本紀）——原指受宰割者，後比喻暴力欺凌。

---

24 謝路軍：《中國道教源流》（北京市：九州出版社，2004年），頁64-69。

25 常敬宇：《漢語詞彙與文化》（臺北市：文橋出版社，2000年），頁59-82。

其常見成語如：

（1）唇亡齒寒（左傳・僖公五年）──比喻兩國或雙方利害相
　　　關。

（2）眾叛親離（左傳・隱公四年）──比喻大家反對，親信背
　　　離，形容處境孤立。

（3）兔死狗烹（史記・越王句踐世家）──比喻成功之後，殺
　　　死出力幫助的人。

（4）家徒四壁（史記・司馬相如列傳）──家裡只有四面牆，
　　　形容人非常貧窮，一無所有。

其慣用語如：

（1）逐客令（史記・李斯列傳）──泛指趕走客人為「下逐客
　　　令」。

（2）千里馬（史記・趙世家）──後喻指傑出的人才。

（3）鴻門宴（史記・項羽本紀）──後指運用計謀進行鬥爭的
　　　宴會。

關於這些詞彙的教學，華語教師可以整理詞彙的原始出處，然後配合
影像或圖片，以淺近的語言述說故事。如此能具體說明詞彙的文化背
景，也能豐富教學的內涵。

4 深化教學思辨

　　華語文教師對於教材、教法的整理與研究，需具備思辨能力，才
能使用正確的教材，運用有效的教法。

　　華語文教學對於語法的辨正相當重要。在古代漢語中，因用字簡
潔，每一字詞的解讀正確與否，攸關全文的理解。以出現頻繁的

「所」字為例，其本義與引伸義的發展是由實轉虛的過程。蓋《說文解字》云：

> 所，伐木聲也。從斤，戶聲。

根據《說文解字》的解釋，「所」字乃為一「從斤從戶聲」的形聲字，而其本義為伐木聲，為一象聲詞。但是《說文》之解顯然囿於時空而有偏誤。蓋「所」從戶從斤。《說文》：「戶，半門曰戶，象形。」又《說文》：「斤，斫木也，象形。」再考之甲骨文，「戶」乃象門扉之形；「斤」則象斧頭之形。故從字形分析，「所」乃為一合「戶」、「斤」而成新意的會意字，為「人持斧以護衛家門」之意。因此，「所」字本義為「處所」，而非象聲詞。[26]

　　古文用「所」為「處所」之義的文獻很多，如《史記・秦始皇本紀》：

> 男樂其疇，女修其業，莫不安所。

這個「所」字當「處所」解，仍在實詞的用法範圍。後來「所」與動詞連用，形成「所＋V」的結構，「所」的詞性也轉變為代詞性助詞。如：

> 唯器與名不可以假仁，君之所司也。(《左傳・成公二年》)
> 澎蠡既都，陽鳥所居。(《史記・夏本紀》)

「所司」、「所居」的語法結構，乃動詞之後省略了受詞，此一受詞直接由「所」字代替，而「所」字又有助詞之功能，故形成「代詞性助詞」。古文中也有將受詞呈現出來的句法，如：

---

26 謝慈：〈先秦、西漢「所」字語法化研究〉，收入中華民國章法學會主編：《章法論叢》第三輯（臺北市：萬卷樓圖書公司，2009年），頁395。

> 和氏璧，天下*所*共傳寶也。(《史記・廉頗藺相如列傳》)
>
> 取舞陽*所*持地圖。(《史記・刺客列傳》)

「所共傳寶」、「所持地圖」皆含有動詞及受詞，是一完整句型，較為接近現代漢語的用法。事實上，「所」字也可能與其他連詞合用，形成表原因的複詞。如：

> 晉*所以*霸，師武臣力也。(《左傳・宣公十二年》)

或形成表手段的複詞，如：

> 乃延而坐之，問*所以*取天下者。(《史記・酈生陸賈列傳》)

或形成表結果之複詞，如：

> 其竭力致死，無有二心，以盡臣禮，*所以*報也。(《左傳・成公三年》)

關於「所」字的用法，可在古典文獻中找到相關語料，足見「所」字的用法非常多元，亦可能影響現代漢語的邏輯。教師必須多作整理比較，才能思辨其異同。這些經過辨正的語料，可以統合其規律，建構華語文教師在實際教學時所能依憑的理論基礎。

三 華文古典文獻閱讀的策略

華文古典文獻既能提供豐富的漢語知識，又蘊含精深的中華文化，亦能厚實華語文教師的能力，足堪成為華語文教學的後盾。然而，教師面對龐雜的古典文獻，如何深入研究，淺出教學，端賴有系統的閱讀策略，才能將這些資源變成實用而有效的教材。所以，我們

閱讀古典文獻，必須掌握下列四個原則：

（一）選擇適當的閱讀版本

　　古典文獻經歷千百年的流傳，至今有多種善本足供參照，教師閱讀古文，需選擇印刷謬誤較少、註解說明較詳的版本，才能獲知最完整的典籍資料。以《左傳》、《史記》為例，目前臺灣所藏善本，以國家圖書館收藏最為完整，其使用古法排印的版本如：

> （1）《春秋左傳》，唐開成二年（837A.D.）刻石明拓本。
> （2）《新校史記三家注》，世界書局，1993年。

這是我們閱讀《左傳》、《史記》等古典文獻的基本資料。然而，以華語文教師的需求來說，這些文獻資料仍缺乏現代的註釋與翻譯，無法有效提供完整的語言和文化知識，所以必須進一步選擇新校、新譯的版本，作為閱讀理解的工具。

　　中國大陸學界對於古典文獻的註釋與翻譯著力較深，原因在於他們運用團隊研究的方式，故能取得較豐碩的成果。臺灣出版業也積極與中國大陸學界合作，取得這些文獻在臺出版「繁體本」的機會。如三民書局的「古籍今注新譯叢書」、建宏出版社的「學術新刊」等皆為著例。以《左傳》、《史記》來說，較為方便閱讀的新譯版本有：

> （1）郁賢皓、周福昌、姚曼波注譯：《新譯左傳讀本》，臺北市：三民書局，2006年。
> （2）韓兆琦注譯：《新譯史記》，臺北市：三民書局，2008年。
> （3）郝志達、楊鍾賢譯注：《史記》，臺北市：建宏出版社，2007年。

這些古籍今譯的著作是較為正確完整的版本，也都是方便的閱讀文本。華語文教師若能選擇適當的版本，對於文獻的理解、漢語的比較、文化的探索等工作，就已取得一項重要利器。

（二）運用正確的文白對照

　　語文翻譯有三項要求，即「信」、「達」、「雅」三者兼顧。「信」是指譯義正確，「達」是指語意通達，而「雅」則要求翻譯的用語需典雅美化。古典文獻譯為現代白話，當然也需符合這三項水平。現代學者為了推廣古籍的閱讀，對於古籍今譯的工作皆不遺餘力，除了書面譯本的出版之外，更直接透過網頁傳遞原文與譯文，對於閱讀者而言無異是方便而快速的管道。然而紙本與網路資訊的普及，卻帶來了翻譯品質良莠不齊的問題。華語文教師在閱讀白話翻譯時，需謹慎核對，並請教學者專家，才能獲得正確而美化的譯文，以免引用錯誤而貽笑大方，或教授錯誤訊息而誤人子弟。試以《左傳》之文白對照為例，說明白話翻譯的優劣選擇。如《左傳‧莊公十年》記載：

　　　　吾視其轍亂，望其旗靡，故逐之。

這是曹劌論戰的內容，我們找到兩種版本的翻譯如下：

（1）我看出他們的車輪印很亂，望見他們的旗幟倒下，所以才去追擊他們。[27]

（2）我細看他們的車轍雜亂，遠望他們的旗幟倒下，所以追逐他們。[28]

---

27 宣城中學語文教研組網站，文言文翻譯，網址：http://www.xzyuwen.com/Html/Article/gwfy/zz/290_5349.html。

28 〔周〕左丘明著，郁賢皓、周福昌、姚曼波注譯：《新譯左傳讀本》，上冊，頁183。

「轍」是車輪走過的軌跡,「靡」是倒下之義,「逐」是追擊之義。根據古文文意,兩種版本的翻譯大致沒有錯誤。第(1)種所用詞彙如「看出」、「車輪印」、「望見」,顯然較接近口語;第(2)種用「細看」、「車轍雜亂」、「遠望」則較為文雅;至於第(1)種用「追擊」比第(2)種所用的「追逐」,譯義更為完整。整體而言,第(2)種版本的翻譯較好,僅需稍作修改即可使用。

華語文教師若能運用正確而典雅的文白對照,進而理解古文文義,詮釋古文內涵,才能產生事半功倍的效果。

(三)旁徵相關的文獻記載

古典文獻是古代聖賢之思想、言行及其所處時空的紀錄,或因切入視角的不同,或因生命觀點的差異,或因所處立場的變動,同一個人,同一件事,卻可能有天壤之別的記述。以歷代著名史書來說,或以編年敘述史事,或以紀傳列記人物,或紀史事發展之本末,史家對於史料的詮釋與取捨,亦皆有視角與立場的差異。

以《左傳》為例,其記載齊桓公晚年志得意滿、荒淫無道,僅列敘桓公眾多公子爭立的史事。其言:

> 齊侯之夫人三,王姬、徐嬴、蔡姬,皆無子。齊侯好內,多內寵,內嬖如夫人者六人:長衛姬,生武孟;少衛姬,生惠公;鄭姬,生孝公;葛嬴,生昭公;密姬,生懿公;宋華子,生公子雍。公與管仲屬孝公於宋襄公,以為大子。雍巫有寵於衛共姬,因寺人貂以薦羞於公,亦有寵。公許之立武孟。管仲卒,五公子皆求立。冬,十月乙亥,齊桓公卒。易牙入,與寺人貂因內寵以殺群吏,而立公子無虧。孝公奔宋。十二月乙亥,

赴。辛巳夜，殯。²⁹

這段史事的記載偏重於齊桓公之公子爭立的過程，對於桓公所寵之易牙、開方、豎貂則簡筆帶過；而桓公遭軟禁受餓，死後六十七日才殯斂的悽慘處境也付之闕如。根據《史記‧齊太公世家》所記：

> 管仲病，桓公問曰：「群臣誰可相者？」管仲曰：「知臣莫如君。」公曰：「易牙如何？」對曰：「殺子以適君，非人情，不可。」公曰：「開方如何？」對曰：「倍親以適君，非人情，難近。」公曰：「豎刀如何？」對曰：「自宮以適君，非人情，難親。」管仲卒，而桓公不用管仲言，卒近用三子，三子專權。

這裡藉管仲之口，詳細記錄了齊桓公晚年所寵信之易牙、開方、豎刀（貂）的性格，成後來專權作亂的伏筆。其又記載：

> 桓公病，五公子各樹黨爭立。及桓公卒，遂相攻，以故宮中空，莫敢棺。桓公屍在牀上六十七日，屍蟲出于戶。十二月乙亥，無詭立，乃棺赴。辛巳夜，斂殯。³⁰

其言「桓公屍在牀上六十七日，屍蟲出于戶」，將一代霸主的悽慘晚年描寫得淋漓盡致，也為我們在記述這段史事時，有更多印證的史料。可見閱讀《左傳》，不可不參照《史記》的相關史料。同理可言，閱讀《史記》亦須旁徵《左傳》、《國語》、《戰國策》的相關史料，才可以獲知完整的史事，對於歷史的探索與文化的教學亦有助益。

---

29 同前註，頁360。
30 〔漢〕司馬遷著，郝志達、楊鍾賢譯注：《史記》，第二冊，頁484。

（四）結合輔助的圖影說明

閱讀理解是人們看到文字或圖像，經過大腦組織處理，對讀物內容所提供的信息進行預期、識別、選擇和理解的過程。[31]可見讀物中的文字和圖影皆為表意的工具。文字屬於間接符號，需經過系統性的學習才能作為表意或解意的媒介。至於圖影則更接近人類原始的圖象思維，其作為表意之媒介，容易引起接收者的共鳴。

就古典文獻的閱讀來說，以古代漢語為媒介的文獻更加艱澀難懂，即使有詳細的註釋，再配合白話翻譯的理解，有時因為哲理的抽象虛構，或因為史事的錯綜複雜，並非藉由文字就能理解其中奧義。所以閱讀古文宜配合適當的圖影輔助，更能掌握文義的鋪陳。在這個資訊媒體發達的時代，為詮釋古代文獻所製作的影音作品，多已透過網路及數位科技的傳播，影響著閱聽大眾的感官知覺。以《左傳》和《史記》來說，運用文獻史事所製作的數位影音作品，在中國大陸有：

> 中央電視臺，《東周列國之春秋五霸》，臺北：方聯科技股份有限公司發行。
> 中央電視臺，《司馬遷》，臺北：方聯科技股份有限公司發行。

至於臺灣，亦有漫畫名家透過動畫來呈現史傳故事，如：

> 蔡志忠動漫DVD，《史記》，時報文化出版股份有限公司。

這些影音作品雖不是全面而有系統地詮釋古籍的內容，卻能輔助《左傳》與《史記》的閱讀，達到畫龍點睛的效果。

---

31 何淑貞等：《華語文教學導論》（臺北市：三民書局，2008年），頁262。

四 華文古典文獻閱讀的實作

　　既已掌握古典文獻的閱讀策略，便可延用於閱讀之實作。茲以常見之「圖影對照」及「主題貫串」兩種閱讀模式，以《左傳》、《史記》為例，說明其實作之內涵。

（一）圖文對照的閱讀模式──以《左傳》閱讀為例

　　所謂圖文對照的閱讀模式，是指文字的閱讀之外，再配合圖影的觀賞，以達到通盤瞭解文獻內容的效果。以《左傳》的閱讀為例，《左傳》詳於敘事，對於春秋史事多能交代其來龍去脈，充滿戲劇的形象。《左傳》文獻亦有多篇選入《古文觀止》，成為古今文人耳熟能詳的故事。

　　例如《左傳·隱公元年》所記載的「鄭伯克段于鄢」的史事，我們閱讀文言和白話的資料之後，再配合《春秋五霸》之影片觀賞，一方面瞭解整段歷史的發展，一方面有可以比較原文與影片在表現、取材等技巧的差異。試表列左傳原文與影片過程如下：

左傳原文	影片過程	影片時間
初，鄭武公娶于申，曰武姜，生莊公，及共叔段，莊公寤生，驚姜氏，故名曰寤生，遂惡之。	前情提要：平王東遷，鄭國護駕有功，鄭武公成為王室重臣。按宗法制的規矩，武公將君位傳給了長子寤生，但母后武姜卻偏愛小兒子段。於是，母子兄弟之間一場權力與孝義的廝殺開始了。寤生就是鄭莊公，使稱春秋「小霸」。	1分
愛共叔段，欲立之，亟請於武公，公弗許。	寤生與段比射箭，寤生認輸，武姜趁機挑撥，然武公心意已定，遂立寤生為世子，封段于共。	4分

及莊公即位，為之請制。公曰：「制，巖邑也，虢叔死焉，佗邑唯命。」請京，使居之，謂之京城大叔。祭仲曰：「都城過百雉，國之害也，先王之制，大都不過參國之一，中五之一，小九之一，今京不度，非制也，君將不堪。」公曰：「姜氏欲之，焉辟害。」對曰：「姜氏何厭之有，不如早為之所，無使滋蔓。蔓，難圖也，蔓草猶不可除，況君之寵弟乎？」公曰：「多行不義，必自斃，子姑待之。」	★追述莊公寤生之過去。 ★武姜逼迫莊公封段於制邑，莊公未允，後答應封於京城。 ★群臣向莊公諫言封段於京城之不當，莊公迫於母命，沉默未答。	4分 2分 1分
既而大叔命西鄙、北鄙貳於己，公子呂曰：「國不堪貳，君將若之何，欲與大叔，臣請事之；若弗與，則請除之，無生民心。」公曰：「無庸，將自及。」大叔又收貳以為己邑，至于廩延。子封曰：「可矣！厚將得眾。」公曰：「不義，不暱，厚將崩。」大叔完聚，繕甲兵，具卒乘，將襲鄭，夫人將啟之。公聞其期，曰：「可矣！」命子封帥車二百乘以伐京，京叛大叔段，段入于鄢。	武姜又逼迫莊公提供車馬士卒四百乘，以供段戍守京城之用。莊公無奈而答應。 莊公與祭仲密謀，假穎考叔監視段之行蹤。 共叔段密派刺客謀殺莊公，事敗而企圖被揭發。 莊公覺悟，言「多行不義必自斃」，決定設計殺段。 共叔段叛變，兵敗被殺。	3分 1分 3分 3分 5分

公伐諸鄢，五月，辛丑，大叔出奔共。		
書曰：「鄭伯克段于鄢。」段不弟，故不言弟；如二君，故曰克；稱鄭伯，譏失教也，謂之鄭志。不言出奔，難之也，	（此段為《左傳》解釋《春秋》筆法，影片省略）	
遂寘姜氏于城潁，而誓之曰：「不及黃泉，無相見也。」既而悔之，	莊公失望，將母親武姜逐出宮，並發誓不到黃泉不相見	5分
潁考叔為潁谷封人，聞之，有獻於公，公賜之食，食舍肉。公問之，對曰：「小人有母，皆嘗小人之食矣，未嘗君之羹，請以遺之。」公曰：「爾有母遺，繄我獨無。」潁考叔曰：「敢問何謂也？」公語之故，且告之悔。對曰：「君何患焉，若闕地及泉，隧而相見，其誰曰不然？」公從之，公入而賦：「大隧之中，其樂也融融！」姜出而賦：「大隧之外，其樂也洩洩！」遂為母子如初。	潁考叔入見莊公，引發莊公悔恨之意，及思念母親之情。 潁考叔設計一洞穴，讓莊公與武姜母子重逢。	3分 5分
君子曰：「潁考叔，純孝也！愛其母，施及莊公，《詩》曰：『孝子不匱，永錫爾類。』其是之謂乎！」	（此段為《左傳》之史評，影片省略）	

　　經過原文閱讀及影片之觀賞，我們可以進一步透過學習單，以檢視兩者的差異，也藉此複習整段歷史的重點。蓋「閱讀學習單」可以設計如下表：

1. 武姜為何討厭莊公而偏袒小兒子共叔段？	
2. 文章中和影片中對於鄭莊公的形象塑造有何不同？	
3. 穎考叔是一位智者，在這個故事中扮演什麼角色？	

（二）主題貫串的閱讀模式──以《史記》閱讀為例

　　古典文獻的閱讀著重於事理的融會貫通，就史傳散文的閱讀來說，對於史事的掌握尤為重要。凡史事之開端、發展、高潮、結局，均有其關鍵與脈絡，是我們瞭解事件來龍去脈的線索。中國傳統史書大都以「紀傳」及「編年」之體例為多，「紀傳體」以記述人物為主軸，「編年體」則編年代以繫事。然以史事之發展，短則數月，長則綿延數年，其牽連之人物亦繁多龐雜，若單就紀傳之篇目，或編年之順序，可能會割裂史事的發展，或偏重於人物的描寫而忽略時空背景。所以，運用主題貫串的方式來閱讀史傳，才能掌握史事發展的脈絡。

　　以《史記》為例，此書編寫體例分為「本紀」、「世家」、「列傳」、「表」、「書」五種，前三種分敘不同身份之帝王、諸侯與士大夫以下之人物，「表」為大事年表，「書」記學術文化與朝章國典。按其體例已是空前創舉，系統非常完整，但就歷史事件的理解來看，《史記》的撰寫以人物為主軸，容易忽略史事的發展，對於人物關係的鋪敘，也因史料的取捨而有詳有略。我們閱讀《史記》，若能根據歷史發展的內容與順序，先設定主題，再交錯參照《史記》與此主題相關的篇目，可以整理出多元視角的史事發展，亦能探索司馬遷撰寫《史

記》的微言大義。

　　試以「黃帝史事」為例，《史記》出現黃帝的文獻有二：一是〈五帝本紀〉，二為〈封禪書〉。〈五帝本紀〉記黃帝云：

> 黃帝者，少典之子，姓公孫，名曰軒轅。生而神靈，弱而能言，幼而徇齊，長而敦敏，成而聰明。軒轅之時，神農氏世衰。諸侯相侵伐，暴虐百姓，而神農氏弗能征。於是軒轅乃習用干戈，以征不享，諸侯咸來賓從。而蚩尤最為暴，莫能伐。炎帝欲侵陵諸侯，諸侯咸歸軒轅。軒轅乃修德振兵，治五氣，蓺五種，撫萬民，度四方，教熊羆貔貅貙虎，以與炎帝戰於阪泉之野。三戰，然後得其志。蚩尤作亂，不用帝命。於是黃帝乃徵師諸侯，與蚩尤戰於涿鹿之野，遂禽殺蚩尤。而諸侯咸尊軒轅為天子，代神農氏，是為黃帝。天下有不順者，黃帝從而征之，平者去之，披山通道，未嘗寧居。東至于海，登丸山，及岱宗。西至于崆峒，登雞頭。南至于江，登熊、湘。北逐葷粥，合符釜山，而邑于涿鹿之阿。遷徙往來無常處，以師兵為營衛。官名皆以雲命，為雲師。置左右大監，監于萬國。萬國和，而鬼神山川封禪與為多焉。獲寶鼎，迎日推筴。舉風后、力牧、常先、大鴻以治民。順天地之紀，幽明之占，死生之說，存亡之難。時播百穀草木，淳化鳥獸蟲蛾，旁羅日月星辰水波土石金玉，勞勤心力耳目，節用水火材物。有土德之瑞，故號黃帝。[32]

這裡具體描述了黃帝的出身、崛起、戰功、治民等事蹟。除了「獲寶鼎，迎日推筴」具神鬼色彩之外，其餘文字多緊扣現實事功來鋪陳。

---

32 同前註，第一冊，頁2-4。

其塑造了黃帝偏於「聖王」的形象。

至於〈封禪書〉又引方士公孫卿言：

> 黃帝得寶鼎宛朐，問於鬼臾區。鬼臾區對曰：「帝得寶鼎神
> 策，是歲己酉朔旦冬至，得天之紀，終而復始。」於是黃帝迎
> 日推策，後率二十歲復朔旦冬至，凡二十推，三百八十年，黃
> 帝登仙于天。……
> ……天下名山八，而三在蠻夷，五在中國。中國華山、首山、
> 太室、泰山、東萊，此五山黃帝之所常游，與神會。黃帝且戰
> 且學仙，患百姓非其道者，乃斷斬非鬼神者。百餘歲然後得與
> 神通。黃帝郊雍上帝，宿三月。鬼臾區號大鴻，死葬雍，故鴻
> 冢是也。其後黃帝接萬靈明廷。明廷者，甘泉也。所謂寒門
> 者，谷口也。黃帝採首山銅，鑄鼎於荊山下。鼎既成，有龍垂
> 胡髯下迎黃帝。黃帝上騎，群臣後宮從上者七十餘人，龍乃上
> 去。餘小臣不得上，乃悉持髯，龍髯拔，墮，墮黃帝之弓。百
> 姓仰望黃帝既上天，乃抱其弓與胡髯號，故後世因名其處曰
> 「鼎湖」，其弓曰「烏號」。[33]

此言黃帝成仙的過程，所謂「此五山黃帝之所常游，與神會」、「且戰
且學仙」、「黃帝採首山銅，鑄鼎於荊山下」在在說明黃帝有成仙之本
質，而「有龍垂胡髯下迎黃帝，黃帝上騎」、「百姓仰望黃帝既上天，
乃抱其弓與胡髯號」又描繪黃帝成仙時的風起雲湧、百姓呼號，生動
地表現黃帝的神仙形象。這段文字顯然引自江湖方士的穿鑿附會之
說，與〈五帝本紀〉所描繪的「聖王」形象背道而馳，而司馬遷刻意
營造對比，藉以凸顯武帝在位時的濫祭淫祀，也間接控訴了武帝的迷

---

33 同前註，第二冊，頁370。

信與昏憒。

可見閱讀《史記》，宜提出主題，再匯整相關篇目，以融會出歷史事件的完整面貌。茲整理重要歷史主題與《史記》篇目之對照，表列以提供閱讀之參考如下：

重要歷史主題	可參考之《史記》篇目
黃帝史事	五帝本紀、封禪書
聖王德治	五帝本紀
商湯建國	夏本紀、殷本紀
武王伐紂	殷本紀、周本紀、齊太公世家、伯夷列傳
周公攝政	周本紀、宋微子世家、魯周公世家
吳越之爭	吳太伯世家、越王句踐世家、伍子胥列傳、刺客列傳
秦之興亡	秦本紀、秦始皇本紀、呂不韋列傳、李斯列傳
荊軻刺秦王	秦始皇本紀、刺客列傳
項羽崛起	陳涉世家、項羽本紀
鴻門之宴	項羽本紀、高祖本紀、留侯世家
垓下之圍	項羽本紀、高祖本紀
劉邦稱帝	高祖本紀、蕭相國世家、留侯世家
功臣叛離	蕭相國世家、留侯世家、陳丞相世家、淮陰侯列傳、魏豹彭越列傳、黥布列傳
呂后稱制	呂太后本紀、留侯世家、陳丞相世家
儒生與酷吏	平準書、酷吏列傳、儒林列傳、平津侯主父列傳
武帝伐匈奴	匈奴列傳、李將軍列傳、衛將軍驃騎列傳

《史記》成書於皇權專制跋扈的武帝時期，許多史事的描寫仍涉及劉邦所建構的漢家王朝，若直書褒貶之義則易犯皇威。我們藉由主題貫串的閱讀模式來探索《史記》的微言大義，或許能找到司馬遷對

於許多史事「欲言而不能明言」的蛛絲馬跡。

五　結語

　　華人社會與文化的知識，是身為華語文教師必須深入探索的領域，閱讀古典文獻正提供一個方便而完整的管道。本文透過對《左傳》與《史記》的閱讀歷程，深知兩部歷史鉅著所蘊含豐富的文化精髓，足以作為華語文教師厚實文化認知能力的憑藉。同時，透過古典文獻閱讀策略及實作的說明，更期望提供華語文教師如何從古典文獻汲取文化知識的手段。

　　本文證實古典文獻閱讀對於華語師資培育的重要性，一則提供漢語知識，二則提供文化常識，三則厚實教師實力。在此基礎之上，若能選擇適當的閱讀版本，整理正確而文雅的白話翻譯，並結合相關的文獻與生動的圖影，應可從古典文獻獲得很多助益。透過《左傳》與《史記》閱讀之實作，已證實這些策略的可行性，對於華語師資培育的籌畫與施行，期能拋磚引玉，帶動華語文教學對於中國古典文獻閱讀的重視。

——原刊於《中原華語文學報》第四期，2009年10月

臺灣華語流行歌曲典故化用的藝術
——以游鴻明〈孟婆湯〉、周杰倫〈東風破〉為例

提要

　　「中國風」歌曲曾在臺灣流行歌壇引起一股風潮，其歌詞引用中國古典意象，展現特殊的迷人風格。本文以游鴻明〈孟婆湯〉及周杰倫〈東風破〉為例，從主題思想、詞彙表現、修辭技巧、結構形式與詞曲風格等方面，分析其化用中國典故的藝術，既能點出中國風歌曲的客觀優點，又能提供華語學習者認識華語流行歌曲的藝術特色，有效掌握中國古典意象的精髓。

關鍵詞：華語教學、臺灣流行歌曲、典故化用、〈孟婆湯〉、〈東風破〉

一　前言

　　臺灣華語流行歌曲經歷數十年的轉折與成長,在華語歌壇建立了厚實的基礎,並展現了百花齊放、各家爭鳴的蓬勃景象。近年,臺灣華語歌壇出現了「中國式」的創作風格,引起海峽兩岸三地的注意,並造成一股風靡。事實上,這種「中國風」的創作,有絕大部分是歌詞化用傳統典故所形成的文字風格,其詞彙所營造的意象,直接與古典的文化氛圍接軌,讓聽眾感受到古典中國某一個故事或傳說的美麗意象,達到其感染心靈的效果。本文以臺灣具代表性的男性歌手為例,從其專輯作品挑選「中國風」歌曲,即游鴻明的〈孟婆湯〉(林利南作詞)、周杰倫的〈東風破〉(方文山作詞)兩首,從主題思想、詞彙表現、修辭技巧、結構形式與詞曲風格等方面,探討其典故化用的藝術特色,以凸顯目前臺灣華語「中國風」歌詞的主要精神。

二　男女情愛的主題思想

　　自古以來,民間歌謠向以表現男女情愛為主流,從詩經、樂府、古詩、唐詩、宋詞,到現代的流行歌曲,均無例外的展現了普遍而深刻的情歌,使「男女情愛」成為歷代民間歌謠中份量最多、類型最繁的主題。以游鴻明的〈孟婆湯〉來說,歌詞中所言:

> 如果真的有一種水,可以讓你讓我喝了不會醉
> 那麼也許有一種淚,可以讓你讓我流了不傷悲
> 總是把愛看的太完美,那種豪賭一場的感覺
> 今生輸了前世的諾言,才發現水已悄悄氾成了淚

再完美的愛情也不會恆久,當生命結束,愛情也劃下句點,即使還有

來生，任何人都不再記得前世的海誓山盟。歌詞中「那種豪賭一場的感覺」、「今生輸了前世的諾言」，在在透露著這種感慨，而作者藉由「孟婆湯」的古老傳說，傳遞著這種無奈，歌詞中寫到：

> 過了這一秒這一個笑，喝下這碗解藥
> 忘了所有的好，所有的寂寥

無論前世的愛情是完美、是缺陷，每個人在那一秒喝下「孟婆湯」，所有的恩怨情仇都會一筆勾消，沒有人會記得前世的幽怨纏綿，也沒有人會憶起曾經刻骨銘心的愛情。雖然世俗的輪迴可以藉由高度的哲思來超脫，然而作者卻寧願表現這種芸芸眾生普遍存在的無奈，這也是流行歌曲可以普及大眾的主因之一。

再從周杰倫的〈東風破〉來看，其歌詞云：

> 一盞離愁，孤單佇立在窗口
> 我在門後，假裝妳人還沒走
> 舊地如重遊，月圓更寂寞
> 夜半清醒的燭火，不忍苛責我
> 一壺漂泊，浪跡天涯難入喉
> 妳走之後，酒暖回憶思念瘦
> 水向東流，時間怎麼偷
> 花開就一次成熟，我卻錯過

這段文字表現了情人離去之後的惆悵與寂寞，透過圓月、燭火、暖酒、流水等意象的襯托，使這份情愁更顯清苦，也展現了浪跡天涯的漂泊之苦。中國古代的閨怨詩，通常表現男子離家、女子獨守空閨的意象，而這首歌卻反行其道，描述的是女子離去、男子獨自守候的處境與心情，一方面恰如其分地傳達古代閨怨的情致，另一方面也能符

合現代生活中男女關係的轉折與變化。

三 溫婉含蓄的詞彙表現

文學作品中，詞彙是表現意象的最佳符號，而華語詞彙除了表現意象之外，其背後所蘊藏的文化意涵，往往能呈現另一種深層的義蘊。若就古代漢語的範疇來說，其表現男女情愛的情詩，往往使用含蓄醞藉的方法來表達深刻的情思。所以，臺灣華語歌壇所流行的「中國風」歌詞，其借用古代漢語的意象，表達現代都會男女的愛恨情愁，當然延續了古代情詩含蓄醞藉的精神，其傳達的情思不是激烈奔放，而是一種溫柔敦厚的情調。

在游鴻明〈孟婆湯〉中，有幾處詞句的表達，深具溫厚婉約的美感。例如：

> 如果真的有一種水，可以讓你讓我喝了不會醉
> 那麼也許有一種淚，可以讓你讓我流了不傷悲

什麼水喝了不會醉？是清水，是許多情境最容易找到的清水；什麼淚流了不傷悲？人因為傷悲而流淚，淚水可說是傷悲的表象，而可以流淚卻不傷悲，幾乎是不存在的矛盾。一種最普遍存在的清水和一種幾乎不可能存在的眼淚，兩者本不關聯，作者卻用「如果……那麼」的句型串聯起來，營造一種格格不入的意象，透露著愛情其實是一種既容易又艱難的矛盾情愫，當人們面對這種情愫，就不免陷入心靈的衝突矛盾，而愛情遂變成一種難以承受的煎熬，這種煎熬卻只能無奈承受，因為今生為人，永遠贏不過前世的宿命。所以歌詞中寫到：

> 今生輸了前世的諾言，才發現水已悄悄氾成了淚

如此「水淚交織」的意象，充分傳達情人內心的無奈與矛盾，即使是情人間的歡愉相聚，又或許兩人情投意合，都將只是人生短暫的記憶。所謂：

就連枕邊的你的髮梢，都變成了煎熬

不就是愛情充滿矛盾的寫照嗎！這首歌的歌詞是含蓄的，卻在充滿矛盾的詞義中展現對情愛短暫的害怕與誓言脆弱的質疑，作詞者沒有呼天搶地的吶喊，也沒有悲痛欲絕的情緒，在充滿害怕與質疑的情愫中，卻又默默接受這種憂歡悲喜的輪迴。歌詞結尾寫著：

過了這一秒這一個笑，喝下這碗解藥
忘了所有的好，所有的寂寥

喝下這碗解藥吧！可以忘記愛情的美好，也可以忘記生離死別的寂寥，這是如此深情又何等含蓄的詠歎！

至於周杰倫〈東風破〉則在表現另一種思念的情愫，而作詞者未將思念與寂寞的情愫直抒胸臆，反而運用周遭的景物來影射自己的心情，如：

舊地如重遊，月圓更寂寞
夜半清醒的燭火，不忍苛責我
妳走之後，酒暖回憶思念瘦
水向東流，時間怎麼偷

或用月圓反襯寂寞，或以燭火陪襯孤寂，或藉酒傳達思念，或敘寫流水東去、時光不再，總不願直說自己的寂寞，也不明言虛度光陰的惆悵，充分表現溫柔敦厚、含蓄婉約的古詩風格。

四　豐富多變的修辭技巧

　　華語流行歌曲的修辭表現相當豐富，這也是流行歌曲最大魅力之所在。茲以〈孟婆湯〉和〈東風破〉為例，並運用現代修辭學的觀點，分析其豐富多變的修辭技巧如下。

（一）引用

　　本文專就華語流行歌曲的典故化用來談，可見其「引用」修辭的運用最為明顯。以〈孟婆湯〉來說，全曲化用了道教中的地獄神話，並結合佛教「因果輪迴」的思想，作為表達男女情感的基礎思維。按「孟婆湯」是人死後在經歷地獄的歷練，重新投胎之前所必須喝下的湯液，用意乃使鬼魂在陰間與前世的記憶全部遺忘，重新落入輪迴之中（見《玉曆寶鈔》）。歌詞中強調男女情感在世世的輪迴中，竟如此脆弱，而「孟婆湯」所代表對前世的遺忘，彷彿將恩怨情仇一筆勾消，也成為海誓山盟的最大殺手。一種原本陰沉嚴肅、高不可犯的地獄神話，因為愛情的融入而變得平凡普遍；而原本平淡無奇的愛情，也因為此一神話的冷峻對呈，強化其偉大而悲情的特質。

　　又如〈東風破〉一曲，其歌名是取自宋元民間樂舞的大曲，其曲調中有「曲破」。按大曲演奏通常分為三段，第一段是「散序」，第二段是「排遍」，第三段是「破」，又名「入破」（見《宋史・樂志》）。唐元稹〈琵琶歌〉寫到：「月寒一聲深殿磬，驟彈曲破音繁並。百萬金鈴旋玉盤，醉客滿船皆暫醒。」就是形容琵琶彈到「入破」之後，音樂節奏越來越快速的情形。〈東風破〉的副歌第一句「誰在用琵琶彈奏一曲東風破」，意思是用琵琶這種樂器彈奏一首名為東風的曲破。作者引用古代「曲破」的概念，不僅在詞調上營造古典幽雅的感覺，也把愛情中的仳離與思念融入其中，益見此歌柔媚溫婉的曲風。

（二）轉化

常見的轉化修辭有三種類型，一是「擬物為人」，即人性化；二是「擬人為物」，即物性化；三是「化虛為實」，即具象化。在〈東風破〉的歌詞中，作者普遍運用了轉化修辭，如：

> 一盞離愁，孤單佇立在窗口
> 一壺漂泊，浪跡天涯難入喉

「離愁」、「漂泊」均為抽象的概念，透過「一盞」、「一壺」的計量形容，原本抽象而不可撫觸的意緒，彷彿成為唾手可得的具體物象，使離愁和漂泊的意象更為鮮明。具象化除了運用計量詞使其具體，亦可使用動詞、形容詞來改變意象的質性，如：

> 妳走之後，酒暖回憶思念瘦

「思念」是抽象的情緒，而透過「瘦」字的形容，彷彿看到一個憔悴的少年，因思念而形銷骨毀的模樣，其思念被化為具體的形象是貼切而鮮明的。至於這首歌中關於「擬人法」的運用，亦極為鮮明，如：

> 夜半清醒的燭火，不忍苛責我

燭火只是陪伴孤寂少年的物象，透過擬人修辭卻能強化燭火與人的互動，營造更孤寂的氛圍。又如：

> 楓葉將故事染色，結局我看透

楓葉也只是陪襯之物象，而其火紅的顏色卻可渲染整個故事，其靈活生動的形象透過擬人法，發揮得淋漓盡致。

（三）象徵

　　修辭學上對於「象徵」的定義，大抵具備兩個心理條件：一是透過合理的聯想，二是聯想之事物必須經過約定俗成的歷程。所以任何一種抽象的觀念或情感，透過某種具體形象作為敘述媒介的技巧，此具體物象若能符合上述兩個條件，便構成了「象徵」。

　　以〈孟婆湯〉來說，「孟婆湯」所代表的遺忘、絕情，可視為這首歌最主要的象徵義。而〈東風破〉中所寫到的「月圓」、「燭火」、「酒」、「流水」、「琵琶」、「楓葉」等物象，皆有其內在情意，需要一一檢視。

　　「月」在古代被文人廣泛運用於詩詞中，如蘇軾〈水調歌頭〉：「但願人長久，千里共嬋娟」，其中「嬋娟」即指「明月」，代表「與親人的團圓」。這首歌所言「月圓」亦有此象徵義，並藉此象徵義反襯少年的寂寞。

　　「燭火」常出現在古代以歸願為主題的詩歌中，如杜牧〈贈別〉：「蠟燭有心還惜別，替人垂淚到天明」，此詩之蠟燭即代表「離別」之意，而〈東風破〉的「燭火」亦當有此意。

　　「酒」是古代文人抒發情感的重要媒介，它與「詩」、「茶」同為文人的良伴。酒可以表達豪邁之情，如李白〈謝朓樓餞別校書叔雲〉：「舉杯澆愁愁更愁」；也可以抒發相思之意，如范仲淹〈蘇幕遮〉：「酒入愁腸，化作相思淚」。歌詞中所言的「酒暖回憶思念瘦」，其象徵義應比較接近「相思」之情。

　　「流水」最常表現的意象當屬時間的流逝，如孔子所言「逝者如斯夫，不舍晝夜」。然而古代文人也有將流水用來表達情愁，如劉禹錫〈竹枝詞〉：「花紅易衰似郎意，水流無限似儂愁」，而歌詞中「水向東流，時間怎麼偷」所象徵的意義應兼有時光流逝與別離情愁兩種

意象。

琵琶是中國傳統樂器，最早出現在秦代。嚴格說來，琵琶在秦漢時期仍屬胡樂，流行於邊疆塞外，至唐宋時期才成為中原地區普遍流行的樂器。所以古代文人在詩詞中寫到琵琶，多與塞外離別有關。如王翰〈涼州詞〉：「葡萄美酒夜光杯，欲飲琵琶馬上催」，又如王昌齡〈從軍行〉：「琵琶起舞換新聲，總是關山舊別情」，皆有離別之意。歌詞中「誰在用琵琶彈奏一曲東風破」就明顯傳達離別的意象。

楓紅時節多在秋季，所以楓葉常常與秋天有所關聯。而古代文人又常以楓葉表達相思之情，如李煜〈長相思〉：「山遠天高煙水寒，相思楓葉丹」，即其著例。歌詞中「楓葉將故事染色，結局我看透」，亦在渲染離別相思之苦。

整體來說，〈東風破〉集古典物象於一爐，曾有人譏為拼湊，但作者廣泛地運用與「相思」、「別離」有關的意象，可與主題相互輝映，就象徵修辭的美感效果而言，這些物象所傳達的抽象情意仍可理解。

（四）類疊

所謂「類疊」，是指同一個字詞語句，接二連三反復地使用。其美感效果在於使文章要表達的情意更為強烈，加深讀者對於內容的印象。其中「類字」和「疊字」的運用，更能營造富於變化的節奏美感，在講究聲律叶韻的華語流行歌曲中，這種節奏美感尤為重要。

以〈孟婆湯〉為例，其大量使用類疊技巧，使整首歌的節奏感非常鮮明。如：

> 如果真的有一種水，可以讓你讓我喝了不會醉
> 那麼也許有一種淚，可以讓你讓我流了不傷悲

從句子形式可以看出這兩句所構成「……有一種……，可以讓你讓我……了不……」的句型，而重複出現的字詞就是典型的「類字」修辭，其類字的大量出現，營造出豐繁而和諧的節奏感。這種技巧在整首歌裡不斷出現，如：

> 雖然看不到聽不到，可是逃不掉忘不了
>
> ……　……
>
> 雖然你知道我知道，可是淚在漂心在掏

其中「看不到聽不到」、「逃不掉忘不了」、「你知道我知道」、「淚在漂心在掏」既有重複字詞，又不乏字詞之變化，避免了單調固定的弊病。又如：

> 過了這一秒這一個笑，喝下這碗解藥
>
> 忘了所有的好，所有的寂寥

這兩句的「類字」數量稍減，而散句漸多，在節奏的變化上也趨於緩和，其置於歌詞的結尾，可使整首歌收束於緩和的旋律，頗能契合「激切」與「舒緩」等情感的互動與轉變。〈孟婆湯〉這首歌大量運用類疊修辭，不僅具有節奏形式之美，更能貼近歌詞內容的情感變化。

五　圖底重章的結構形式

華語流行歌曲在演唱的形式上，有一部份繼承了自《詩經》以來常有的「重章」現象，即歌詞的某些段落，會重複唱誦，並運用聲情的強弱或曲調的升轉來表現歌詞的情感。這種現象在情歌中尤為明顯，且通常後段比前段的聲情強，或後段的調式比前段高，以表現情

感的高潮。茲以〈孟婆湯〉、〈東風破〉為例，摘錄完整歌詞如下：

〈孟婆湯〉

如果真的有一種水，可以讓你讓我喝了不會醉

那麼也許有一種淚，可以讓你讓我流了不傷悲

總是把愛看得太完美，那種豪賭一場的感覺

今生輸了前世的諾言，才發現水已悄悄氾成了淚

雖然看不到聽不到，可是逃不掉忘不了

就連枕邊的你的髮梢，都變成了煎熬

雖然你知道我知道，可是淚在漂心在掏

過了這一秒這一個笑，喝下這碗解藥

忘了所有的好，所有的寂寥

如果真的有一種水，可以讓你讓我喝了不會醉

那麼也許有一種淚，可以讓你讓我流了不傷悲

總是把愛看得太完美，那種豪賭一場的感覺

今生輸了前世的諾言，才發現水已悄悄氾成了淚

雖然看不到聽不到，可是逃不掉忘不了

就連枕邊的你的髮梢，都變成了煎熬

雖然你知道我知道，可是淚在漂心在掏

過了這一秒這一個笑，喝下這碗解藥

忘了所有的好，所有的寂寥

雖然看不到聽不到，可是逃不掉忘不了

就連枕邊的你的髮梢，都變成了煎熬

雖然你知道我知道，可是淚在漂心在掏

過了這一秒這一個笑，喝下這碗解藥

忘了所有的好，所有的寂寥

就歌詞的內容，可以分析其結構如下表：

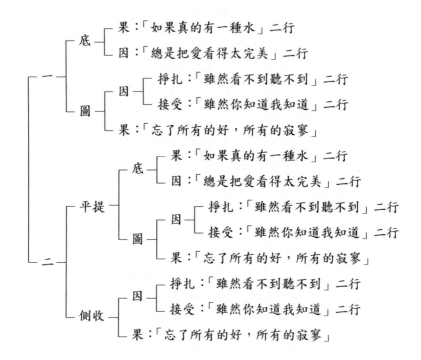

〈東風破〉

一盞離愁，孤單佇立在窗口

我在門後，假裝妳人還沒走

舊地如重遊，月圓更寂寞

夜半清醒的燭火，不忍苛責我

一壺漂泊，浪跡天涯難入喉

妳走之後，酒暖回憶思念瘦

水向東流，時間怎麼偷
花開就一次成熟，我卻錯過

誰在用琵琶彈奏，一曲東風破
歲月在牆上剝落，看見小時候
猶記得那年我們都還很年幼
而如今琴聲幽幽，我的等候，妳沒聽過

誰在用琵琶彈奏，一曲東風破
楓葉將故事染色，結局我看透
籬笆外的古道我牽著妳走過
荒煙蔓草的年頭，就連分手都很沉默

一壺漂泊，浪跡天涯難入喉
妳走之後，酒暖回憶思念瘦
水向東流，時間怎麼偷
花開就一次成熟，我卻錯過

誰在用琵琶彈奏，一曲東風破
歲月在牆上剝落，看見小時候
猶記得那年我們都還很年幼
而如今琴聲幽幽，我的等候，妳沒聽過

誰在用琵琶彈奏，一曲東風破
楓葉將故事染色，結局我看透
籬笆外的古道我牽著妳走過

荒煙蔓草的年頭，就連分手都很沉默

誰在用琵琶彈奏，一曲東風破
歲月在牆上剝落，看見小時候
猶記得那年我們都還很年幼
而如今琴聲幽幽，我的等候，妳沒聽過

誰在用琵琶彈奏，一曲東風破
楓葉將故事染色，結局我看透
籬笆外的古道我牽著妳走過
荒煙蔓草的年頭，就連分手都很沉默

就其完整唱誦的歌詞內容，可以繪出結構表如下：

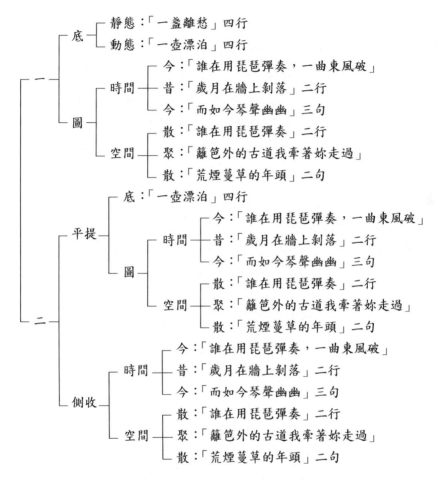

根據者兩首完整的歌詞內容及其結構表，可以歸納三點特色，也可視為華語流行歌曲中的情歌唱誦方式。

（一）重章唱誦的形式

所謂「重章」是指詩歌中某些段落的重複出現，形成詩歌在形式與情感上的反復。這種現象在民間歌謠中尤為普遍，而華語流行歌曲可視為現代民歌，理所當然地繼承了傳統民歌的重章形式。檢視〈孟

婆湯〉的歌詞，其前九行為第一段，而第二段的九行完全重複第一段
的內容，第三段又根據第二段的後半節，重複唱誦一次。每一段的內
容相同，只是演唱時的強弱不同，第三段的歌詞雖然相同，卻在曲調
上升高一個半音，使演唱時的情感更加激昂。就其演唱形式而言，
〈孟婆湯〉是華語流行歌曲中運用重章的典型。

　　重章的演唱形式同樣出現在〈東風破〉的歌詞中。整首歌分為九
段，而僅有前四段是不重複的內容。至於五、六、七段實為二、三、
四段的重複；八、九段又重複六、七段之內容。這種演唱的順序與
〈孟婆湯〉的形式雷同。

　　試比較《詩經》與現代流行歌曲之重章的差異，《詩經》在重複
的段落仍有部分字詞的變化，而流行歌曲則完全相同。如《小雅・蓼
莪》云：

> 蓼蓼者莪，匪莪伊蒿，哀哀父母，生我劬勞。
> 蓼蓼者莪，匪莪伊蔚，哀哀父母，生我勞瘁。

這兩章在重複內容之外，「蒿」、「蔚」的差異及「劬勞」、「勞瘁」的
抽換，形成較富變化的美感，反觀現代華語流行歌曲，則較顯單調。
最主要的原因在於流行歌曲注重音樂的變化，相對忽略了歌詞的經
營；同時，為了迎合銷售市場的需求，必須考慮多數聽眾對於單純歌
詞的偏好。

（二）圖底烘托的關係

　　華語流行歌曲在結構上的另一特色，可以從其「主歌」與「副
歌」的編排探討兩者之間的關係。所謂「主歌」是曲調初始開唱的部
分，通常作為情緒的鋪墊之用，所以曲調較為舒緩柔和，內容也大都

平鋪直敘；而「副歌」部分的情緒表現會逐漸激昂，無論曲調或詞情，通常成為整首歌情感表達的高潮。所以，作為鋪墊的主歌，是情感表達的背景，就章法觀之，可視為「底」；而「副歌」是情感表達的高潮，其外顯激情的特質，可視為「圖」。以〈孟婆湯〉為例，歌詞的前四行是一種態度的平鋪直敘，可作為整首歌的鋪墊（背景、底）；從第五行開始，作者透過類疊的技巧，逐漸將心中的無奈激化，在不斷的掙扎與接受的矛盾中，表現出最激切的情感，是整首歌的高潮（焦點、圖）。後半大段重複唱誦，仍出現背景（底）與焦點（圖）的對應關係。由於背景的鋪墊與烘托，使副歌情感的表達愈趨明顯，其感染的力量也愈大。

在〈東風破〉的歌詞中也同樣出現「底」與「圖」的烘托關係。就前四段來看，前四行是關於離愁的靜態描寫，後四行則描寫動態的漂泊與孤寂，兩者在結構邏輯上屬於背景（底）的鋪墊；至於三、四段中，從「誰在用琵琶彈奏，一曲東風破」開始，作者一方面描寫時間和空間的寂寞處境，並透過今與昔、聚與散的對比，表現離別相思之苦，是整首歌的高潮所在，在結構上可視為焦點（圖）；其後三段，省略了靜態的離愁，其餘仍是「底」與「圖」的對應關係；最後兩段則重複了「圖」的部分，再次表現情感的高潮。

華語流行情歌，在結構安排上常有這種圖底烘托的關係，其結合重章唱誦的方式，並透過曲調強弱的適度安排，展現了情歌最深的感染力。

（三）平提側收的結尾

「平提側收」的章法落實在辭章結構中，可分為兩部分：一是「平提」，即並列提出二項、三項或更多項概念；二是「側收」，即根

據並列提出的多項概念，側重其中一項，以作為收束。在〈孟婆湯〉及〈東風破〉二首的歌詞中，均有平提側收的結構。從上述結構表看出，兩首歌都在第二大段重複唱誦的部分，並列提出「底」、「圖」兩項結構，其後再側重於「圖」以作收尾。這種章法的安排方式不僅兼顧「底」與「圖」之間的相互烘托，其結尾側重於「圖」的部分收束，更能凸顯情歌的激情，或以升調輔之，或以聲情強化，當這種激情飆升到最高潮卻戛然而止，其感染之力往往產生盪氣迴腸、餘音繞樑的效果。

上述三點是兩首華語歌曲在章法結構上的共通特點，而我們發現，兩首歌也有其個別的結構特色，例如〈孟婆湯〉運用了「因果」邏輯，此邏輯思維與這首歌的「因果輪迴」之主題暗暗契合。至於〈東風破〉則運用「時空」的交錯、「今昔」的對比與「聚散」的對呈，就這首歌的「離別相思」主題而言，也頗能相互呼應。

六 錯綜古今的詞曲風格

臺灣華語流行歌曲所出現的「中國風」，由於適當的典故化用，營造了錯綜古今的風格基調，我們可以歸納三點以具體說明：

（一）古典意象與現代愛情的融合

就歌詞的主題而言，「中國風」歌曲運用的是古典的意象，表達的卻是極具現代精神的男女情感。如〈孟婆湯〉以傳誦千年的地獄神話為典故，表現的卻是現代男女苦悶、無奈、害怕失去的種種情緒；而〈東風破〉以傳統曲破為名，又運用圓月、燭火、暖酒、流水、琵

琶等古典意象，表現的則是現代少年對於失去之愛情的追念，在仔細品味古典意象之時，又往往能契合當下年輕人追求愛情的心理。

（二）古典詞彙與現代用語的並呈

就詞彙的運用而言，「中國風」歌曲以古典意象所表現了詞彙，依然是古詞古語，將這些古詞古語置於現代口語的句子中，不僅沒有突兀之感，卻反而營造一種今古交錯、文白融鑄的美感。從〈東風破〉所使用的詞彙，可以發現許多雜糅古今的風格，如：

  一盞離愁，孤單佇立在窗口

→「一盞離愁」偏於古典意象，「孤單佇立在窗口」則為現代口語。

  舊地如重遊，月圓更寂寞

→「舊地如重遊」是古語結構，「月圓」亦為古典意象，「更」字則為現代口語。

  一壺漂泊，浪跡天涯難入喉

→「一壺漂泊」偏於古典意象，「浪跡天涯」為現代口語。

  妳走之後，酒暖回憶思念瘦

→「酒暖」是古語結構，「妳走之後」則為現代口語。

  誰在用琵琶彈奏，一曲東風破

→「琵琶」、「東風破」均為古典意象，「誰在用」則為現代口語。

  而如今琴聲幽幽，我的等候，妳沒聽過

→「琴聲幽幽」是古語結構,「我的等候,妳沒聽過」又是現代口語。

　　這種古今詞彙融鑠的現象,超越了時空的限制。因為,情愛的表達是人類與生俱來的本能,只要「象」與「意」能真正契合,又能適當傳情達意,其文白夾雜的歌詞確實能營造一種特殊的風格。

（三）古典曲調與現代詞彙的雜糅

　　華語「中國風」的流行歌曲在詞彙上雖然融合古今,但是整首歌仍偏向於現代口語的表現;至於歌曲所使用的旋律卻充滿古調的風格,例如〈孟婆湯〉一首使用了「行板」的節奏,又在每一音節插入許多「半音」,以營造「小調」的曲風;又如〈東風破〉更融入宋元「詞牌」的曲式,並輾轉打破原先詞牌的節律,在旋律與節奏上創造一種類似「攤破」的古代曲風。我們可以確定,「中國風」之流行歌曲以「今詞古調」的模式,創造了錯綜古今的風格。

七　結語

　　臺灣華語流行歌壇出現的「中國風」曲式,為何會造成一股風靡的熱潮?我們試圖從歌詞的表現藝術,探討其流行的原因。在歌曲的內容上,這種曲風仍然選擇了最具感染力的情歌,作為抒情達意的主題;在詞彙表現上,其溫厚婉約的詞彙運用,繼承了《詩經》以來之古典民歌「溫柔敦厚」的優良傳統;在修辭表現上,其豐富多變的修辭技巧,使原本頗具古意的歌詞,更有現代優雅詞式的美感;在演唱結構上,其「重章」、「圖底」及「平提側收」的章法運用,更將流行情歌的情感發揮得淋漓盡致;在詞曲風格上,「現代語彙」與「古典

曲調」的融合，營造了今古錯綜的特殊風格。從這幾項藝術特色，可以確定臺灣華語流行歌壇所風靡的「中國風」曲式，絕非曇花一現，也絕非任意拼湊的古董，相信它能引領流行風尚，在華語流行歌壇獨樹一幟。

——發表於《實用漢語語法》第1期
（臺北市：萬卷樓圖書公司，2009年）

論「讀、寫互動原理」在華語文教學的應用

——以華文讀寫教學為例

提要

　　華語文教師應具備講授華語文之聽、說、讀、寫、作的完整學能，才足以應付各方教學的需求。所以，除了熟習語法及詞彙知識，以建立學習者初級的語文能力之外，更應涉獵辭章學的相關知識，才能有效訓練進階華語文的閱讀及寫作能力。就整體辭章學來看，它涵蓋了意象、詞彙、修辭、文（語）法、章法、主題及風格等領域，熟習其理論，有助於華文的讀、寫教學。本文探討辭章學中有關「讀寫互動」理論在華語文教學中的應用，分析其教學實務的可行性，就是希望提供教師可用的辭章學知識，以提升其華文讀、寫教學的品質。

關鍵詞：辭章學、華語文教學、華文閱讀、華文寫作、讀寫互動

一 前言

　　華語文已經成為二十一世紀全球的強勢語言系統之一，其原因在於中國經濟的崛起，而中華文化博大精深、傳承悠久的優質，更是它可以立足世界舞台的重要因素。從現實的角度觀察，各國基於經濟貿易的考量，必須與中國人交涉，致使華語文的學習成為交涉溝通的重要工具之一。再從長遠發展的角度來看，學習華語文的人口結構會從經濟層面的需求，逐漸延伸到社會文化層面的探索。具體而言，經濟的互動，隨之而起的將是學術、文化的交流，當外籍人士想要進一步探索華人的社會與文化時，若只注重華語的聆聽與會話能力，忽略華文閱讀與寫作能力的提升，勢必會受到阻礙，對於華人社會與文化的探索亦將一知半解。由此可知，身為華語文教師必須擁有華語文訓練的基本學能，除了漢語語言學及華語教材教法的學能之外，涉獵辭章學領域中有關意象學、詞彙學、修辭學、文法學、章法學、主題學及風格學等知識，也是教師必備的重要知識。本文專就辭章學在華語文教學的應用而論，藉由辭章學「讀、寫互動」的相關理論，並結合華語文教學所強調「第二語言習得」的理論與原則，提出具體的教學策略，期望提供華語文教師在進行華文讀寫教學時的重要參考。

二 辭章「讀、寫互動原理」概說

　　海峽兩岸的漢語辭章學研究在近年有了豐碩的成果。在大陸方面，如西北民族大學王希杰教授所提出的「三一」理論[1]，福建師大

---

1 「三一」理論是對王希杰先生在二十世紀八、九〇年代以來所建構的修辭理論體系的核心內容的概括。「三一」理論包含了三組基本概念及其相互關係的理論其分別是「物理、語言、文化、心理四個世界」；「零度、偏離」；「顯性、潛性」。見李廣瑜：〈「三一」理論之體系觀——淺析王希杰先生修辭學理論之精髓〉，收入李名

鄭頤壽教授所建構的「四六結構」[2]，均曾在兩岸的辭章研究與教學引起極大的迴響。在台灣方面，台灣師大陳滿銘教授曾提出「多、二、一（0）邏輯結構」、「辭章意象系統」、「讀、寫互動原理」等理論，對於台灣辭章研究及語文教學亦有重要影響。其中「讀、寫互動原理」與辭章的閱讀、寫作有密切關聯，本文為探索它運用在華文讀寫教學的可能性，有必要瞭解此一原理的內涵，作為落實華文讀寫教學的重要參據。

（一）辭章學的重要領域及其相互關係

「辭章學」又稱「詞章學」，原本包含了語詞和文章的研究，為了與「語言學」有所區隔，遂漸趨向於篇章研究的專業，所以又別稱為「文章學」。關於辭章學研究的重要領域，凡針對辭章的表達或接受進行局部或整體研究者，均屬辭章學的範疇，包括探討辭章之意象形成的「意象學」、研究辭章之符號指稱的「詞彙學」、分析辭章之美感表現的「修辭學」、歸納辭章之字句邏輯的「文法學」、探索辭章之篇章邏輯的「章法學」、統整辭章之主旨呈現的「主題學」及鑑賞辭章之整體審美表現的「風格學」等。這些學門在辭章學的研究中各有其獨立而專業的功能，而彼此之間又存在著密切的聯繫。具體來說，研究一篇辭章必須就局部來分析其形象美感與邏輯思辨，更需要從整

方、鍾玖英主編：《王希杰和三一語言學》（北京市：中國文聯出版社，2006年），頁328-336。

2　「四六結構」即「四元六維結構」的簡稱。所謂「四元」是指構成話語的四個要素，即「宇宙元」、「表達元」、「話語元」和「鑑識元」；所謂「六維」就是「宇宙元←→表達元」、「表達元←→話語元」、「話語元←→鑑識元」、「鑑識元←→宇宙元」、「宇宙元←→話語元」和「表達元←→鑑識元」。見鄭頤壽：《辭章學導論》（臺北市：萬卷樓圖書公司，2003年）。

體的角度以統合它的核心情理與整體風格。可知辭章之「意象」、「詞彙」、「修辭」、「文法」、「章法」、「主題」及「風格」，均能就其個項獨立研究，卻不能不照應其他領域以呼應整體。陳滿銘教授在統整辭章學各領域之關係時提到：

> 辭章是結合「形象思維」、「邏輯思維」與「綜合思維」所形成的。而這兩種思維，各有所主。就形象思維來說，如果將一篇辭章所要表達之「情」或「理」，也就是「意」，主要訴諸各種偏於主觀的聯想、想像，和所選取之「景（物）」或「事」，也就是「象」，連結在一起，或者是專就個別之「情」、「理」、「景（物）」、「事」等材料本身設計其表現技巧的，皆屬「形象思維」；這涉及了「取材」與「措詞」等問題，而主要以此為探討對象的，就是意象學（狹義）、詞彙學與修辭學等。就邏輯思維來看，如果就整個「景（物）」或「事」（象）等各種材料，對應於自然規律，結合「情」與「理」（意），主要訴諸偏於客觀的聯想、想像，按秩序、變化、聯貫與統一之原則，前後加以安排、佈置，以成條理的皆屬「邏輯思維」；這涉及了「佈局」（含運材）與「構詞」等問題，而主要以此為研究對象的，就字句言，即文（語）法學；就篇章言，就是章法學。就結合形象思維與邏輯思維的綜合思維而言，一篇辭章之內，用以統合「形象思維」（偏於主觀）與「邏輯思維」（偏於客觀）而為一的，乃是主旨與風格（韻律）等，這就涉及「立意」、「決定體性」等問題，而主要以此為研究對象的，為主題學、文體學和風格學等。而以此整體或個別為對象加以研究的，則統稱為辭章學或文章學。[3]

3　〈辭章意象論〉，收入《辭章學十論》（臺北市：里仁書局，2006年），頁219-262。

這裡將構成辭章的景（物）、事、情、理等四大要素，根據主、客觀的不同角度，歸結為兩大思維：一是形象思維，著眼於辭章主觀形象的形成與表現，研究領域包含意象、詞彙和修辭。另一是邏輯思維，著眼於辭章客觀邏輯的排列組織，研究領域則包含了文法和章法。這兩種思維在同一辭章中是不可分割的，透過兩者的互動整合，再由綜合思維統整出辭章的核心情理與整體風格，其研究領域包含主題學、風格學等。瞭解辭章學各重要領域的相互關係，有助於進一步分析辭章「讀、寫互動原理」的整體結構與分項結構。

（二）辭章「讀、寫互動」的整體結構

　　根據前述辭章學各研究領域之間的密切關係，我們可以用形象思維和邏輯思維為基準，向上歸結於綜合思維，再逆溯至「主題」和「風格」，向下推衍出屬於形象思維之「意象」、「詞彙」與「修辭」，以及屬於邏輯思維之「文法」與「章法」。其關係圖如下[4]：

4　同前註。

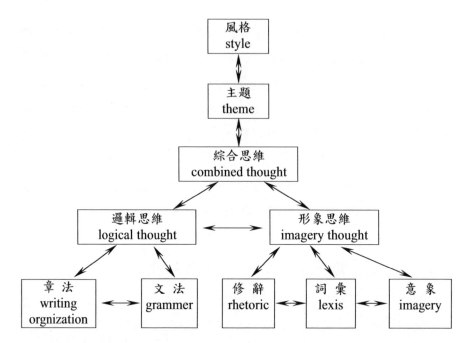

這一圖表提供我們思考閱讀與寫作的雙向互動關係。依箭頭的方向，由上而下所呈現的是寫作過程，而由下而上是閱讀過程。陳滿銘教授在解釋這兩種過程的互動關係時提到：

> ……如由廣義的意象切入，則風格（文體）、主題（主旨）關涉到「意」，意象（狹義）、詞彙、修辭、文法、章法關涉到「象」，這些都與讀、寫有密不可分的關係。其中讀（鑑賞）是由「象」而「意」的逆向過程，而寫（創作）是由「意」而「象」的順向過程。而兩者往往是互動、循環而提升，形成螺旋結構的。[5]

這裡提出讀的逆向過程和寫的順向過程，據此我們可以進一步落到實際讀、寫中，探討其個別的分項結構。

5　見〈辭章讀、寫互動論〉，收入《辭章學十論》，頁267-293。

（三）辭章「讀、寫互動」的分項結構

閱讀與寫作的互動實際上是無法切割的。寫作時必須時時檢視創作的痕跡，閱讀時亦常常觸發寫作的思維。然而，為了精細分析兩者的過程，我們試以分項結構的方式，推演「由意而象」之寫作和「由象而意」之閱讀過程。

1 辭章之寫（創作）──「由意而象」的順向結構

一般而言，作家在創作之前，已經形成自我基本風格和中心情理（主旨），再經由主觀的觀察、記憶、聯想、想像等過程，蒐集適當的材料而形成意象，透過相對應的符號（詞彙）表現出來，或進一步運用文學技巧（一般是修辭）以美化意象；另一方面又透過邏輯思維以組織材料而形成客觀條理，逐步積字成句（文法），積句成篇（章法），以完成文章的創作。這是寫作的心理過程，就辭章整體結構來說是呈順向發展，此順向結構可用下圖說明：

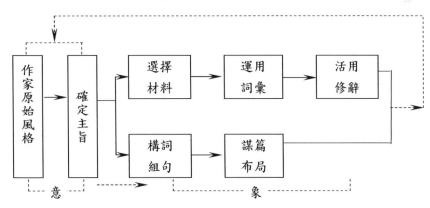

2 辭章之讀（鑑賞）──「由象而意」的逆向結構

我們閱讀文章時通常會透過文學作品中的材料，以瞭解其個別意象，並藉由意象之符號體會其詞彙與修辭的美感；另一方面，又常透

過文法以瞭解字句的條理,運用章法以分析篇章的邏輯;再進一步結合主觀的形象美感與客觀的邏輯思維,逐步推展出文章的核心情理,並歸結出文章的韻味與風格。這是閱讀(含鑑賞)心理過程,就辭章整體結構來說是呈逆向發展,此逆向結構可圖列如下:

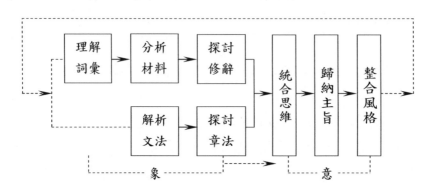

三 第二語言教學理論落實於華文讀寫教學的具體原則

所謂第二語言(Second Language)是指在第一語言(First Language)之後再學習的其他語言。第二語言通常是外語(foreign language),而第一語言通常是母語(mother tongue)。華語教學是把華語當作第二語言,對母語非華語者進行教學,所以,將華語作為第二語言的教學(teaching Chinese as a second language),實有別於國內的中文教學,必須運用特殊的教學法,才能達到教學的成效與目標。

華語教學相對於其他語言系統(如英語、德語、法語等)的教學,仍是一個新興的教學體系,其教學方法的研究與建構仍有許多發展進步的空間。以台灣華語教學來說,大都採用西方外語教學中影響較大的流派,汲取各流派的教學精髓,合理地運用在華語教學中。若專就華文讀寫教學來看,源自於經驗學派的「直接教學法」、「情境教

學法」，以及源自於人本學派的「肢體反應教學法」、「默示教學法」皆適於華文讀寫教學的轉化與應用。茲結合各學派之教學法提出華文讀寫教學之具體原則如下：

（一）圖像思辨的教學方法

運用圖像思考是人類與生俱來的本能。語文教育所教授的是文字符號，卻常常需要借重圖像思辨來引導學生，尤其是在幼兒階段學習母語的過程，藉由具體圖像直接與符號連結，自然而然完成母語的習得。歐美經驗學派所主張的「直接教學法（Direct Method）」就是強調直接用外語教學，不透過母語的翻譯，並配合實物、圖片或肢體動作來引導學生。[6]這種教學方法不僅注重直接聯繫，更常透過模仿、重複練習來達成學習效果。目前台灣華語教學以直接教學法來教授華語最為普遍，其主要原因在於圖像思辨是人類原始的思維模式，比較適合初學華語的對象。

（二）情境模擬的教學模式

人類大腦具有聯想與想像的本能。所謂情境模擬就是透過聯想與想像的能力，假想自己處於某種時空，進行各種狀況的模擬。這種模擬方式必須以圖像思辨為基礎，再透過教師的有效引導，通常可以收到不錯的學習效果。英國語言學家在一九三〇到一九六〇年間，發展出「情境教學法（Situational Language Teaching）」，強調語言結構知識和真實情境之間的聯繫[7]，他們認為最好的語言教學法是經由情

6　何淑貞等：《華語文教學導論》（臺北市：三民書局，2008年），頁94。

7　同前註，頁99。

境，協助學生掌握並運用詞彙和語法，進一步獲得文（語）意的理解。情境教學法的另一項特色是教材與進度的編定，教學前的流程規劃有助於學生在一定的進度與流程中完成學習。就華語教學而言，靈活運用日常生活食、衣、住、行、育、樂的場景，並適時點綴教室布置，通常可以提升教學成效。

（三）生動有趣的教學活動

語言教育常強調「學習動機」、「學習策略」、與「學習效果」三者的循環關係。具體而言，強烈的學習動機會使學習者採取有效的學習策略；而有效的學習策略又能達到成功的學習效果；學習成功又會使學習者感到滿足，更加強了學習動機。[8]因此，生動有趣的教學活動可以有效刺激學習動機。在美國七〇年代，心理學家James T. Asher曾經提出「肢體反應教學法（Total Physical Response）」，強調適時透過身體動作的刺激，有助於語言的學習。[9]就華語教學來說，當我們介紹許多動詞如跑、跳、唱歌、跳舞等，就可以指示學生同時動作，同時口說，一來可以刺激語言的學習，另一方面也能活絡課堂的教學氣氛。當然，結合華人文化來進行教學，如包水餃活動、打太極拳，若能引導學生學習「把手舉起來」、「把肉餡放進去」等動詞短語就更駕輕就熟了。

（四）注重創意的教學態度

對於中、高級的華語學習者而言，老師要開始思考「學生要學什

8　張金蘭《實用華語文教學導論》（臺北市：文光圖書公司，2008年），頁27。

9　何淑貞等：《華語文教學導論》，頁102。

麼」而不是「老師要教什麼」。換言之，學習者是主角，須注重創意與主動學習；而教師是配角，只輔助而不干預。在七〇年代初期，英國數學家兼心理學家G. Gattegno首先提出「默示教學法（The Silent Way）」，提倡外語需要學習者自己去發現（Discover）和創造（Create），而非背誦（Remember）或一再重複（Repeat）練習。[10]這種觀點落實在華語文教學上，就需要強調華語教師是個啟蒙的角色，要少說話，並提供機會讓學生多說、多活動，由於中、高級學生在語文表達上有一定的程度，所以啟發創意比糾正錯誤來得相對重要。

四 「讀、寫互動原理」在華文讀寫教學中的實際應用

　　既已理解辭章「讀寫互動」原理的基本架構，再結合「第二語言習得」的具體原則，我們就可以設計華文讀寫教學所需的教材。茲依據辭章之「形象思維」、「邏輯思維」、「綜合思維」之分類，設計華文讀寫課程如下。

（一）偏於辭章之「形象思維」的讀寫教學

　　所謂「形象思維」是指辭章中關於主觀形象之思維的領域，如「意象」、「詞彙」與「修辭」等皆是。落實於華文讀寫教學，可從「由意而象」及「由象而意」兩種途徑設計華文讀寫教材。

1 「由意而象」的寫作教學

　　寫作教學在形象思維方面的要求，著重於取材、運用詞彙、修飾

---

10 何淑貞等：《華語文教學導論》，頁105。

詞語等訓練，其教材的設計可以分成四個程序：

（1）確定寫作主題範圍：中國人的節日

雖然確定主題屬於綜合思維的部分，但是要進行形象思維方面的寫作訓練，仍應有一個主題，以供取材和用詞的方向。例如：教師可將寫作課程訂為「中國人的節日」，開放讓學生選定較為熟悉的中國節日，如春節、元宵節、清明節、端午節、中元節、中秋節等，皆可選擇。選定一種中國節日來寫，才能針對這一節日選取材料。

（2）選取寫作素材

如果學生選定「中國人的春節」作為寫作主題，教師可運用「直接教學法」，配合圖卡及影片，引導學生開始聯想有關「春節」的事物。例如：

> 穿新衣、壓歲錢、拜年、年夜飯、放鞭炮、守夜、拜祖先、返鄉、塞車潮、初二回娘家、年獸、貼春聯

接下來，教師可以運用「默示教學法」，並結合圖卡，引導學生將這些事物做分類，例如：

> 屬於春節放假前的事物：返鄉、塞車潮；
> 屬於除夕夜的事物：拜祖先、壓歲錢、年夜飯、守夜；
> 屬於農曆新年後的事物：穿新衣、放鞭炮、拜年、初二回娘家；
> 屬於春節的神話傳說：年獸、貼春聯。

這樣的分類，才可以將這些事物轉化為寫作的素材。

（3）進行造句練習

　　教師運用「情境教學法」，引導學生進入自我熟悉的春節情境，並練習造句。教師同時要立即改正學生在詞彙運用上的錯誤。例如：

> 這一個春節我和朋友返鄉過年，在高速公路遭遇了塞車潮。
> 改正：「這一個」→「今年」；「遭遇」→「遇到」
> 我和朋友大家一起拜祖先、吃年夜飯，並且接受了一個壓歲錢。
> 改正：「我和朋友大家」→「我和朋友的家人」；「接受」→「得到」；「一個壓歲錢」→「一個紅包作為壓歲錢」
> 我們大家一起守夜到午夜十二點，接著又放鞭炮以示慶祝。
> →我們一起守夜，到了午夜十二點，又放鞭炮來傳達新年的喜訊。
> 我聽說中國人過年和「年獸」的傳說有關，所以每一家的人都貼春聯避邪。
> →聽說中國人過年和傳說中的「年獸」有關，所以家家戶戶都貼春聯避邪。

造句練習著重在詞彙的正確使用，所以及時更正非常重要。有了正確的語句，教師才能引導學生進一步學習句子的修辭技巧。

（4）進行詞句修飾

　　教師可運用「直接教學法」，先將學生所造的句子修飾一次，再設計類似的句型讓學生模仿造句。例如：

	白　描　句	修　辭　句
教師修飾	今年春節我和朋友返鄉過年，在高速公路上遇到了塞車潮。	今年春節我和朋友高高興興地返鄉過年，在高速公路上遇到了像牛步一般的塞車潮。
學生仿作	今年夏天我和朋友去海邊，在沙灘上看到好多貝殼。	

詞句修飾是在詞彙運用正確的基礎上，將句子修飾得較有美感。教師運用直接教學法的目的，在於使學生透過不斷的模仿造句而習得修飾詞句（修辭）的技巧。

2 「由象而意」的閱讀教學

閱讀教學在形象思維的要求，著重於詞彙的理解、意象的聯想和修辭的分析。其教材設計亦可分為四個程序：

（1）選讀文章

教師選定適合學生程度的文章（整篇文章或一段短文皆可），運用大聲朗讀的方式帶領學生頌唸兩遍，再進入詞彙教學。例如：

> 遠遠小小地，無數的方窗都已上燈，暈黃或青色的，都是溫暖而又令人充滿渴求的一種情意。這濱海的小鎮，向晚時展露出一種無比的輝煌，像油畫裡那種積極濃烈的色彩似的。向晚將落的夕陽，先用美麗溫潤的純黃打底色；而後用濃烈的純紅與金黃來加強小鎮向光的溫潤，而在背光面，則是幽藍地。在古老迂迴的巷道裡，你從一個轉角拐了過來，一張垂暮的老人臉顏會猛然進入你的眼中，老人就入定地端坐在褪色的門楣下

方，悠閒地搖著蒲扇，丟給你一朵極為古老而又慈祥的微笑。
（林文義〈向晚的淡水〉）

（2）理解短文中的生難詞彙

教師提出短文中的生難詞彙，並標上注音符號或漢語拼音，盡量用淺顯中文來詮釋詞彙之義。如果遇到較難解釋的詞彙，可以運用造例句的方式幫助學生理解。關於這段短文的生難詞彙有：

上燈　ㄕㄤˋ ㄉㄥ1（shang4 deng1）：開燈
暈黃　ㄩㄣˋ ㄏㄨㄤˊ（yun4 huang2）：暈開的黃色
向晚　ㄒㄧㄤˋ ㄨㄢˇ（xiang4 wan3）：傍晚
溫潤　ㄨㄣ ㄖㄨㄣˋ（wen1 run4）：溫和而滋潤
向光　ㄒㄧㄤˋ ㄍㄨㄤ（xiang4 guang1）：面向有光的方向
幽藍　ㄧㄡ ㄌㄢˊ（you1 lan2）：深藍色
迂迴　ㄩ ㄏㄨㄟˊ（yu1 hui2）：曲折圍繞
入定　ㄖㄨˋ ㄉㄧㄥˋ（ru4 ding4）：人的精神進入冥想狀態
門楣　ㄇㄣˊ ㄇㄟˊ（men2 mei2）：門上方的橫樑
蒲扇　ㄆㄨˊ ㄕㄢˋ（pu2 shan4）：用蒲草編的扇子

教師一方面解釋詞彙之義，另一方面可以運用造句方式來幫助學生理解。尤其是屬於抽象性的詞彙，更應運用例句說明。例如：

溫潤→這烏龍茶喝起來很溫潤。
　　　春天的天氣通常是溫潤的，感覺很舒服。
迂迴→這條山路又迂迴又狹窄，我們開車要非常小心。
　　　軍隊採取迂迴戰術，讓敵人摸不清方向。

而屬於具體形象的詞彙，則須透過圖卡的引導，一方面使學生容易理

解，另一方面也便於教師進行更深一層的「意象聯想教學」。

（3）聯想詞彙所延伸的意象

「意象聯想教學」的重點在訓練學生藉由詞彙聯想出具體的圖象，再由具體的圖象延伸出抽象的情意。根據這段短文的重要詞彙，其具體的圖象有：

> 遠處暈黃或青色的燈光
> 向晚即將落下的夕陽
> 古老而迂迴的巷道
> 垂暮老人的臉顏
> 老人就入定地端坐在褪色的門楣下方，搖著蒲扇而微笑著

每一種具體圖象原本是客觀地存在，當具體物象融入人類的意念中，即有可能因激盪而產生情理。崛起於二十世紀初期的格式塔心理學派所提出的「異質同構」[11]理論，就認為人類和萬物雖屬不同的質性（異質），卻有一抽象的聯結存在（同構）。這種心理落到文學來說，凡藉由文字而形成的各種圖象，本身即蘊含豐富的情理，這充分顯現「象」與「意」之間的緊密關係。所以，上述藉由文字所描述出來的圖象，皆有其內在情理。基於這種自然的心理規律，教師可以運用直接教學法結合情境教學，引導學生運用直覺去想像每一個具體圖象，並敘述自己的感覺，然後一一記錄下來，一一討論。例如：

---

11 童慶炳：〈心靈與自然的溝通──談「異質同構」〉，收入《中國古代心理詩學與美學》（臺北市：萬卷樓圖書公司，1994年），頁168-175。

圖　　象	聯　想　的　情　理
向晚即將落下的夕陽	輝煌而濃烈的熱情
	溫暖而安詳的感覺
	白晝即將消失的恐懼

表中是「向晚的夕陽」最可能出現的三種情意。事實上，在古人詩句中，所謂「夕陽無限好，只是近黃昏」的意象表現，是稱頌夕陽輝煌與擔憂夕陽消逝的兩種矛盾心情的交錯，以華語為母語的學生可能受到這首詩的影響，聯想出近似的心理；而對於母語非華語之學生就可能產生不同的答案。華語教師在針對這三種答案進行分析時，一方面應避免受到古詩文的影響，另一方面也應檢視此一圖象在短文中的定位。「向晚的夕陽」在這短文中的情意表現恰與古詩文不同，其呈現的情意應偏於積極濃烈、溫潤和暖的感覺。

　　具體圖象所聯想出來的情意，有助於文章主題的理解，在閱讀教學中式不可或缺的重要程序。

　　（4）分析短文中的重要修辭
　　面對以華語為母語的學生，修辭教學的程序可以針對詞句的內涵，直接點出修辭格的名稱，再說明這種修辭格的定義，學生通常可以理解其意涵，並很快運用在口說與寫作上。而華語文教師面對的是以華語為第二語言的學生，其教學方法需有所調整。

　　華語教師在課前必須先瞭解此一修辭格的定義，並深入探討修辭格的心理基礎與美感效果，以找出修辭格形成的根源。至於在課堂上，可以根據自我專業判斷，直接挑出具有特殊修辭技巧的句子，並試圖將這句子還原為白描句，其次再另造類似的白描句，引導學生造出修辭句。例如：

修　辭　句
這濱海的小鎮，向晚時展露出一種無比的輝煌，像油畫裡那種積極濃烈的色彩似的。

→

白　描　句
這濱海的小鎮，向晚時展露出一種無比的輝煌。

白　描　句
那白晰的女孩，在臺上彈琴時展露出無比的自信。

→

修　辭　句
那白晰的女孩，在臺上彈琴時展露出無比的自信，像一隻孔雀展現自己的新衣。

又如：

修　辭　句
向晚將落的夕陽，先用美麗溫潤的純黃打底色；而後用濃烈的純紅與金黃來加強小鎮向光的溫潤，而在背光面，則是幽藍地。

→

白　描　句
向晚將落的夕陽照在小鎮上，向光面非常明亮，而在背光面則非常陰暗。

白　描　句
桌上的蘋果又紅又大，非常好吃。

→

修　辭　句
桌上的蘋果透出亮亮的紅色，摸起來堅硬紮實，一口咬下去，發出清脆的聲音，酸酸甜甜的果汁和脆硬的果肉在嘴巴裡散開來。

又如：

修　辭　句	白　描　句
老人就入定地端坐在褪色的門楣下方，悠閒地搖著蒲扇，丟給你一朵極為古老而又慈祥的微笑。	老人就入定地端坐在褪色的門楣下方，悠閒地搖著蒲扇，向你展現古老而又慈祥的微笑。
白　描　句	修　辭　句
校園的椰子樹在豔陽下矗立，在微風中搖擺，展現一種南國熱帶的氛圍。	校園的椰子樹在豔陽下矗立，在微風中搖擺，一股南國熱帶的氣氛向我撲了過來。

例一是屬於譬喻修辭，例二是摹寫修辭，例三是轉化（具象化）修辭。華語教師在引導學生照樣造句時，應儘量運用情境教學的模式，讓學生在假想情境中造句，較能呈現良好的教學效果。

（二）偏於辭章之「邏輯思維」的讀寫教學

所謂「邏輯思維」是指辭章中關於客觀邏輯之思維的領域，如「文法」、「章法」等皆是。落實於華文讀寫教學，亦可從「由意而象」及「由象而意」兩種途徑來設計教材。

1 由「意」而「象」的寫作教學

寫作教學在邏輯思維上的訓練著重於構詞組句的練習和謀篇布局的訓練。這必須在形象思維訓練（含取材、詞彙運用、修辭練習）的基礎上進一步來作，才能展現教學成效。

（1）構詞組句的練習

　　構詞組句的練習，可以結合詞彙造句一起進行。事實上，詞彙的正確應用屬於形象思維的訓練，而構詞組據練習屬於邏輯思維的訓練，兩者在實際寫作時是不可切割的。所以，華語文教師在設計詞彙以提供造句時，可以結合詞彙和文法的觀念一起進行。以前述「中國人的春節」為例，教師可以列出相關詞彙，引導學生造出「偏正結構」的短語。例如：

高高興興	返鄉	→高高興興地返鄉
誠懇	拜祖先	→誠懇地拜祖先
一起	回娘家	→一起回娘家
興奮	放鞭炮	→興奮地放鞭炮
不由自主	數壓歲錢	→不由自主地數壓歲錢

教師也可以設計幾組句子，引導學生組合改寫成一個包含多項狀語的句子。例如：

1. 我們往鄉下走去。

　　我們興高采烈地走去。

　　我們昨天就走了。

　　→我們昨天興高采烈地往鄉下去了。

2. 幾天來他的媽媽忙碌著。

　　他的媽媽為了準備過年忙碌著。

　　他的媽媽到處忙碌著。

　　→幾天來他的媽媽為了準備過年到處忙碌著。

3. 我大聲地敬酒。

　　我在餐桌上敬酒。

我向大家敬酒。

→我在餐桌上大聲地向大家敬酒。

這種詞組練習的方式，一方面讓學生熟悉華語狀詞的使用方法，另一方面也能訓練學生避免如歐美語系中頻繁出現主詞的句式，使學生可以學習到正確而流利的華文句式。

（2）謀篇布局的訓練

關於寫作謀篇布局的訓練，教師可以針對「中國人的春節」之主題，先選擇適合的章法類型，再設計教學題目。就這主題來說，敘事、寫景、抒情的筆法應較為適合，所以，「情景法」或「事情法」均為適合的章法。至於「敘事」方面，宜採用「時間順敘」的方式。

教師可以運用「情境教學法」，引導學生根據先前所聯想的材料來擬定大綱。例如：

第一段：寫春節前和朋友返鄉過年。

第二段：寫除夕拜拜、吃年夜飯、領壓歲錢。

第三段：寫大年初一拜年、放鞭炮。

第四段：寫春節的傳說。

第五段：寫自己過中國人的春節很快樂。

這樣的分段所透露的謀篇邏輯，可以用下表呈現：

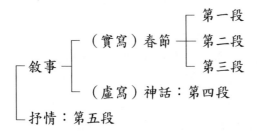

可知其段落之間的條理非常清晰。此結構表乃用以檢視學生擬定大綱的合理性，不必向學生說明。華語教師若能有效引導學生擬寫大綱，一方面可以確定寫作材料，另一方面也能有效分配各段的寫作內容，最重要的是，寫作不容易偏離主題。這些效果對於正式寫作將有正面的助益。

2 由「象」而「意」的閱讀教學

閱讀教學在邏輯思維上的訓練偏重於文章字句的分析和文章結構的探討。對於以華語為第二語言學習的學生來說，文（語）法和章法的學習是比較抽象而艱深的，華語教師仍應儘量避免理論的闡述，而是透過照樣造句的方式，讓學生理解字句的結構；並透過簡易結構表的分析，讓學生認識篇章的結構。

（1）分析字句的結構

以前述的短文為例，華語教師可先行挑選重要句子，再設計不同的詞彙或短語，引導學生照樣造句。例如：

1. 遠遠小小地，無數的方窗都已上燈。（狀語＋主語＋謂語）

冷冷地 陡峻的高山 都已染上皚皚白雪	冷冷地，陡峻的高山都已染上皚皚白雪。

2. 這濱海的小鎮，向晚時展露出一種無比的輝煌。（主語＋時間副詞＋謂語＋賓語）

那窗邊的茉莉花盆栽 清晨時 散發著 一種迷人的芬芳	那窗邊的茉莉花盆栽，清晨時散發著一種迷人的芬芳。

3. 在古老迂迴的巷道裡，你從一個轉角拐了過來，一張垂暮的老人臉顏會猛然進入你的眼中。（地方副詞＋主語＋謂語＋〔主語＋謂語〕）

賓語 在繁花盛開的三月 你 從小路步行上山 一群翩翩飛舞的蝴蝶 時時驚擾你的視線	在繁花盛開的三月，你從小路步行上山，一群翩翩飛舞的蝴蝶，會時時驚擾你的視線。

4. 老人就入定地端坐在褪色的門楣下方。（主語＋狀語＋謂語＋地方副詞）

小孩 滿足地 端坐 彩色的滑梯下方	小孩就滿足地端坐在彩色的滑梯下方。

在（）內的文法結構僅供參考，切忌向學生講授文法的專業名詞。對於華語初級的學習者可以運用直接教學法，並配合情境引導，造出正確的語句；對於中、高級的學習者則可以默示他們進行創意思考，造出更有創意的句子。

（2）探討篇章的結構

在華文閱讀教學中要納入章法結構的分析，仍然需要藉由情境的聯想和圖像的思辨。以這段短文為例，「遠遠小小地……則是幽藍地」是屬於景物的描寫，而「在古老迂迴的巷道裡……古老而又慈祥的微笑」則是人物的描寫。關於景物的描寫又可分出描寫小範圍景物的「方窗」和大範圍景物的「夕照」；至於人物的描寫則以「古老迂迴的巷道」為背景，烘托「垂暮老人的微笑」。依照這些圖像的關

係，我們可用下表來呈現其層次：

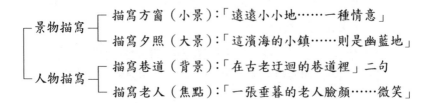

在實際的華文閱讀教學中，運用圖片來分析這段短文結構是最適當的
方式。教師可以運用多媒體設計簡易動畫，以表現各圖像之間的層次
與關係，再配合結構表加以說明，更能加深學生瞭解這段文字所呈現
的意象。

（三）整合辭章之「綜合思維」的讀寫教學

關於「綜合思維」的讀寫教學，主要偏於「主題」（主旨）和
「風格」的訓練。茲分述寫作和閱讀兩方面的訓練實例如下：

1 華文寫作中關於綜合思維的訓練

在寫作過程中，我們往往先確立主旨（立意），然後再從事取
材、措詞、組句、謀篇等程序，而形象思維（取材、措詞）與邏輯思
維（組句、謀篇）仍須綜合思維的統合，才能呼應主旨、確立風格，
以完成文章的寫作。關於「形象思維」與「邏輯思維」的寫作訓練已
如前述，本節將針對寫作中的「確立主旨」與「形成風格」設計訓練
之教材。

（1）確立主旨並完成寫作

完整的華文寫作是以確立主旨為首要工作的。在進行辭章局部的

取材、造詞、構句與謀篇之時，應以主旨統領其間，逐句逐段完成文章。以上述「中國人的春節」為例，基於局部寫作訓練的基礎，教師可以引導學生進行整篇的寫作。茲以德國學生包曼德[12]的作品為例，說明其寫作過程與優劣。

> 今年春節我和朋友返鄉過年，我們高高興興地開車回屏東鄉下，不過在高速公路遇到了像牛步一般的塞車潮。到了屏東我們都累壞了。
>
> 我看見朋友的媽媽為了準備過年到處忙碌著。不久，終於可以坐在一起吃年夜飯。我在餐桌上大聲地向大家敬酒，大家也向我敬酒。我感受到熱情的招待。而且，我得到一個紅包當作壓歲錢。
>
> 我和朋友一起守夜。到了半夜，我忽然聽到放鞭炮的聲音，那時候是半夜十二點。天一亮，我和朋友去親戚家拜訪，每個人都很高興，還一直說：「恭喜，恭喜。」
>
> 我聽說中國人過春節是為了躲一種怪獸，它叫做「年獸」。每一戶人家貼春聯、放鞭炮，是為了趕走年獸。這真是一個有趣的故事。
>
> 我喜歡中國人的春節，我感覺很高興，很驚奇。台灣真是一個好地方。

從大體而言，這篇文章沒有嚴重的錯誤，其主旨的確立尚屬完整，由於學生經歷局部的訓練，所以在詞句的修飾和段落的布局有不錯的表現。若從細部評考，這篇文章仍有部分缺失：第一、文中的主詞「我」使用太多，造成語氣上的重複，顯得有點僵化；第二、材料意

---

12 包曼德，德國慕尼黑中學交換學生，目前在臺北市西松高中就讀，華語程度屬中級。

象的連貫不夠充分，致使事件敘述或場景轉換不夠流暢；第三、末段抒情的部分表達不夠完整，以致主旨呈現不夠深刻。這是華語程度屬中級學生的作品，教師可以不必立即糾正這些錯誤，而是透過「默示」的方法或給予更完美的範文，使其自行閱讀、比較，或能激發他的創意。

（2）完成文章風格

文章風格的形成，與作家風格息息相關，而作家欲藉由文章所傳達的思想情理也直接影響文章風格的取向。當然，寫作素材的情意、字句修飾的技巧、謀篇布局的方式，皆能影響文章局部的風格。在華文寫作教學中，教師並不刻意去要求學生寫出獨特風格的作品，而是經由主題來檢視學生作品是否符合主題的格調。以此篇作品為例，主題是「中國人的春節」，應該展現溫馨、熱鬧、活潑、有趣的感染力。從文章的取材來看，塞車潮、年夜飯、給壓歲錢、放鞭炮、拜年等素材確實營造了溫馨熱鬧的氛圍；另從文章的主旨來看，作者想要表達過春節的高興、驚奇，卻不夠深刻，因此減低了活潑有趣的感染力。所以這篇作品需要再從抒情方面加強其深刻度，才能營造更完整的風格。

2 華文閱讀中關於綜合思維的訓練

華文閱讀必須兼顧文章的個別分析與整體統合。前述從形象思維與邏輯思維兩方面個別分析文章的形式與內涵，本節則從綜合思維來統合文章的整體特色。試就「探討主題」與「整合風格」兩部分，分述華文閱讀教學的綜合訓練。

（1）探討主題

探討一篇文章的主題，必須先瞭解文章主旨與綱領的異同。所謂主旨，是指文章最核心的情理；至於綱領，則是貫串文章的某種意象。主旨與綱領有時合一，有時分置，端看文章的內容而定。如前述〈向晚的淡水〉為例，整段文字是藉由「向晚淡水的夕照」來貫串全文，而主旨卻是在表現向晚淡水所透露出的「溫暖而悠閒的情致」。

就實際華文閱讀來說，主旨與綱領的比較是為了檢視文章意象是否與主題契合，教師不必向學生分析兩者的差異，而是透過直接教學法與相關圖片，進行材料意象的理解，再逐漸引導學生掌握全文要旨。

（2）整合風格

檢視風格是閱讀文章的最終過程。如前節華文寫作所述，文章風格受到主旨的影響最大，其次是材料意象和文學技巧的運用，也間接影響文章部分風格的取向。〈向晚的淡水〉一文主要在表達「溫暖而悠閒的情致」，這種情理容易產生「溫馨恬淡」的氛圍，展現一種較為「陰柔」的風格。

風格是文章所展現的抽象力量，在華文閱讀教學中要學生理解風格的存在，必須透過具體的方法。基本上，風格分為「陽剛」與「陰柔」兩種類型，「陰」與「陽」雖然是抽象的概念，在現實世界卻無所不在。通常內藏、收斂的事物屬「陰」，而外顯、奔放的事物屬「陽」。例如，高峻的山屬陽，涓細的河川屬陰；火屬陽，水屬陰。所以，華語教師可以藉由肢體動作來傳遞陰陽的概念，例如打虎形拳容易給人陽剛的感覺，而打太極拳則容易呈現陰柔的感染力，教師可要求學生紀錄面對兩種拳法的感受，並逐漸引導他們理解風格的存在與差異。

五 結語

　　辭章「讀、寫互動原理」對於華文讀寫教學最明顯的功用，在於提供一套完整而規律的寫作與閱讀教學程序。無論是「由意而象」的寫作心路，還是「由象而意」的閱讀過程，均能使華文讀寫教學在既定的流程中進行而不致紊亂。若能有效結合第二語言習得之教學理論，則華文的閱讀與寫作將更可能建構標準的教學程序。放眼台灣目前的第二語言習得理論，仍沿襲西方各流派的學說，華語文教師在運用這些學說以落實於教學時，難免囿於現實而產生窒礙，而辭章「讀、寫互動原理」或能提供一條有跡可循的教學模式，對於華文讀寫教學應有莫大的助益。

　　——收入《漢學研究與華語文教學》（臺北市：萬卷樓圖書公司，
　　　2009年）

論臺灣華語流行情歌的編唱結構

提要

　　所謂「編唱結構」，是指根據編曲所進行的演唱而形成的敘述邏輯。近年華語流行音樂比賽的節目正風靡全球，常聽見評審批評歌手的情感表達不夠貼切，或演唱歌曲時的層次感不夠，這些缺失雖然有音樂專業上的問題，而歌手不瞭解整首歌曲的深層邏輯，以致於忽略了歌曲情感的鋪陳、層次的堆疊與強弱的對比等因素，無法營造整首歌曲的風格，更遑論形成感染力。事實上，瞭解歌曲的編唱結構，有助於歌手對於歌曲的氛圍營造和情感表達；就欣賞的角度而言，也能在欣賞歌曲時辨別曲風的良窳。本文鎖定華語流行情歌，探討其常見的編唱結構，研究發現，「重章層遞的形式」、「圖底烘托的關係」及「平提側收的結尾」是華語流行情歌最常見的敘述邏輯，落實在歌曲的結構上，不僅營造了層層複沓的優美節奏，更製造了主歌與副調的起伏對比，而側收的結尾更使歌曲產生餘韻繚繞、意猶未盡的美感。透過這樣的分析，讓我們在欣賞或演唱華語流行情歌時，不僅注意樂曲的優美、聲情的表現，更須留心詞曲的深層邏輯，以體會華語情歌特有的鋪陳與發展。

關鍵詞：華語流行情歌、章法結構、重章、圖底、平提側收

一　前言

翻開歷代民間歌謠的史頁，從上古《詩經》的「十五國風」，兩漢的「樂府」，南朝的「吳哥」、「西曲」，以至「宋詞」、「元曲」，在在記錄了每個時代的風土民情，也傳誦著當時人民的真情摯愛。由此可以推論，今日的流行歌曲，可能成為百年之後學者筆下所研究的「民國樂府」。當我們唱著、聽著、評論著當代的流行情歌，或抒發幽怨之情，或感染曲調之美，或品評曲式之風，是否也注意到一首歌的編曲結構和演唱形式，往往影響其情感的表達，更可能決定其曲調的風格表現。本文以臺灣華語流行情歌為考察對象，專就其歌詞內容和完整的演唱形式，運用章法學的概念，分析其編唱結構，期望從整首歌的深層邏輯，探討其情感的鋪陳與高潮、詞義的循序與層遞、編曲的直切與曲折，以凸顯流行情歌編唱結構對於曲調風格的影響。

二　臺灣華語流行情歌的傳承與新創

華語流行歌曲以抒情歌的數量最多，表現形式也最豐富。就臺灣的流行音樂來說，自由而多元的創作環境，不僅繼承傳統樂府的形式與內涵，更接收了歐美及東洋的曲風，在歌詞創作和曲調編寫上有傳統的繼承，也有變革的創新。為掌握其編曲及演唱的邏輯，有必要追溯華語流行情歌所融會汲取之古今中外的詞曲精華，以深刻瞭解其內涵。基本上，華語流行情歌的傳承與新創有下列幾項特色：

（一）繼承詩經以來的民歌傳統

《詩經》是西周初年到春秋中期流行於黃河流域的詩歌，無論是代表民間風調的「十五國風」，或是表達士大夫思維的「大雅」、「小

雅」，其作品在表現技巧上大都展現了特有的「賦」、「比」、「興」的
筆法。朱熹曾針對這三種表現技巧提出說明，其言：

> 賦者，敷陳其事而直言之者也。比者，以彼物比此物也。興
> 者，先言他物以引起所詠之詞也。[1]

　　根據朱熹的解釋，我們可以依《詩經》之表現技巧延伸其修辭或
謀篇的條理。所謂「賦」是鋪陳、直敘之義，在形式上容易形成排
比、重章的句型；所謂「比」即譬喻之義，實體的「喻體」與虛造的
「喻依」之間，易形成虛實錯落的表現技巧；至於「興」，則與聯想
有關，透過聯想之事物，間接地影射所要歌頌的人、事、物，容易產
生象徵義，而象徵物與實物之間會形成「賓主」或「圖底」的邏輯關
係。《詩經》的表現技巧一直影響著後代民歌，甚至是所有韻文的發
展。

　　臺灣華語流行情歌在寫作思維上繼承了《詩經》以來「溫柔敦
厚」的傳統，而表現技巧上也多所沾溉，從句型的排比、謀篇的重
章、譬喻與象徵修辭的廣泛應用，在在展現與傳統中國民歌的相同思
維。

（二）融合中西文化的詞曲精髓

　　自民智開發以來，臺灣歷經了四百多年的殖民統治，造就了多元
族群的文化風貌。除了原住民文化及漢文化之外，也吸取日本和美國
的文化精髓。專就現代流行音樂來看，臺灣在歷經日本統治五十年
後，雖然重回漢文化的懷抱，但薰染五十年的日本文化已深植臺灣民
間，在流行音樂方面當然也濡沐甚深。以「日本演歌」為例，它是基

1　見《詩集傳》（臺北市：藝文印書館，2006 年），卷一。

於日本人的情感或感覺所演唱出具有娛樂性質的歌曲，其表演重點在於歌手獨特的唱法，如「裝飾音」、「顫音」的使用，又有「艷歌」、「怨歌」等稱呼。歌詞的內容多以「海」、「酒」、「眼淚」、「女人」、「雨」、「北國」、「雪」、「離別」為詞彙的中心，以表達男女之間的悲情與哀戀。[2]臺灣從五〇年代到六〇年代，以至於現今許多閩南語流行歌曲，均可發現日本演歌的影子，足見其對於臺灣流行音樂的影響。

臺灣在二次世界大戰之後，又經歷國共內戰與韓戰，促使美軍在臺協防共產主義的軍事擴張。這段期間，美國許多流行音樂的形式，逐漸蔓延在臺灣民間，尤其是知識份子在聽膩了不成熟的國語歌曲，更寧願接受西洋音樂。這時期，舉凡重視吉他、貝斯及鼓之伴奏的「搖滾」（rock and roll），或源於美國南方之黑人的爵士藍調（jazz blues），皆受到當時臺灣青年學子的喜愛。當時部分青年知識份子，在後來投入流行音樂的製作，遂將美國的流行曲風，融入歌曲的創作與演唱，逐漸成為臺灣流行樂壇的重要風潮。

（三）表現臺灣本土的特殊風格

民國六〇年代後期到七〇年代，有另一群年輕的業餘音樂製作者，他們強調要唱自己的歌，表達自己的心聲，傳承屬於華人青年的優良傳統。這些年輕的詞曲作家大都仍在學，藉由校園的演唱與傳播，將他們清新、自然又充滿朝氣的音樂，逐漸擴散到全國大專校院，形成一股「校園民歌」的風潮。這股風潮受到民間唱片公司的重視，遂運用歌唱比賽的方式，如「金韻獎」、「大學城」等，以發掘校

2　參見陳培豐：〈從三種演歌來看重層殖民下的臺灣圖像——重組「類似」凸顯「差異」再創自我〉，《臺灣史研究》15 卷 2 期（2008 年 6 月），頁 79-133。

園中的詞曲創作與演唱歌手，將校園民歌推向臺灣流行音樂的主流。
影響所及，現今主導臺灣流行歌壇的大將，仍是許多當年藉由校園民
歌被發掘的人才，他們所製作、發行、演唱的歌曲，已成為具有臺灣
本土特色的流行音樂。

　　除此之外，近十年來臺灣在政治、文化上不斷地疾呼「本土」，
遂使原住民的文化漸受重視。其中「原住民音樂」的粗獷、豪邁與自
然的風調，更逐漸佔領了臺灣的流行樂壇。他們藉由高亢的嗓音與優
美的節奏，傳播屬於臺灣特有的音樂形式，也建立了原住民音樂在臺
灣歌壇的不墜地位。

（四）開創華語情歌的多樣風貌

　　在自由與多元的創作環境中，臺灣流行音樂呈現成熟而多樣的風
貌。例如以古詞唱今調的「中國風」歌曲、結合中西樂風的「華人搖
滾」、雜糅臺灣方言與原住民曲調的各式情歌等等，我們不僅看見臺
灣流行音樂旺盛的創作力，也見識到臺灣樂壇對於古今中外各式曲風
的鎔鑄能力。藉由這些曲風的認知，對於我們分析臺灣流行情歌的編
曲與演唱結構，應具有重要的參考價值。

三　華語流行情歌之編唱結構的具體特色

　　華語流行情歌傳承自中國古調，也移植了海外曲風的精華，並發
展出本土特有的詞曲表現，以呈現其多樣的風格。在意象的表現與措
辭的經營上多能自成家數，而編曲與演唱的模式亦有特殊的藝術表
現。茲舉流行情歌數首，說明其編唱結構之特色如下：

（一）重章層遞的形式

　　所謂「重章」是指詩歌中重複出現字數相等，意象接近的段落。由於重複出現的段落在意象的表現上常常是由淺而深，故大都具有層層遞進的效果。這種重章現象在《詩經》中已普遍存在，例如《詩經·召南·鵲巢》：

> 維鵲有巢，維鳩居之；之子于歸，百兩御之。
> 維鵲有巢，維鳩方之；之子于歸，百兩將之。
> 維鵲有巢，維鳩盈之；之子于歸，百兩成之。

這首詩主要在敘述貴族女子出嫁的過程。三章的字數相等，意象也近似，符合重章的形式。其中「居之」、「方之」、「盈之」是女子入住夫家的過程，「御之」、「將之」、「成之」則是從迎接到成婚的前後經過，形成層層遞進的意象。

　　在臺灣華語流行情歌中，其編曲演唱的形式大都具備《詩經》以來的重章現象。試以情歌〈愛一回傷一回〉（李姚作詞，游鴻明作曲，游鴻明演唱）的歌詞及其編唱結構為例，說明其層層遞進的重章形式。其完整的演唱內容為：

> 深深埋藏未盡的情緣，就像一切不曾改變
> 縱然滄海桑田，縱然世界改變
> 對妳的愛一如從前
> 妳的誓言還在我耳邊，妳的身影越走越遠
> 總又不斷想起，妳微淚的雙眼
> 彷彿過去只是昨天
> 總愛一回傷一回夢難圓
> 妳的笑在風中若隱若現

忘記妳需要多少年，愛已冷，心已倦，情卻難滅

總愛一回傷一回夢太甜

才讓妳夜夜佔據我心間

似夢似醒在這深夜，往事漸漸蔓延

妳的誓言還在我耳邊，妳的身影越走越遠

總又不斷想起，妳微淚的雙眼

彷彿過去只是昨天

總愛一回傷一回夢難圓

妳的笑在風中若隱若現

忘記妳需要多少年，愛已冷，心已倦，情卻難滅

總愛一回傷一回夢太甜

才讓妳夜夜佔據我心間

似夢似醒在這深夜，往事漸漸蔓延

總愛一回傷一回夢難圓

妳的笑在風中若隱若現

忘記妳需要多少年，愛已冷，心已倦，情卻難滅

總愛一回傷一回夢太甜

才讓妳夜夜佔據我心間

似夢似醒在這深夜，往事漸漸蔓延

根據其內容情理，可以繪出結構表如下：

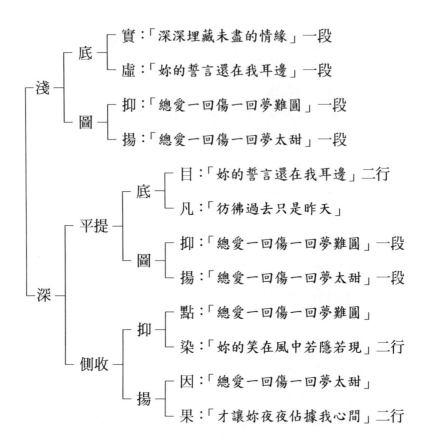

從歌詞內容及音樂鋪陳來看，這首歌自「深深埋藏未盡的情緣」至「往事漸漸蔓延」是一個完整的樂章，而後半章無論是歌詞或是音樂，皆為重複唱誦。流行歌曲未若《詩經》運用字詞上的變化以營造層遞的效果，而是在第二次的演唱中運用音樂及演唱者情緒的深化來完成層層遞進的內蘊。

再如失戀情歌——剪愛（林秋離作詞，塗惠元作曲，張惠妹演唱）的鋪陳形式，同樣出現重章層遞的邏輯。其歌詞的內容如下：

人變了心，言而無信
人斷了情，無謂傷心

我一直聆聽，我閉上眼睛

不敢看你的表情

滿天流星，無窮無盡

我的眼淚擦不乾淨

所以絕口不提，所以暗自反省

終於，我掙脫了愛情

把愛，剪碎了隨風吹向大海

有許多事，讓淚水洗過更明白

天真如我，張開雙手以為撐得住未來

而誰擔保愛永遠不會染上塵埃

把愛，剪碎了隨風吹向大海

越傷得深，越明白愛要放得開

是我不該，怎麼我會眷著你眷成依賴

讓濃情在轉眼間變成了傷害

滿天流星，無窮無盡

我的眼淚擦不乾淨

所以絕口不提，所以暗自反省

終於，我掙脫了愛情

把愛，剪碎了隨風吹向大海

有許多事，讓淚水洗過更明白

天真如我，張開雙手以為撐得住未來

而誰擔保愛永遠不會染上塵埃

把愛，剪碎了隨風吹向大海

越傷得深，越明白愛要放得開

是我不該，怎麼我會眷著你眷成依賴

讓濃情在轉眼間變成了傷害

我剪不碎舊日的動人情懷
你看不出來我的無奈

根據內容，可以繪出編唱結構如下：

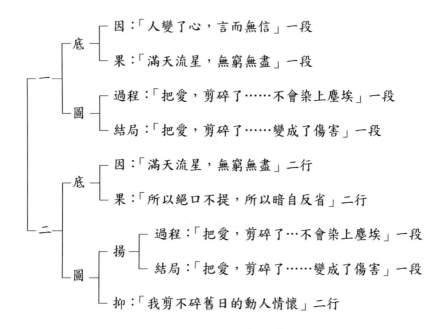

這首歌從「人變了心，言而無信」到「讓濃情在轉眼間變成了傷害」
是一大段完整的樂章，其後編曲及演唱的內容均為重複的唱誦，而第
二大段與第一大段最明顯的差別，在於第二大段結尾使用較為平和的
情緒（抑），唱出失戀的無奈，與前半段較為激情（揚）的唱法形成
強烈對比。結尾是激情之後的平靜，在重章唱誦的整齊形式之中，又
多了變化的美感，相較於第一首情歌，這首〈剪愛〉在情緒的鋪陳上
更為豐富。

（二）圖底烘托的關係

「圖底」原為繪畫上的概念。「圖」是焦點，「底」是背景，兩者在同一畫面中會形成互相烘托的關係。一般而言，「底」是較為下沉、後退的意象，具有烘托的功能；「圖」是較為上升、前進的物象，其成為同一畫面中的焦點，通常因為「底」的烘托而更為凸顯。[3]這是空間上的圖底關係。「圖」與「底」的概念亦可以延伸到時間領域。具體來說，時間的流轉大致可分為「現在」、「過去」和「未來」。時間的流轉表現在事件的發展過程，「現在」的事件較為凸顯，可視為「圖」；而「過去」和「未來」的事件通常僅作為烘托，是為「底」。[4]這種敘述邏輯普遍存在文學作品當中。試以唐詩〈黃鶴樓〉為例，其云：

> 昔人已乘黃鶴去，此地空餘黃鶴樓，黃鶴一去不復返，白雲千載空悠悠。晴川歷歷漢陽樹，芳草萋萋鸚鵡洲，日暮鄉關何處是？煙波江上使人愁。

這首詩利用黃鶴樓千古之神話，烘托現實黃鶴樓的景色。根據其敘述邏輯，可繪出結構表如下：

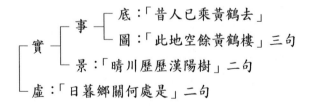

3　拙著：《章法風格析論——以蘇軾詞、姜夔詞為考察對象》（臺北縣：花木蘭出版社，2007年），頁52。

4　拙作：〈論圖底章法的時間結構——以高中國文課文為例〉，《人文及社會科教學通訊》，第12卷、第6期（2002年4月），頁195-208。

神仙與黃鶴的幽渺神態，常會引發世俗之人的欽羨與嚮往，而千百年前「昔人已乘黃鶴去」變成為一個似真似幻的背景事件。如今登樓所見，只看到「白雲悠悠」所籠罩的高樓，而作者描寫「此地空餘黃鶴樓」，也意識到「黃鶴一去不復返」，正是焦點事件所在。

　　圖底章法之時間結構，其理論基礎源自於音樂的演奏模式。蓋「主旋律」和「和聲」是構成音樂的重要元素。一個完整的曲調有時可以單音出現，也可以伴有其他類似的曲調作為和聲，成為襯托的背景。[5]這是「圖」與「底」同一時間存在的烘托關係，依照這樣的原理，一個曲調也可能存在「圖」與「底」先後出現的關係，即所謂「主調」與「副調」先後出現的演奏（唱）模式。臺灣華語抒情歌曲在編唱結構上，就常常出現「主歌」與「副歌」所形成的圖底烘托關係。試以〈有你有明天〉（楊培安作詞，陳國華作曲，楊培安、符瓊音演唱）為例，其編唱結構中的第一大段即出現「圖底」的敘述邏輯。歌詞內容如下：

> 冷漠的唇親吻心扉
> 風箏飄著怎麼就斷了線
> 滾燙的淚滴落胸前
> 彩虹掛著怎麼就變了臉
> 我在等待你的出現
> 天長地久怎麼成了謊言
> 傷痛再多，也換不回曾經對你的思念
> 為什麼相知卻又不能相隨
> 把夢一片片的瓦解，今生若不能再依偎，來生會再見
> 明知道比翼也不能再雙飛

5　洪萬隆：《音樂概論》（臺北市：明文出版社，1994 年），頁 27-28。

　　　　將心一層層的撕裂，潮起潮落情永不變，有你有明天

根據歌詞的情理，可以繪出結構表如下：

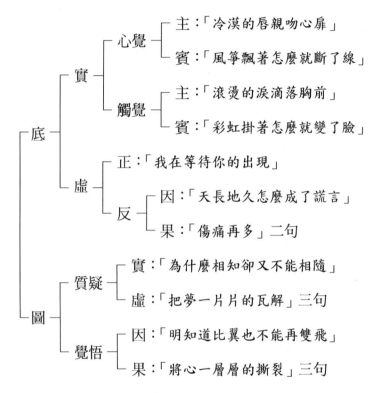

這首歌不僅傳達主角對愛情的執著，更表現了追尋逝去之愛情的轟轟
烈烈。第一小節從「冷漠的唇親吻心扉」到「彩虹掛著怎麼就變了
臉」，是主角實際的處境；第二小節從「我在等待你的出現」到「也
換不回曾經對你的思念」，是主角心中的虛想，兩小節的情感表現較
為平穩，仍是整段樂章的情緒鋪墊。進入第三小節，主角心中實際感
受與虛構幻想的交錯，將質疑的情緒翻入高潮；而第四小節覺悟彼此
不能比翼雙飛，卻是撕裂似的痛徹心扉，將執著與悲愴的情緒表現得
淋漓盡致。第一、二小節的情緒鋪墊，正可烘托第三、四小節的情緒

高潮，形成「底」烘托「圖」的結構。

事實上，華語情歌中「圖底」烘托的邏輯，是營造歌曲感染力的主要因素，它已成為抒情歌曲中不可缺少的深層條理。放眼抒情歌壇，其作品具有圖底烘托結構者俯拾即是。再以經典情歌〈新不了情〉（黃鬱作詞，鮑比達作曲，萬芳演唱）為例，試擷取第一大段之編唱結構如下：

> 心若倦了，淚也乾了
> 這份深情難捨難了
> 曾經擁有天荒地老
> 已不見你暮暮與朝朝
> 這一份情永遠難了
> 願來生還能再度擁抱
> 愛一個人，如何廝守到老？
> 怎樣面對一切，我不知道
> 回憶過去，痛苦的相思忘不了
> 為何你還來撥動我心跳？
> 愛你怎麼能了？
> 今夜的你應該明瞭，緣難了，情難了

根據歌詞內容，可繪出結構表如下：

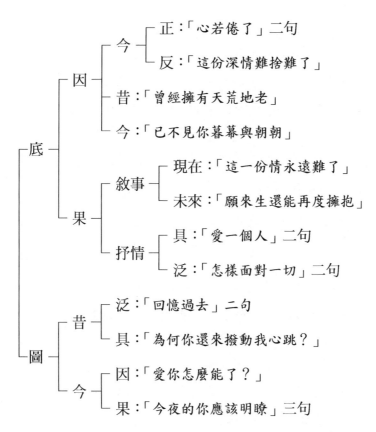

在近似平淡無奇的歌詞中，〈新不了情〉以今昔對比和虛實交錯的筆法，交織著對一段感情的眷戀與不捨。整段歌詞分為三小節，第一、二小節是情緒的鋪墊，在邏輯上屬於「底」；第三小節的情緒突然激昂，在邏輯上屬於「圖」，藉由前兩節的烘托，其情緒的表現更為凸顯。由此可見，華語抒情歌曲對於生離死別的愛恨書寫，往往透過平靜與激情的對陳，於是營造出動人心弦、賺人熱淚的樂章。

（三）平提側收的結尾

在辭章學中有一種「平提側注」的謀篇方法，簡而言之，將所要

議論或敘述的幾個重點，以平列方式呈現，稱為「平提」；而呼應題旨，針對其中一點或兩點來加以詮注者，稱為「側注」。這種章法在古文評注名家就已提及，亦普遍存在於文學作品中。[6]至於行文中將所要論述的幾個重點先平列加以提明，再特別側重其中一點或兩點來收結，則稱為「平提側收」。陳滿銘教授首先提出此一章法概念，並特別強調此一章法所形成的謀篇效果，尤其是「側收」之部，通常有「回繳整體」之功用。其言：

> 「側收」的部分，都有回繳整體之作用，使得作品更為精鍊、含蓄，臻於「言有盡而意無盡」的境界。[7]

所謂「精鍊」、「含蓄」、「言有盡而意無盡」，正是這種篇章邏輯所營造美感。縱觀臺灣華語流行情歌，在編唱形式上普遍存在著「平提側收」的結構。試以〈忠孝東路走九遍〉（鄔裕康作詞，郭子作曲，屠穎編曲，動力火車演唱）為例，說明其平提側收之邏輯表現。歌詞內容在敘述一個男孩失戀之後，獨自走在忠孝東路的處境與心情，其曲調雜糅了美式搖滾和原住民風格，並藉由動力火車高亢的嗓音唱出深情。根據其歌詞的內容情思如下：

> 這城市滿地的紙屑，風一刮像你的嫵媚
> 我經過的那一間鞋店，卻買不到你愛的那雙鞋
> 黃燈了人被趕過街，我累得攤坐在路邊
> 看著一份愛有頭無尾，你有什麼感覺

---

6 如宋文蔚：《評注文法津梁》（高雄市：復文圖書，1993 年），頁 109、羅君籌《文章筆法辨析》（香港：上海印書館，1971 年），頁 47、52、許恂儒《作文百法》（臺北市：廣文書局，1989 年），頁 45-46 等，均曾提及「平提側注」的概念。

7 陳滿銘：〈談「平提側收」的篇章結構〉，收入《章法學新裁》（臺北市：萬卷樓圖書公司，2001 年），頁 435-459。

耳～聽見的每首歌曲，都有我的悲

眼～看見的每個昨天，都有你的美

哦～忠孝東路走九遍，腳底下踏的曾經你我的點點

我從日走到夜，心從灰跳到黑，我多想跳上車子離開傷心的臺北

忠孝東路走九遍，穿過陌生人潮搜尋你的臉

有人走得匆忙，有人愛得甜美，誰會在意擦肩而過的心碎

這城市滿地的紙屑，風一刮像你的嫵媚

我經過的那一間鞋店，卻買不到你愛的那雙鞋

黃燈了人被趕過街，我累得攤坐在路邊

看著一份愛有頭無尾，你有什麼感覺

耳～聽見的每首歌曲，都有我的悲

眼～看見的每個昨天，都有你的美

哦～忠孝東路走九遍，腳底下踏的曾經你我的點點

我從日走到夜，心從灰跳到黑，我多想跳上車子離開傷心的臺北

忠孝東路走九遍，穿過陌生人潮搜尋你的臉

有人走得匆忙，有人愛得甜美，誰會在意擦肩而過的心碎

哦～忠孝東路走九遍，腳底下踏的曾經你我的點點

我從日走到夜，心從灰跳到黑，我多想跳上車子離開傷心的臺北

忠孝東路走九遍，穿過陌生人潮搜尋你的臉

有人走得匆忙，有人愛得甜美，誰會在意擦肩而過的心碎

忠孝東路走九遍，穿過陌生人潮搜尋你的臉

有人走得匆忙，有人愛得甜美，誰會在意擦肩而過的心碎

根據其內容情理，可以分析其結構如下：

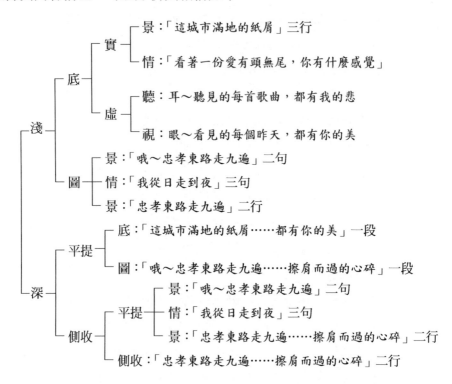

這首歌的第一大段仍出現「底圖」關係。其曲調鋪陳至第二大段，情感的激盪也愈加強烈。在編曲形式上，此段雖重複第一大段的內容，卻運用「平提側收」的邏輯以凸顯情感的激化。其首先並提「平和」（底）與「激動」（圖）兩種情緒，再側重於激動之情來收束，將情感推至最高潮。原本應該結束的曲調，最後又側重於「忠孝東路走九遍」的意象重複唱誦，透過歌手由激情轉為平靜的唱腔，在結構上不僅回繳主題，更營造餘韻未絕的氛圍。

　　再以情歌〈不公平〉（蕭賀碩作詞、作曲，Terence Teo編曲，Jenny Yang演唱）為例，其歌詞內容如下：

走了那麼遠，發現你不在身邊

獨自走過了什麼，自己都不了解

未來的藍圖應該有你，不該只剩嘆息

只是偶爾，淚流不停

堅強的理由，只是自己騙自己

你眼中的恐懼，說什麼都多餘

付出的一切值不值得，永遠不會有答案

只有天知道我有多麼愛你

一顆心屬於一個人，在愛情裡什麼算公平

愛的深也傷的深，是不是催眠了自己

一顆心屬於我自己，愛情裡找不到公平

而當你最後選擇了逃避，我學會不公平

堅強的理由，只是自己騙自己

你眼中的恐懼，說什麼都多餘

付出的一切值不值得，永遠不會有答案

一顆心屬於一個人，在愛情裡什麼算公平

愛的深也傷的深，是不是催眠了自己

一顆心屬於我自己，愛情裡找不到公平

而當你最後選擇了逃避，我學會不公平

一顆心屬於一個人，在愛情裡什麼算公平

愛的深也傷的深，是不是催眠了自己

一顆心屬於我自己，愛情裡找不到公平

而當你最後選擇了逃避，我學會不公平

本來就不公平

其結構分析表如下：

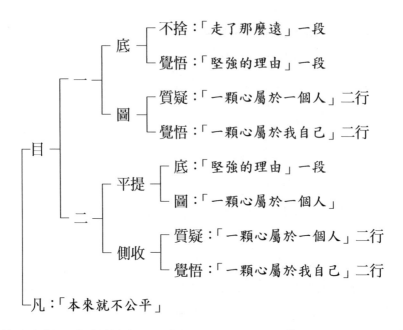

這首歌在第二大段的編唱形式中，同樣先平列「平和」（底）和「激動」（圖）兩種情緒，再側重於激動的情緒來收結。從質疑到覺悟，將「不公平」的感受與情緒推至最高潮。原本應該結束的曲調，卻又以一句「本來就不公平」收束，一方面回繳題旨，另一方面也有總括的效果，而演唱者運用較為平和的腔調收唱此句，仍有其餘韻繚繞的效果。

從上述兩首情歌的「平提側收」結構，可以清楚掌握編曲者營造情感的層次，瞭解這種層次有助於歌手對於收束歌曲的經營，而一般人欣賞此曲的鋪陳過程，亦能有更深的體會。

四　臺灣華語流行情歌之編唱結構所呈現的美感

歌曲的編唱結構是詞義所蘊含的深層邏輯，通常不會外顯在曲調或詞情之上，卻深深影響著歌曲的局部節奏和整體韻律，其對於整體

曲風的影響亦不容忽視。針對上述華語流行情歌之編唱結構的特色，可以歸納其營造的美感三種：

（一）層層復沓的優美節奏

華語流行情歌在編唱結構上出現「重章」現象，固然是繼承《詩經》以來的民歌傳統，也適度結合了西方搖滾樂的沉重音律及爵士樂的慵懶調式，展現其層層復沓的優美節奏。

重章復沓是歌謠表現的主要特徵。原始民族往往用以詠歎其悲傷或快樂的情緒。魏建功先生強調：

> 詩的復沓在作者有他內心的要求而成。[8]

又說：

> 歌謠是很注重重奏復沓的；重奏復沓是人工所不能強為的……。所以重奏復沓是歌謠表現最要緊的方法之一。[9]

可見「復沓」是人類原始心靈的表達，其形式通常運用相同的意思、句子或數字的變化，使感情層層推進，在參差中又顯出整齊的美。反復強化作品的主旋律，刻畫出詩人感情的起伏波瀾。復沓的運用，因為反復吟詠，產生了一唱三歎的效果，而朱光潛又強調：

> 表現情感最適當的方式是詩歌，因為語言節奏與內在節奏相契合，是自然的，「不能已」的。[10]

8　魏建功：〈歌謠表現之最要緊者——重奏復沓〉，收入顧頡剛編：《古史辨》第三冊（臺北市：明倫出版社，1970 年），下編，頁 598。

9　同前註，頁 607。

10　朱光潛：《詩論》（臺北市：頂淵文化事業公司，2004 年），頁 8。

運用復沓，可以加強語勢，抒發強烈的感情，表達深刻的思想，分清文章的脈絡、層次，足以增強語言的節奏感。這是人類最自然的表現方式，在重復遞進的唱誦之間，那種「不能已」的情感抒發，充分表現人類心靈內部節奏的自然美感。

華語流行情歌掌握了人類心靈追求復沓的原始節奏，在重章漸層的編唱邏輯中，表現情歌最強的感染力，更能加強主題，深化印象，塑造情歌舒暢而優美的律動。

（二）主歌副調的起伏對比

「圖底」之內在邏輯，是華語流行情歌之主歌與副調形成對比起伏的主要因素。事實上，透過圖與底的烘托映襯，可以使一首情歌充分展現「對比」的美感，以凸顯出歌曲中刻骨銘心的愛情。關於「對比」的美感，在美學相關論著中常被提及，歐陽周、顧建華、宋凡聖所著之《美學新編》更把這兩種美學概念與中國傳統的風格範疇相結合，其言：

> 多樣與統一，一般表現為兩種基本型態：一是對比，二是調和。對比指的是具有顯著差義的形式因素的對立統一。……容易使人感到鮮明、醒目，富有動感。……由對立因素的統一造成的形式美，一般屬於陽剛之美。[11]

在西方美學中的「對比」概念，具有鮮明、醒目與動感的特質，對應於傳統「陽剛」風格所呈現的外顯、剛健與鮮活的質性非常接近，可見兩種概念確實有相通之處，故陳望衡也說：

---

11 《美學新編》（杭州市：浙江大學出版社，1993 年），頁 81。

> 剛柔在藝術領域中的最重要的意義在於它成為兩大美學風格的
> 代名詞。這就是陽剛之美與陰柔之美。用現代美學的概念來說
> 即是優美與壯美。[12]

「陽剛」對應於「壯美」，不僅融合了中西哲學有關「美」的理解，
亦足以充分詮釋「對比」的質性與美感。落到華語情歌來看，在每一
首情歌的初唱階段，通常是情感的醞釀，其內在邏輯屬於「底」；等
到副歌出現，通常是情緒激昂的表現，在邏輯上屬於「圖」。因為情
感醞釀（底）得宜，更能襯托激昂情緒（圖）的展現，使歌曲的情思
更具感染力。如果沒有初唱階段的情感醞釀，其副歌所表現的激昂情
緒固然可以傳達激情，但缺乏初唱的情緒烘托，就會削弱情歌感染
力。反之，整首歌存在著「底」與「圖」的烘托對比，將更容易觸動
高昂、激烈的情緒，尤其是書寫失戀的情歌，其刻畫愛情的轟轟烈
烈，或敘寫失戀的刻骨銘心，將藉由底與圖的襯托而呈現更具美感的
演唱藝術。

（三）側收結尾的餘韻美感

　　凡事物大都有其令人嚮往渴望的美質，如食物的美味、音樂的悅
耳、衣服的豔麗、旅遊的歡樂等，皆有雀躍人心，愉悅性情的效果。
當我們可以充分享受這些美質時，其酣暢淋漓之感，通常令人稱快；
然而，有時事物的美好經驗如曇華之現，總在其最美的時候戛然而
逝，如美食之風味猶存，樂音之餘韻繚繞，將刺激人們心靈更多的想
像與渴望。在古典詩話中，常見一種「言有盡而意無窮」的詩境，意
指詩歌所呈現的「含蓄」之美，其所展現的感染力與這種美感經驗近

---

12 陳望衡：《中國古典美學史》（長沙市：湖南教育出版社，1998年），頁184。

似。宋、嚴羽《滄浪詩話・詩辨》云：

> 詩者，吟詠情性也。盛唐諸人惟在興趣，羚羊掛角，無迹可
> 求。故其妙處，透徹玲瓏，不可湊泊，如空中之音，相中之
> 色，水中之月，鏡中之象，言有盡而意無窮。

所謂「興趣」就是指詩歌「言有盡而意無窮」的藝術韻味，它整合了
詩歌的語言形式、思想內容與意念情趣而形成一個渾然的整體，以達
到「無跡可求」的境界。亦如鍾嶸所言「文已盡而意有餘」[13]，或司
空圖「不著一字，盡得風流」[14]，皆在說明「興趣」的藝術特質。陳
伯海並詮釋此藝術特質的美感，其言：

> 《滄浪詩話》中的「興趣」，是指詩人的「情性」融鑄於詩歌
> 形象整體之後所產生的那種蘊藉深沉、餘味曲包的美學特
> 點。……它包含了詩歌給予人的美感，卻又是指那種清空悠
> 遠、幽深雋永的特殊感受。[15]

所謂「蘊藉深沉」、「餘味曲包」、「清空悠遠」、「幽深雋永」，明白帶
出了詩歌中「含蓄」的美學意涵與風格特質。

在華語流行情歌常見之「平提側收」的編唱邏輯，也帶有「含
蓄」的美感。因為「言有盡而意無窮」的側收結構，常能使情歌收束
於無言，卻營造出情韻綿緲、餘韻繚繞的氛圍，這種美感將不斷地刺

---

13 曹旭：《詩品集注・詩品序》：「文已盡而意有餘，興也；因物喻志，比也；直書其
　事，寓言寫物，賦也。宏斯三義，酌而用之，幹之以風力，潤之以丹彩，使味之者
　無極，聞之者動心，是詩之至也。」（上海市：上海古籍出版社，1994 年），頁 39。

14 司空圖《二十四詩品・含蓄》：「不著一字，盡得風流，語不涉己，若不堪憂。是有
　真宰，與之沉浮，如漉滿酒，花時返秋。悠悠空塵，忽忽海漚，淺深聚散，萬取一
　收。」

15 陳伯海：《嚴羽和滄浪詩話》（臺北市：萬卷樓圖書公司，1993 年），頁 59。

激聽眾，在無限的渴望與想像之中，帶出情歌「清空悠遠」、「幽深雋永」的藝術特質。

五 結語

當華語成為世界最受重視的語言系統之一，華語歌壇的蓬勃發展也隨著受到全球各界的矚目。無論是身為華人對於華語歌曲的關注，或是有意從事華語文教學的教師，自不能忽略華語流行歌曲的發展趨勢。關注華語流行歌曲有多種角度，而本文從篇章邏輯的視角，透視其編曲和演唱的常見模式，目的在運用結構分析以發掘華語情歌的情感鋪陳、意象經營與風格表現的深層邏輯，進一步提供演唱者鋪排歌曲情感的節度，或作為欣賞歌曲時所能依據的條理。

綜上所述，華語流行情歌常見重章唱誦的形式，容易營造層層複沓的優美節奏；而底圖烘托的關係，又能使主歌與副調的起伏對比，凸顯其激盪熱烈的情緒；其平提側收的結尾，餘韻繚繞，久久不絕，更延伸了情歌的幽怨之美。

臺灣華語流行情歌繼承了古典樂府的敦厚之風，又能適度移植西方與東洋的主流音樂，形成現代多元而又不失傳統的經典樂章。透過編唱結構的分析與探索，我們發現民間音樂的能量，在學術殿堂之外，正綻放其激盪靈魂、撼動人心的美麗火花。

——發表於第四屆辭章章法學學術研討會，2009年10月，後收入《章法論叢》第四輯（臺北市：萬卷樓圖書公司，2010年）。

四
創新教學思辨

諸子哲學與教育哲學的對話
——從儒、道哲學印證「學習共同體」的人性化價值

提要

佐藤學教授所建構的「學習共同體」曾提出三大哲學觀點：即「公共性」哲學、「民主主義」哲學、「追求卓越」哲學。如果我們可以從儒、道的哲學體系中尋得呼應於「學習共同體」哲學的相關概念，就可能找到「學習共同體」適用於臺灣社會的人性特質，更可能進一步探究「學習共同體」如何落實本土化的途徑。職是之故，從儒、道哲學印證「學習共同體」之教學模式符合人性，是臺灣學者與教師應關注的課題。本文以儒、道哲學切入探究「學習共同體」的哲學內涵，目的在於尋求適合臺灣社會的協同學習的教育原則，不僅要建構實際操作的指導方針，更要尋找學習共同體轉化為本土教育模式的契機。研究發現，道家老子「生而不有、為而不恃」的思維可呼應「公共性」的精神；莊子「萬物齊一」的理論，可與「民主主義」重視個體平等的概念溝通；至於《大學》的「止於至善」、《中庸》的「至誠」、老子的「虛靜自然」等，皆與「追求卓越」的願景有境界上的雷同。這些中國傳統經典既徹上而應運於宇宙自然的規律，也徹下而觀照著人類最根源的本性，故能印證「學習共同體」的三大哲學蘊含根源人性之價值，是一正確的教育方針，也值得推廣於同是亞洲文化的臺灣社會。

關鍵詞：學習共同體；佐藤學；儒家；道家；教育哲學

一 前言

　　東京大學佐藤學教授所推廣的「學習共同體」在日本生根，其教學理念也逐漸影響到亞洲其他國家，近年終於在臺灣的教育圈開花。靜觀臺灣推展「學習共同體」，正如雨後春筍般地在各級學校熱烈展開，或寧靜的試行，或高調的宣導，或零星的演進，或凝聚全校師生之力形成一股前所未有的學習風潮，在眾聲喧譁中，亦出現許多觀念的誤解與施行的瓶頸。當然，也有人因誤解「學習共同體」的精神而冷眼旁觀，更有人直言臺灣的教育環境不適合「學習共同體」的推展。在熱情逐漸褪去之際，冷靜回顧想以「學習共同體」改變臺灣教育思維的初衷與過程，驀然發現哲學的高度與願景的建構，才足以指引我們繼續堅持改善臺灣教育的期望。

　　近十年來，臺灣社會雖然經歷了政黨輪替、文化混淆、國家認同模糊等衝擊，但是過去五十年所維護的傳統文化體系仍未崩解，其中儒家與道家的哲學思維仍是臺灣社會的思想主軸，它仍引領臺灣人民保有著溫厚、純良、自由、柔軟的人性特質。落到教育上來說，我們想要建構適合臺灣社會的「學習共同體」教學模式，就必須使發源於日本的「學習共同體」與臺灣的主流思想產生思辨與對話，其中哲學層次的對話尤其重要。

　　佐藤學的教育哲學多源自於西方的教育理論，其「學習共同體」的建構尤其受到美國杜威（John Dewey，1859-1952）與蘇聯維果茨基（Lev Semenovich Vygotsky，1896-1934）的影響。[1]如此一位理念非常西化的教育學家，如何去撼動深受傳統文化束縛的日本社會，進行教育學習的改革呢？我們有必要從認識日本傳統文化為起點，找出

1　佐藤學：《學習的快樂——走向對話》（北京市：教育科學出版社，2004 年），頁 14-38。

二十一世紀的日本社會，為何可以接受「學習共同體」的教育理論，而逐漸開出學習的繁盛優美的花朵？

縱觀日本歷史，其傳統文化可推溯至第七世紀的大化革新之後，大量從中國所學習的典章制度與文化，當時中國正值唐朝的鼎盛時期。然而，大唐文化與上古的漢文化畢竟不同。自魏晉南北朝的分裂時代進入大一統的隋唐王朝，漢文化也因為融入胡族的生活模式而起了根本上的變革。在學術思想上，從漢帝國的獨尊儒術，到魏晉南北朝的玄學興起，再加上道教的崛起、佛教的傳入與散布，歷史演進至唐朝，其社會已經走向儒、釋、道三家兼融並蓄的世界。日本在此時接受了大唐文化，也接受了此一時期的儒家思想。與其說日本傳統文化深受中國儒家的影響，倒不如更正確地認知，兼融道家與佛教之新儒學才是影響日本傳統文化的主要元素。因此，若以純粹的儒家思想來檢視日本的傳統文化，不僅失之偏頗，更可能找不到日本傳統文化與西方現代化思維交融而互補的原因。

中國哲學所以博大精深，在於兼融儒、釋、道三家而成的新儒學，可以呼應人性的根源。很可惜的是，在明清以後因為科舉與八股的影響，以二程、朱熹為馬首是瞻的《四書》、《五經》，走回了狹隘的傳統儒家，使得中國的文化氣度逐漸封閉萎縮。相較於日本所接收的氣度恢弘的新儒家，其醞釀發展出來的「大和文化」是比較具有包容性的。所以在明治維新之後，日本大量吸收西方文化以邁向現代化的腳步，卻仍然保有其大和民族的傳統。由此可見，佐藤學的西方教育思維能融入日本傳統文化之中，並不意外，也讓我們意識到，思辨中國哲學與「學習共同體」哲學之間的異同，不能僅限於儒家的對話而已，應該涵蓋其他學派的哲學思維，才能準確探索「學習共同體」三大哲學與中國古籍思想的關係。

本文以儒家和道家為主軸，提煉其思想精髓，試圖與「學習共同

體」的三大哲學對話，以尋得足供教育參照的人性化價值，進而判斷
「學習共同體」在臺灣實踐的可能性。

二 「學習共同體」的三大哲學

佐藤學所推廣的學習共同體，是以「公共性」、「民主主義」及
「追求卓越」作為最高的願景與指導理則。茲概述此三大哲學的內涵
如下：

（一）「公共性」哲學及其具體作為

佐藤學強調學校是一個公共空間，它不只針對孩子，更應該開放
給所有人。所以學校所有的老師與學生都有資格享受教育資源，不應
該被放棄。說得更具體一點，「學習共同體」的教室基本上是為任何
人敞開的，誰要何時進來都可以。[2]基於這個理念，佐藤學主張全校
每位老師至少一年一次開放自己的教室，讓全校老師、外地老師、社
區人士及各種人來參觀，藉以提昇教學品質。

可見「公共性」哲學具有公開、共享的精神意涵，落到現實層面
來說，空間的公開與資源的共享是民主社會的常態，也是二十一世紀
之後網路聯結頻繁，訊息傳遞快速的表徵。雖然我們仍擁有部分的隱
私，但是每一個體不可能自外於交流頻繁的網路世界。所謂「離群索
居」、「與世隔絕」的處境，皆成為落伍守舊的概念，無法獨存於公共
性的世界。因此，教室的公開，教室資源的共享是教師必須意識到的
真理，此真理將成為教師專業的一部分，擁有專業才能適應未來瞬息
萬變的教育環境。

---

2 佐藤學：《學習的革命：從教室出發的改革》（臺北市：天下文化出版公司），頁27。

（二）「民主主義」哲學及其具體作為

民主主義所強調的是每個人是公平均等的個體。從校長、老師，到學生、家長，都算是學校的主人，都有均等的發言權，都能參與各種學校活動，都享有同等的權利。[3]基於個體的平等，校長、老師不再是發號施令、教導指揮的角色，學生也不再只處於遵行命令、服從指揮的地位，至於家長，更不是只有旁觀或質疑的思維。所以，每一個體之間必須建立「對話」、「聆聽」的關係，這才是學習共同體的重要精神。

佐藤學在詮釋「勉強」之日文義時曾強調，日文的「勉強」一詞有「用功讀書」之義，必須把「勉強」轉回「學習」才能救回從學習逃走的小孩，他進一步詮釋漢文的「學」字，其上半部有兩個「乂」，意思是交互關聯，兩側的「ﾄ」和「ヨ」則意味著指導並支持孩子的交互關連之大人的兩手掌。[4]因此，在孩子的交流中，仍需要教師（大人）的盡心盡力，才能完成學習。可見佐藤學以「民主主義」作為學習共同體的哲學，主要在凸顯人與事物之間的相遇與對話，進而構築自我與自我、自我與他人、自我與世界之間的和諧關係。

（三）「追求卓越」哲學及其具體作為

佐藤學認為我們要永遠給孩子最好的教育資源與內容，維持最高的教育目標，運用最佳的教育水準以追求最高的教育目標。所以，即使學校整體成績不好，或者在學區內的學力排名很低，我們依然要設定最高的教育目標，選擇最好的教材，以最佳的資源來引導這批學生

3　同前註，頁 28。
4　同前註，頁 58。

學習。[5]以哲學本身的角度來說，作為科學、文學等知識領域的指導原則，哲學本身即具有相對的高度，它所追求的是人類「形而上」思維所構築的理想世界，這個世界不等同於「形而下」的世界，也幾乎是一種永遠無法實現的願景，卻可以指導「形而下」的世界繼續往正確的方向構築，於是現實世界可以不斷邁進、不斷演化。因此，作為一個完整的哲學體系，本身就具備「追求卓越」的特質，藉以最高的視野觀照著實有與虛擬世界的互動。我們以哲學的這種特質回觀佐藤學的「追求卓越」之精神，就不難發現學習共同體不僅要拯救那些從學習逃走中的弱勢小孩，更具有「拔尖」的願景與企圖。

在協同學習的過程中，學力較高的孩子可能肩負著提攜學力較低的同儕的任務，也因此常常被誤解可能拖累了自己的程度，但是往往在提攜、共學的過程中，這些孩子體驗了知識追求的過程，也學會了聆聽與對話，在自己既有的學力基礎上，可以做更高階的伸展跳躍，其學力的提升是無法估量的。

三　儒、道哲學與「公共性」哲學的呼應

從「公共性」到「民主主義」，我們可以看見公開、共享以致追求平等的哲學脈絡；從「民主主義」到「追求卓越」，更能見出佐藤學推行「學習共同體」之遠大的願景與卓越的高度。這三大哲學思維是否與中國傳統諸子思想有所呼應？以「公共性」哲學來說，其「公開」、「共享」的理則在中國的道家思想中是最為核心的思維，值得深思辯證。

5　同前註，頁 28。

（一）哲學理論的呼應

老子為道家思想的開創者，其所謂「道」是宇宙自然創生的最高指導原則，它比天地的生成還要更早存在，而且是無聲無形、恍惚不定的存在。[6] 這種虛有的存在卻蘊含著創生萬物、化育萬物的充沛能量。其《老子・第51章》有言：

> 道生之，德畜之，長之育之，成之熟之，養之覆之。生而不有，為而不恃，長而不宰，是謂玄德。

「道」是虛無的存在，藉由「德」展現它實有而充沛的能量，這種能量是萬物生成的根源，所謂「長之育之，成之熟之，養之覆之」，就是「道」與「德」形成宇宙、化育萬物的具體功效。不僅如此，當「道」與「德」化育萬物之後，並不會將宇宙萬物據為己有，它有所作為而不自恃其功，有所長養而不主宰物性，展現「生而不有，為而不恃，長而不宰」的恢弘理則。老子闡明宇宙本體及其生成的真理，成為先秦諸子思想至高的哲學體系，後世學者無不推崇，如歸類為「雜家」思想的《呂氏春秋》一書曾經提到：

> 荊人有遺弓者，而不肯索，曰：「荊人遺之，荊人得之，又何索焉？」孔子聞之曰：「去其『荊』而可矣。」老聃聞之曰：「去其『人』而可矣。」故老聃則至公矣。[7]

6　《老子・第 25 章》：「有物混成，先天地生，寂兮、寥兮，獨立而不改，周行而不殆，可以為天地母。」又《老子・第 21 章》：「道之為物，惟恍惟惚。惚兮恍兮，其中有象；恍兮惚兮，其中有物。窈兮冥兮，其中有精。」皆在說明「道」具有「寂寥」、「恍惚」、「窈冥」等虛無不定的特質。

7　《呂氏春秋・貴公》。見朱永嘉、蕭木註譯：《新譯呂氏春秋》（臺北市：三民書局，2009 年），頁 22。

這段寓言將人的思想氣度分出了三個層次：荊人遺弓而不想尋找，他
認為只要任何一個「荊人」拾得，就能保持弓的價值，此為基本層次
思維；而孔子認為只要是人拾得就可以，不一定要侷限於荊人，此中
層次思維已經非常開闊；至於老子以為「去其人」的想法更推遠至宇
宙萬物，此弓只是從荊人之手轉移至他處，不因空間的轉移或擁有者
的變動而增減其價值，這種開闊的氣度更無可限量，為最高層次的思
維。所以《呂氏春秋》評論老子思想氣度所言：「天地大矣，生而弗
子，成而弗有，萬物皆被其澤、得其利，而莫知其所由始，此三皇、
五帝之德也」，充分詮釋了老子道家「公開共享」的哲學思維。

（二）教育實務的思辨

　　既然老子以「公開共享」作為其重要的哲學思維，他認為完美的
聖人是如何治理這個世界？如何教化其子民呢？《老子》一書曾說：

> 聖人處無為之事，行不言之教。萬物作焉而不辭，生而不有，
> 為而不恃，功成而弗居。夫唯弗居，是以不去。（第2章）

聖人順應天道，以「無為」的態度處事，實行「不言」的教誨，他依
然不會干預萬物的生長，不據萬物為己有，不自恃其能，不自居其
功，把所有的功績歸諸天地，反而使這功績永垂不朽。老子以開闊公
正的思維，體悟了自居其功的人往往不能守住功績，唯有將功績還諸
天地，才能擴大功績的影響力而永垂不朽。正如第七章提到「天地以
其不自生，故能長生」、「聖人後其身而身先，外其身而身存」、「以其
無私故能成其私」，其道理是一樣的。

　　在教育場上，如何做到像道家聖人的「不自生」、「後其身」、「外
其身」及「無私」呢？佐藤學所提及的開放教室只是一種外在的手

段，身為教師除了開放教室、公開授課之外，更應該敞開拘泥已久的心思，放下矜持的身段，不擴大自我專門領域知識的堅持，去接納學生的每一種表現、每一種思維，讓多元的聲音真正存在。只有這樣，積極的學習者可以被肯定，消極而遲緩的學習者也可以被接納，即便是那種抗拒學習、抗拒對話的學生都應該受到尊重。這樣的態度，表面上是消極的「無為」，事實上，只要教師不放棄任何一種學生，持續從旁關懷而不干涉，其自有改變的契機，或透過與自我的對話，或透過與同儕的互動，或透過與周遭環境的交流，任何一個學習主體各有其學習的軌跡與向上提升的節奏。如果教室中能保持一種開闊自由的氛圍，營造一種適合每個學習主體發揮其特質的環境，這才是學習共同體「公共性」哲學的極致，有了「公共性」哲學的基礎，其「民主主義」與「追求卓越」的哲理才有實現發展的可能。（見附錄一架構圖）

四　儒、道哲學與「民主主義」哲學的呼應

　　佐藤學「學習共同體」所強調的「民主主義」哲學，是人類貫自宇宙自然的原始思維？還是人類文明發展歷程中逐漸形成的現代共識？縱觀近代歐美所推展實踐的民主主義，乃根植於十七世紀英國思想家洛克（John Locke，1632-1704）所提出的「天賦人權」學說，其後在十八世紀，由法國思想家盧梭（Jean Jacques Rousseau，1712-1778）建構了更完整的學說系統，其《民約論》一書，積極鼓吹以洛克之「人權自然論」思想為基礎所延伸的「天賦人權」主義，而逐漸形成新思想的潮流。此一思想後來影響了一七七六年美國獨立宣言之「民主、民權、民治」的核心思想及「三權分立」的政府制度，也成為一七八九年法國大革命時所宣布的「人權與公民權宣言」的理念基

礎。

　　到了十九世紀，美國教育哲學家約翰‧杜威（John Dewey，1859-1952）把「民主主義」的思維與教育做了緊密的結合。在其《民主主義與教育》一書中明白指出，個人的差異是社會的財富，「一個進步的社會，把個別差異視為珍寶，因為它在個別差異中找到它自己生長的手段。因此，一個民主的社會必須和這種理想一致，在它們各種教育措施中考慮到理智上的自由和各種才能和興趣的作用。」[8]他認為傳統教育的致命弱點在於無視並戕害兒童的天性，只依靠外部權威或其他不自然的措施去強迫兒童接受教育。事實上兒童的本能或天性即是一種潛在的能力，教育不是要泯滅或壓抑它，而是尊重它、利用它、改造它，把它引向正確的道路。

　　可見杜威的教育理念是以學習者為中心作為前提來發展教學方法的。所以佐藤學以杜威的「民主主義教育」為基礎，更直稱「杜威把學校視為『學習共同體』」，學校具備「各種各樣的人透過『溝通』形成共享的文化」，學校是「各種各樣的人以『學習共同體』為基礎，構成文化的公共圈，實現以『共生』為原理的『民主主義』社會的實踐」。[9]

　　從洛克、盧梭「天賦人權」的政治理論，到杜威「民主主義」的教育理想，可以看見佐藤學談「民主主義」教育哲學是根植於人類與生俱來的追求自由、平等、尊重個體價值的思維，這種思維可以呼應宇宙自然的「萬物齊一」理則，在中國傳統道家哲學中是一核心思想。

8　見約翰‧杜威著、王承緒譯，《民主主義與教育》（北京市：人民教育出版社，1990年10月第1版），頁321。

9　佐藤學：《學習的快樂——走向對話》，頁14。

（一）哲學理論的呼應

道家闡述「萬物齊一」思想應屬莊子最為完備公允，在《莊子‧齊物論》提到：

> 民濕寢則腰疾偏死，鰌然乎哉？木處則惴慄恂懼，猨猴然乎哉？三者孰知正處？民食芻豢，麋鹿食薦，蝍蛆甘帶，鴟鴉嗜鼠，四者孰知正味？猨猵狙以為雌，麋與鹿交，鰌與魚游。毛嬙、西施，人之所美也；魚見之深入，鳥見之高飛，麋鹿見之決驟，四者孰知天下之正色哉？自我觀之，仁義之端，是非之塗，樊然殽亂，吾惡能知其辯！[10]

我們人類居於低濕之處就會染風濕而死，但此處卻是泥鰍的樂園；住在樹上會恐懼害怕，而猴子卻能自由自在。人吃牛羊犬豕，麋鹿吃草，蜈蚣喜愛吃蛇腦，貓頭鷹喜愛吃腐鼠，哪一樣才是真正的美味呢？我們公認的西施美女，動物見了依然躲避逃跑，牠們哪裡知道美色呢？所以我們所稱頌的「仁義」，我們所建構的「是非」，都只是人類偏頗的私見而已。事實上，萬物沒有層次的高低之分，也沒有先知或無知的區別，我們必須放棄人類既定的成見，才能體會萬物齊一的真諦。所以莊子提到「大道不稱，大辯不言，大仁不仁，大廉不嗛，大勇不忮」，就在強調真理是客觀的存在，不偏於任何物種或群類，這才是真平等。唯有真正的平等，宇宙萬物才能和諧共處，而不致造成分裂對立、階級敵視的悲劇。

《齊物論》中提到「道隱於小成，言隱於榮華」，如果我們拘泥於「小成」、「榮華」，就容易落入「是其所非、非其所是」的圈套，也就體會不到齊物平等的真諦，更遑論在現實生活中放下自以為是的

---

10 黃錦鋐註譯：《新譯莊子讀本》（臺北市：三民書局，1999 年），頁 21。

自尊,去聆聽自然萬物的聲籟,實踐與萬物溝通、對話的機制。

　　透過上述思辨,我們認知到「民主主義」所推崇的個體價值和生而平等的概念,與莊子的「齊物」思想不謀而合,其呼應的是宇宙自然的規律,可作為「教育上的民主主義」理論更深的哲學基礎。

(二)教育實務的思辨

　　落到教育範疇來說,莊子「齊物論」與佐藤學「民主主義」哲學所共同強調的平等,是建構教育哲學所應涵融的理念。因為平等而相互聆聽,因為平等而彼此溝通,因為平等而產生對話。所以,佐藤學認為的學習,就是「跟客觀世界的交往與對話、跟他人的交往與對話、跟自身的交往與對話」。他更進一步建構學習的「三位一體論」,其言:

> 學習是建構客觀世界意義的認知性、文化性實踐,建構人際關係的社會性、政治性實踐,實現自我修養的倫理性、存在性實踐。可以說是「構築世界」、「構築伙伴」、「構築自身」的實踐。「學習」就是這樣一種三個維度的實踐,三位一體地實現的。[11]

所謂「建構客觀世界」、「建構人際關係」、「實現自我修養」,已經涵蓋了全人教育的最高理想,這與傳統儒家「格物、致知、誠意、正心、修身、齊家、治國、平天下」的理想有相通之處。至於如何達成「三個維度」、「三位一體」的實踐,佐藤學只強調「學習的被動式能動性」,以「聆聽之被動行為」作為溝通的重要條件及學習的出發點。這很容易讓人誤解佐藤學的「聆聽與對話」只是一種平面式的循

---

11 佐藤學:《學習的快樂──向對話》,頁 20。

環。事實上，中國傳統思想體系蘊含著一種「雙螺旋」結構，一直影響著哲學、政治、經濟與教育的發展。

「螺旋」的概念很早就被運用在教育理論中，如十七世紀捷克教育家夸美紐斯（Johann Amos Comenius，1592-1670）曾提出「螺旋式課程」（spiral curriculum），指出螺旋式的教材排列除了具備「圓周」的概念，也為了適應不同年齡層的兒童學習，先以不太精確而較為直觀的教材，向學生介紹各學科的基本原理，在以後各年級教材中再以螺旋式地擴展或和加深。[12]所謂「圓周」、「逐步擴展和加深」，正是「循環、往復、螺旋式提升」的概念。辭章學家陳滿銘教授彙整了教育、自然科學及哲學的相關理論，點出「二元→互動→循環→提升」的架構，更進一步提出了「多」、「二」、「一（0）」螺旋結構理論，他強調中國古籍就蘊含著這種結構，其言：

> （此架構）著眼於「陰陽二元」，即「二」來說，若以此「二」為基礎，徹上於「一（0）」、徹下於「多」，則成為「多」、「二」、「一（0）」之系統。而這種系統可從《周易》（含《易傳》）與《老子》等古籍中獲知梗概，它們不但由「有象」而「無象」，找出「多、二、一（0）」之逆向結構；也由「無象」而「有象」，尋得「（0）一、二、多」之順向結構；並且透過《老子》「反者道之動」（四十章）、「凡物芸芸，各復歸其根」（十六章）與《周易·序卦》「既濟」而「未濟」之說，將順、逆向結構不僅前後連接在一起，更形成循環不息的「多」、「二」、「一（0）」螺旋結構，以呈現中國宇宙人生觀之精微奧妙。[13]

---

12 《教育大辭典》（上海市：上海教育出版社，1990 年），頁 276。

13 陳滿銘：《多二一（0）螺旋結構論——以哲學、文學、美學為研究範圍》（臺北市：文津出版社，2007 年），頁 3。

中國古籍的雙螺旋結構呈現的是宇宙人生精微奧妙的哲理，此哲理是否適用於學習共同體的「民主主義」哲學呢？如果以佐藤學強調的「聆聽、對話」為核心，可將其視為學習共同體的「二元對待」關係（即「二」），而徹上於「民主主義」哲學，可視為「一」[14]，撤下於各種聆聽、對話與教學的技巧，可視為「多」。（如附錄二架構圖）透過聆聽與對話，「民主主義」的哲學理則得以驗證；而「民主主義」哲學也直接成為「聆聽與對話」的指導願景。另一方面，以聆聽對話為原則去實施學習共同體的各種教學技巧，而教學技巧也不斷地印證聆聽對話在學習共同體中的適切性。如此可見三者不斷地互動、往復循環，進而提升教學品質的動線，此一動線包含順向與逆向的往復與提升，正是學習共同體的雙螺旋結構。[15]

五 儒、道哲學與「追求卓越」哲學的呼應

如上所述，任何一套完整的哲學系統都在追求其內部至高的理想。「學習共同體」作為一種教育哲學體系，自有其追求卓越的願景與企圖。追求卓越不僅在要求學習者成就最高學力，更在營造一種寧靜和諧、互動良善、具備積極動能的學習環境。在中國古籍的哲學思維中，大都能尋得最高的形而上理則。

---

14 「民主主義」概念只是學習共同體的哲學之一，就學習共同體的整體願景來看，應該還有一個更源頭的概念來統籌三大哲學。無論是「公共性」哲學、「民主主義」哲學還是「追求卓越」的哲學，都在營造一種開闊、和諧、自然、純真的學習願景，是先於人類就存在的一種空靈境界，類似儒家的「至誠」、道家的「無為」的概念，這才是學習共同體螺旋結構中的「0」。

15 佐藤學曾經提及學習共同體要「堅持螺旋式上升的改革」，可見在其哲學思維中已經蘊含「螺旋」的概念。參見《學校的挑戰：創建學習共同體》（上海市：華東師範大學出版社，2010年），頁114。

（一）哲學理論的呼應

以儒家來說，《大學》、《中庸》成書於戰國末期，集孔、孟、荀各家思想之大成，最能詮釋儒家形而上的思維理則。如《大學・經一章》所言：

> 大學之道：在明明德，在親民，在止於至善。[16]

所謂「明德」，是指天賦靈明的德行；所謂「親民」，在使人民的靈明德行日新又新；所謂止於至善，在使靈明德行達於至善的境界。這雖然是大學之道的三個層次，卻同樣在闡述完美人格的最高境界。又如《中庸・22章》記載：

> 唯天下之至誠，為能盡其性，能盡其性、則能盡人之性，能盡人之性、則能盡物之性，能盡物之性、則可以贊天地之化育，可以贊天地之化育、則可以與天地參。[17]

《中庸》所謂「至誠」是儒家形上學的至高境界，是指真實無妄、自然本真的靈性，唯有至誠，才可能「盡人之性」。然而《中庸》不是止於狹隘的「盡一己之性」，它更強調「盡物之性」，以至於「贊天地之化育」、「與天地並立為參」的哲學高度。

儒家對於至高哲理的詮釋，著眼於主觀內在靈明之性的追求，而道家卻走向客觀虛無的自然。在《老子・25章》提到：

> 人法地，地法天，天法道，道法自然。

「道」是老子思想的最高理則，它先於天地而生，並以「自然」為本

---

16 謝冰瑩等編譯：《新譯四書讀本》（臺北市：三民書局，2000年），頁3。
17 同前註，頁50。

質，強調「道」的本質在其本然的存在，無形無知卻有充分的影響力。儘管如此，老子思想依然受其「有身」的限制，無法真正實踐在人性之中，直到後起的莊子才又將「有情有信，無為無形」的「道」，回歸到主觀心性的詮釋，他說：

> 若一志，無聽之以耳而聽之以心，無聽之以心而聽之以氣，耳止於聽，心止於符，氣也者，虛而待物者也。唯道集虛。虛者，心齋也。[18]
>
> 墮肢體，黜聰明，離形去知，同於大通，此為坐忘。[19]

所謂「心齋」是指心靈的物忌，莊子認為唯有忌除有形物象的牽絆，才能達到「虛而待物」的觀照，超越感官與心覺的認知，體悟宇宙自然的真理，以達於「無己」的境界。至於「坐忘」，則指進一步放下實有肢體的羈絆，丟棄現實聰明的偏執，完全地「離形去知」，以達到忘形、忘跡的境界，才能通於真理，近於大道。

　　無論是儒家主觀內在靈明之性的追求，還是道家對客觀自然、無形無知的「道」的詮釋，中國兩大哲學體系皆具備至高無上的理想，以「形而上」的高度觀照著「形而下」的世界。若以「求同」的角度來看，此與學習共同體「追求卓越」的哲學思維，在境界上實為同工異曲。

（二）教育實務的思辨

　　以教育層次來說，儒家所積極追求的靈明之性，是藉由天賦之性與人為之性不斷互動循環而逐漸提升之過程，以臻於靈性之極致。

---

18 《莊子‧人間世》。黃錦鋐註譯：《新譯莊子讀本》，頁 47。
19 《莊子‧大宗師》。同前註，頁 85。

《中庸》曾闡明曰：

> 自誠明，謂之性；自明誠，謂之教。誠則明矣，明則誠矣。[20]

由至誠的心境自然明白善道，這是天賦的本性；由明白善道而臻於至誠之境，這是人為的教化，「誠」與「明」之間存在著密切的互動關係，所以說「誠則明矣，明則誠矣」。儒家向來重視人為的教化，從《中庸》的論證看來，天賦的本性也是教育的重要基礎，觀其追求卓越之靈明之性的過程，亦符合「螺旋」結構的基本法則。

再從道家思想來說，老子所推崇的「道」與「自然」，並非一直存在於虛無縹緲的層次，而是在「無」與「有」之間往復循環，所以他說「道」：

> 常無，欲以觀其妙；常有，欲以觀其徼。（第1章）

又說：

> 反者道之動，弱者道之用。天下萬物生於有，有生於無。（第40章）
>
> 道生一，一生二，二生三，三生萬物。萬物負陰而抱陽，沖氣以為和。（第42章）

因為處於「無」的境界而凸顯道體的精妙幽微，又因為處在「有」的現實環境而觀見道體的廣大無邊，「無」與「有」雖有先後，卻本是「道」的一體兩面，而且兩者之間的往復循環造就了萬物的滋長，故曰「道生一，一生二，二生三，三生萬物」，所謂「一」就是「有」，「道生一」就是從無到有的過程；「二」是「陰」與「陽」，「三」是

---

20 謝冰瑩等編譯：《新譯四書讀本》，頁 49。

陰、陽及陰陽所沖激出來的「和」，各種不同比例的陰陽形成不同的
「和」，萬物因而紛紜滋長。如此看來，老子所謂的「無」與「自
然」就因為這一過程而冰消瓦解了嗎？其實，老子有更深層的論述，
其言：

> 致虛極，守靜篤，萬物並作，吾以觀其復。夫物芸芸，各復歸
> 其根。歸根曰靜，是謂復命。復命曰常，知常曰明。（第16
> 章）

依老子的理念，人的心靈本來是虛明寧靜的，卻因為私欲而使其蔽
塞。所以我們要努力於「致虛」和「守靜」的工夫，才能去除現實世
界的知欲，以靈明的心去認知萬物的生長是由無到有、再由有返無的
規律，瞭解萬物雖然繁複眾多，最後還是要回復到根源，根源是一沉
默寂靜的狀態，「靜」就是萬物的本性。這是宇宙自然變化的常態，
體悟到自然的常態，才是明智。從老子思想所呈現「無→有→二→多
→二→有→無」的過程，除了見其雙螺旋結構之外，更證實老子推崇
的卓越是虛靜靈明的智慧，與一般世俗價值所認定的聰明才智不同，
所以他說：

> 絕聖棄智，民利百倍；絕仁棄義，民復孝慈；絕巧棄利，盜賊
> 無有。（第19章）

這裡所說的「聖智」、「仁義」、「巧利」就是世俗價值肯定的聰明才
智，老子認為絕棄世俗的聰明才智反而能夠保存真正的利益與和諧，
莊子在這一點與老子是相呼應的。他認為人一有「成心」，就容易惑
於事物的表象，迷失於偏執的虛理。所以認識真理，不能執著於傳達
真理的表象符號。他說：

> 筌者所以在魚，得魚而忘筌；蹄者所以在兔，得兔而忘蹄；言
> 者所以在意，得意而忘言。吾安得夫忘言之人而與之言哉！[21]

這裡所說的「筌者」、「蹄者」、「言者」，都只是為了獲取「魚」、
「兔」、「意」的工具而已，一旦取得主體，這些做為媒介的工具就該
忘絕，如果偏執於媒介工具的詮釋，就可能阻絕了對真理的體悟。這
樣的概念在佛教教義中也不斷地被強調，如東晉名僧竺道生曾言：

> 象以盡意，得意而忘象，言以詮理，入理則言息。[22]

唯有「忘象」、「言息」，內在的義理才可能被凸顯出來，這也是道家
所追求的極致的真知。

　　從《中庸》的「自誠明」與「自明誠」所往復循環而提升的靈
性，到老子道體發展以至回歸虛靜自然的境界，以及莊子、佛教之
「得意忘象」、「得意忘言」、「入理言息」的真知灼見，各有其追求卓
越的境界，而相同的是，其卓越的精神既能超越世俗觀點，又能貼近
現實思維，足以成為引導世人追尋真理的指標。相較於學習共同體
「追求卓越」的哲學，其所追求的卓越是否為超越而客觀的極致願
景？或只是世俗觀點達於分數頂標的成就而已？佐藤學在批判學校制
度化的學習曾提到：

> 學校制度化的學習，由於捨棄了具體客體的操作和建構的活
> 動，可以說，不是作為建構客觀世界之活動的學習，被貶為以
> 現成知識的習得與鞏固為基本的學習，喪失了具體客觀與意義
> 的學習。可以說，作為教育內容的知識由於去語脈化、抽象化
> 而得以助長。切斷語脈、意義中立化、文體非人稱化的知識，

21　《莊子・外物》。同前註，頁 373。
22　湯用彤校釋、釋慧皎撰：《高僧傳・卷七》（北京市：中華書局，1992 年），頁 256。

是教科書知識的標誌性特徵，這種知識，與其稱為「知識」，不如稱為「信息」來得妥當。……去語脈化、中立化、抽象化的學校知識，可以用柏拉圖洞穴寓言的「影子」來比喻。學校教育中制度化的知識，猶如存在的世界在洞穴深處照出的影子而已。[23]

如果學校制度化的教育只是在提供不斷複製的「信息」，其所建構的只是知識的「影子」，而非知識本身。佐藤學自覺性地指出學校制度化教育的盲點，批判學校教育已經扭曲了真正的學習。如果學校教育只是一味地餵食「虛擬性的食物」，久而久之，就會「喪失現實的客觀的客體與語脈論為信息的教育內容的知識，從根本上剝奪了主體在學習實踐中同客觀世界對話的關係」。可見佐藤學並不認為傳統的學校教育提供了真正的學習，當然更不會認同傳統學校教育所構築的卓越價值。因此，完整的復誦前人已成定論的知識，或測驗成績拿高分，或精準地複製模式，都不是學習共同體所追求的卓越，真正的卓越是透過積極的對話，建構學習主體獨立思辨、適應現實與創造未來的能力。佐藤學稱學習共同體是「學習的革命」、「靜悄悄的革命」，一方面在挑戰僵化的學校制度，一方面也在翻轉教師的思維，期能發展真正的學習，創造學生在學力上真正的卓越。這一願景與儒家之「至誠」，道家之「自然」的境界是不謀而合的。

六　實現「本土化學習共同體」的可能

在諸子哲學與學習共同體之教育哲學的對話當中，我們找到了幾點共通的特質：

23　佐藤學：《學習的快樂——走向對話》，頁41。

（一）兩者面對世界的視野與身段是柔軟而謙卑的，這樣的態度才能觀照人性，使人性向善發展。

（二）兩者追求卓越的境界，既是超越世俗觀點，又能貼近人性的根源，以教育角度觀之，是教育愛的極致發揮。

（三）無論是公共性、民主或卓越的願景，兩者都以探索靈明之性為核心，他們能貼近宇宙自然的規律，是現代與未來教育所亟需的哲理與願景。

　　既有這些共通性，足見學習共同體具備了人性化的價值。站在儒家之人性關懷與道家之自然超越的基礎上，我們若希望「學習共同體」走向本土化發展，應有具體的作為與思維的改變：

（一）掌握教育資源的各階層（包括家長、教師、校長及教育主管機關），應建立「積極關懷」與「無為觀照」的態度。具體來說，家長宜主動發掘孩子的性向與潛能，並予完全支持。教師宜積極串聯而不主導學生的學習，校長宜長期旁觀而不介入教師的教學，教育主管機關宜積極提供資源而不干涉學校的行政與教學。唯有實踐「生而不有、為而不恃、長而不宰」的高度，學習共同體在臺灣才有成功的可能。

（二）尊重每一學習個體的差異，包容並肯定各種形式的卓越：目前各校所努力推展的「差異化教學」、「多元評量」是重要方向，但是這些教學或評量的機制只是手段，不是目的，當差異化的個體實踐了他們的卓越價值，這些教學方法與評量機制都該捨棄，也就是回歸到「無為」的境界。

（三）實踐知識與教學資源的公開與共享：「明星學校」是一種獨佔、寡佔的概念，所以，我們應該打破校際排名的迷思，使學校的招生與學生的選校回歸自然市場的機制，提供學生一個全然自由、平等的學習環境。此外，收費機制的數位資料庫更是

一種限制學習自由的思維。因此，強烈建議掌握知識庫資源的機構，如國家圖書館、中央研究院，應將知識釋放給全民免費使用，不再設定任何限制或收取規費，以達到知識共享的目標。

（四）在學習共同體的螺旋結構中，屬「二」之「聆聽對話」是重要關鍵。無論是家庭互動、課堂學習還是學校行政，甚至擴大至教育政策的制訂，都必須先掌握此一關鍵，使親與子、師與師、師與生、生與生、教學與行政、學校與上級部會之間，均需展開彼此的互動與溝通，然後才能撤上於「民主主義」與「無為」之理念，或撤下於具體教學技巧的操作。

七 結語

《論語》曾言：「獨學而無友，則孤陋而寡聞。」《禮記·學記》也曾經提出「斅學半」的概念。早在兩千六百多年前的春秋、戰國時代，一向重視教育的儒家已提出類似「協同學習」的理念，只是這些理念沒有更精微的細則足供參考，徒留浮泛的圖像令人空想。所幸儒家教育思想蘊含更深的哲理，教我們不必去憧憬那浮華空泛的圖像，而應向根源的人性探索。具體來說，孔子思想以「仁」為核心，曾子曾經詮釋這「一貫之道」，曰「忠」與「恕」，所謂「忠」，是盡己之意；所謂「恕」是推己及人。[24]儒家思想的核心價值著重於個體與他人的完美關係的經營——當盡己之力塑造完美的個體，進而推己及人，營造和諧的人際關係，這就實踐了「仁」的美德。以教育的角度

---

24 《論語·里仁》篇記載：「子曰：『參乎！吾道一以貫之。』曾子曰：『唯。』子出，門人問曰：『何謂也？』曾子曰：『夫子之道，忠恕而已矣！』」謝冰瑩等編譯：《新譯四書讀本》，頁105。

來說，孔子強調為學最重要的目標不僅在於獨善其身，更應經營各種和諧的人際關係，進而兼善天下。所以《中庸》的「至誠」不僅要「成己」，還要「成物」；《大學》的「格物、致知、誠意、正心，修身、齊加、治國、平天下」，更是「止於至善」具體過程。佐藤學的「學習共同體」以「追求卓越」作為重要的哲學，其所追求的願景不僅是個人的完美，更追求個人與他人、個人與世界的和諧關係，此應與中國儒家的教育理想相差不遠。

　　道家思想是中國諸子的另一個重要哲學系統。從老子詮釋「道」的開闊無為，肯定「道法自然」的無私與超越，繼而莊子主張「萬物齊一」，強調物種的自由平等，更運用「心齋」、「坐忘」之法，達到純然客觀、心凝形釋的境界。檢視學習共同體「公共性」與「民主主義」的哲學，其強調無私、共享、平等、自由的理念，正是中國道家思想的核心價值。

　　儒、道的教育理想是在激發人性向善的力量，如果「學習共同體」的哲學是在探索人性的根源，激勵人類向善的動能，回歸人性最原始的本質，它就值得推展。更何況它呼應了儒家的「關懷」與道家的「超越」，在一個以儒、道為主流思想的臺灣社會，更有被推廣的價值。

　　　　——發表於「教育領導與學習共同體國際研討會」，2013年3月9日

附錄一：學習共同體三大哲學關係圖

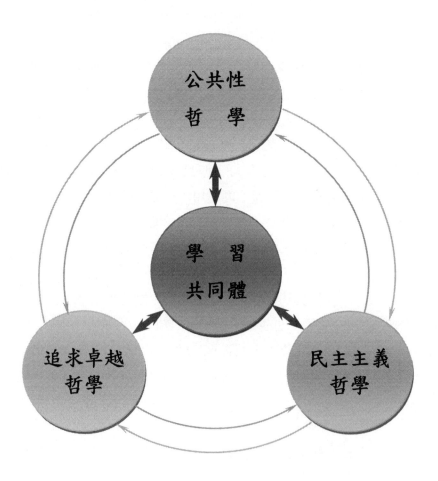

附錄二：「民主主義」哲學的「多、二、一」螺旋結構

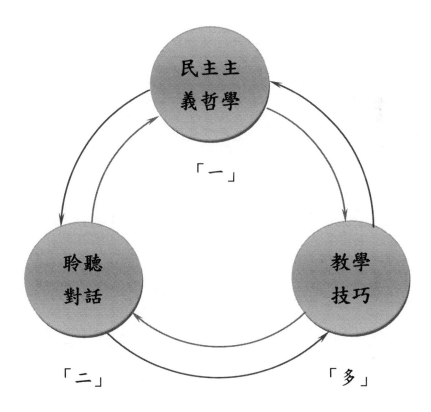

五
文學隨筆

因風而起的柳絮讓意象遄飛

　　江南的冬天似乎比黃土高原的酷寒溫柔許多，雖然江面已經結了一層薄冰，那岸邊的柳樹依然在寒風中搖曳著青翠的細髮。

　　時過午後，謝安領著子姪們在花園裡談論文義，正當眾人喧鬧之際，天空忽然飄起了雪，雪花由疏漸密，空氣中瀰漫著一股淡淡的清雪芬芳。謝安一時興起，望著天空飛舞的雪說：「白雪紛紛何所似？」此時謝朗拍一拍衣裳上的雪塵說道：「撒鹽空中差可擬！」只見這唯一的長輩笑而不答，子姪兒女們卻躍躍欲試，想要發表自己的想法。這時，謝道韞緩緩地掀開頭上的帽套，望向天空放肆飛舞的雪花說著：「未若柳絮因風起。」謝安聽完開懷大笑，笑聲迴盪在如柳絮的雪花中，為這午後的家庭文會畫下句點。

　　好一個「柳絮因風起」！《世說新語》記錄著這一段文學美談，並沒有褒貶任何人的優劣。然而，千年以來，我們不曾討論謝朗的「撒鹽空中」，卻稱頌著謝道韞所說的「柳絮」。只因為鹽粒厚重，而柳絮輕盈；鹽粒寫實，而柳絮空靈；鹽粒急墜而下，而柳絮卻輕緩飄動，遲遲不願落入塵土。謝道韞挑動了人們心靈的美感經驗，也為自己贏得「詠絮之才」的美名。

　　柳絮，為什麼美？為什麼可以輕易挑動思緒中的美感？其實我們觀察柳樹，或查一查字典中記載的「柳樹」資料——

　　　落葉喬木，高5-10公尺，小枝細垂。葉互生，線狀披針形，長
　　　約4-7公分；細鋸齒緣，葉表面暗綠色，背面灰白色。（三民書
　　　局‧大辭典）

至於「柳絮」則通常解釋說：

> 柳花結實後，種子上帶有白色絨毛，隨風飄落飛散，俗稱柳
> 絮，又稱柳棉。（三民書局・大辭典）

這些都只是針對柳樹、柳絮的外貌做客觀的描述，而柳樹、柳絮的美卻蘊含在其周遭的人文活動。

　　著名的散文女將張曉風女士在其〈詠物篇〉中就認為柳樹有別於其他如「密碼緊排的電文」的樹種，它是落伍的、老朽的「結繩記事」，它「沒有什麼實用價值——除了美」。所以，字典裡把柳樹描寫得如此平淡，我們從字典中查不到柳樹的美——查不到「蘇堤的柳」有多美，查不到「在江南的二月天梳理著春風」的柳樹有多美，當然，更查不到「隋堤的柳怎樣茂美如堆煙砌玉的重重簾幕」有多美。

　　從《世說新語》的「詠絮」，到張曉風女士的「詠柳」，千百年間不知有多少騷人思士因柳而傷感，因柳而落淚。李白的「秦樓月，年年柳色，灞陵傷別」，柳永的「今宵酒醒何處？楊柳岸，曉風殘月」，這些「送別」與「思念」的象徵，才是挑動我們心靈美感的觸媒。

　　那帶有「白色絨毛，隨風飄落飛散」的柳絮，引領著我們的意念向天空遄飛，無論是柳絮延伸出來的思古幽情，還是它輕緩飄動的體態，都可以令我們沉思一整個下午，是美，是真，亦是善。

——原刊於康熹文化出版公司《小主題・教學趣》專刊，2002年9月

專制官場中的蝴蝶效應

顧炎武曾說：「士大夫之無恥，是謂國恥。」在君主極權專制的時代，士大夫的守節或變節，官員的清廉或貪婪，確實關係著王朝的興衰，也牽動著歷史的更迭。

當北宋和契丹仍沉醉於澶淵盟後的百年和平，盤據在白山黑水間的女真已悄悄崛起，他們騎著戰馬，揮舞著長鞭，掠倒了苟延殘喘的契丹，一路南侵，在徽宗靖康元年，兵臨汴梁城下。當時的秦檜，還只是國子監裡小小的「學正」，憑著儒者夷夏之辨的直覺，他慨然上書主張抗金。然而，北宋終究還是被女真滅了。在金與南宋對峙之際，秦檜為何從一個慨然抗金的強硬派，搖身變為趨附異族的主和派？原來，他曾經三度試探高宗的心意，在確定高宗議和的決心之後，選擇成為罷黜忠臣、陷害良將的姦佞小人，在高宗的默許之下，他硬是遏阻了岳飛直搗黃龍的氣勢，也註定了南宋北伐無望、偏安江左的命運。

三百年過去了。幾經朝代更迭，女真族並未銷聲匿跡。當努爾哈赤打著「後金」的旗號重新奔馳在白山黑水之間，讓腐敗百年的大明王朝倍感威脅。儘管如此，力圖振作的崇禎皇帝仍盡出精銳，固守塞北，牽制著清軍入主中原的野心。身負著剿匪戰功的洪承疇，正是崇禎皇帝安置在長城邊界抵拒清軍的一員猛將。他運籌帷幄，指揮若定，更不惜與清軍決一死戰。然而，崇禎的猜忌，明朝諸將的昏憒與私心，以及關內寇匪的流竄干擾，這一員抗清猛將，終究不敵滿清新君皇太極的迅捷武力，在松山一役徹底敗亡，成為階下之囚。消息傳

至北京，舉國震悼，崇禎以為洪承疇為國殉節了。正當朝廷為他褒揚慟惜之際，洪承疇卻悄悄地投降，瞬時轉為清軍入關的先鋒。觀照他變節投降的關鍵，就只是被屋樑上的塵土染髒了衣服，在不斷地拍拭當中，被皇太極看穿他終究不會為明朝殉節的心思。

清軍終於入關了，而且宰制中原，開創了前所未有的盛世。在康、雍、乾將近一百四十年的統治史中，固然有輝煌的文治武功，更有檯面下的貪污腐敗。蒙受乾隆寵信、權傾一時的和珅，誰知他初入官場也是一位立志報國、打擊貪官的正直之士！然而，官位的扶搖直上、下僚的阿諛奉承、掌控官員升遷的快感，以及日漸奢靡豪侈的生活模式，讓和珅沉淪在永無止盡的貪污與擅權之中。直至嘉慶即位，和珅伏誅，滿門抄家，從他府中清理出的財產，竟是清廷十五年歲收的總和。和珅的倒台並沒有讓滿清王朝振衰起弊，充斥朝野的「和珅現象」讓貪污的塵垢無法根除，官員中飽私囊，民生日益凋弊，嘉慶、道光以後的清王朝，自此中衰。

秦檜的擅權、洪承疇的變節，以至和珅的貪污，都僅是千年專制王朝中的縮影。儘管他們的歷史評價仍有爭議，卻改變不了「牽一髮、動全身」的荒謬規律。想起王溢嘉先生所寫的〈混沌中的蝴蝶〉，一對翻動的翅膀，竟可以演變為驚濤駭浪；在專制時代，一個士大夫的知恥或無恥，竟也左右了王朝的興亡。身為二十一世紀的知識分子，在不勝欷噓中，更翻騰著深刻的省思。

——原刊於康熹文化出版公司《小主題‧教學趣》專刊，2012年12月

政治晦暗時代的兩道文學曙光

　　一三六八年，統治中國九十餘年的蒙古政權正搖搖欲墜。當時元朝宮廷腐敗，社會民不聊生，農民被逼上絕路而紛紛起義，旱澇、蝗災與烽火正交織著百姓的憤怒與淚水。農民出身的朱元璋擊破了各路群雄，消滅了蒙古帝國，在南京建立以漢族統治的新王朝，開啟明帝國將近兩百八十年的歷史。蒙古人向長城外出走了，漢人從黃土中崛起了，但是君主專制的魘夢並沒有遠離百姓，思想箝制的符咒並沒有放過文人，官場的惡鬥、禮教的束縛、文化的墮落與士子不知民間疾苦的冷漠，已經無法為中國構築另一個如漢唐盛世的政治格局，陰霾如霪雨未晴的天空，籠罩著令人窒息的沉鬱之氣。

　　在宮廷晦暗的燭火中，洪武太祖正猜忌著開國功臣的謀篡，而永樂成祖在「靖難」之後也學著父親開始整肅異己。政治愈加晦暗，人性愈加沉淪。他們舉著「八股」的旗號，架起了規範士子聰明才智的牢籠，拿著「朱子學」的招牌拼湊了「上欺朝廷、下誑士子」的《四書大全》，當科舉的網絡撒向朝野，宋明傳承的「理學榮景」不見了，明君治世的「野無遺賢」消逝了，所剩的竟是一群埋首象牙塔中的宿儒，和一派順服朝廷、歌功頌德的俗士。當宣宗即位，號為「三楊」的楊士奇、楊榮、楊溥站上了高位，開始他們雍容平和卻疏緩冗沓的臺閣創作，那承平的筆調，恭維的口吻，卻暗藏著如腐屍般的氣息。朝廷充斥著恭順平和的氣象，總有人不滿那了無生趣、言不由衷的歌功頌德。茶陵詩人李東陽率先發難，他推崇李白、杜甫，擅長擬古樂府，強調以格調法度論詩，更主張詩貴真情實意，儼然為後來

「前、後七子」的復古揭開序幕。

　　然而，復古運動並沒有真正延續茶陵詩派推崇「真情實意」的精神，以李夢陽、何景明為首的「前七子」，竟標榜著「文必秦漢、詩必盛唐」的口號，將古文運動帶向更狹隘、更僵化的擬古思維。他們以秦漢古體為宗，以盛唐詩歌為法，更創立許多格套與八股文互通聲氣，直至王世貞、李攀龍等「後七子」的出現，仍沿襲「前七子」尊崇古風的作為，擬古主義竟影響明代文壇百年之久。

　　當政治如此晦暗，風俗如此頹靡，文壇更充斥著僵化而麻木的摹擬歪風。然而，在風雨如晦的年代，卻隱然有兩道曙光正微微閃耀著文學的鋒芒。

　　世宗嘉靖年間，王慎中與唐順之捐棄了秦漢文風，推崇唐宋古文，敢於對抗七子之鋒銳，遂成為唐宋派的健筆。而後繼起的歸有光更以細膩生動之筆，描繪情真意切之思，展現了清新流暢的文風。在一片講究格套、風靡古意的文學爛泥之中，他們揭示復古應當復唐宋之古，創新應當去模擬之風，彷彿在凝滯百年的文壇死水中注入了一股清流，那沉睡已久的文學之靈正逐漸甦醒。

　　嘉靖皇帝在位四十五年殞落了，繼起的隆慶不過六年光景，明朝政治正走向另一個里程碑。一五七二年，萬曆皇帝即位，張居正變法，政壇似乎燃起了積極振奮的火苗。然而，好景不常，當張居正辭世，萬曆親政，隨即展露了貪婪好逸的本性，在他終年不朝、不郊、不講、不批的荒唐行徑中，「萬曆中興」的榮景如曇花一現。此時的文壇正醞釀著另一股耀眼的光芒。公安人袁宏道，帶著放蕩不羈、悠閒雅致的形象，偕同兄弟三人揭舉著「獨抒性靈」的文學主張，公開批判前、後七子以來流行於文壇的擬古主義，並以「不拘格套」的理論，試圖解放那麻痺僵化的散文創作。

　　唐宋古文在嘉靖三大家的推波助瀾下甦醒了，從清初的「桐城」

到清末的「湘鄉」，都受其沾溉。而性靈文學亦在公安三袁的堅持與
努力中壯大，晚明精緻的「小品」、清初獨步文壇的「性靈詩派」，皆
有公安「獨抒性靈」的身影，展現了中國純文學最沉著純靜的面貌。
這兩道文學光芒不僅照亮了明代晦暗的政治，也延續了中國古典散文
的精髓與榮耀。在風簷展書，在孤燈夜讀，夢憶著前朝文學的流轉，
我們相信明代散文的清新自覺始終來自晦暗中的曙光。

——原刊於康熹文化出版公司《小主題‧教學趣》專刊，2013年3月

參考文獻
（依作者姓氏筆畫順序排列）

一 古籍

王　弼　《周易略例》　《易經集成》149　臺北市　成文出版社　1976年初版

王弼注、孔穎達正義　《周易正義》（十三經注疏）　臺北市　藝文印書館　1993年

王昌齡　《詩格》　《中國歷代詩話選》　第一冊　長沙市　岳麓書社　1985年第1版

朱　熹　《大學章句》　臺北市　國家圖書館　2010年12月第1版

朱　熹　《中庸章句》　臺北市　新文豐出版公司　1996年初版

朱　熹　《詩集傳》　臺北市　藝文印書館　2006年3月初版四刷

左丘明撰、郁賢皓等注譯　《新譯左傳讀本》　臺北市　三民書局　2006年3月初版

司馬遷撰、韓兆琦注譯　《新譯史記》　臺北市　三民書局　2008年2月初版

司馬貞　《史記索隱》　臺北市　新文豐出版公司　1985年初版

李　昉　《太平御覽》　臺北市　臺灣商務印書館　1983年初版

林雲銘　《古文析義合編》　臺北市　廣文書局　1965年初版

胡應麟　《詩藪》　臺南　莊嚴文化公司影印本　1997年初版

程　頤　《周易傳》　臺北市　藝文出版社　2006年初版

陶　潛　《陶淵明集校箋》　臺北市　里仁書局　2007年8月初版

曹　寅　《全唐詩》　陝西　延邊人民出版社　2004年第1版

楊希閔　《晉陶徵士年譜》　北京市　北京圖書館出版社　1999年3月第1版

劉勰撰、黃叔琳校注　《文心雕龍》　上海市　商務印書館　1931年排印本

潘永季　《讀史記劄記》　臺北市　新文豐出版公司　1989年初版

湯用彤校釋、釋慧皎撰　《高僧傳》　北京市　中華書局　1992年10月第1版

鍾嶸原著、徐達譯注　《詩品》　臺北市　臺灣古籍出版社　1997年初版

二　語言學、辭章學專著

王　立　《心靈的圖景》　上海市　學林出版社　1998年6月第1版

王希杰　《修辭學通論》　南京市　南京大學出版社　1996年

王長俊　《詩歌意象學》　合肥市　安徽文藝出版社　2000年8月第1版

仇小屏　《篇章結構類型論》　臺北市　萬卷樓圖書公司　2000年2月初版

李名方、鍾玖英主編《王希杰和三一語言學》　北京市　中國文聯出版社　2006年

阮廷瑜　《李白詩論》　臺北市　國立編譯館　1986年7月初版

吳應天　《文章結構學》　北京市　中國人民大學出版社　1989年1月第1版

吳禮權　《中國修辭哲學史》　臺北市　臺灣商務印書館　1995年8月初版

宋文蔚　《評注文法津梁》　高雄市　復文圖書出版公司　1993年2月修訂版

島村瀧太郎 《新美辭學》 日本 早稻田大學出版部 1902年

唐　彪 《讀書作文譜》 臺北市 偉文圖書出版社 1976年11月
初版

夏之放 《文學意象論》 汕頭市 汕頭大學出版社 1993年11月第
1版

張德明 《語言風格學》 高雄市 麗文文化公司 1995年10月初版

許恂儒 《作文百法》 臺北市 廣文書局 1989年8月再版

陳佳君 《辭章意象形成論》 臺北市 國立臺灣師範大學國文研究
所博士論文 2004年6月

陳望道 《修辭學發凡》 上海市 上海教育出版社 1997年

陳滿銘 《章法學論粹》 臺北市 萬卷樓圖書公司 2002年7月初版

陳滿銘 《章法學綜論》 臺北市 萬卷樓 2003年6月初版

陳滿銘 《篇章辭章學》 福州市 海風出版社 2005年2月第1版

陳滿銘 《辭章學十論》 臺北市 里仁書局 2006年5月初版

陳滿銘 《意象學廣論》 臺北市 萬卷樓圖書公司 2006年11月
初版

陳滿銘 《章法結構原理與教學》 臺北市 萬卷樓圖書公司 2007
年4月初版

陳鵬翔 《主題學理論與實踐》 臺北市 萬卷樓圖書公司 2001年
初版

黃慶萱 《修辭學》 臺北市 三民書局 2002年10月增訂三版一刷

黃麗貞 《實用修辭學》 臺北市 國家出版社 2004年元月增修版

楊如雪 《文法ABC》 臺北市 萬卷樓圖書公司 1998年9月初版

楊樹達 《中國修辭學》 上海市 世界書局 1933年

蒲基維 《辭章風格教學新論——以中學詩歌教材為研究對象》 臺
北市 萬卷樓圖書公司 2005年11月初版

蒲基維　《章法風格析論——以蘇軾詞、姜夔詞為考察對象》　臺北
　　市　花木蘭文化出版社　2007年3月初版

蔡宗陽　《修辭學探微》　臺北市　文史哲出版社　2001年初版

蔡宗陽　《應用修辭學》　臺北市　萬卷樓圖書公司　2001年初版

蔡宗陽　《國文文法》　臺北市　萬卷樓圖書公司　2008年1月初版

鄭子瑜、宗廷虎主編　《中國修辭學通史》　長春市　吉林教育出版
　　社　1998年9月第1版

鄭頤壽　《辭章學導論》　臺北市　萬卷樓圖書公司　2003年11月
　　初版

黎運漢　《漢語風格學》　廣州市　廣東教育出版社　2000年2月第
　　1版

羅念生　《羅念生全集‧第一卷　亞理斯多德、詩學、修辭學、佚名
　　喜劇論綱》　上海市　上海人民出版社　2007年

羅君籌　《文章筆法辨析》　香港　上海印書館　1971年6月初版

三　教育學、心理學、哲學、美學專著

Jay MeTighe &Grant Wiggins、賴麗珍譯　《重理解的課程設計——專
　　業發展實用手冊》　臺北市　心理出版社　2012年6月初版
　　三刷

朱永嘉、蕭木註譯　《新譯呂氏春秋》　臺北市　三民書局　2009年
　　1月二版

余培林註譯　《新譯老子讀本》　臺北市　三民書局　1998年11月
　　九版

吳明清　《教育研究——基本觀念與方法之分析》　臺北市　五南圖
　　書公司　1991年3月初版

佐藤學著、李季媚譯　《靜悄悄的革命：創造活動、合作、反思的綜

合學習課程》　長春市　長春出版社　2003年1月第1版

佐藤學著、鐘啟泉譯　《快樂的學習──走向對話》　北京市　長春
　　出版社　教育科學出版社　2004年11月第1版

佐藤學著、鐘啟泉譯《學校的挑戰　創建學習共同體》　上海市　華
　　東師範大學出版社　2010年8月第1版

佐藤學著、鐘啟泉、黃郁倫譯　《學習的革命──從教室出發的改
　　革》　臺北市　天下雜誌公司　2012年4月第一版

佐藤學著、鐘啟泉、陳靜靜譯　《教師的挑戰：寧靜的課堂革命》
　　上海市　華東師範大學出版社　2012年5月第1版

約翰・杜威著、王承緒譯　《民主主義與教育》　北京市　人民教育
　　出版社　1990年10月第1版

邱明正　《審美心理學》　上海市　復旦大學出版社　1993年4月第
　　1版

范明生　《西方美學通史》　第三卷　《十七十八世紀美學》　上海
　　市　上海文藝出版社　1999年12月第1版

庫爾特・考夫卡著、黎煒譯　《格式塔心理學原理》　臺北市　昭明
　　出版社　2000年7月第一版第一刷

高廣孚　《教學原理》　臺北市　五南圖書公司　1988年月初版

陳雪帆《美學概論》　臺北市　文鏡文化事業公司　1984年12月重排
　　初版

陳望衡　《中國古典美學史》　長沙市　湖南教育出版社　1998年8
　　月第1版一刷

陳滿銘　《多二一（0）螺旋結構論──以哲學、文學、美學為研究
　　範圍》　臺北　文津出版社　2007年1月初版

張紅雨　《寫作美學》　高雄市　麗文文化事業公司　1996年10月
　　初版

張志公　《中學語言教學研究》　廣州市　廣東教育出版社　2001年
　　　　1月一版二刷

張　涵　《美學大觀》　鄭州市　河南人民出版社　1986年12月第1版

黃錦鋐註譯　《新譯莊子讀本》　臺北市　三民書局　1999年4月初
　　　　版十五刷

靳洪剛　《語言發展心理學》　臺北市　五南圖書公司　1994年月
　　　　初版

童慶炳　《中國古代心理詩學與美學》　臺北市　萬卷樓圖書公司
　　　　1994年8月初版

楊辛、甘霖　《美學原理》　北京市　北京大學出版社　1983年7月
　　　　第1版

歐陽周等　《美學新編》　杭州市　浙江大學出版社　1993年3月第
　　　　1版

劉　雨　《寫作心理學》　高雄市　麗文文化事業公司　1995年3月
　　　　初版

劉熙載　《藝概·書概》　上海市　上海古籍出版社　1978年第1版

魯道夫·阿恩海姆　《藝術心理學新論》　臺北市　商務印書館
　　　　1992年12月臺灣初版

魯道夫·阿恩海姆著　滕守堯、朱疆源譯　《藝術與視知覺》　成都
　　　　市　四川人民出版社　1998年3月第1版

蔣孔陽　《美學新論》　北京市　人民文學出版社　1995年9月第1版
　　　　二刷

蔣孔陽等　《西方美學通史》　上海市　上海文藝出版社　1999年第
　　　　1版

謝冰瑩等編譯　《新譯四書讀本》　臺北市　三民書局　2000年8月
　　　　五版一刷

謝路軍　《中國道教源流》　北京市　九州出版社　2004年初版

四　文學理論、專家詩文評注

王　瑤　《中古文學史論》　臺北市　長安出版社　1982年再版

方　瑜　《杜甫夔州詩析論》　臺北市　學生書局　1985年5月初版

朱光潛　《詩論》　臺北市　頂淵文化事業公司　2004年1月初版

朱孟庭　《詩經重章藝術》　臺北市　威秀資訊科技出版公司　2007年1月初版

李辰冬　《杜甫作品繫年》　臺北市　東大圖書公司　1977年2月初版

李珍華　《王昌齡研究》　西安市　太白文藝出版社　1994年第1版

胡問濤、羅玲　《王昌齡集編年校注》　成都市　巴蜀書社　2000年第1版

袁行霈　《中國詩歌藝術研究》　北京市　北京大學出版社　2002年8月第1版

陳伯海　《嚴羽和滄浪詩話》　臺北市　萬卷樓出版公司　1993年4月初版

張　健　《滄浪詩話研究》　臺北市　五南圖書出版公司　1986年1月再版

黃天驥　《詩詞創作發凡》　廣州市　廣東人民出版社　2003年8月第1版

黃永武　《中國詩學‧設計篇》　臺北市　巨流圖書公司　1999年6月初版十三刷

黃美鈴　《唐代詩評中風格論之研究》　臺北市　文史哲出版社　1982年2月初版

焦毓國　《杜甫詩的時代性與藝術性》　臺北市　學海出版社　1976年9月初版

楊　倫　《杜詩鏡銓》　臺北市　頂淵文化事業公司　2004年初版。

楊昌年　《現代小說》　臺北市　三民書局　1997年5月初版

裴普賢編著　《詩經評註讀本》　臺北市　三民書局　2006年6月初版

歐麗娟　《杜甫詩之意象研究》　臺北市　臺灣大學中國文學所碩士
　　　論文　1991年6月

魯克兵　《執著與逍遙──陶淵明飲酒詩文的審美觀照》　合肥市
　　　安徽大學出版社　2009年6月第1版

蕭望卿　《陶淵明批評》　臺北市　國家圖書館轉製　2011年3月初版

蕭滌非等　《唐詩鑑賞集成》　臺北市　五南圖書公司　2001年12月
　　　初版三刷

簡明勇　《杜甫詩研究》　臺北市　學海出版社　1984年3月初版

簡　娸　《水問》　臺北市　洪範出版社　1985年初版

魏　怡　《散文鑑賞入門》　臺北市　國文天地雜誌社　1989年11月
　　　初版

五　歷史、文化、華語文教學專著

方麗娜　《現代漢語詞彙教學研究　以對外華語文教學為範疇》　高
　　　雄市　復文出版社　2003年1月初版

何淑貞等　《華語文教學導論》　臺北市　三民書局　2008年3月初版

竺靜華　《華語教學實務概論》　臺北市　文史哲出版社　2006年12
　　　月初版

信世昌　《華語文閱讀策略之教程發展與研究》　臺北市　師大書苑
　　　2001年初版

洪萬隆　《音樂概論》　臺北市　明文出版社　1994年2月初版

徐日輝　《史記八書與中國文化研究》　西安市　陝西人民教育出版
　　　社　2000年第1版

細川周平　《サンバの国に演歌は流れる　音楽にみる日系ブラジル移民史》　東京都　中央公論社　1995年初版

唐　樞　《成語熟語辭海》　臺北市　五南圖書出版公司　2003年初版

常敬宇　《漢語詞彙與文化》　臺北市　文橋出版社　2000年11月初版

張金蘭　《實用華語文教學導論》　臺北市　文光圖書公司　2008年2月初版

張　博　《古代漢語詞彙研究》　銀川市　寧夏人民出版社　2000年第1版

張瑞琮　《古代漢語語法》　上海市　上海古籍出版社　2008年第1版

黃沛榮　《漢字教學的理論與實踐》　臺北市　樂學書局　2006年6月增訂一版

葉德明　《華語文教學規範與理論基礎：華語文為第二語言教學芻議》　臺北市　師大書苑　1999年初版

趙安啟、王宏濤　《史記與中國古代建築文化》　西安市　陝西人民教育出版社　2000年第1版

六　學位論文

王尹秀　《臺灣對爵士樂的接受探討》　臺北市　東吳大學音樂學系碩士論文　2003年6月

方美蓉　《臺灣搖滾樂的在地化歷程》　嘉義縣　南華大學傳播學系碩士論文　2008年6月

周能昌　《杜甫七律的語法風格》　嘉義縣　國立中正大學中文所碩士論文　2002年6月

黃巧妮　《陶淵明飲酒詩之意象研究》　彰化市　國立彰化師範大學
　　　　國文研究所國語文教學碩士班　2008年7月

七　期刊論文

王啟明　〈臺灣流行音樂與兩岸關係〉　《華人前瞻研究》　1卷1期
　　　　2005年5月　頁147-173

仇小屏　〈試談字句與篇章修飾的分野〉　《修辭論叢》第二輯
　　　　2000年6月　頁249-284。

仇小屏　〈論章法的移位、轉位及其美感〉　《辭章學論文集》上冊
　　　　福州市　海潮攝影藝術出版社　2002年12月一版一刷　頁
　　　　98-122

朱國能　〈王昌齡邊塞詩中的「非戰」思想〉　《靜宜人文學報》
　　　　第六期　1995年6月　頁63-78

吳元豐　〈陶淵明「飲酒」詩一至五探析──詩境與架構之討論〉
　　　　《清華中文學報》　第4期　2010年12月　頁1-35

李宗慈　〈簡媜的故事〉　《幼獅文藝》　414期　1988年　頁48-55

何寄澎　〈孤寂與愛的美學──綜論簡媜散文及其文學史意義〉
　　　　《聯合文學》　225期　2003年7月　頁62-73

林美清　〈不廢江河萬古流──杜甫詩中的位格意象〉　《中華學
　　　　苑》　第56期　2003年2月　頁47-84

易存國　〈中國審美文化中的時間觀念〉　《古今藝文》　2002年2
　　　　月　頁49-55

侯迺慧　〈「詩史」之外──論杜甫草堂詩風的豐富性〉　《國立政
　　　　治大學學報》　第68期上　1994年3月　頁67-96

姚麗華　〈論王昌齡七絕的意境〉　《語文學刊》　136期　2000年2
　　　　月　頁6-8

徐　艷　〈精妙的複雜——王昌齡從軍行七首其四讀解〉　《古典文學知識》　2002年第三期　頁10-12

翁雪芳　〈簡媜「夏之絕句」的主題呈現技巧〉　《中國語文》559期　2004年1月　頁73-76

陳進益　〈讓散文自由——論簡媜對散文的幾點看法〉　《清雲學報》　22卷2期　2002年12月　頁427-437

陳必正　〈王昌齡七絕詩〉　《新埔學報》　第十七期　1999年8月頁29-36

陳彥如　〈藍調・爵士樂〉　《音樂與音響》　269期　1996年6月頁64-65

陳培豐　〈從三種演歌來看重層殖民下的臺灣圖像——重組「類似」凸顯「差異」再創自我〉　《臺灣史研究》　15卷2期　2008年6月　頁79-133

陳滿銘　〈談「平提側收」的篇章結構〉　收錄於《章法學新裁》臺北市　萬卷樓圖書公司　2001年1月初版

陳滿銘　〈論「多」、「二」、「一（0）」的螺旋結構——以《周易》與《老子》為考察重心〉　《師大學報・人文與社會類》　48卷1期　2003年4月

陳滿銘　〈從意象看辭章之內容〉　《國文天地》　第221期　2003年12月　頁97-103

陳滿銘　〈意象與辭章〉　《修辭論叢》第六輯　2004年11月　頁351-375

陳滿銘　〈語文能力與辭章研究——以「多」、「二」、「一（0）」的螺旋結構作考察〉　《臺灣師範大學國文學報》　第36期2004年12月　頁67-102

陳滿銘　〈談思維力與語文螺旋結構的關係〉　《國文天地》　243

期　2005年8月

陳滿銘　〈論意象之統合——以辭章之主題與風格為範圍作探討〉
　　　　中山大學《文與哲》　15期　2009年12月　頁1-32

張意霞　〈杜甫與黃庭堅七律詩聲律風格探析〉　《蘭陽學報》
　　　　2002年3月　頁221-226

黃益元　〈王昌齡生平事跡辨證〉　《文學遺產》　1992年第二期
　　　　頁31-34

黃璧珍　〈玉門關探蹤〉　《歷史文物月刊》　第七卷第七期　頁
　　　　97-102

趙公正　〈絕妙散文——解讀簡媜「夏之絕句」〉　《國文天地》
　　　　183期　2000年8月　頁65-69

劉幼嫻　〈杜甫「登高」詩析論〉　《中山中文學刊》　第2期
　　　　1996年6月　頁27-39

劉瑞琳　〈陶淵明飲酒詩的生命態度與生活旨趣〉　《中臺人文社會
　　　　學報》　15卷1期　2004年2月　頁115-138

蒲基維　〈論圖底章法的時間結構——以高中國文課文為例〉　《人
　　　　文及社會科教學通訊》　12卷6期　2002年4月　頁195-208

鄭如真　〈簡媜散文的修辭特色〉　《國文天地》　292期　2009年9
　　　　月　頁13-21

魏明安、任菊君　〈王昌齡從軍行小箋〉　《文學遺產》　2001年第
　　　　六期　頁39-53

魏靖峰　〈試析杜甫七律的疊字〉　《人文及社會科教學通訊》　第
　　　　54期　1999年4月　頁116-125

鍾怡雯　〈擺盪於孤獨與幻滅之間——論簡媜散文對美的無盡追尋〉
　　　　《臺灣人文》　第3期　1999年6月　頁71-85

謝　慈　〈先秦、西漢「所」字語法化研究〉　《章法論叢》第三輯

中華民國章法學會主編　臺北市　萬卷樓圖書公司　2009年
頁391-420

關之英　〈中文作為第二語言　教材及教法的設計理念與實踐〉
《2008亞洲太平洋地區華語文教學與發展國際學術研討會論
文集》　2008年3月15、16日

譚優學　〈王昌齡行年考〉　《文學遺產增刊》　第12期　頁174-192

國家圖書館出版品預行編目(CIP)資料

語文教學的理論與實踐 / 蒲基維著.
-- 初版. - 臺北市 : 萬卷樓, 2013.08
面 ; 公分. --（文學研究叢書）
ISBN 978-957-739-813-0(平裝)
1.語文教學 2.文集

800.3　　　102016734

語文教學的理論與實踐

2013 年 8 月 初版 平裝

ISBN 978-957-739-813-0　　　　　　　定價：新台幣 **600** 元

作　　　者	蒲基維	出　版　者	萬卷樓圖書股份有限公司
發　行　人	陳滿銘	編輯部地址	106 臺北市羅斯福路二段 41 號 9 樓之 4
總　編　輯	陳滿銘	電話	02-23216565
副總編輯	張晏瑞	傳真	02-23218698
責任編輯	吳家嘉	電郵	editor@wanjuan.com.tw
編　　　輯	游依玲	發行所地址	106 臺北市羅斯福路二段 41 號 6 樓之 3
編輯助理	楊子葳	電話	02-23216565
封面設計	斐類設計	傳真	02-23944113
		印　刷　者	百通科技股份有限公司

如有缺頁、破損、倒裝	網路書店	www.wanjuan.com.tw
請寄回更換	劃撥帳號	15624015